Arnaldur Indridason est né à Reykjavik en 1961, où il vit actuellement. Diplômé en histoire, il a été journaliste et critique de cinéma. Il est l'auteur de romans policiers, dont plusieurs best-sellers internationaux, parmi lesquels *La Cité des Jarres,* paru en Islande en 2000 et traduit dans plus de vingt langues (prix Clé de verre du roman noir scandinave, prix Mystère de la critique 2006 et prix Cœur noir), *La Femme en vert* (prix Clé de verre du roman noir scandinave, prix CWA Gold Dagger 2005 et Grand Prix des lectrices de « Elle » 2007), *La Voix, L'Homme du lac* (Prix du polar européen 2008), *Hiver arctique, Hypothermie* et *Betty.*

Arnaldur Indridason

OPÉRATION NAPOLÉON

ROMAN

*Traduit de l'anglais
par David Fauquemberg*

Éditions Métailié

TEXTE INTÉGRAL

TITRE DE L'ÉDITION ISLANDAISE ORIGINALE
Napóleonsskjölin
Traduit à la demande de l'auteur
à partir de l'édition anglaise (Harvill Secker, 2010)
Publié en accord avec Forlagid, www.forlagid.is
© Arnaldur Indridason, 1999

ISBN 978-2-7578-6258-2

© Éditions Métailié, 2015, pour la traduction française

1945

Le blizzard faisait rage sur le glacier.

Il ne voyait rien devant lui, parvenait tout juste à distinguer la boussole au creux de sa main. Même s'il l'avait voulu, impossible de faire demi-tour. La tempête lui cinglait le visage, criblant sa peau de flocons durs et froids venus de toutes les directions. Une épaisse croûte de neige s'était formée sur ses vêtements et, à chaque pas, il s'enfonçait jusqu'aux genoux. Il avait perdu toute notion du temps. Depuis combien d'heures marchait-il ? Il n'en avait aucune idée. Dans cette obscurité impénétrable qui l'enveloppait depuis son départ, il ne savait même plus si c'était le jour ou la nuit. Tout ce qu'il savait, c'est qu'il était à bout de force. Il progressait de quelques pas, reprenait son souffle, puis repartait. Cinq pas supplémentaires. Il s'arrêtait. Encore trois pas. Il s'arrêtait. Deux pas. Il s'arrêtait. Un pas.

Il était sorti à peu près indemne du crash. D'autres avaient eu moins de chance. Dans une éruption de bruit, l'avion avait raclé la surface du glacier. L'un des moteurs avait pris feu, avant de disparaître brusquement quand l'aile s'était décrochée, tourbillonnant dans les ténèbres enneigées. Presque aussitôt, l'autre aile s'était déchirée dans une pluie d'étincelles, et le fuselage amputé avait fusé comme une torpille sur la glace.

Le pilote, lui et trois autres hommes étaient attachés sur leurs sièges quand l'avion avait décroché, mais deux des passagers, pris d'une crise d'hystérie, s'étaient levés d'un bond et précipités vers le cockpit. Le choc les avait envoyés ricocher comme des balles aux quatre coins de la cabine. Recroquevillé sur son siège, il les avait regardés s'écraser contre le plafond et rebondir sur les parois, avant d'être catapultés au-dessus de lui jusqu'au fond de l'avion où leurs hurlements furent réduits au silence.

L'épave laboura le glacier, soulevant un nuage de neige et de glace, puis elle perdit peu à peu de la vitesse et, finalement, s'immobilisa. Alors, il n'y eut plus aucun bruit, rien que les hurlements du vent.

Il était le seul, de tous les passagers, à vouloir braver le blizzard pour regagner la civilisation. Les autres recommandaient d'attendre, dans l'espoir que la tempête finirait par se calmer. Ils estimaient qu'il valait mieux rester ensemble, mais personne ne le retiendrait. Il n'avait pas envie de se retrouver pris au piège dans cet avion ; l'idée qu'il puisse devenir son cercueil lui était insupportable. Avec leur aide, il s'emmitoufla autant que possible pour cette expédition, mais il n'eut pas à marcher longtemps dans ces conditions implacables pour comprendre qu'il aurait mieux fait de rester à l'abri dans l'avion avec les autres. À présent, il était trop tard.

Il s'efforçait de suivre un cap sud-est. L'espace d'une fraction de seconde, juste avant que le bombardier ne s'écrase, il avait aperçu les lumières de ce qui ressemblait à des maisons, et maintenant il suivait ce qu'il croyait être cette direction. Il était glacé jusqu'aux os, et son pas se faisait de plus en plus lourd. Loin de se calmer, la tempête semblait au contraire gagner en intensité. Il progressait péniblement, ses forces l'abandonnant à chaque pas.

Il repensa à la situation désespérée des autres, restés dans l'avion. Quand il les avait laissés, des congères commençaient déjà à recouvrir la carlingue, et la cicatrice dessinée par sa progression sur la glace se comblait rapidement. Ils avaient des lampes à pétrole, mais le combustible ne durerait pas très longtemps, et il régnait sur ce glacier un froid inimaginable. S'ils laissaient la porte de l'avion ouverte, la cabine se remplirait de neige. Ils étaient sans doute déjà coincés à l'intérieur. Ils savaient qu'ils allaient mourir de froid, qu'ils restent dans l'appareil ou s'aventurent sur la glace. Ils avaient débattu des différentes options – elles étaient plus que limitées. Il leur avait dit qu'il ne pouvait pas rester assis là à attendre la mort.

La chaîne cliquetait. Le poids de la valise lui arrachait le bras. Elle était accrochée à son poignet par une paire de menottes. Il ne tenait plus la poignée, laissant la valise traîner derrière lui au bout de sa chaîne. Le bracelet des menottes lui cisaillait le poignet, mais il n'y prêtait aucune attention. Tout lui était égal, à présent.

Ils l'entendirent bien avant qu'il ne passe en trombe au-dessus d'eux, en direction de l'ouest. Ils l'entendirent approcher dans les hurlements de la tempête, mais quand ils levèrent les yeux, il n'y avait rien à voir que l'obscurité de l'hiver et ces flocons projetés par le vent, qui leur poignardaient le visage. C'était juste avant onze heures du soir. Un avion, pensèrent-ils aussitôt. La guerre donnait lieu à un trafic aérien assez intense dans la région, car les Britanniques possédaient une base dans la baie de Hornafjördur, si bien qu'ils savaient désormais reconnaître les appareils britanniques et américains au son de leurs moteurs. Mais ils n'avaient jamais rien entendu de semblable. Et le rugissement n'avait jamais été si proche, comme si l'avion piquait droit sur leur ferme.

Ils sortirent sur le perron et restèrent plantés là pendant un long moment, jusqu'à ce que le vrombissement des moteurs atteigne son paroxysme. Se couvrant les oreilles de leurs mains, ils suivirent le bruit qui s'éloignait vers le glacier. Ils entraperçurent un instant la silhouette sombre au-dessus d'eux, puis l'appareil disparut à nouveau dans la nuit. Nez pointé vers le haut, il semblait essayer de reprendre de l'altitude. Le vrombissement s'estompa peu à peu au-dessus du glacier, avant de disparaître. Ils pensèrent tous deux la même chose. Cet avion allait s'écraser. Il volait trop bas. La visibilité était nulle dans cet effroyable blizzard, et le glacier happerait l'appareil d'ici quelques minutes. Même s'il parvenait à reprendre un peu d'altitude, ce serait trop tard. La calotte glaciaire était trop proche.

Ils restèrent debout sur le porche pendant de longues minutes après que le bruit eut disparu, scrutant le blizzard, l'oreille aux aguets. Aucun son ne leur parvenait. Ils rentrèrent. Ils ne pouvaient pas alerter les autorités ni leur transmettre la position de l'avion, car le téléphone ne fonctionnait plus depuis qu'une autre tempête avait fait tomber les lignes. On n'avait pas eu le temps de les reconnecter. Un désagrément coutumier. Maintenant, un autre blizzard s'était levé, deux fois pire. Tandis qu'ils s'apprêtaient à se coucher, ils se dirent qu'ils pourraient essayer de se rendre à cheval jusqu'à Höfn, dans la baie de Hornafjördur, afin de signaler l'incident, une fois que la tempête se serait calmée.

Ce n'est que quatre jours plus tard que les conditions finirent par s'améliorer, et ils partirent vers Höfn. De profondes congères ralentissaient leur progression. Ils étaient frères et vivaient seuls à la ferme ; leurs parents étaient morts, et ni l'un ni l'autre ne s'était marié. Ils firent halte dans une première ferme, en chemin, pour se reposer, et passèrent la nuit dans une autre, où ils racontèrent l'histoire de l'avion, et leurs craintes d'une issue funeste. Personne, parmi leurs hôtes, n'avait entendu quoi que ce soit.

Une fois arrivés à Höfn, les deux frères avertirent le fonctionnaire municipal, qui contacta immédiatement les autorités de Reykjavik et les informa qu'un avion avait été aperçu au sud du glacier Vatnajökull et s'était probablement écrasé sur la glace. Les contrôleurs aériens de la base américaine de Reykjavik, qui surveillaient tous les appareils survolant l'Islande et l'Atlantique Nord, n'avaient eu connaissance d'aucun vol dans cette région au moment de l'incident – les conditions météorologiques avaient réduit le trafic aérien au strict minimum.

Plus tard, ce jour-là, le fonctionnaire municipal de Höfn reçut un télégramme du quartier général américain. L'us Army se chargeait de l'enquête et allait envoyer une équipe de secours sur le glacier. Pour les Islandais, l'affaire était donc close. En outre, les militaires américains interdisaient tout déplacement aux environs de l'endroit où l'avion avait dû s'écraser. Ils ne fournissaient aucune explication.

Quatre jours plus tard, douze camions militaires entrèrent en grondant dans les rues de Höfn, avec à leur bord deux cents soldats. Les Américains n'avaient pas pu utiliser la piste d'atterrissage de la base de Hornafjördur, fermée durant les mois les plus sombres de l'hiver, et Höfn était coupée de la capitale, plus à l'ouest, par les torrents glaciaires dénués de ponts traversant la plaine alluviale du Skeidharasandur. L'expédition américaine avait donc dû faire le tour complet de l'île avec ces véhicules à six roues, équipés de chaînes, roulant d'abord plein nord avant d'obliquer vers le sud le long des fjords de l'Est, pour atteindre Höfn. Le trajet vers le nord avait été difficile, car la route principale n'était guère plus qu'une piste de terre, et les membres de l'expédition avaient été contraints de tailler leur chemin à coups de pelles à travers les épaisses congères qui recouvraient, d'un bout à l'autre, le désert de Modhrudalur.

Ces soldats appartenaient au 10e Régiment d'infanterie et au 46e Bataillon d'artillerie, sous le commandement du général Charles H. Bonesteel, chef des forces d'occupation américaines. Une partie de ces hommes avaient participé aux manœuvres organisées sur le glacier d'Eiriksjökull, au cours de l'hiver précédent. Mais, dans la pratique, peu d'entre eux savaient même skier.

L'expédition était dirigée par un certain colonel Miller. Ses hommes installèrent leur campement aux abords de Höfn, dans des baraquements construits par l'armée d'occupation britannique au début de la guerre. De là, ils continuèrent vers le glacier. Quand les soldats atteignirent la ferme des deux frères, dix jours s'étaient écoulés depuis que ces derniers avaient entendu l'avion, dix jours durant lesquels il avait neigé sans discontinuer. Les soldats établirent leur base dans la ferme, et les frères acceptèrent de leur servir de guides sur la calotte glaciaire. Ils ne parlaient pas un mot d'anglais mais, en ayant recours à une combinaison de gestes et de langage des signes, ils parvinrent à montrer à Miller et ses hommes la direction que l'avion avait prise, et à les avertir que les chances de le retrouver sur le glacier ou à proximité de celui-ci, au plus fort de l'hiver, étaient bien minces.

« Le Vatnajökull est le plus grand glacier d'Europe, expliquèrent-ils en secouant la tête. C'est comme chercher une aiguille dans une botte de foin. » Et le fait que la neige aurait à présent effacé toute trace d'un atterrissage en catastrophe n'arrangeait rien.

Le colonel Miller comprit leurs mises en garde mais il n'en tint pas compte. Une route praticable menait de la ferme jusqu'au glacier, et, quoique rendue pénible par les conditions climatiques, l'opération se déroula sans incident. Les journées d'hiver étaient courtes, et le soleil ne se levait qu'entre onze heures du matin et cinq heures et demie du soir, ce qui laissait peu de temps pour effectuer des recherches. Le colonel Miller menait ses hommes d'une main de fer, mais les deux frères ne tardèrent pas à découvrir que la plupart d'entre eux n'avaient jamais posé les pieds sur un glacier, et n'avaient quasiment aucune expérience des expéditions hivernales. Ils les aidèrent à franchir sans encombre crevasses et ravins, et la troupe planta son campement au fond d'une dépression, au bord du glacier, à près de 1 100 mètres d'altitude.

Trois semaines durant, les hommes de Miller passèrent au peigne fin les pentes du glacier et une zone de cinq kilomètres carrés située sur la calotte glaciaire proprement dite. Dans l'ensemble, les soldats profitèrent de conditions climatiques relativement clémentes et coordonnèrent leurs recherches de manière efficace. Ils répartissaient leurs efforts, un groupe explorant les premiers contreforts depuis un camp installé près de la ferme, tandis que l'autre bivouaquait sur le glacier et ratissait la zone du lever au coucher du soleil. Quand la nuit tombait, dans l'après-midi, les soldats se retrouvaient tous au camp de base, à la ferme, où ils mangeaient, dormaient et entonnaient des chansons que les frères connaissaient bien pour les avoir entendues à la radio. Ils dormaient sous des tentes d'alpinisme de fabrication britannique, dont l'enveloppe était constituée d'une double couche de soie, et se blottissaient autour des réchauds et des lampes à pétrole pour trouver un peu de chaleur. Leurs épais manteaux de cuir, qui descendaient sous le genou, avaient des capuches fourrées. Ils portaient des gants grossièrement tricotés avec de la laine islandaise.

On ne retrouva aucune trace de l'avion au cours de cette première expédition, hormis la jante du train avant, que le colonel Miller s'empressa de récupérer. Ce furent les deux frères qui firent cette découverte, deux kilomètres environ en amont du glacier. Autour de ce fragment, dans toutes les directions, la glace était lisse. Rien ne semblait indiquer qu'un avion s'était écrasé là, ou avait dû se poser en catastrophe. Les frères déclarèrent que si l'avion s'était abîmé sur cette partie-là du glacier, la neige avait sans doute déjà recouvert l'épave. Le glacier l'avait engloutie.

Dans sa quête de l'avion perdu, le colonel Miller était comme possédé. Il semblait insensible à la fatigue et gagna l'admiration des deux frères, qui le traitaient avec un mélange d'affection et de respect, prêts à tout faire pour lui. Miller s'appuyait beaucoup sur leur connaissance de la région, et ils se lièrent d'amitié. Mais finalement, les opérations ayant déjà été suspendues par deux fois en raison des terribles conditions qui régnaient sur le glacier, le colonel fut contraint d'abandonner ses recherches. Lors de la deuxième tempête, les tentes et tout l'équipement se retrouvèrent ensevelis sous la neige, perdus à tout jamais.

Certains détails de cette expédition demeuraient pour les frères une énigme.

Un jour, ils étaient tombés sur Miller, seul, dans les écuries qui jouxtaient la grange et l'étable, et l'avaient surpris en train de caresser l'un de leurs chevaux, dans son box. Le colonel, qui les avait impressionnés par son courage et l'autorité dont il faisait preuve sur ses troupes, s'était manifestement isolé pour pleurer. Il tenait dans ses mains la tête de l'animal, et ses épaules tremblaient. Quand l'un des frères s'éclaircit la gorge, Miller sursauta et se tourna vers eux. Ils aperçurent la trace de ses larmes sur ses joues crasseuses, mais le colonel reprit aussitôt contenance et s'essuya le visage comme si de rien n'était. Entre eux, les frères avaient souvent discuté de Miller. Ils ne lui avaient jamais demandé son âge, mais lui donnaient vingt-cinq ans tout au plus.

« C'est un bel animal », déclara Miller, dans sa langue. Les frères ne comprirent pas. Il a sans doute le mal du pays, se dirent-ils. Mais cet incident resta gravé dans leur mémoire.

La seconde énigme qui avait éveillé la curiosité des deux frères, c'était la roue de l'avion. Ils avaient eu le temps de l'examiner avant que le colonel Miller ne vienne les rejoindre et confisque l'objet. Le pneu avait été complètement arraché, si bien que seule la jante nue pendait du train d'atterrissage brisé. Longtemps, ils s'interrogèrent sur les inscriptions aperçues sur la jante, écrites dans une langue qu'ils comprenaient encore moins que l'anglais.

KRUPPSTAHL.

1999

1

Centre de contrôle, Bâtiment 312, Washington.
Mercredi 27 janvier.

L'immeuble se dressait non loin du Capitole, à Washington. Cet ancien entrepôt avait été réaménagé de fond en comble pour accueillir l'une des nombreuses organisations secrètes que comptait la ville. Les nouveaux propriétaires des lieux n'avaient pas regardé à la dépense, que ce soit à l'intérieur ou à l'extérieur. À présent, des ordinateurs géants ronronnaient jour et nuit dans les salles du bâtiment, traitant des informations relayées via l'espace. Des photos satellites collectées par les services de renseignements de l'armée américaine étaient rassemblées dans une base de données, avant d'être analysées, classées, et de déclencher une alerte si elles révélaient quoi que ce soit d'inhabituel.

Sur les documents officiels, cet entrepôt apparaissait simplement sous le nom de Bâtiment 312, mais l'organisation qu'il abritait avait joué un rôle crucial dans le programme de défense de l'armée américaine au temps de la guerre froide. Créée peu après 1960, à l'époque où la suspicion réciproque atteignait son paroxysme, elle avait pour rôle principal d'analyser des clichés espions de l'Union soviétique, de la Chine, de

Cuba et de toutes les nations classées comme ennemies par les États-Unis. Depuis la fin de la guerre froide, ses fonctions incluaient la surveillance des bases terroristes du Moyen-Orient et des conflits dans les Balkans. L'organisation ne contrôlait pas moins de huit satellites, dont l'orbite oscillait entre 800 et 1 500 kilomètres d'altitude.

Le général Vytautas Carr, directeur de l'agence, se tenait ce jour-là devant l'écran qui occupait tout un mur du centre de contrôle, situé au premier étage. Il fixait intensément une série d'images sur lesquelles les analystes venaient d'attirer son attention. Il faisait frais dans la salle, à cause des ventilateurs installés pour refroidir les douze ordinateurs surpuissants qui bourdonnaient en continu dans une section à l'accès réglementé. Deux gardes armés étaient postés devant l'entrée. La pièce était divisée par quatre longues rangées de moniteurs scintillants et d'écrans de contrôle.

Carr, qui allait vers son soixante-dixième anniversaire, aurait déjà pris sa retraite sans une dérogation spéciale de l'organisation. Il mesurait un bon mètre quatre-vingt-quinze, le dos aussi droit qu'un piquet malgré son âge respectable. Il avait été soldat toute sa vie, avait servi en Corée. Il coordonnait et orientait les opérations de l'agence, dont il était devenu l'un des chefs les plus dynamiques. Il portait des vêtements civils, un costume croisé sombre. Le mur lumineux déployé devant lui se reflétait sur ses lunettes, derrière lesquelles ses yeux étroits et experts se concentraient sur les deux écrans situés en haut à gauche.

Le premier projetait des images récupérées dans les archives de l'organisation – lesquelles rassemblaient des dizaines de millions de photographies satellites prises au cours des quatre dernières décennies. Sur l'autre écran apparaissaient des photographies récentes. Les images que Vytautas étudiait avec tant d'attention représentaient une petite section du glacier Vatnajökull, dans le sud-est de l'Islande : une première prise environ un an plus tôt, une seconde le jour même. L'image la plus ancienne ne révélait rien de particulier, seulement l'étendue d'un blanc immaculé de la calotte glaciaire, interrompue çà et là par les rubans sombres des crevasses. Mais sur le dernier cliché, en bas à gauche, on distinguait une petite marque. Les photographies étaient grossières, granuleuses, mais une fois retouchées, elles seraient nettes et claires. Carr exigea un recadrage sur ce détail et la photo s'agrandit, d'abord floue, avant que la marque sombre ne remplisse tout l'écran.

– Qui avons-nous, à Keflavik ? interrogea Carr en s'adressant à l'homme qui était en train d'agrandir les images, penché sur le tableau de commande.

– Nous n'avons personne à Keflavik, général, répondit l'homme.

Carr réfléchit quelques instants.

– Passez-moi Ratoff, ordonna-t-il, avant d'ajouter : J'espère que, cette fois, il ne s'agit pas d'une fausse alerte.

– Nos systèmes satellites sont beaucoup plus perfectionnés à présent, général, le rassura l'opérateur, son téléphone à la main.

– Nous n'avions encore jamais obtenu une photographie aussi claire du glacier. Combien de personnes connaissent l'existence de ces nouveaux clichés ?

– Juste les autres membres du quart de huit heures, c'est-à-dire trois personnes. En plus de vous et moi, évidemment.

– Ils connaissent la situation ?

– Non, général. Ils n'ont prêté aucune attention à ces clichés.

– Faites en sorte que ça continue, ordonna Carr, avant de quitter la pièce.

Il remonta le couloir qui menait à son bureau, et referma la porte derrière lui. Une lumière clignotait sur son téléphone.

– Ratoff sur la deux, annonça une voix désincarnée.

Carr fronça les sourcils et poignarda du doigt le bouton.

– Combien de temps vous faut-il pour vous rendre à Keflavik ? interrogea Carr, sans préambule.

– Kevlavik, général ? demanda la voix à l'autre bout du fil.

– Notre base en Islande, répondit Carr.

– En Islande ? Je pourrais être là-bas demain soir. Mais pourquoi ? Que se passe-t-il ?

– Nous avons reçu une image nette du plus grand glacier du pays. Il semble qu'il ait décidé de nous rendre un objet que nous avons perdu il y a de cela des années, et nous avons besoin d'un homme à Keflavik pour mener à bien cette opération. Vous prendrez avec vous deux escadrons des forces spéciales et tout le matériel nécessaire. Présentez cela comme un exercice de routine. Si les autorités locales se montrent peu coopératives, dites-leur de s'adresser au ministre de la Défense. Je vais lui en toucher un mot. J'organiserai également une réunion avec le gouvernement islandais pour leur fournir des explications. Cette base militaire est un sujet sensible, en Islande. Immanuel Wesson prendra en main notre ambassade à Reykjavik et servira de porte-parole. Vous recevrez des instructions plus détaillées en chemin.

– J'imagine qu'il s'agit d'une opération clandestine, général ?

– Si ce n'était pas le cas, je ne vous aurais pas appelé.

– Keflavik. Je me souviens, maintenant. Ce n'est pas là-bas que nos gars ont tout retourné pour rien, en 67 ?

– Nos satellites sont plus perfectionnés, aujourd'hui.

– Les coordonnées sont les mêmes ?

– Non. C'est un nouvel endroit. Ce foutu glacier n'arrête pas de bouger.

Sur ces mots, Carr coupa court à la conversation sans même un au revoir. Il n'aimait pas Ratoff. Il se leva, se dirigea vers une armoire vitrée et ouvrit la porte, pour en sortir deux petites clés qu'il fit tourner au creux de sa main. L'une était légèrement plus grande que l'autre, mais toutes les deux étaient finement ouvragées, destinées à l'évidence à de minuscules serrures. Il les reposa dans l'armoire.

Cela faisait des années que Carr n'avait plus examiné la roue. Il l'empoigna et la soupesa. Il lut de nouveau l'inscription : KRUPPSTAHL. Cette seule roue avait confirmé le crash. Son modèle correspondait au type et à la taille de l'appareil, à son année de fabrication et sa capacité. Cette roue était la preuve qu'il se trouvait quelque part, là-haut, sur le glacier. Après toutes ces années, enfin, on l'avait retrouvé.

2

Ministère des Affaires étrangères, Reykjavik.
Jeudi 28 janvier.

Kristin ferma les yeux. Elle sentait la migraine palpiter sous son front. C'était la troisième fois que cet homme se présentait à son bureau pour se lancer dans une diatribe contre le ministère, qu'il tenait pour responsable de l'escroquerie dont il était victime. Les deux fois précédentes, il avait tenté de l'intimider en menaçant, s'il ne recevait pas de dédommagement pour ce qu'il considérait comme une faute du ministère, de porter l'affaire devant les tribunaux. Deux fois déjà elle avait écouté cette tirade, et les deux fois elle s'était efforcée de garder son sang-froid, lui répondant de manière claire et objective, mais il n'avait pas semblé l'entendre. Et voilà qu'il était de nouveau assis dans son bureau et lui déversait le même flot de récriminations.

Elle lui donnait dans les quarante ans, à peu près dix de plus qu'elle, et cette différence d'âge semblait lui donner le droit de gesticuler dans son bureau, de proférer des menaces et de lui donner du « une fille comme vous ». Il ne prenait même pas la peine de dissimuler le mépris qu'elle lui inspirait – Kristin n'aurait su dire, d'ailleurs, si ce mépris venait du fait qu'elle était une femme, ou une avocate. L'homme s'appelait Runolfur Zophaniasson. Il avait une barbe de trois jours savamment entretenue et des cheveux noirs, épais, gominés en arrière avec du gel. Il portait un costume sombre et un gilet, avec une montre de gousset attachée à une petite chaîne d'argent. De ses longs doigts fins, il la sortait de sa poche à intervalle régulier et soulevait le couvercle d'une pichenette suffisante, comme s'il n'avait pas de temps à perdre avec « ces conneries » – pour reprendre son expression.

Il a raison de parler de conneries, songea-t-elle. Il vendait des chambres de congélation mobiles en Russie, et le ministère ainsi que la Chambre de commerce islandaise l'avaient aidé à trouver des clients sur place. Il avait expédié quatre unités à Mourmansk et au Kamtchatka, sans recevoir le moindre rouble en retour. Il affirmait à présent que c'était l'avocat du ministère, lequel ne travaillait plus là, qui lui avait conseillé d'envoyer d'abord le matériel et de se faire payer plus tard, afin de faciliter la signature de futurs contrats. Ce qu'il avait fait, avec pour résultat la disparition en Russie de ces biens lui appartenant, pour une valeur totale de plus de trente millions de couronnes islandaises. Il avait vainement tenté d'en retrouver la trace et comptait à présent, faute de mieux, sur le soutien et les dédommagements de la Chambre de commerce et du secrétariat au commerce du ministère des Affaires étrangères. « Quel genre d'idiots ce ministère recrute-t-il donc comme consultants ? » avait-il répété à chacun de ses entretiens avec Kristin. Celle-ci avait contacté l'avocat en question, qui ne se rappelait pas avoir jamais donné aucun conseil à cet homme, mais se souvenait en revanche des menaces qu'il avait proférées à son encontre.

«Vous avez conscience qu'il est très risqué, de nos jours, de faire affaire avec les Russes», lui avait-elle rappelé lors de leur première rencontre, avant de préciser que, si le ministère s'efforçait d'aider les entreprises islandaises à obtenir des contrats, il appartenait aux seuls entrepreneurs d'en assumer les risques. Le ministère déplorait ce qui s'était passé et l'aiderait volontiers à entrer en contact avec des clients russes potentiels par le biais de son ambassade à Moscou, mais s'il ne parvenait pas à obtenir le paiement de ses services, le ministère n'y pouvait pas grand-chose. Elle avait répété ce message, en des termes différents, lors de leur entretien suivant, et une troisième fois encore, ce jour-là, tandis qu'il était assis devant elle avec son air outré et irascible, et cette chaîne en argent prétentieuse suspendue à la poche de son gilet.

– Vous ne vous en tirerez pas comme ça ! répliquat-il. Vous trompez les gens en les poussant à faire affaire avec la mafia russe. Sans doute même qu'ils vous versent des pots-de-vin. Qu'est-ce que j'en sais, moi ? On entend des choses. Je veux qu'on me rende mon argent, sinon…

Elle connaissait sa diatribe par cœur, et décida de l'écourter. Elle avait autre chose à faire.

– Nous sommes sincèrement désolés que vous ayez perdu de l'argent dans vos transactions avec la Russie, mais ce n'est pas notre problème, déclara-t-elle froidement. Nous ne décidons pas à la place des gens. C'est à eux qu'il appartient d'évaluer la situation. Si vous êtes assez stupide pour exporter sans aucune garantie des biens dont la valeur s'élève à plusieurs dizaines de millions, vous êtes encore plus idiot que vous en avez l'air. Maintenant, je vous demande de bien vouloir quitter mon bureau et de ne plus me déranger, à l'avenir, avec vos élucubrations sur les soi-disant responsabilités du ministère.

Il la contempla bouche bée, les adjectifs « stupide » et « idiot » résonnant sous son crâne. Il ouvrit les lèvres pour répondre, mais Kristin le prit de vitesse.

– Sortez, s'il vous plaît. Immédiatement.

Elle vit ses traits se gonfler de rage.

Il se leva lentement, sans la quitter des yeux. Puis, soudain, il sembla perdre son sang-froid. Empoignant la chaise sur laquelle il s'était assis, il la lança contre le mur, derrière lui.

– Cette affaire est loin d'être terminée ! hurla-t-il. Nous nous reverrons, et alors, on verra bien lequel de nous deux est l'idiot. C'est un complot. Un complot, vous m'entendez ! Et je vous le ferai payer !

– Oui, oui, c'est ça, au revoir, répliqua-t-elle, comme si elle s'adressait à un enfant de six ans. C'était jeter de l'huile sur le feu, elle en avait conscience. Mais elle n'avait pu s'en empêcher.

– Faites gaffe ! Ne croyez surtout pas que vous pouvez me parler comme ça sans en subir les conséquences ! s'emporta-t-il, puis il se précipita vers la porte et la claqua si fort derrière lui que les murs tremblèrent.

Les employés du ministère s'étaient massés devant le bureau de Kristin, alertés par le fracas de la chaise contre le mur et les cris du visiteur. Ils le virent sortir, le visage violacé, et se ruer dans le couloir. Kristin apparut sur le seuil.

– Ce n'est rien, les rassura-t-elle, avant d'ajouter : Cet homme a des problèmes.

Puis elle referma doucement la porte. Regagnant son fauteuil, elle se mit à trembler et resta assise, sans bouger, le temps de se calmer. On ne lui avait pas appris à gérer ce genre de situation, à la fac de droit.

Kristin était menue, le teint mat, avec des cheveux noirs et courts, un visage fin aux traits prononcés et des yeux marron, luisant d'un éclat vif où l'on devinait la détermination et la confiance en soi. Elle était réputée pour sa fermeté et son obstination, et tout le monde au ministère savait que la bêtise l'insupportait.

Le téléphone sonna. C'était son frère. Il sentit tout de suite sa tension.

– Tout va bien ? s'inquiéta-t-il.

– Oh, rien de grave. Il y avait un homme dans mon bureau, à l'instant. J'ai cru qu'il allait me jeter sa chaise au visage. À part ça, tout va bien.

– Te jeter sa chaise au visage ! Mais à quel genre de cinglés tu as affaire ?

– La mafia russe. Enfin, c'est ce qu'on m'a dit. Il s'agit d'une sorte de complot, apparemment. Et toi, comment ça va ?

– Super. Je viens d'acheter un nouveau téléphone. Tu m'entends bien ?

– Comme d'habitude.

– *Comme d'habitude*, l'imita-t-il. Tu sais où je suis ?

– Non. Où ça ?

– Pas loin d'Akureyri. L'équipe est en route pour le Vatnajökull.

– Le Vatnajökull ? En plein hiver ?

– On fait juste des manœuvres d'entraînement hivernales. Je t'en avais parlé. On atteindra le glacier demain, et je te rappellerai. Mais il faut que tu me dises si ce téléphone marche correctement. Tu m'entends bien, là ?

– Parfaitement. Reste avec les autres, tu m'entends ? Ne joue pas les héros.

– Évidemment. Il coûte soixante-dix mille couronnes, tu sais.

– De quoi ?

– Mon téléphone. Il est équipé d'un système de communication longue distance NMT.

– NMT ? Mais de quoi tu parles ? Over.

– Tu n'as pas besoin de dire…

Elle raccrocha. Son frère Elias avait dix ans de moins qu'elle. Il était toujours plongé dans un nouveau hobby, en général des activités de plein air impliquant des voyages dans les régions inhabitées de l'arrière-pays. Une année, il s'était pris de passion pour la chasse et avait rempli le réfrigérateur de sa sœur de viande d'oie et de renne. Une autre année, il s'était mis au parachutisme et l'avait harcelée, sans succès, pour qu'elle fasse un saut avec lui. La troisième, ce fut le rafting, puis les voyages en jeep jusqu'aux montagnes de l'intérieur, les expéditions sur les glaciers, les randonnées à ski ou en motoneige – la totale. Il était membre des *björgunarsveitin* de Reykjavik, ces sauveteurs bénévoles chargés des secours en montagne. Et c'était tout lui, ça, d'acheter un téléphone portable à soixante-dix mille couronnes. Il était accro aux nouvelles technologies. Sa jeep ressemblait au cockpit d'un avion.

De ce point de vue, le frère et la sœur n'auraient pu être plus différents. Quand l'hiver arrivait, l'instinct de Kristin la poussait à se mettre en hibernation pour ne ressortir qu'au printemps. Elle ne s'aventurait jamais dans les montagnes, et évitait plus généralement de se déplacer en Islande durant l'hiver. Même pendant les vacances d'été, elle ne s'éloignait jamais de la grande route n° 1, qui faisait le tour de l'île, et dormait à l'hôtel. Mais le plus souvent elle partait à l'étranger : aux États-Unis, où elle avait étudié, ou à Londres, où elle avait des amis. Parfois, au cœur de l'hiver islandais, elle s'offrait une escapade d'une semaine dans un endroit chaud. Elle détestait le froid et l'obscurité, et elle avait tendance à déprimer pendant les mois les plus sombres, quand le soleil se levait à onze heures et se traînait juste au-dessus de l'horizon, puis se couchait après cinq malheureuses heures de semi-pénombre. À cette époque de l'année, elle prenait douloureusement conscience du fait qu'elle était prise au piège sur une petite île aux confins de l'Atlantique Nord, coupée du reste du monde par le froid et l'obscurité.

Mais malgré leurs différences, le frère et la sœur s'entendaient très bien. Leurs parents n'avaient eu qu'eux, et en dépit des dix ans qui les séparaient, ou peut-être grâce à cet écart, ils avaient toujours été extrêmement proches. Elias travaillait dans un grand garage, à Reykjavik, qui transformait des jeeps en tout-terrain customisés ; Kristin était avocate, titulaire d'un diplôme en droit international obtenu à l'Université de Californie. En poste au ministère depuis deux ans, elle était heureuse d'occuper des fonctions qui mettaient en pratique la formation qu'elle avait reçue. Heureusement, les incidents comme celui d'aujourd'hui étaient exceptionnels.

Pourvu qu'il soit prudent là-bas, sur son glacier, songeait Kristin en rentrant chez elle. Le souvenir de sa rencontre avec Runolfur refusait de s'estomper. Tandis qu'elle remontait vers l'ouest l'artère commerçante Laugavegur, au centre de Reykjavik, vers la rue Tomasarhagi où elle habitait, elle éprouva comme un picotement – la sensation étrange qu'on l'observait. Elle n'avait jamais rien ressenti de pareil, et elle mit cela sur le compte de ses nerfs. Jetant un regard autour d'elle, elle ne vit rien d'inquiétant et se moqua de ses propres névroses. Mais la sensation persistait. À bien y penser, on ne l'avait encore jamais accusée, non plus, d'accepter des pots-de-vin de la mafia russe.

3

Aéroport de Keflavik, Islande.
Jeudi 28 janvier, 20 h GMT.

Le gigantesque avion-cargo C-17 de l'US Air Force se posa à l'aéroport de Kevlavik vers huit heures du soir, heure locale. Il faisait froid, plusieurs degrés en dessous de zéro, mais les prévisions météorologiques annonçaient un redoux et des chutes de neige. La masse démesurée du jet roula lentement à travers les ténèbres jusqu'au bout de la piste 7, exclusivement réservée à la base de l'OTAN installée sur la lande de Midnesheidi. C'était un endroit désolé, lugubre, entouré de champs de lave, à l'extrémité occidentale de la péninsule de Reykjanes, constamment balayée par les tempêtes et dénuée de végétation, hostile à la présence humaine. Des hangars, grands et petits, parsemaient le paysage, ainsi que des baraquements, quelques magasins, un cinéma et des bâtiments administratifs. Cette base aéronavale avait permis, au plus fort de la guerre froide, de mener des vols de reconnaissance dans la région. Mais ses activités étaient désormais fort réduites.

L'avion s'immobilisa en bout de piste et la porte de la soute s'ouvrit, déversant sur le tarmac un flot de soldats qui entreprirent aussitôt de décharger la cargaison :

de puissantes motoneiges, des véhicules à chenilles, du matériel de ski, tout l'équipement nécessaire pour s'attaquer au glacier. Quinze minutes à peine après que le cargo eut touché le sol, le premier camion de transport quittait l'aéroport de Keflavik, lourdement chargé, gagnant l'autoroute de Reykjanes puis celle qui contournait le sud de l'île vers le glacier Vatnajökull.

C'était un camion allemand, un Mercedes-Benz, sans autres marques distinctives que ses plaques d'immatriculation islandaises. Il ne se distinguait en rien des nombreux semi-remorques qui sillonnaient les routes du pays, et passait donc inaperçu. Au total, quatre camions de différents modèles s'étaient garés au pied du c-17, lorsqu'il s'était arrêté en bout de piste. Ils quittèrent l'aéroport de Keflavik à une demi-heure d'intervalle, et se fondirent tranquillement dans la circulation civile.

Ratoff, le chef de cette opération, avait pris place dans le dernier véhicule. Le commandant américain de la base de Midnesheidi, un amiral, était venu l'accueillir à l'aéroport. On l'avait prévenu de l'arrivée de Ratoff et il avait reçu l'ordre de lui fournir des véhicules de transport, sans poser de questions. L'amiral, exilé dans cet avant-poste fort peu couru à la suite d'un scandale relatif au détournement à grande échelle du ravitaillement destiné à son ancienne base, en Floride, avait eu le bon sens de ne pas exiger davantage de détails, même s'il avait eu du mal à contenir sa curiosité. Il avait entendu des rumeurs concernant le branle-bas de la fin des années 60, et à en juger par le matériel que l'on déployait devant lui, l'histoire se répétait : une nouvelle expédition sur le glacier se préparait.

— Vous n'avez pas besoin de nos hélicoptères ? interrogea l'amiral, debout devant Ratoff, tandis que les hommes déchargeaient l'avion. Nous comptons dans notre flotte quatre nouveaux Pave Hawks. Ils peuvent soulever des montagnes.

Ratoff, la cinquantaine grisonnante, était un homme de petite taille, maigre, les traits slaves, avec de petits yeux presque noirs. Il portait une épaisse combinaison polaire blanche et des chaussures de glacier. Il ne jeta même pas un regard à l'amiral.

– Contentez-vous de nous fournir ce que nous avons demandé, et restez à l'écart, répondit-il d'un ton cassant, avant de s'éloigner.

Pendant les deux jours qui s'étaient écoulés depuis que la marque était apparue sur les images satellites, Carr n'avait pas chômé. L'avion-cargo c-17 resterait en stand-by à l'aéroport de Keflavik jusqu'à ce que la mission soit accomplie, surveillé nuit et jour par huit gardes en armes. La liste de ses passagers incluait le général Immanuel Wesson et une équipe de dix hommes de la Delta Force, placés sous ses ordres, qui furent déployés à Reykjavik dès leur arrivée pour prendre le contrôle de l'ambassade. L'ambassadeur et ses collaborateurs les plus proches furent envoyés en congé sans délai ni explications.

La neige s'était mise à tomber en lourds flocons mouillés, recouvrant d'une épaisse couverture blanche le sud et l'est du pays, et submergeant les essuie-glaces des camions. La circulation se révéla assez dense entre Reykjavik et les petites villes de Hveragerdi et Selfoss, mais plus à l'est, la route était dégagée. Les camions maintenaient entre eux une distance constante, tandis qu'ils traversaient l'écran impénétrable de l'obscurité et de la neige. Ils laissèrent derrière eux les villages de Hella et Hvolsvöllur, dans leur écrin de terres planes et fertiles, puis Vik i Myrdal, blotti au pied du glacier, poursuivant vers l'est en direction du hameau isolé de Kirkjubaejarklaustur, avant de traverser la série de ponts des « sables de la Skeidhara », immense plaine alluviale creusée par les torrents glaciaires, qui étaient parfois sujets à des crues soudaines et dévastatrices provoquées par des éruptions sous la calotte glaciaire située en amont. Sur leur gauche, cachés dans la nuit, se dressaient des montagnes, des glaciers et les terres stériles et désolées de l'intérieur ; à droite, par-delà ce delta sableux, les côtes atlantiques dépourvues de ports.

Personne ne les remarquait. Les camions de marchandises étaient omniprésents dans les campagnes où, en l'absence de réseau ferré, toutes sortes de biens étaient acheminés par la route : engins agricoles, vivres et combustible destinés aux fermes et villages les plus retirés d'Islande.

Le briefing de Ratoff avait inclus une présentation détaillée de l'opération militaire de 1967, la deuxième mission de grande ampleur mise en œuvre pour retrouver l'avion sur le Vatnajökull. Contraint de faire le tour complet de l'île sur des pistes défoncées, en montant d'abord vers le nord avant d'aborder par l'est la calotte glaciaire, le convoi avait eu du mal, à l'époque, à ne pas attirer l'attention. Alors les militaires US avaient été obligés de prendre des mesures drastiques.

Les hommes de Ratoff poursuivaient leur chemin, protégés par la nuit. Malgré la neige, les routes désormais asphaltées étaient parfaitement praticables. L'un après l'autre, les camions traversèrent le parc naturel de Skaftafell, fort prisé des touristes, et continuèrent vers Hornafjördur, plus à l'est. Ils franchirent l'étroit corridor de plaine d'Oraefi, Sudursveit et Myrar, entre mer et glacier, puis, juste avant le bourg de Höfn, ils tournèrent à gauche, quittant la route principale pour s'engager sur les terres agricoles déployées au pied du glacier, et s'arrêtèrent enfin devant la ferme des deux frères. Le temps que le camion de Ratoff arrive à son tour, les soldats étaient déjà en train de décharger les autres véhicules, et les premières motoneiges étaient en route vers le glacier.

Le fermier se tenait debout sur le seuil de sa maison, observant les troupes au travail. Il avait déjà vu tout ça, et même s'il ne connaissait pas Ratoff, qui marchait à présent vers lui sous une averse de neige de plus en plus intense, il avait déjà rencontré des hommes de ce genre-là. Le fermier s'appelait Jon. Il vivait seul à la ferme depuis la mort de son frère, bien des années auparavant.

– Vous allez retenter votre chance sur le glacier ? demanda-t-il en islandais, serrant la main que Ratoff lui tendait. Jon savait quelques bribes d'anglais – il comprenait cette langue mieux qu'il ne la parlait – mais ils durent quand même faire appel à l'interprète fourni par la base aéronavale, un homme posté en Islande depuis plusieurs années.

Ratoff adressa un sourire à Jon. Ils frappèrent leurs bottes sur le seuil pour les débarrasser de la neige, rentrèrent à l'intérieur de la maison, chaude et bien tenue, et s'installèrent dans le salon, Ratoff en combinaison blanche, l'interprète engoncé dans une épaisse doudoune, et le fermier en chemise à carreaux, jean élimé et chaussettes de laine. Il allait sur ses quatre-vingts ans, le crâne totalement chauve, son visage un amas de rides, mais il était encore alerte, le dos bien droit, aussi solide mentalement que physiquement. Quand les hommes furent assis, il leur proposa du café noir, très fort, et une pincée de tabac à priser saupoudrée sur le dessus de son poignet. Ne sachant trop de quoi il s'agissait, Ratoff et l'interprète firent non de la tête.

À la connaissance de Jon, c'était la troisième fois que l'armée lançait une expédition sur le glacier, en comptant la première tentative de Miller à la fin de la guerre. Mais pendant de longues années, le colonel était parfois revenu seul, s'installant chez les deux frères pour deux ou trois semaines, durant lesquelles il fouillait le glacier avec un petit détecteur de métaux, avant de rentrer aux États-Unis. Les deux frères s'étaient liés d'amitié avec Miller, mais, lorsqu'ils demandèrent de ses nouvelles aux membres de l'expédition de 1967, on les informa qu'il était mort. Cette expédition était la plus importante que Jon avait vue jusque-là. Comme la première fois, les deux frères avaient servi de guides aux militaires, conduisant les soldats à travers les contreforts du glacier, puis sur celui-ci. Ils avaient appris qu'une partie de l'épave de l'avion était apparue sur une image satellite – les militaires n'avaient plus recours, désormais, à des avions-espions. Au fil des années, les deux frères avaient parfois remarqué la présence de ces vols de surveillance, mais les patrouilles aériennes dans la région avaient brusquement cessé avec l'avènement des nouvelles technologies.

Les deux frères s'étaient souvent demandé pourquoi cet avion allemand obsédait à ce point les Américains qu'ils surveillaient le glacier depuis l'espace et se pointaient en nombre à la ferme chaque fois qu'ils pensaient que les glaces avaient recraché leur épave. Ils avaient donné au colonel Miller leur parole qu'ils ne révéleraient jamais le véritable but de ces expéditions à leurs voisins, ni à personne d'autre ; Miller leur avait dit de présenter ces activités comme de banales manœuvres d'entraînement, au cas où les habitants des environs se montreraient curieux, et ils avaient suivi ses instructions. Mais, en privé, ils n'avaient cessé de se livrer à des spéculations, envisageant toutes les hypothèses, même les plus extravagantes : peut-être cet avion était-il rempli d'or volé aux Juifs, de diamants ou d'œuvres d'art pillées par les nazis aux quatre coins de l'Europe. À moins qu'un important général ne se soit trouvé à bord, ou une arme secrète destinée à changer le cours de la guerre. Quoi qu'il en soit, l'armée américaine ne ménageait pas ses efforts pour mettre la main dessus, et pour le faire sans attirer l'attention du public. Chaque fois qu'une marque sombre apparaissait sur les photographies qu'elles prenaient du glacier, les autorités militaires étaient vraiment sur les dents. Ce qui ne manquait pas d'amuser le vieil homme.

– Qu'avez-vous vu, cette fois ? interrogea Jon.

Il regarda l'interprète relayer sa question à Ratoff.

– Nous pensons avoir enfin réussi à le localiser, répondit l'interprète, traduisant les paroles de Ratoff. Grâce à de meilleurs satellites.

– Oui, de meilleurs satellites, répéta Jon. Vous savez ce que contient cet avion, pour que les vôtres aient à ce point envie de le retrouver ?

– Aucune idée, répondit Ratoff. Mon boulot consiste seulement à accomplir une tâche bien spécifique. D'où vient l'avion, et ce qu'il contient, cela ne me regarde pas. Mon seul souci, c'est de suivre à la lettre les ordres que j'ai reçus.

Jon étudia Ratoff quelques instants, sentant que ce client-là était très différent de l'affable Miller ; il avait quelque chose de pas net, de fourbe même ; sous son calme apparent, on devinait une impatience, un caractère imprévisible.

– Eh bien, je ne serais pas surpris que vous le trouviez, reprit-il. Il y a eu une période de réchauffement depuis les années 60, et une bonne partie des glaces de la région a fondu.

– D'après nos images, le nez de l'avion doit être visible à la surface du glacier, lui confia Ratoff. Nous avons les coordonnées de l'endroit. Ça ne devrait pas nous prendre très longtemps.

– Vous savez donc où vous allez, répliqua Jon, en inspirant puissamment une pincée de son tabac grossier.

Les premières prises déclenchaient chez le non-initié une irrépressible envie d'éternuer, et la majorité des gens y voyaient une manie dégoûtante, mais la décharge de nicotine était tout aussi forte que celle d'une cigarette.

– Vous n'avez donc plus besoin de guide, ajouta Jon. Et surtout pas d'un dinosaure comme moi. Je ne sers plus à rien ni à personne, de nos jours.

Il sourit.

– Nous connaissons bien le chemin maintenant, acquiesça Ratoff en se levant.

– Les touristes l'empruntent pas mal en été, remarqua Jon. À Höfn, ils organisent des excursions en jeep jusqu'au glacier ; je les laisse traverser mes terres. Ils sont de plus en plus nombreux chaque année.

Quelques minutes plus tard, Ratoff ressortit de la ferme avec son interprète. Ils se dirigèrent à grands pas vers un petit véhicule à chenilles, grimpèrent à l'intérieur et partirent aussitôt en direction des montagnes. On n'apercevait plus les camions. Le blizzard était devenu encore plus dense au fil de la soirée, et la visibilité était quasi nulle. Leur véhicule suivait les traces laissées par les autres dans la neige fraîche et progressait au ralenti, franchissant péniblement les congères, ses phares surpuissants illuminant la piste. Le temps qu'ils atteignent le campement au pied des monts, des projecteurs avaient été dressés autour d'un cercle irrégulier de tentes. Des cartons de vivres et de matériel étaient éparpillés un peu partout, et les hommes des forces spéciales en tenue de camouflage blanche s'activaient de manière ordonnée, méthodique. Une fois l'avion localisé, ils déplaceraient le campement sur le glacier lui-même.

La silhouette d'une grande antenne parabolique se dessinait vaguement à travers l'épais voile de neige, au-dessus de la tente qui faisait office de centre de télécommunications. Ratoff se rua à l'intérieur. Deux hommes étaient occupés à installer le système radio.

– Combien de temps faudra-t-il pour établir le contact ? interrogea Ratoff.

– Quarante minutes max, major.

– Passez-moi Carr dès que vous aurez terminé.

Vytautas Carr était assis dans son bureau du Bâtiment 312 quand le téléphone sonna.

– Ratoff sur la une, annonça sa secrétaire. Il appuya sur le bouton. Il était vingt et une heures dans la capitale des États-Unis, deux heures du matin en Islande.

– Tout se déroule comme prévu ? interrogea Carr.

– Nous sommes dans les temps, général. Nous monterons vers le glacier demain à la première heure. Il neige pas mal, mais pas de quoi nous empêcher de travailler. Si les coordonnées sont correctes, peu importe que l'avion soit recouvert par les congères.

– Et les Islandais ?

– Ils ne se doutent de rien, général. Et nous ferons ce qu'il faut pour que ça continue.

– Ils suivent de près nos manœuvres militaires. Il faudra se montrer prudent.

– Ils la fermeront, tant qu'on leur file de l'argent.

Carr ne releva pas.

– Y a-t-il d'autres personnes sur le glacier ?

– Nous savons qu'une équipe de sauveteurs est là pour un exercice d'entraînement, mais ils se trouvent dans un autre secteur et ça ne devrait pas nous poser de problème, général.

– Parfait. Prévenez-moi dès que vous aurez trouvé l'avion.

4

Kristin se réveilla aux aurores, angoissée à l'idée du jour qui l'attendait. Elle savait que cette histoire avec l'homme d'affaires n'était pas terminée, et qu'elle allait forcément devoir le rencontrer encore, peut-être même plus tard dans la journée. Autre source d'inquiétude, le fait que son frère se trouvait sur le Vatnajökull au beau milieu de l'hiver ; il était expérimenté, mais on ne savait jamais à quel point le temps pouvait dégénérer. Après une mauvaise nuit, elle se leva peu avant six heures, prit une douche rapide et mit en route le café. Parfois, elle regrettait de ne pas avoir quelqu'un avec qui partager ses soucis.

Non pas que le fait de vivre seule lui déplaise. Elle avait vécu pendant trois ans avec quelqu'un en rentrant des États-Unis après ses études, un avocat, comme elle. Mais une fois passé leur état de grâce, il était devenu de plus en plus dominateur, et elle était soulagée de ne plus avoir à supporter son comportement autoritaire. Il était pourtant si différent lorsqu'ils s'étaient rencontrés, si drôle et plein d'esprit. Il la faisait rire et la couvrait de cadeaux et de surprises. Mais tout cela s'était peu à

45

peu tari quand ils avaient emménagé ensemble ; il avait attrapé son poisson, et elle avait parfois l'impression qu'il lui déchirait les chairs pour retirer l'hameçon.

Bien qu'elle ait toujours été indépendante, elle était calme de nature, un peu introvertie, soucieuse de protéger son intimité, et l'absence d'un homme chez elle ne la dérangeait pas. Leur vie sexuelle n'avait rien eu de spectaculaire, si bien que cet aspect-là ne lui manquait pas non plus. Lorsqu'une envie la prenait, elle pouvait toujours se satisfaire elle-même, et elle appréciait la liberté que cela lui offrait. Elle appréciait d'avoir son appartement de la rue Tomasarhagi pour elle toute seule ; une seule brosse à dents dans la salle de bain ; personne pour lui demander sans cesse où elle allait. Elle pouvait sortir où bon lui semblait, et rentrer à l'heure qu'elle voulait. Elle aimait être seule, ne pas avoir à se plier aux caprices d'autrui.

Elle avait éprouvé un tel soulagement quand cette histoire s'était achevée qu'elle n'était pas sûre de vouloir un jour, à nouveau, partager son espace vital. C'était peut-être un trop grand sacrifice. Avoir des enfants, cela ne lui avait jamais traversé l'esprit. Peut-être avait-elle peur de devenir comme ses parents. Sa surprise avait été grande quand, après quelques mois de vie commune, l'avocat avait abordé la question des enfants, déclarant qu'il était sans doute temps de penser à fonder une famille. Elle l'avait contemplé, le regard vide, avant de reconnaître qu'elle n'y avait jamais vraiment réfléchi.

– Alors peut-être que tu devrais arrêter de t'occuper tout le temps d'Elias, avait-il répondu. C'est vrai, quoi, ce n'est pas ton enfant.

Quelle remarque extraordinaire. Ce n'est pas ton enfant, songea-t-elle. Où voulait-il en venir, au juste ?

– Qu'est-ce que tu veux dire ?

– Je veux dire que tu le traites comme un bébé.

– Comme un *bébé* ?

– Tu l'appelles dix fois par jour. Il est toujours dans les parages. Tu trouves toujours une bonne raison de sortir en ville avec lui. Il traîne chez nous le soir. Dort sur le canapé.

– C'est mon frère.

– Justement.

– Tu n'es pas jaloux d'Elias, quand même ?

– Jaloux ! s'étrangla-t-il. Bien sûr que non. Mais c'est incroyable d'avoir une relation si proche. Ce n'est pas normal.

– Pas normal ? On n'était que tous les deux. On est proches. Qu'y a-t-il d'anormal là-dedans ?

– Eh bien, anormal n'est peut-être pas le bon terme, mais… C'est juste qu'Elias est ton frère, pas ton enfant. Je sais qu'il est beaucoup plus jeune que toi, mais il a presque vingt ans. Ce n'est plus un gosse.

Elle resta muette pendant si longtemps qu'il en profita pour se lever, prétextant un truc à finir au bureau.

Leur relation ne tarda pas à partir à vau-l'eau et, à la fin, elle avait presque de la haine pour lui. Peut-être avait-il touché un point sensible, lui avait-il ouvert les yeux sur une réalité qu'elle refusait d'affronter. Elle avait rencontré d'autres hommes depuis, mais ce n'avait été que des aventures passagères, et elle ne regrettait aucun d'entre eux. Hormis, peut-être, une exception. Elle déplorait la manière dont elle avait mis fin à cette histoire-là, la manière dont ils s'étaient quittés. C'était sa faute, et elle le savait. Sa foutue incapacité.

En de rares occasions, lorsqu'elle était seule chez elle avec du temps à tuer, la vision de son avenir se déployait sous ses yeux, elle se voyait devenir vieille dans une solitude monotone, elle se racornissait peu à peu, avant de mourir ; pas d'enfants, pas de famille, rien. Vieillir dans le silence oppressant des longues soirées d'été, où elle n'avait rien d'autre à faire que lire quelques documents rapportés du bureau. Ces visions lui apparaissaient généralement lorsqu'elle était dérangée par des cris d'enfants, dehors, dans la rue, ou lorsqu'elle se couchait le soir et sentait l'épuisement envahir son corps. Parfois, elle se disait que ce processus était déjà en cours, et se sentait alors comme prise au piège dans le temps : toutes ces longues journées, ces journées interminables et suffocantes, passées dans le silence et la solitude. Elle les appréciait parfois, mais il lui arrivait de regretter que sa vie ne soit pas plus mouvementée, qu'elle soit aussi pauvre en défis, qu'elle n'exige pas d'elle autre chose que de rester assise toute la journée derrière un bureau, avant de rentrer le soir dans son appartement désert.

Elias était sa famille. Leur mère était morte, ils avaient des relations distantes avec leur père et pour ainsi dire aucun autre proche. Ils s'étaient débrouillés seuls, Elias et elle ; ils avaient pris soin l'un de l'autre. Peut-être l'avocat avait-il eu raison de dire qu'Elias occupait une trop grande partie de son temps, mais cela ne l'avait jamais dérangée.

Elle resta assise devant son café, perdue dans ses pensées, feuilletant distraitement le journal du matin, jusqu'à ce qu'il soit l'heure de partir au travail. Il n'y avait pas grand-chose dans l'actualité. La banque nationale était sur le point d'être privatisée, et le ministre du Commerce et de l'Industrie avait déclaré inutile le vote d'une loi imposant une diversification de l'actionnariat. Le site d'une ancienne ferme de l'ère viking avait été découvert à l'ouest du pays, et le président russe Boris

Ieltsine allait fêter son soixante-huitième anniversaire. Il était neuf heures moins le quart lorsqu'elle partit de chez elle. Le soleil ne se lèverait que deux heures plus tard, et la neige tombait en abondance. Elle avançait péniblement à travers les congères. La circulation était dense ; les gens étaient pressés de se rendre au travail après avoir déposé leurs plus jeunes enfants à la crèche et envoyé les plus grands à l'école. La neige atténuait le bruit des voitures, mais un épais brouillard de gaz d'échappement pesait sur la ville. Kristin n'avait pas de voiture ; elle préférait marcher, surtout lorsque la neige était aussi épaisse. Les distances étaient limitées, à Reykjavik, comparées à la Californie où elle avait vécu ; là-bas, on pouvait parler de distance. La population de Reykjavik dépassait à peine les cent mille habitants, mais à certains moments, ces derniers se comportaient comme s'ils avaient vécu dans une mégalopole, refusant de se rendre où que ce soit autrement qu'en voiture, même si le trajet ne prenait que cinq minutes à pied.

Dès son arrivée au bureau, on l'informa que le président de la Chambre de commerce l'attendait, ainsi que le conseiller du ministre des Affaires étrangères. Qu'est-ce qu'ils me veulent ? s'inquiéta-t-elle, se préparant au pire. Une fois installés dans les fauteuils du bureau de Kristin, les deux hommes lui expliquèrent que l'homme aux chambres de congélation mobiles, Runolfur Zophaniasson, avait proféré à l'encontre du président de la Chambre de commerce des menaces jugées suffisamment graves pour en informer la police. Il avait appelé le président la veille au soir, tard, apparemment à jeun mais toujours aussi furieux des conseils qu'on lui avait donnés concernant ses projets commerciaux en Russie. Au cours de cet appel, il avait menacé physiquement le président, et il n'y avait aucune raison de croire qu'il plaisantait.

– Mais qu'est-ce que j'ai à voir là-dedans ? s'étonna Kristin.

– Il a mentionné votre nom, expliqua le conseiller du ministre des Affaires étrangères, un jeune membre du parti aux grandes ambitions politiques. J'ai cru comprendre qu'il n'était pas vraiment de bonne humeur lorsqu'il a quitté ce bureau en furie, hier après-midi.

– Il n'a pas cessé de m'insulter, comme d'habitude, alors je l'ai mis à la porte. Il a balancé une chaise contre le mur. Je n'ai pas réagi à ses menaces, et ça l'a rendu encore plus dingue. Ce type est complètement cinglé. Il croit qu'il s'agit d'un genre de complot. Ici, au ministère.

– J'ai demandé à la police de se renseigner sur lui, intervint le président, homme grassouillet avec une petite tête, le visage bienveillant. Runolfur a trempé dans pas mal de combines mais rien d'illégal, d'après eux. Ils sont allés lui parler, et il a promis de rester sage. Il leur a dit qu'il avait juste un peu perdu son sang-froid, mais les policiers nous conseillent quand même d'être prudents. L'homme ne leur inspire pas confiance. Je ne répéterai pas les termes qu'il a utilisés à votre propos dans mon combiné. Apparemment, il est furieux d'avoir perdu de grosses sommes d'argent en Russie, et il nous tient pour responsables.

– Je ne connais pas tous les tenants et les aboutissants de cette affaire, répondit Kristin, mais je peux vous assurer que nous ne lui avons jamais transmis aucune information erronée.

– Bien sûr que non, renchérit le conseiller. Il prétend que nous l'aurions encouragé à expédier ses marchandises sur place sans aucune garantie, afin de faciliter de futurs contrats. Mais c'est n'importe quoi ! Ce n'est pas notre boulot de donner ce genre de conseils. Les gens sont seuls responsables de la manière dont ils gèrent leurs transactions commerciales.

– Évidemment, confirma Kristin.

– Quoi qu'il en soit, reprit le conseiller en consultant sa montre, nous tenions à vous informer des derniers développements de cette histoire, et à vous inciter à rester sur vos gardes. Si ce Runolfur tente de vous intimider, de quelque manière que ce soit, il faudra immédiatement appeler la police. Ils sont au courant de l'affaire.

Une fois la réunion terminée, Kristin put commencer sa journée de travail. Elle ne releva pas les yeux de son bureau jusqu'à l'heure du déjeuner, où elle se rendit avec deux de ses collègues dans un petit café cosy à deux pas du ministère. Là, elle bavarda et parcourut le journal de l'après-midi en prenant un café et une omelette. Quand elle rentra au bureau, à treize heures, plusieurs messages téléphoniques l'attendaient, dont l'un de son frère, qui promettait de rappeler plus tard. Le reste de la journée se déroula sans incidents.

Elle quitta le bureau de bonne heure. La neige avait cessé de tomber et avait cédé la place à une journée de janvier douce et ensoleillée. Comme c'était vendredi, Kristin s'arrêta dans un magasin sur le chemin du retour et fit des courses pour le week-end. Elle vivait au rez-de-chaussée d'une jolie maisonnette en béton blanchi à la chaux, de deux étages, dont le toit plat avait tendance à fuir. En entrant dans le hall commun, elle entendit le téléphone sonner chez elle avant même d'avoir introduit sa clé dans la serrure. Elle ouvrit précipitamment la porte, se rua sur le téléphone et décrocha violemment le combiné.

– Salut, fit une voix qu'elle reconnut aussitôt, celle de son frère.

– Elias !

– Salut, répéta son frère. Tu me reçois bien ?

– Cinq sur cinq…

Mais la communication s'interrompit et Kristin raccrocha. Elle attendit devant le téléphone pendant un moment, au cas où Elias rappellerait tout de suite. Comme il ne se passait rien, elle alla fermer la porte d'entrée, ôta son manteau et le suspendit dans le placard. Elle venait de s'asseoir à la table de la cuisine quand la sonnerie retentit de nouveau.

– Allô ? dit-elle. C'est toi, Elias ?

Pas de réponse.

– Tu es sur le glacier ?

Pas de réponse.

– Elias ?

Au bout du fil, elle distingua le bruit étouffé d'une respiration, et le soupçon lui vint aussitôt à l'esprit qu'il s'agissait peut-être de Runolfur. Elle cessa de parler et tendit l'oreille.

– Qui est à l'appareil ? finit-elle par demander.

Sa question resta sans réponse.

– C'est vous, Runolfur ? interrogea-t-elle.

Puis, après avoir réfléchi quelques instants, elle ajouta : « Pervers ! », et raccrocha.

Elle repensa à sa réunion avec le président et le conseiller du ministre, en s'attaquant à un sandwich et à un verre de jus d'orange. Plus tard, elle sortit de sa mallette une pile de documents et tenta de se concentrer sur son travail. Mais elle sentit la fatigue l'envahir et alla s'allonger sur le canapé du salon. Elle pensa à se faire un café, mais elle se rendit compte qu'elle avait oublié d'acheter du lait. Elle aurait dû se traîner jusqu'au magasin avant la fermeture, mais elle n'en eut pas le courage et le sommeil la terrassa.

Kristin ignorait combien de temps elle avait dormi. Elle se leva, enfila son blouson et ses gants. L'épicerie du quartier se trouvait au coin de la rue, il fallait qu'elle se force à sortir. Le café était imbuvable sans l'ajout de lait chaud. Elle ouvrait la porte quand le téléphone sonna une nouvelle fois, la faisant sursauter.

– Mais qu'est-ce qui se passe, bon Dieu ? s'exclama-t-elle en décrochant le combiné.

– Salut, c'est Elias. Tu m'entends ?

– Elias ! s'écria Kristin. Tu es où ?

– J'ai… te joindre… journée. Je suis sur… glacier…

La communication était mauvaise ; la voix de son frère n'arrêtait pas de sauter.

– Tout va bien ? demanda-t-elle, encore engourdie de sa sieste. Elle s'était réveillée bien trop tôt ce matin-là.

– Tout se passe super bi… partis à deux… moto-neiges… Super temps. Il fait… noir.

– Comment ça, à deux ? Où sont les autres ?

– On voulait… tester un peu… bien.

– Ça ne marche pas. Je n'entends qu'un mot sur trois. Tu veux bien retourner avec le reste de l'équipe ? Fais-moi plaisir.

– On fait demi-tour… lax. Le téléphone coûte soixan… mille. Tu m'entends ?

– Il ne marche pas, ton téléphone !

– Arrête un peu. Tu viens quand… glacier avec moi ?

– Tu ne me feras jamais poser le pied sur un foutu glacier !

Elle entendit son frère répondre quelque chose d'inintelligible, puis appeler son compagnon.

– Johann ! l'entendit-elle crier. Johann, qu'est-ce que c'est ?

Kristin savait que Johann était un bon copain de son frère ; à l'origine c'était lui qui l'avait fait entrer dans l'équipe des sauveteurs.

– C'est quoi toutes ces lumières ? entendit-elle Elias crier. Ils creusent dans la glace ?

– Tu devrais voir ça. Il se passe des trucs bizarres ici, dit-il à sa sœur, sa voix se faisant soudain plus aiguë.

Elle l'entendit se détourner pour crier quelque chose à son copain, puis rapprocher ses lèvres du téléphone.

– Johann pense… dans la glace, dit-il.

Il y eut une longue pause.

– Ils arrivent ! s'écria soudain Elias, les mots se détachant par saccades des parasites sur la ligne. L'excitation avait disparu, et il avait l'air paniqué, le souffle haletant.

– Qui ça ? lui demanda-t-elle, stupéfaite. Qui arrive ? Qu'est-ce que tu vois ?

– De nulle part. Ils nous… des motoneiges. Ils sont armés !

– Qui, ils ?

– On dirait… soldats…

– Elias !

– … un avion !

Mais la communication fut brusquement interrompue et Kristin eut beau hurler dans son téléphone, folle d'inquiétude, elle n'entendait plus que des bips. Elle reposa lentement le combiné et contempla le mur, le regard vide.

5

Au cours de sa longue carrière militaire, qui l'avait conduit aux quatre coins de la planète, Vytautas Carr ne s'était rendu qu'une seule fois en Islande. Il savait que la base américaine de Keflavik avait été construite après la Seconde Guerre mondiale sur un site balayé par les vents qui s'appelait Midnesheidi, au milieu des champs de lave, à une heure de route environ au sud-ouest de la capitale, Reykjavik. À une époque, la base avait constitué un élément vital dans la ligne de défense de l'Ouest ; la situation de l'île, au milieu de l'Atlantique Nord, en faisait un avant-poste idéal pour une superpuissance militaire, au plus fort de la guerre froide, offrant un excellent poste d'observation pour surveiller les mouvements des sous-marins, navires et vols soviétiques dans l'Arctique.

Carr savait également que les Britanniques avaient occupé l'île au début de la guerre, avant de céder cette mission défensive aux Américains, en 1941. Le QG de l'US Army s'était d'abord installé à Reykjavik avec les premiers détachements envoyés sur place, renforcés ensuite par la 5e Division d'infanterie commandée par le général Cortlandt Parker, qui avait combattu en Tunisie jusqu'à la capitulation des forces de l'Axe en Afrique. L'armée d'occupation américaine avait compté à une époque jusqu'à 38 000 hommes.

La présence américaine était une source de tension politique en Islande depuis la fin de la guerre. La signature du traité de défense en 1949 avait provoqué une émeute devant le Parlement islandais, et les partis de gauche n'avaient cessé depuis de dénoncer farouchement l'existence de cette base, mais sans grand effet.

La politique officielle du gouvernement avait toujours défendu le principe selon lequel la nation ne devait tirer aucun profit de la présence de l'OTAN sur ses côtes, si bien que l'armée US n'avait jamais rien payé pour utiliser l'aéroport de Keflavik. Directement, du moins. Car des dizaines de millions de dollars s'étaient déversés dans les poches des entrepreneurs civils et autres sociétés de services qui travaillaient pour les militaires, ou possédaient des contacts haut placés dans les partis politiques bien disposés envers la présence américaine. En outre, l'économie des villages de la région dépendait entièrement, désormais, de la présence de la Force de défense islandaise, à tel point que la décision de réduire les activités de la base de Midnesheidi à la fin de la guerre froide avait provoqué des protestations outrées de la part des habitants.

Carr se remémorait les différents points de cette histoire, tandis qu'il se rendait à sa réunion hebdomadaire avec le ministre de la Défense américain. Il serait sommé d'expliquer pourquoi un C-17, prêté par la Division du Transport aérien de Charleston, était immobilisé en Islande au beau milieu de l'hiver, pour une durée indéterminée. Il devrait également justifier la présence de soldats de la Delta Force. Carr ressentit une pointe de nostalgie pour l'époque où les opérations secrètes étaient vraiment secrètes. De nos jours, une foule d'élus politiques devaient être tenus informés dans le moindre détail des opérations menées par les services de renseignements militaires partout dans le monde.

Le ministre de la Défense fit patienter Carr devant son bureau pendant un bon quart d'heure – délibérément, Carr en était certain – avant de le faire entrer. Les relations entre les deux hommes avaient été tout sauf cordiales depuis six ans que le ministre était en poste, et Carr savait que, dernièrement, elles s'étaient encore refroidies. Le ministre avait eu connaissance des tentatives de Carr pour trouver des informations compromettantes sur lui – des preuves de l'existence de maîtresses, d'un penchant pour le jeu ou tout autre vice susceptible de le mettre en difficulté. Carr était allé jusqu'à examiner ses déclarations de revenus, ses comptes en banque et ses relevés de cartes de crédit. C'était une précaution qu'il prenait à chaque nouvelle nomination d'un ministre de la Défense, et qui, à l'occasion, s'était révélée fort utile lorsqu'il avait eu besoin d'un moyen de pression. Mais, cette fois, la chance l'avait abandonné : à ce qu'il avait pu constater, le ministre était blanc comme neige.

C'était l'une des étoiles montantes du parti démocrate, un orateur-né, jeune, réformiste, avec une femme, des enfants et deux animaux de compagnie ; il lui rappelait Carter, à sa grande époque. Opposant déclaré au principe du secret d'État, le ministre avait évoqué dans plusieurs discours la nécessité d'une plus grande transparence concernant les opérations menées par les services secrets, qui avaient acquis un rôle nouveau, et plus étendu, depuis la fin de la guerre froide. Difficile de savoir ce que le ministre entendait au juste par «nouveau» et «plus étendu», mais ce qui ne faisait aucun doute, c'est qu'il était l'un des plus farouches partisans d'une limitation du budget alloué aux services de renseignements et d'un contrôle accru de leurs activités.

Carr ne supportait pas les effets de manche politiciens du ministre. Il regrettait amèrement de n'avoir pu découvrir la moindre tache dans son passé.

– Qu'est-ce que c'est que cette histoire d'avion à Keflavik? s'écria le ministre avant même qu'ils ne soient assis. Qu'est-ce que vous foutez en Islande? Un C-17, ça coûte 350 000 dollars par jour. Pareil pour les hommes de la Delta Force. Nous ne pouvons pas nous permettre ce genre d'extravagances, sauf s'il s'agit d'un cas de force majeure. Et votre Ratoff n'est qu'un psychopathe qui, si vous voulez mon point de vue, ne devrait même pas figurer sur notre registre du personnel.

Carr ne répondit rien. Selon les procédures normales de ce genre d'opération, le ministre n'était même pas censé connaître l'existence d'hommes tels que Ratoff. Il plongea la main dans son attaché-case et en tira une liasse d'images satellites du Vatnajökull, qu'il tendit au ministre.

– Qu'est-ce que c'est que ça? interrogea le ministre. De quoi s'agit-il?

– Des images satellites, monsieur le ministre, de l'extrémité sud-est d'un glacier islandais connu sous le nom de Vatnajökull; le plus grand d'Europe; une gigantesque calotte glaciaire en perpétuel mouvement. Ces agrandissements font apparaître ce que nous pensons être un avion qui s'est écrasé sur le glacier durant les dernières semaines de la Seconde Guerre mondiale.

– Quel genre d'avion?

– Un appareil de transport allemand, monsieur le ministre. Un Junkers, selon toute probabilité.

– Et nous ne le retrouvons que maintenant ?

Nous, songea Carr. C'est qui ça, *nous* ? Foutus politiciens… Ils se donnaient toujours le beau rôle. Les démocrates, surtout, eux qui réclamaient un gouvernement plus ouvert, une transparence totale, le respect absolu des règles.

Puis Carr reprit :

– Comme je vous le disais, monsieur le ministre, cet avion s'est écrasé à la toute fin de la guerre. Notre QG à Reykjavik a monté une expédition quelques jours plus tard. C'était en plein hiver, et la visibilité sur le glacier était quasi nulle. L'épave était enfouie sous la neige et a fini par être engloutie par le glacier. Mais celui-ci semble avoir décidé de nous la rendre, maintenant, au bout d'un demi-siècle.

– Nous la rendre ? Mais qu'est-ce que vous racontez ?

– Ça n'a rien d'exceptionnel. Au risque de me répéter, le Vatnajökull est en perpétuel mouvement. Il couvre une région d'une superficie totale de plus de 8 200 km^2, où se trouvent plusieurs volcans. Il est composé d'une multitude de petites langues glaciaires, et sa masse totale varie constamment en fonction des conditions climatiques. Tout ce qui disparaît sous la glace peut refaire surface des décennies plus tard. Ce qui est apparemment le cas de cet avion allemand.

– Mais comment savons-nous qu'un avion allemand s'est écrasé sur ce glacier, si on ne l'a jamais retrouvé ?

– Deux frères qui vivaient au bord de la calotte glaciaire l'ont vu passer à basse altitude au-dessus de leur ferme. Et la première expédition a retrouvé le train avant de l'appareil.

– La première expédition ?

– Une équipe de deux cents hommes a fouillé le glacier peu après le crash, mais ils n'ont trouvé que cette roue. Nous avons lancé une deuxième expédition, beaucoup plus importante, en 1967, mais le mauvais temps nous a contraints à rebrousser chemin. Il s'agit donc ici de la troisième expédition.

– Mais bon Dieu, que transportait cet avion ? demanda le ministre.

– La roue nous a permis d'avoir une idée de la taille et du type d'appareil dont il s'agissait, poursuivit Carr. Nous surveillons de près ce glacier depuis longtemps, et je crois pouvoir affirmer en toute certitude que nous n'avons jamais été si proches de retrouver l'avion.

– Ça ne semble pas vraiment vous réjouir…

– Il aurait sans doute mieux valu que ce glacier garde l'avion éternellement, répondit Carr. Nous ne sommes pas pressés de le récupérer, tant qu'il reste bien caché. À vrai dire, il est si bien caché que nous avons longtemps hésité à explorer le glacier de manière systématique, et à faire des forages. Notre principal souci était de nous assurer qu'il n'était pas réapparu, ce qui, comme je vous le disais, semble être le cas à présent.

– Vous voulez dire que nous surveillons le glacier depuis toutes ces années ?

Nous. À croire que le ministre en personne était resté penché sur un écran, à scruter les images satellites, pendant plus de quarante ans.

– La roue nous a fourni un indice sur la position de l'avion, répondit Carr, esquivant la question. Les services de renseignements militaires ont suivi l'évolution du glacier dans cette région précise depuis la fin de la guerre, d'abord grâce aux photographies aériennes

60

prises par nos avions-espions, puis, avec l'avènement des satellites, depuis l'espace.

– Satellites ? Avions-espions ? Bon Dieu, mais qu'est-ce qu'il a, cet avion ? Pourquoi sommes-nous si pressés de le récupérer, maintenant qu'il est réapparu ?

Carr s'éclaircit la gorge.

– Je répète : que transportait ce putain d'avion ? Et pourquoi s'agit-il d'une opération secrète ? Pourquoi faire intervenir la Delta Force et ce cinglé de Ratoff ?

Carr fit semblant de réfléchir quelques instants.

– Avez-vous entendu parler de l'or de Walchensee, monsieur le ministre ?

– De l'or ? répondit le ministre, son visage télégénique se plissant dans un mélange de suspicion et d'inquiétude. Vous êtes en train de me dire qu'il y a de l'or dans cet avion ? Non, je n'en ai jamais entendu parler.

– Cette histoire nous a filé une sacrée migraine, à l'époque. Juste après la chute de Berlin, avant que l'Armée rouge ne s'en empare et n'empêche toute entrée et sortie de la ville, il semblerait qu'un petit train de marchandises ait quitté Berlin en direction des Alpes. Il transportait plus de trois cents petits sacs, contenant chacun un lingot d'or. Cet or avait été évacué des coffres de la Reichsbank sur ordre d'Hitler en personne. Il s'agissait des dernières réserves en or du Troisième Reich.

Carr s'interrompit quelques instants pour organiser ses idées. Il avait à présent toute l'attention du ministre.

– Nous ne savons pas précisément quelle était sa destination, poursuivit-il. Mais ce qui est sûr, c'est que l'or n'a pas dépassé la ville de Walchensee, en Bavière, où il a été enterré dans un endroit tenu secret, près de la centrale électrique d'Obernach. Il a été déterré peu après par certains de nos hommes, puis il a disparu. C'était en février 1945. La guerre touchait à sa fin. Nos hommes auraient entendu parler de cet or par le plus grand des hasards, puis l'auraient récupéré et rapatrié aux États-Unis. Le gouvernement américain a toujours refusé de s'exprimer sur cette affaire, mais elle a provoqué un scandale politique, et les médias allemands ressortent régulièrement l'histoire de l'or de Walchensee. Personne ici ne sait ce qu'il est devenu – même si, naturellement, les Allemands refusent de nous croire.

– Bon Dieu, vous voulez dire qu'il se trouverait dans cet avion, sur le glacier ? interrogea le ministre, abasourdi.

Il avait tout gobé – l'hameçon, la ligne et le bouchon.

– Selon les informations les plus fiables dont nous disposons, des soldats américains auraient volé un avion Junkers à la Luftwaffe, l'auraient repeint à nos couleurs de camouflage, auraient chargé l'or à bord et se seraient envolés depuis Munich. Ils ont fait une escale secrète à Prestwick, en Écosse, pour refaire le plein, et prévoyaient d'en faire une autre à Reykjavik, à mi-chemin des États-Unis, mais une tempête leur est tombée dessus et ils se sont écrasés sur le glacier. Aucun d'eux n'est réapparu, nous avons donc tout lieu de croire qu'il n'y a pas eu de survivants. Toutefois, nos sources ne sont pas fiables à cent pour cent. Naturellement, aucun des hommes impliqués dans cette affaire ne s'est jamais présenté aux autorités pour avouer le vol. Mais il n'y a aucune raison réelle de douter de la véracité de cette histoire.

– De quelle quantité d'or sommes-nous en train de parler ?

– Six à huit tonnes.

– Là, c'est sûr, nous avons un problème, marmonna le ministre, comme pour lui-même.

Il était visiblement secoué ; Carr, qu'il avait convoqué pour lui passer un savon au sujet de ses opérations secrètes qui n'en finissaient plus et des vendettas personnelles auxquelles il se livrait, avait habilement renversé la situation. Le ministre n'avait pas l'habitude d'être ainsi pris totalement au dépourvu, mais ne pouvait s'empêcher, bien malgré lui, d'être impressionné par l'expertise de Carr.

– Et ce n'est pas tout, monsieur le ministre, ajouta Carr.

– Il y a encore autre chose ?

La voix du ministre trahissait l'anxiété.

– Oui, et cela rend cette histoire d'or très sensible pour nous, politiquement parlant.

– Comment ça ? De quoi s'agit-il ?

Son ascension, jusqu'à présent, avait été nette, sans bavure – un dossier sans tache qui était désormais menacé.

– La majeure partie de cet or a été récupérée dans les camps de concentration, répondit Carr.

Il fallut quelques instants au ministre pour digérer l'information. Alors, il laissa échapper un grognement.

– Vous voulez dire que cet or a été volé aux Juifs ? Des dents ? Des bijoux ? Vous êtes en train de me dire que nous avons là un avion qui s'est écrasé, piloté par des Américains, et que la cargaison d'or qu'il contient est le fruit du pillage des Juifs ?

Carr enfonça le clou :

– Si nous racontons qu'il a été volé par une poignée de renégats de l'armée américaine, personne ne nous croira. Le pays tout entier serait jugé suspect : le président, le Congrès, et bien sûr les services secrets.

– Mon Dieu.

– Donc, comme vous pouvez le constater, monsieur le ministre, c'est une affaire délicate.

Le ministre soupesa ses différentes options, inexistantes.

– Vous avez raison. Totalement raison, finit-il par répondre.

– Monsieur le ministre ?

– Cet avion ne doit jamais être retrouvé.

– C'est là toute l'utilité des services secrets, monsieur, conclut Carr, l'esquisse d'un sourire ironique lui déformant les lèvres.

6

Ratoff tenait à la main le téléphone appartenant au jeune homme qui prétendait s'appeler Elias et, en entrant dans la tente radio installée tout près de l'avion, il consulta le dernier numéro composé. D'après ce qui était inscrit sur l'écran, l'appel avait duré assez longtemps, songea Ratoff, pour que le garçon ait précisé l'endroit et décrit en détail leurs activités. C'était le seul numéro qui figurait dans l'historique – le téléphone semblait tout neuf.

– Demandez à l'ambassade d'identifier ce numéro, ordonna-t-il à l'officier chargé des télécommunications. Et il faut que je parle à Vytautas.

– Vytautas, major ? répéta l'officier.

– Carr, soupira Ratoff. Le général Vytautas Carr.

Ratoff ressortit de la tente. L'avion était déjà à moitié dégagé de la glace. Dans l'éclat aveuglant de quatre projecteurs surpuissants, un essaim de soldats s'échinait à briser la glace à coups de pelles. Le nez de l'appareil, relativement intact, se dressait dans les airs comme un poing serré. Ratoff pouvait désormais confirmer la théorie de Carr : il s'agissait bien d'un Junkers Ju 52, que les troupes alliées de la Seconde Guerre mondiale avait familièrement rebaptisé «Iron Annie» ou «Tante Ju». Le Ju 52 était l'avion de transport le plus utilisé par l'armée allemande, qui servait souvent à acheminer les régiments de parachutistes. Il était propulsé par trois immenses moteurs BMW, dont l'un était installé dans le nez de l'appareil. L'hélice était encore accrochée là-haut, ses pales déchiquetées par leur collision avec le glacier. Sous la verrière du cockpit, on distinguait les contours noirs d'une croix gammée, sous la peinture de camouflage écaillée. Deux des sept hublots percés dans les flancs de l'appareil étaient désormais dégagés. La queue du Junkers était encore enfouie sous la glace, mais les ailes, à l'évidence, avaient été arrachées et ne seraient sans doute jamais retrouvées.

Ratoff avait parfaitement conscience de l'urgence de la situation. Si ces deux jeunes infortunés, avec leurs motoneiges, avaient eu le temps de prévenir des gens de la présence de soldats en armes et d'un avion sur le glacier, il allait devoir passer à l'action. Il fallait déterminer qui ils avaient appelé et tenter d'empêcher l'information de poursuivre sa course, de se propager et de muter comme un virus. Il fallait à tout prix colmater la fuite. Ratoff n'ignorait pas l'ampleur de cette mission, et combien il serait difficile de la tenir secrète. Il s'était fait une spécialité d'opérations plus confidentielles, impliquant une quantité d'hommes et de matériel beaucoup plus restreinte, en milieu urbain. Mais les confins arctiques, où les conditions météo pouvaient changer radicalement en l'espace de quelques minutes, outrepassaient vraiment son domaine de compétence. Malgré tout, Ratoff estimait qu'ils avaient de bonnes chances de mener à bien cette mission sans être inquiétés, à condition de bien s'y prendre et si toutes les personnes impliquées faisaient ce qu'on attendait d'elles. Il s'était renseigné : l'Islande, c'était vraiment le bout du monde ; s'il y avait bien un endroit où un vieux secret pouvait être déterré sans que personne n'en sache rien, c'était celui-là.

Il entendit quelqu'un l'appeler depuis l'intérieur de la tente, et rentra.

– C'est un numéro de Reykjavik, major. Il appartient à une certaine Kristin. Elle a le même nom de famille que le propriétaire du téléphone. Sa sœur, peut-être. En Islande, les femmes mariées gardent le nom de leur père. Voici l'adresse. Il semblerait qu'elle vive seule. J'ai l'ambassade au bout du fil.

– Passez-moi Ripley.

L'opérateur lui tendit le combiné.

– Elle s'appelle Kristin, expliqua Ratoff, puis il dicta l'adresse.

Il y eut un silence. Ratoff écoutait, concentré à l'extrême, puis il répondit :

– Suicide.

Ripley raccrocha. Son collègue Bateman et lui étaient arrivés en Islande avec les autres membres de la Delta Force, mais Ratoff les avait envoyés à l'ambassade américaine de Reykjavik, où ils avaient reçu l'instruction d'attendre bien sagement ses ordres. Ils portaient des cravates élégantes, des souliers impeccables et des costumes noirs discrets, fraîchement sortis du pressing, sur lesquels ils avaient juste enfilé de courts imperméables bleus. On aurait pu les prendre pour des jumeaux si leurs visages n'avaient été si différents. Le premier était plus délicat, le visage tout en longueur, des yeux bleus perçants au-dessus d'un long nez fin, et une bouche étroite, quasiment dépourvue de lèvres ; l'autre avait des traits plus grossiers, la mâchoire carrée, des lèvres épaisses et rouges comme un fruit mûr, un menton solide et un cou de taureau.

Une fois en possession de l'adresse de la femme, ils repérèrent l'itinéraire le plus court à travers les rues de Reykjavik, puis empruntèrent l'une des voitures de l'ambassade, un Ford Explorer, SUV blanc parfaitement anonyme, et se lancèrent en plein blizzard. Chaque seconde comptait.

Le trajet ne prit guère plus de cinq minutes malgré le mauvais temps.

Lorsqu'ils s'arrêtèrent devant sa maison, sur la rue Tomasarhagi, Kristin était en train d'essayer de joindre les *björgunarsveitin* de Reykjavik, la société de sauvetage à laquelle appartenait son frère. Elle n'avait pas pris le temps d'ôter son anorak, et essayait les uns après les autres tous les numéros de l'organisation figurant dans l'annuaire, sans succès. Personne ne répondait. Elle composa de nouveau le numéro de son frère, mais il ne décrochait toujours pas. Un message enregistré annonça que le téléphone était éteint, hors de portée du réseau, ou les lignes toutes occupées pour le moment. Désormais convaincue qu'il était en danger, Kristin sentit la terreur monter en elle. Elle inspira profondément et s'efforça de garder les idées claires, de se persuader qu'elle s'inquiétait pour rien, que son frère allait bien et qu'il allait la rappeler d'un instant à l'autre pour lui raconter ce qu'il avait vu ; tout ceci avait sans doute une explication parfaitement rationnelle. Elle compta lentement jusqu'à dix, puis vingt, et sentit son pouls se stabiliser peu à peu.

Elle était sur le point d'appeler la police quand elle entendit frapper à sa porte. Lâchant le téléphone, elle marcha jusqu'à l'entrée et colla son œil au judas.

– Des témoins de Jéhovah, soupira-t-elle. Il ne manquait plus que ça !

Il fallait qu'elle reste courtoise.

À peine eut-elle ouvert la porte que les deux hommes se ruèrent à l'intérieur. Le premier écrasa une main sur sa bouche et la poussa devant lui jusqu'au séjour. L'autre lui emboîta le pas, ferma la porte et entreprit de fouiller rapidement l'appartement, inspectant les autres pièces et la cuisine pour s'assurer qu'elle était seule. Pendant ce temps, l'homme qui tenait Kristin sortit un petit revolver et tendit l'index devant ses lèvres pour lui faire signe de ne pas crier. Les deux hommes portaient des gants blancs en latex. Ils agissaient de manière méthodique, calculée, pragmatique, comme s'ils avaient déjà fait ça des dizaines de fois. Concentrés, déterminés, ils faisaient simplement leur boulot.

Kristin ne put articuler un son. Elle contemplait les deux hommes, complètement perdue.

Des gants en latex ?

Bateman trouva son passeport dans l'un des tiroirs du buffet, s'approcha de Kristin et compara son visage avec la photo.

– Bingo, dit-il, laissant tomber le passeport sur le plancher.

– Faites exactement ce que je vous dis, ordonna Ripley, en anglais, en pointant le revolver sur son visage. Asseyez-vous là.

Il lui indiqua le bureau, et Kristin alla s'asseoir, le pistolet toujours collé à sa tempe. Elle sentait l'extrémité arrondie du canon, froide et lourde, dont la pression lui faisait mal.

Bateman vint les rejoindre. Il alluma l'ordinateur de Kristin, fredonnant doucement pendant la mise en route, puis créa un nouveau document et recopia promptement et soigneusement la feuille qu'il avait tirée de sa poche. Durant ces préparatifs, les deux hommes discutaient en anglais, mais Kristin ne parvenait pas à saisir ce qu'ils se disaient. Ils avaient l'air américains mais, à la grande stupeur de Kristin, l'homme tapait son texte en islandais.

Je ne peux plus continuer à vivre. C'est fini. Pardon.

Elle essaya de leur parler, d'abord en islandais, puis en anglais, mais ils ne lui répondirent pas. Elle savait qu'il y avait eu de plus en plus de cambriolages ces derniers temps, mais elle n'avait jamais entendu parler d'un cambriolage de ce type. Au début, elle avait cru à une sorte de blague. Mais à présent, elle était persuadée qu'il s'agissait de cambrioleurs. Mais alors, pourquoi ce message incompréhensible sur son ordinateur ?

– Prenez ce que vous voulez, leur dit-elle en anglais. Tout ce que vous voulez, et partez. Laissez-moi tranquille.

Elle sentit l'effroi l'engourdir peu à peu, à la pensée qu'ils n'étaient peut-être pas des cambrioleurs, après tout, qu'ils avaient peut-être en tête une autre forme de violence à son encontre. Plus tard, en se repassant les événements, comme elle ne cesserait de le faire au cours des jours suivants, elle aurait du mal à se rappeler quelles pensées au juste s'étaient bousculées sous son crâne durant ces minutes chaotiques. Tout s'était passé si vite qu'elle n'avait pas vraiment eu le temps de comprendre ce qui lui arrivait. C'était tellement absurde, tellement inexplicable.

Ce genre de chose n'arrivait jamais ; pas en Islande, pas à Reykjavik, pas dans son monde à elle.

– Prenez tout ce que vous voulez, répéta-t-elle.

Les intrus ne répondirent rien.

– Vous parlez de moi ? demanda-t-elle, toujours en anglais, pointant du doigt l'écran de son ordinateur. C'est moi qui ne peux plus continuer à vivre ?

– Votre frère est mort et vous ne pouvez plus vivre, répondit Bateman. C'est aussi simple que ça.

D'un ton sarcastique, il ajouta dans un sourire :

– C'est vraiment des poètes, ceux de l'ambassade…

L'ambassade, releva Kristin.

– Mon frère ? Elias ? Comment ça, mort ? Qui êtes-vous ? Des copains d'Elias ? Si c'est une plaisanterie, elle n'est…

– Chut, Kristin, lui ordonna Ripley. Restez tranquille.

Son accent était américain, pas de doute.

– Qu'est-ce qui se passe ? insista Kristin, l'effroi cédant soudain la place à une colère incontrôlable.

– Un vaste complot impliquant la police de Reykjavik, le ministère des Affaires étrangères islandais et le ministre de la Justice, répondit gravement Bateman, échangeant un regard avec Ripley.

Il donnait vraiment l'impression de prendre son pied.

– Un complot ? répéta Kristin, en islandais. Le ministère des Affaires étrangères ? Elias ? C'est quoi, cette plaisanterie ? C'est quoi, ces conneries ?

Elle criait, à présent.

– Ça y est, elle pète les plombs, grommela Bateman, en voyant son visage écarlate et les brusques sursauts de sa poitrine. Puis il ajouta : «Finissons-la», et il recula de deux pas.

Du coin de l'œil, Kristin aperçut le canon du revolver et l'index de Ripley se refermant sur la gâchette. Elle ferma les yeux. Mais au lieu de la détonation qu'elle attendait, des coups violents ébranlèrent la porte d'entrée.

Ripley décolla le revolver de sa tempe et sa main gantée se referma à nouveau sur les lèvres de Kristin. Elle avait du mal à respirer, et l'odeur du latex lui agressait les narines. Bateman marcha jusqu'à la porte, jeta un coup d'œil à travers le judas et regagna le séjour.

– Un homme, la quarantaine, seul, taille moyenne.

– Laisse-le entrer, répondit Ripley. On se le fera aussi. On transformera ça en meurtre. Ratoff n'en saura jamais rien.

Ratoff, releva Kristin.

Bateman se dirigea à nouveau vers la porte. Les coups redoublèrent. Un homme hurlait le nom de Kristin. Elle reconnut cette voix, ce ton autoritaire, sans pouvoir les remettre. L'instant d'après, Bateman avait ouvert la porte, agrippé l'homme par le col de son manteau, et l'avait tiré brusquement à l'intérieur. Quand la porte s'ouvrit, Ripley relâcha un instant son attention, distrait par la lutte dans l'entrée, et Kristin saisit cette chance. Elle se leva d'un bond, de toutes ses forces elle repoussa Ripley, qui alla s'écraser contre la table, puis elle se précipita vers la porte. Alors, elle reconnut le visiteur : Runolfur.

– Attention ! hurla-t-elle. Ils sont armés !

Runolfur n'eut pas le temps de lui répondre. Il vit Kristin se ruer droit sur lui, le visage affolé. Jetant un coup d'œil au-dessus d'elle, dans le séjour, il aperçut Ripley qui se rattrapait au rebord de la table. Il y eut une détonation étouffée, puis un minuscule trou rouge apparut sur le front de Runolfur, au moment où Kristin se glissait devant lui. Elle le vit s'écrouler sans bruit dans les bras de Bateman. Elle sortait en courant de l'appartement quand la balle suivante lui frôla l'oreille et alla s'écraser dans le bois de la porte. Elle traversa le hall sans ralentir, poussa la porte d'entrée et se lança dans la neige, Ripley et Bateman à ses trousses.

Kristin était sur le point de sortir quand son frère l'avait appelée depuis le glacier, mais elle n'avait pas eu le temps d'enfiler ses chaussures. Elle ne portait que des chaussettes fines, un pantalon de survêtement trop large et un débardeur sous son anorak. Elle fit le tour du bâtiment et se rua dans le jardin. La température avait brusquement replongé dans le négatif, et la neige était recouverte d'une fine croûte de glace qui craquait sous son poids, plongeant ses pieds, à chaque pas, dans une humidité molle. Le froid était si douloureux qu'elle avait envie de crier. Sans regarder derrière elle, elle franchit d'un saut la clôture du jardin, traversa la rue à toutes jambes vers un autre jardin, qu'elle traversa avant de sauter une nouvelle barrière, disparaissant dans la nuit.

Par la suite, lorsqu'elle aurait le temps de démêler le chaos qui encombrait son esprit, elle conclurait qu'elle n'avait eu la vie sauve que parce que Ripley et Bateman étaient mal équipés pour courir dans la neige. Ils n'avaient aucune chance de la rattraper avec leurs chaussures à semelles de cuir, qui dérapaient sur la glace, et le temps qu'ils s'en débarrassent, elle s'était volatilisée. Après avoir observé que les traces de Kristin se mêlaient à une foule d'autres empreintes, les deux hommes firent demi-tour et regagnèrent l'appartement. Malgré les détonations et le vacarme de cette course-poursuite, il n'y avait aucun signe des occupants de l'appartement du dessus.

Bateman et Ripley fermèrent la porte derrière eux, ressortirent de la maison cinq minutes plus tard et grimpèrent sans un mot à bord de l'Explorer.

7

Ratoff s'approcha des deux jeunes de la société de sauvetage islandaise. Ils avaient à peine la vingtaine, portaient des combinaisons polaires orange, l'uniforme de l'organisation, dont le logo était brodé sur la poitrine et les épaules. Ils avaient l'air pétrifié. Quand les soldats leur étaient tombés dessus, ils avaient tenté de s'enfuir, mais après une brève poursuite, ils avaient été appréhendés et amenés devant Ratoff. Les soldats avaient trouvé un téléphone sur le garçon qui disait s'appeler Elias. L'autre, Johann, n'avait pas de téléphone ni de radio. Ils étaient tous les deux grands, blonds, beaux gosses. Ratoff, qui était lui-même petit et assez quelconque, se dit que tous les Islandais devaient ressembler à ça.

Leurs motoneiges avaient été repérées sur le petit écran radar de la Delta Force, et Ratoff les avait vus s'écarter du groupe principal de leur expédition pour s'aventurer seuls sur cette partie du glacier. Ils se dirigeaient droit vers l'avion, et Ratoff n'avait pas réussi à imaginer un moyen de les en détourner. Au moins, le plus gros de l'expédition des sauveteurs, qui se trouvait à soixante kilomètres de là, ne constituait pas une menace dans l'immédiat ; seuls ces deux garçons s'en étaient détachés.

Les Islandais furent escortés jusqu'à la tente de Ratoff, où on les fit attendre, tenus en respect par deux gardes en armes. Ils avaient vu l'avion, la croix gammée sous le cockpit, l'équipe en train de dégager l'épave des glaces ; ils avaient vu plus d'une centaine de soldats armés patrouiller dans la zone. Même s'ils ne pouvaient comprendre ce qui se passait là, ils en avaient trop vu. Ratoff allait devoir mener son interrogatoire avec soin et efficacité ; il ne fallait laisser aucun signe évident de violence, mais cela ne devait pas durer longtemps. Surtout, il était impératif d'empêcher les autres membres de l'équipe de sauvetage de venir les chercher dans ce secteur. Une course contre la montre était lancée. Mais c'était dans ces conditions-là que Ratoff travaillait le mieux.

Elias et Johann étaient trop terrifiés pour feindre d'ignorer l'anglais. En fait, comme la plupart des Islandais, ils parlaient cette langue remarquablement bien. Et ils étaient trop naïfs pour imaginer qu'ils avaient quoi que ce soit à cacher.

– Kristin, demanda Ratoff d'une voix sèche et grinçante, en s'approchant d'Elias. C'est votre sœur ?

– Comment savez-vous ça ? s'écria Elias, surpris.

Son regard se posa sur Ratoff, puis sur les gardes. Cela faisait à peine quinze minutes que son téléphone avait été confisqué.

– Avez-vous appelé quelqu'un d'autre ? interrogea Ratoff, ignorant sa question.

– Non, personne.

– Vous n'étiez pas en contact avec le reste de votre expédition ?

– Notre expédition ? Pourquoi ? Comment connaissez-vous ma sœur ? Comment avez-vous su qu'elle s'appelait Kristin ?

– Des questions, toujours des questions… soupira Ratoff.

Il laissa son regard dériver au loin, comme perdu dans ses pensées, puis il s'éloigna des deux jeunes, inspectant l'intérieur de la tente, jusqu'à ce que ses yeux s'immobilisent sur une boîte à outils posée sur une table à tréteaux, au fond de la tente. Il se dirigea vers la boîte, l'ouvrit et en fouilla le contenu d'une main, avec nonchalance. Il en sortit d'abord un tournevis, l'examina, avant de le reposer dans la boîte. Puis il empoigna un marteau et le soupesa dans sa main avant de le ranger à son tour. Elias aperçut une paire de tenailles. Les deux Islandais observaient le petit homme sans comprendre. Il donnait l'impression d'être très calme, presque courtois : ses manières étaient détendues, froides et déterminées. Ils n'avaient pas la moindre idée du terrible piège dans lequel ils étaient tombés par malchance. Refermant la boîte à outils, Ratoff se retourna vers eux.

– Et si je promets de ne pas poignarder votre ami, est-ce que ça mettra un terme à vos questions ? demanda-t-il à Elias, comme s'il soupesait l'hypothèse.

Sa voix rauque était si posée qu'Elias ne saisit pas tout de suite la violence de cette menace.

– Poignarder ? répéta Elias, choqué, en se tournant vers son ami. Pourquoi feriez-vous une chose pareille ? Qui êtes-vous ? Et c'est quoi cet avion avec sa croix gammée ?

Il distingua à peine le geste. Mais l'instant d'après, Johann poussa un hurlement, porta la main à son œil droit et s'effondra sur la glace où il se tordit de douleur aux pieds de son ami.

Ratoff se tourna vers Elias :

– Si je promets de ne plus le poignarder, cela vous encouragera-t-il à ne plus nous faire perdre notre temps ?

Sa voix était quasi inaudible, couverte par les cris de Johann. Il tenait à la main un petit poinçon métallique.

– Qu'est-ce que vous avez fait ? s'étrangla Elias. Johann, tu vois encore ? Dis-moi quelque chose.

Il fit le geste de se pencher pour aider son ami, mais Ratoff l'empoigna par les cheveux, le força à se redresser et colla son visage au sien.

– Reprenons. Quelles coordonnées avez-vous données à votre équipe avant de partir ?

– Aucune, balbutia Elias, en état de choc. Nous leur avons dit que nous allions tester nos motoneiges, et que nous serions absents quatre à cinq heures.

– Savaient-ils dans quelle direction vous alliez ?

– Nous ne leur avons pas indiqué d'itinéraire. Nous voulions simplement essayer nos machines. Elles sont toutes neuves. Nous n'avions pas l'intention de trop nous éloigner du reste de l'expédition.

– Depuis combien de temps êtes-vous partis ?

– Environ la moitié du temps prévu. Trois heures, peut-être.

– Quand partiront-ils à votre recherche ?

Elias était désorienté par cette succession de questions, par le sang et les gémissements de son ami ; il n'avait aucune idée de ce qu'il devait dire ou ne pas dire, et c'était précisément ce que Ratoff recherchait.

– Très vite, si nous ne rentrons pas à l'heure prévue. Ils ont sans doute déjà commencé à nous chercher. Comment avez-vous su, pour Kristin ?

Elias réalisait enfin, vaguement, que sa vie était en danger. Mais ce qui le préoccupait surtout, c'est que cet homme connaissait le nom de sa sœur.

– Qu'avez-vous dit à votre sœur, au téléphone ?

– Seulement que j'étais en train d'essayer une nouvelle motoneige. C'est tout, je le jure.

– Il ne s'est écoulé que douze minutes entre le moment où vous l'avez contactée et celui où j'ai récupéré votre téléphone. Ce qui veut dire que vous étiez tout près d'ici quand vous avez passé cet appel. Que sait-elle exactement, Elias ? Souvenez-vous que la vue de votre ami est en jeu. Vous avez peut-être décrit ce que vous aviez sous les yeux ? Ce n'était quand même pas habituel, comme scène… Vous auriez pu faire ça, non ?

– Non, rien du tout. Je ne lui ai rien dit. J'ai raccroché en voyant les soldats qui fonçaient sur nous, et on a essayé de s'enfuir.

Ratoff soupira de nouveau.

Il se tourna vers Johann, que les deux gardes avaient aidé à se relever. Ratoff s'approcha de lui et contempla son œil valide. Le poinçon scintilla et des hurlements jaillirent à nouveau de la tente, se répercutant au loin dans l'air immobile du glacier. Les hommes qui s'activaient autour de l'avion interrompirent brièvement leurs coups de pelles et levèrent les yeux, avant de se remettre au travail sans aucun commentaire.

Ratoff sortit de la tente, le visage maculé de fines éclaboussures de sang. Il se dirigea d'un pas nerveux vers la tente radio, où deux messages l'attendaient. Il voulait d'abord parler à Ripley.

– Un regrettable suicide ? lui demanda-t-il, quand Ripley fut au bout du fil.

– J'ai bien peur que non, major, répondit Ripley. La cible s'est échappée, et nous avons été obligés d'abandonner un corps dans son appartement.

Du côté de Ratoff, Ripley n'entendit plus que les parasites sur la ligne.

– Un visiteur s'est présenté, major, pendant que nous étions avec elle. Un événement imprévu. Nos ordres étaient d'intervenir immédiatement. Nous n'avons pas eu le temps de planifier la chose.

– Et maintenant ? interrogea Ratoff après un long silence.

– Nous allons la retrouver, major.

– Avez-vous besoin de renforts ?

– Je ne crois pas, major.

– Et comment comptez-vous faire pour la retrouver ?

– Son frère est-il encore vivant ?

– Plus ou moins.

– Nous avons besoin d'un maximum d'informations, major. A-t-elle un petit copain, des amis – vieux ou récents –, de la famille ? Tout nous sera utile. A-t-il eu le temps de transmettre des infos ?

– Seulement à sa sœur. Elle sait que le glacier grouille de soldats en armes, elle sait qu'il y a un avion pris dans les glaces, elle sait que son frère a disparu, et je suis même à peu près certain qu'elle sait où Elvis se planque. Si vous ne l'aviez pas laissée vous filer entre les pattes, espèces d'abrutis, toute cette histoire serait réglée !

Pendant toute sa tirade, la plus longue que Ratoff ait prononcée depuis des jours, ni le ton ni le volume de sa voix n'avaient changé d'un iota.

– Nous allons la retrouver, major. Nous allons localiser ses proches. Nous avons les numéros de ses cartes de crédit et de débit, et nous allons les placer sous surveillance. Elle finira bien par réapparaître. Et nous serons là pour l'attendre.

8

Bâtiment 312, Washington.
Vendredi 29 janvier, dans l'après-midi.

Le général Vytautas Carr était assis dans son bureau quand il reçut un appel sur sa ligne privée. Pendant qu'il attendait l'appel de Ratoff, il avait laissé son esprit divaguer. Carr avait quitté le ministre de la Défense en lui garantissant que nul n'entendrait jamais parler de cet avion pris dans les glaces. Le jeune démocrate avait déclaré de manière très solennelle que cette opération devait rester secrète, et qu'il ne voulait pas en connaître les détails ; d'ailleurs, il ne voulait même plus en entendre parler jusqu'à ce qu'elle ait été accomplie avec succès. Alors, et alors seulement, il informerait le président en s'en tenant à l'essentiel. Ainsi, si les choses tournaient mal, le président n'aurait pas à prononcer le moindre mensonge. Il pourrait affirmer en toute honnêteté qu'il n'avait jamais entendu parler de cette histoire d'avion rempli d'or volé aux Juifs, et récupéré par l'armée américaine. Cependant, le ministre n'avait pu s'empêcher d'exiger des clarifications sur quelques points précis.

– Que comptez-vous faire de l'avion ? demanda-t-il, tandis que leur entretien touchait à sa fin.

Carr s'était préparé à cette question, et à celle qui, inévitablement, suivrait.

– Nous le retirerons du glacier avec tous les débris que nous trouverons, y compris les cadavres et autres objets, et nous rapporterons le tout aux États-Unis. C'est pour cela que nous avons pris un C-17, monsieur le ministre. Sa capacité d'emport est illimitée. Il décollera de Keflavik et volera sans escale jusqu'à notre base de Roswell, où l'avion nazi disparaîtra à tout jamais.

– Roswell ? s'étonna le ministre. La ville des extra-terrestres ?

– C'est la meilleure cachette qu'on puisse imaginer. Après toutes ces histoires abracadabrantes de soucoupes volantes et de Martiens, tout ce qu'on peut raconter sur Roswell et ce qui se passe là-bas est immédiatement considéré comme un simple délire, sauf par une infime minorité de cinglés obsédés par les ovnis. Si le bruit se répand que nous cachons un avion nazi à Roswell, les gens trouveront ça encore plus poilant.

– Et l'or ? interrogea le ministre.

– Ce serait dommage de le gaspiller. J'imagine qu'il disparaîtra dans les stocks de la Réserve fédérale, à moins que vous n'ayez une autre suggestion.

Ils s'étaient séparés en bien meilleurs termes. L'appréciation que le ministre de la Défense pouvait avoir du rôle des services secrets s'était grandement améliorée, ce qui avait créé entre eux un nouveau terrain d'entente. Ce dont Carr se fichait éperdument, d'ailleurs, même si le fait d'avoir maté le ministre lui procurait une satisfaction personnelle. À l'issue de leur entretien, Carr aurait pu lui ordonner de se tenir sur une jambe et de tirer la langue – le ministre aurait obéi sans hésiter.

Carr avait parcouru un long chemin depuis ses origines lituaniennes. Son véritable nom de famille était Karilius, mais, désireux de s'intégrer dans son pays d'adoption, il l'avait raccourci et se faisait appeler Carr. Ses parents avaient émigré aux États-Unis dans les années 20, et il était leur seul enfant. Il avait onze ans quand les États-Unis s'étaient engagés dans la Seconde Guerre mondiale, et il avait suivi avec avidité les actualités en provenance du front. Dès qu'il fut en âge de rejoindre l'armée, il s'engagea et gravit rapidement les échelons, jusqu'à être nommé officier de liaison de l'armée américaine au quartier général de l'OTAN. Mais le travail de bureau ne lui convenait pas, et il avait lui-même demandé à être muté sur le terrain au moment où la guerre de Corée avait éclaté. Là-bas, il avait mis en place un service d'opérations secrètes, et mené à bien de nombreuses missions derrière les lignes ennemies. Après la Corée, il avait intégré les services de renseignements de l'armée.

Carr avait hérité de l'avion du Vatnajökull au début des années 70, quand il prit le commandement de l'organisation et qu'au cours des cinq ans nécessaires pour apprendre tous les ressorts de ses nouvelles fonctions, son prédécesseur l'avait progressivement mis au courant de la présence d'un avion allemand dans les glaces, et des détails de cette histoire. À l'issue de cette période de transition, Carr connaissait tout sur cet avion et ce qu'il transportait, et savait ce qu'il fallait faire au cas où l'on retrouverait un jour l'appareil porté disparu. L'opération en cours obéissait à une procédure préétablie, que Carr avait sans cesse revue et modifiée au fil des ans. Seuls une poignée de militaires haut placés connaissaient l'existence de l'avion et la procédure à suivre en cas de réapparition. Cette information, classée top-secret depuis cinquante-quatre ans, n'était jamais sortie de ce cercle restreint, où elle était transmise de génération en génération par ceux qui occupaient les postes concernés. Carr lui-même ne connaissait pas tous les détails de cette histoire, même s'il en savait bien assez pour ne pas vouloir imaginer les répercussions à venir si la nouvelle de ce que contenait l'avion venait à se répandre.

Son téléphone de bureau se mit à vibrer, et il empoigna le combiné.

– Nous sommes dans les temps, général, annonça Ratoff.

– Vous l'avez localisé sans problème ?

– Il était enfoui sous la glace, mais les coordonnées étaient exactes. Nous avons déjà dégagé la moitié du fuselage. J'estime qu'il sera à Keflavik d'ici trois à quatre jours, grand maximum.

– Aucun accroc ?

– Rien d'important. Une équipe de sauveteurs de Reykjavik mène des exercices d'entraînement sur le glacier. Ils sont assez loin d'ici, mais deux d'entre eux ont eu la mauvaise idée de s'égarer dans notre secteur.

Carr se crispa.

– Et ?…

– Ils ont perdu la vie dans un accident, à une soixantaine de kilomètres d'ici. Leurs motoneiges sont tombées dans une profonde crevasse. Nous ferons en sorte qu'on les retrouve rapidement, pour que l'équipe partie à leur recherche ne s'aventure pas par ici.

– Ils étaient jeunes ?

– Jeunes ? Je ne saisis pas la pertinence de cette question, général. Ils étaient assez vieux pour nous voir, et pour voir l'avion.

– Donc la situation est sous contrôle ?

– L'un d'eux avait une sœur à Reykjavik.

Carr ne put cacher sa contrariété.

– Il l'a contactée par téléphone après être entré dans la zone, poursuivit Ratoff. Nous savons qui elle est, mais elle nous a échappé. Nous sommes en train de la chercher.

– Qui ça, *nous* ?

– Ripley et Bateman. La meilleure option disponible, étant donné les circonstances.

– Bon Dieu, Ratoff, tâchez de vous contrôler. Les Islandais sont nos alliés.

Carr reposa le combiné puis le reprit aussitôt pour composer un numéro. Il était temps de mettre en route la phase 2 de l'opération. Le ministre de la Défense n'avait pas caché son inquiétude concernant l'implication de Ratoff, et maintenant Carr lui-même commençait à se poser des questions sur le choix de cet homme pour diriger une telle mission. Ratoff obtenait des résultats, c'était indéniable. Mais il avait tendance à faire des excès de zèle.

Carr dut attendre un long moment avant que son correspondant ne décroche, et il employa ce temps à planifier les coups suivants. Il allait devoir se rendre en Islande. Mais d'abord, il honorerait une vieille promesse.

– Miller ? dit-il. C'est Vytautas. L'avion a réapparu. Il faut qu'on se voie.

9

Kristin courut à perdre haleine jusqu'à l'avenue Aegisida, qui longeait la côte, puis obliqua vers l'ouest. Son instinct lui dictait de se tenir aussi loin que possible des jardins obscurs. Elle ne pensait qu'à fuir ; pas une fois elle n'avait jeté un regard en arrière.

Une succession d'images atroces se bousculaient dans sa tête. Elle revit l'éclat des yeux de Runolfur s'éteindre subitement au moment où la balle pénétrait dans son front, entendit le gémissement du deuxième projectile et le vit heurter la porte dans un bruit mat. Son oreille la faisait souffrir ; elle saignait. Ses pensées se projetèrent soudain vers son frère, sur le glacier : ces hommes avaient dit qu'il était mort. Elle se souvint de ses dernières paroles : des soldats armés, un avion. Quelques minutes plus tard, deux hommes avaient fait irruption chez elle, et tenté de la tuer. Ils avaient mentionné un nom – Ratoff – et un complot impliquant la police de Reykjavik, le ministère des Affaires étrangères et celui de la Justice. Cela lui avait d'abord paru grotesque, mais ses derniers doutes s'étaient dissipés en voyant Runolfur s'effondrer sur le plancher, devant elle.

Le froid ne tarda pas à lui glacer les os. Rassemblant tout son courage, elle jeta un coup d'œil par-dessus son épaule sans cesser de courir, mais ne vit aucun signe des deux hommes. Elle ralentit le rythme, étudia de nouveau les environs et, enfin, s'immobilisa. Elle était entourée d'immeubles résidentiels. Remarquant que la porte menant au sous-sol d'un de ces bâtiments était entrouverte, elle se glissa à l'intérieur et referma derrière elle. Il faisait nuit noire là-dedans, et elle fut accueillie par des relents d'ordures. Elle se dirigea à tâtons vers le fond de la cave et s'accroupit dans l'obscurité comme un animal.

Elle perdit la notion du temps. Au bout d'un moment, n'entendant aucun mouvement, elle se dirigea sans bruit vers la porte, l'entrouvrit avec précaution et jeta un coup d'œil dehors, scrutant la rue. Il n'y avait personne ; les deux hommes ne l'avaient pas suivie. Elle aperçut un lotissement de maisons mitoyennes, tout proche, dont les lumières réconfortantes scintillaient dans la nuit glacée. Que faire ? Frapper à l'une de ces portes et tout raconter ? Les hommes, le cadavre dans son appartement et la complicité de la police ? Mais si la police était de mèche, à qui s'adresser pour signaler le meurtre, la situation de son frère sur le glacier et les deux tueurs ? Et si le ministère pour lequel elle travaillait était également impliqué dans ce meurtre ? Elle fouilla son blouson, cherchant le portefeuille au fond de sa poche.

Et s'ils avaient tué Elias comme ils avaient tué Runolfur sous ses yeux ? songea-t-elle. Quel genre d'hommes étaient-ils donc ?

Prenant peu à peu le dessus sur sa peur, la colère lui permit de penser plus logiquement. Elle devait trouver refuge quelque part ; se procurer des vêtements, des informations, peut-être même se rendre en personne sur le glacier pour tenter de secourir son frère, s'il était encore en vie. Elle n'osait pas contacter les autorités ; pas dans l'état actuel des choses, pas avant d'en savoir plus, d'avoir la certitude qu'elle pouvait leur faire confiance. Mais où irait-elle ? Puisqu'ils la connaissaient, elle, ils sauraient où trouver son père – elle ne pouvait donc pas aller chez lui. Cette idée la frappa soudain comme une évidence : ne devait-elle pas le prévenir, au cas où ils iraient le voir ?

Elle se rua hors du local poubelles et courut jusqu'aux maisons, martela la porte de la plus proche et écrasa la sonnette. L'homme de la maison ne tarda pas à ouvrir, sa femme et ses deux enfants penchés derrière son dos. Ils étaient en train de regarder la télévision, manifestement, et ils s'étaient levés d'un bond en entendant tout ce tapage. Kristin se précipita à l'intérieur dès que la porte s'entrouvrit.

– Il faut que j'appelle quelqu'un ! s'écria-t-elle. Où est le téléphone ?

– Un instant, mademoiselle, répondit l'homme, la contemplant avec horreur.

Elle était en nage malgré le froid, elle haletait. Son visage était un masque de terreur, ses vêtements étaient trempés et un filet de sang avait coulé de son oreille, formant une croûte le long de sa joue droite.

– Je vous ai demandé où était le téléphone ! insista-t-elle, tandis qu'il reculait d'un pas chancelant devant elle, vers la cuisine, où il désigna sans un mot le combiné. Sa famille vint se blottir contre lui.

Trois sonneries, six. Son père ne répondait pas. Elle s'efforça de réfléchir calmement : où pouvait-il bien être ? Son répondeur s'enclencha, et elle attendit le bip avec impatience, puis parla précipitamment.

– Papa ? Il faut que tu te caches. Dès que tu entendras ce message, va-t'en. Je ne sais pas ce qui se passe, mais ils ont tué un homme et ont essayé de me tuer, et ils viendront très certainement te chercher. Elias est peut-être mort. Ils sont deux, habillés comme des témoins de Jéhovah. Je sais que tout ça peut paraître délirant mais je t'en supplie, fais ce que je dis, et pars te cacher quelque part. Ne t'inquiète pas pour moi, pars ! Et n'essaie pas de me joindre.

La petite famille contemplait Kristin, bouche bée. L'homme échangeait des regards paniqués avec son épouse, et tous deux baissèrent les yeux sur leurs enfants, qui se serrèrent plus fort contre eux, fascinés par cette femme hystérique en train d'achever son message. Quand Kristin raccrocha et se tourna vers eux, ils reculèrent tous d'un pas, parfaitement synchronisés.

– Je suis désolée, s'excusa-t-elle en lisant la terreur sur les traits des enfants. Tout est vrai, je le jure devant Dieu. Ils allaient me tuer. Pourriez-vous me prêter quelques vêtements ? Mais je vous en prie, n'appelez pas les policiers – ils sont peut-être impliqués. Tâchez d'oublier ce qui vient de se passer.

Elle trembla malgré elle, tandis que l'adrénaline refluait dans son corps, et ses dents se mirent à claquer.

– Avez-vous des habits à me prêter ? Mon Dieu, j'ai si froid. Vous auriez des chaussures et une paire de chaussettes ?

– Si nous vous donnons des habits, répondit la femme d'une voix aussi calme que possible, vous partirez ?

– Je m'en irai tout de suite, lui assura Kristin. Mais s'il vous plaît, n'appelez pas la police.

Quelques minutes plus tard, elle ressortait de la maison dans une tenue appartenant à la femme : un jean, un pull-over épais et des bottes fourrées. En temps normal, elle aurait trouvé gênant de porter les habits d'une autre, imprégnés d'un parfum bizarre, étranger, mais l'urgence de la situation ne lui laissait pas le temps de s'abandonner à ce genre de pensées. La porte claqua derrière elle. Ils lui avaient aussi donné un pansement pour son oreille. Elle sortit prudemment de l'impasse pour regagner l'avenue côtière. De rares voitures passaient devant elle, au ralenti, dans la neige. Kristin détestait la neige ; elle ne lui évoquait rien d'autre que les hivers islandais et la noirceur intime qu'ils faisaient naître en elle. Elle marcha un moment sur le trottoir en se demandant ce qu'il fallait faire, puis décida de retourner à Tomasarhagi, jetant tout du long des regards inquiets autour d'elle. Elle avait imaginé une sorte de plan, même si elle n'était pas sûre d'être vraiment en état de penser rationnellement ou de trouver la solution la plus simple.

Elle se débrouillerait seule, du moins au début. Elle n'osait pas se rendre chez ses amis ou ses proches, de crainte que ses poursuivants ou leurs hommes de main ne l'attendent. Quelques minutes à peine s'étaient écoulées entre sa conversation avec son frère et l'apparition de ces tueurs devant sa porte. Peut-être avaient-ils placé son téléphone à elle sur écoute. Mais pourquoi ? Cela avait-il quelque chose à voir avec Runolfur ? Ils l'avaient tué, après tout, et dans ses diatribes enragées Runolfur avait évoqué un complot ; des liens avec la mafia russe.

Elle ne connaissait qu'un seul homme capable de l'éclairer sur cette histoire de soldats.

Prenant soin de ne pas être vue, elle scruta sa propre maison. Aucune trace de la police, ni de personne d'autre ; tout avait l'air calme, familier, ordinaire. Elle redescendit jusqu'à l'avenue et héla un taxi, qui, par chance, acceptait les cartes de crédit.

– Vous allez où ? demanda-t-il.

– À l'aéroport de Keflavik, répondit-elle, en jetant un regard nerveux à travers la lunette arrière.

10

Glacier Vatnajökull.
Vendredi 29 janvier, 21 h GMT.

Ratoff ne les vit pas toucher le fond, mais il entendit les chocs sourds lorsqu'ils percutèrent la glace dans leur chute tête la première au long de la crevasse. Il faisait nuit noire sur le glacier, d'épais nuages voilant la lune, et la seule lumière émanait des projecteurs installés sur le véhicule à chenilles de Ratoff et les motoneiges. Quand ils avaient atteint la crevasse, l'un des deux jeunes hommes était inconscient, l'autre mort. Ratoff ordonna à ses soldats de pousser leurs motoneiges dans le gouffre après eux, après quoi ses hommes entreprirent d'effacer leurs traces. Alors, Ratoff jeta le téléphone d'Elias au fond de la crevasse.

Au final, il avait obligé Elias à lui livrer les principaux éléments concernant Kristin, informations qu'il s'était empressé de transmettre à Ripley et Bateman. Elias avait résisté longtemps, mais Ratoff était un expert. Le garçon avait fini par tout lâcher sur les amis et collègues de sa sœur, sur l'endroit où vivait son père et le fait qu'il partait souvent à l'étranger pendant des mois, sur l'ancien petit ami de Kristin, l'avocat, et ses relations ; et même sur la mort de leur mère quelques

93

années plus tôt dans un accident de voiture. Il lui avait révélé que sa sœur avait fait un postdoctorat en Californie et que, bien qu'elle rendît parfois visite à ses amis à l'étranger, elle détestait voyager en Islande, et que les excursions dans l'intérieur de l'île étaient son cauchemar. Elias avait raconté à Ratoff tout ce qu'il voulait savoir, avant d'implorer sa pitié. Mais à ce moment-là, son ami Johann était déjà mort. La dernière chose qu'Elias entendit avant de perdre connaissance fut Ratoff lui murmurant à l'oreille que sa sœur aussi était morte.

Les troupes de Ratoff redoublaient d'efforts pour dégager l'avion allemand des glaces, travaillant par quarts de soixante hommes, par tranches de quatre heures. Ils étaient parfaitement dans les temps ; le fuselage se découvrait peu à peu, et on pouvait désormais distinguer l'intérieur de la cabine à travers le premier hublot. De retour au campement, Ratoff descendit jusqu'à l'avion et passa un long moment penché sur le hublot. Il aperçut sur le plancher des formes indistinctes, qui pouvaient être des cadavres. On l'appela depuis la tente radio, et il se redressa. Ripley l'attendait à l'autre bout du fil.

– Elle s'est servie de sa carte de débit pour régler une course en taxi jusqu'à Keflavik, major, lui annonça-t-il. Son frère a-t-il dit quelque chose, au sujet de Keflavik ?

– Pourquoi va-t-elle là-bas, putain ? répliqua Ratoff. Que s'est-il passé dans son appartement ? Que sait-elle, au juste ? La chose la plus logique aurait été d'aller voir la police de Reykjavik, non ?

Il y eut une courte pause à l'autre bout du fil.

– Elle sait qu'il y a de fortes chances que son frère soit mort, reconnut Ripley, hésitant. Elle a peut-être aussi l'impression que quelqu'un veut l'assassiner à cause d'un complot impliquant la police de Reykjavik, le ministère des Affaires étrangères islandais et le ministère de la Justice.

– Vous avez perdu la boule, ou quoi ?

– Nous avons sous-estimé la difficulté de cette mission, major. Ça n'arrivera plus.

– Ça n'arrivera plus ? s'étrangla Ratoff. Ça n'aurait jamais dû arriver !

– Nous quittons à l'instant l'appartement de son père. Il n'est pas chez lui. Elle a laissé un message sur son répondeur, et nous l'emportons à l'ambassade pour le faire traduire.

– Elle en sait trop. Beaucoup trop.

– Et Keflavik, alors ? insista Ripley.

– Elle a peut-être l'intention de se rendre à la base. Son frère a évoqué un de ses anciens copains, qui travaille là-bas. Elle l'a plaqué du jour au lendemain, et ils ne se sont pas revus depuis longtemps, mais il est possible qu'elle aille le voir pour lui demander son aide ou obtenir des informations.

– Compris, major, répondit Ripley.

– Ne déconnez pas, cette fois.

– Compris, répéta Ripley.

Ratoff lui donna le nom de l'homme et raccrocha, puis il ressortit de la tente radio et contempla l'avion. Comme les hommes de la Delta Force, il portait une épaisse tenue de camouflage blanche et un masque de ski qu'il avait repoussé sur son front, des gants chauds et une cagoule. Aucun nom ni grade ne figurait sur leurs vêtements, aucune indication d'appartenance à telle ou telle unité, aucune marque distinctive qui aurait permis de les identifier comme des agents de la Delta Force.

Carr ne lui avait pas dit exactement ce que contenait l'avion, et il brûlait d'en savoir plus. Il connaissait une partie de son histoire, savait qu'il avait décollé d'Allemagne à la fin de la guerre, en direction de Reykjavik, qu'il avait été pris dans une tempête et s'était écrasé. Mais il ignorait si Reykjavik était sa destination finale, ou si l'avion était censé poursuivre son vol, jusqu'aux États-Unis peut-être. Il ne connaissait pas non plus l'identité des passagers.

Pensif, il redescendit jusqu'à l'épave et scruta de nouveau l'intérieur de la cabine. Ratoff avait tenté de remplir les blancs en se fiant à son intuition, mais il savait que c'était vain ; sa curiosité ne serait satisfaite que lorsqu'il pourrait rentrer dans cet avion. Il s'écarta du hublot et remonta vers sa tente. Une image flottait sous son crâne : le visage du jeune Islandais lorsqu'il lui avait annoncé que sa sœur était morte, le tourment au fond de ses yeux avant que Ratoff ne les éteigne à tout jamais. Mais la mort des deux jeunes le laissait indifférent. Dans chacune de ses missions, il s'accordait une certaine marge de dommages collatéraux. De son point de vue, ces deux garçons n'étaient que cela. Ratoff ferait son boulot jusqu'au bout, et tous les obstacles sur son chemin seraient éliminés. Carr avait demandé s'ils étaient jeunes – à l'évidence, il se ramollissait en vieillissant. Il poserait certainement la même question en apprenant la mort de la femme.

Ratoff fit appeler Carr.

– Nous pensons qu'elle se dirige vers la base américaine de Keflavik, général, lui annonça-t-il. Et je crois savoir qui elle va voir là-bas.

11

Centre de Reykjavik.
Vendredi 29 janvier, 21 h GMT.

La réunion était extrêmement solennelle, malgré le choix de l'endroit. Venus à la demande expresse des autorités militaires américaines, le Premier ministre et le ministre des Affaires étrangères islandais étaient assis en face de l'amiral commandant la base aéronavale de Keflavik, présent en qualité d'officier le plus haut gradé de la Force de défense islandaise, et du général qui remplaçait provisoirement l'ambassadeur américain en Islande durant son absence soudaine et inattendue. Les ministres avaient été convoqués avec un empressement fort peu protocolaire qui risquait d'être interprété comme une forme de despotisme si les circonstances ne s'avéraient pas exceptionnelles. Les Islandais, qui n'avaient reçu aucune information sur les raisons de cette convocation, avaient envisagé divers scénarios possibles tandis qu'ils voyageaient à bord de la voiture du Premier ministre vers cette suite d'un hôtel du centre-ville, où devait se tenir la réunion. Ils avaient tendance à croire que celle-ci annonçait une visite présidentielle imprévue, se rappelant qu'on ne les avait pas vraiment prévenus de la tenue du sommet entre Reagan et Gorbatchev organisé à Reykjavik, en 1986.

À leur arrivée, ils furent accueillis par l'amiral, qu'ils connaissaient vaguement pour l'avoir croisé dans plusieurs réceptions officielles. Il les présenta l'un après l'autre au général, un homme de petite taille à l'air pugnace, dont le nom, apprirent les Islandais, était Immanuel Wesson ; il était bedonnant, le visage rougeaud, des dents de lapin, et boitillait légèrement car il avait une jambe plus courte que l'autre. Le Premier ministre l'étudiait du coin de l'œil avec perplexité, se demandant s'il avait déjà servi sur le terrain ou s'il avait passé toute sa carrière entre son bureau et le mess des officiers.

Il était presque neuf heures du soir, les rues étaient désertes, et seuls quelques clients traînaient encore dans le hall de l'hôtel. La suite, c'était l'idée du ministre des Affaires étrangères ; il y tenait souvent des réunions avec des invités venus de l'étranger en visite officieuse et désireux que leurs noms n'apparaissent pas dans les journaux. La suite possédait l'aspect anonyme, fade mais onéreux, qui caractérise les chambres d'hôtel : mobilier de cuir blanc, des tableaux d'artistes islandais choisis avec goût, une épaisse moquette blanche et un grand bar. Les Américains balayèrent du regard l'opulence des lieux et gratifièrent les Islandais d'un hochement de tête, comme pour marquer leur approbation. Une atmosphère d'attente muette s'abattit sur la suite.

Une fois prononcées les banalités d'usage, tous prirent place sur les canapés et dans les fauteuils ostentatoires du salon, et le Premier ministre s'adressa aux Américains :

– Peut-être aurez-vous l'obligeance de nous expliquer ce qui se passe ? suggéra-t-il en desserrant le nœud de sa cravate.

– Tout d'abord, nous tenons à vous remercier, messieurs, d'avoir accepté la tenue de cette réunion d'urgence, commença l'amiral.

Ses yeux se posèrent tour à tour sur ses deux interlocuteurs.

– Et à nous excuser de vous convoquer ainsi au pied levé. Dès que nous vous aurons expliqué la situation, vous comprendrez pourquoi nous ne pouvions pas faire autrement. Il est absolument crucial, et je ne saurais trop insister sur ce point, que rien de ce qui sera dit au cours de notre réunion ne sorte de cette pièce.

Les ministres acquiescèrent du chef, attendant la suite. Le général s'éclaircit la gorge.

– Comme vous le savez, conformément aux termes du traité de défense signé entre nos deux pays, nous surveillons à des fins militaires tout ce qui se passe à l'intérieur et autour des frontières islandaises, grâce aux moyens combinés offerts par nos sous-marins, nos avions de reconnaissance et nos satellites. Et, depuis quelques années, nous surveillons plus particulièrement une section du glacier Vatnajökull…

– Pardonnez-moi, vous avez bien dit Vatnajökull ? l'interrompit le ministre des Affaires étrangères, visiblement déconcerté.

– Laissez-moi d'abord vous expliquer, messieurs, s'impatienta le général. Nous répondrons ensuite à toutes vos questions. Par le passé, nous avons mené des vols de surveillance au-dessus de ce secteur du glacier, mais notre réseau de satellites nous facilite désormais la tâche. Notre intérêt pour ce glacier remonte à plusieurs décennies mais, dans le même temps, il représente pour nous une source d'embarras. À la fin de la Seconde Guerre mondiale, l'un de nos avions s'est écrasé sur le Vatnajökull et a disparu dans les glaces. Nous savions plus ou moins où il s'était abîmé, mais des conditions météorologiques extrêmes nous ont empêchés de l'atteindre avant qu'il ne soit trop tard. Et quand une équipe de recherche envoyée depuis notre base de Reykjavik a fini par se rendre sur place, il n'y avait plus aucune trace de l'avion. Comme je le disais tout à l'heure, le glacier l'avait avalé.

Le général marqua une pause et le Premier ministre sauta sur l'occasion.

– Qu'a-t-il de si particulier, cet avion ?

– L'appareil est récemment réapparu sur des images satellites du glacier fournies par nos services de renseignements militaires, poursuivit le général, ignorant sa question. Nos estimations ayant été confirmées par ces premières images, puis d'autres recueillies par la suite, nous avons décidé d'envoyer sur place une expédition, afin de dégager l'avion et de le transférer vers notre base de Keflavik, avant de le rapatrier aux États-Unis. Cette opération nécessitera inévitablement des mouvements de troupes et de matériel considérables sur le territoire islandais.

– Et vous avez besoin de l'autorisation du gouvernement islandais, conclut le ministre des Affaires étrangères.

– Nous n'avons jamais eu l'intention d'agir contre votre volonté, intervint l'amiral.

– Naturellement, nous nous déplacerons aussi discrètement que possible, précisa le général. Et nous prendrons soin de ne pas alarmer la population. Nous avons préparé des plans que nous examinerons en détail avec vous. Nous avons conscience du regard que bon nombre d'Islandais portent sur notre armée, et du fait que le public est généralement hostile aux manœuvres militaires sur le sol islandais. Mais il s'agit d'un cas de force majeure et, dans le cas où cette opération serait couronnée de succès, nous devrons procéder dans le plus grand secret. Cependant, il va sans dire que nous ne voudrions pas agir sans votre pleine coopération. J'aimerais que cela soit clair dès le début, et je soulignerai le fait qu'il s'agit avant tout d'une expédition scientifique. Le personnel militaire sera accompagné de certains de nos meilleurs chercheurs.

– Cet avion, qu'a-t-il de si particulier ? interrogea de nouveau le Premier ministre.

– Je préférerais que nous en restions là pour le moment, répliqua le général. Nous tenions à vous informer de cette opération, au cas où les choses tourneraient mal – et, bien sûr, dans un esprit de coopération mutuelle.

– Tourneraient mal ? répéta en écho le ministre des Affaires étrangères. Que voulez-vous dire ?

– Au cas où la nouvelle de cette opération viendrait à se répandre, répondit l'amiral, nous aimerions que vous ayez une explication à fournir concernant nos mouvements de troupes et leur présence sur le glacier.

– Et que suggérez-vous, général ? interrogea le Premier ministre.

– Des manœuvres hivernales à petite échelle. Il serait sans doute bon d'évoquer le déploiement de contingents belges et hollandais sous le commandement de l'OTAN, en collaboration avec la Force de défense. Cela devrait permettre de faire retomber une grande partie de la pression.

– C'est tout ce que vous êtes prêts à nous dire ? s'étonna le ministre des Affaires étrangères.

– Nous considérons que c'est mieux ainsi.

– Mieux ainsi ? Pourquoi tant de secret ? Pourquoi ne pourrions-nous pas tout simplement annoncer que vous organisez une expédition sur le glacier pour récupérer un avion ? Que se passe-t-il, au juste ?

– Il s'agit d'un sujet sensible, répondit le général. C'est tout ce que je peux vous dire pour le moment. J'espère pouvoir vous fournir des explications plus détaillées, en temps voulu.

– Général, pour nous aussi, le sujet est extrêmement sensible, remarqua le Premier ministre. Je vous conseille d'être francs avec nous, faute de quoi je ne vois pas comment tout cela pourrait marcher. Qu'est-ce que c'est que cet avion, et pourquoi pose-t-il problème ?

– Avec tout le respect que je vous dois, cela ne vous regarde pas, répliqua le général, renonçant brusquement à ses efforts pour rester poli.

– Et avec tout le respect que je vous dois, nous ne sommes pas habitués à un tel manque de courtoisie dans nos relations avec la Force de défense. Vous n'avez pas demandé la permission de mener à bien cette opération, vous nous avez simplement expliqué ce que vous comptiez faire. Est-ce à dire que vous avez déjà lancé l'opération ? Dois-je vous rappeler qu'un tel acte représenterait une violation grave du traité de défense, le genre d'incident susceptible de provoquer la consternation des médias islandais ? Jusqu'à présent, nous nous sommes toujours montrés disposés à satisfaire du mieux possible les intérêts américains, et même si nous vous sommes reconnaissants d'avoir jugé bon de nous informer de cette opération, je crains que les piètres explications que vous nous proposez ne soient insuffisantes, dans l'hypothèse où nous serions obligés de répondre de nos actions.

– Si notre démarche a pu vous paraître irrespectueuse, je vous prie de nous en excuser, intervint l'amiral d'un ton lénifiant. Nous apprécions à sa juste valeur votre contribution aux efforts des pays occidentaux pour maintenir la paix et la stabilité internationale, mais dans ce cas précis je crois que le général a raison. Mieux vaut régler ce problème sans aucune intervention extérieure, puis l'oublier.

– Je crains que ce ne soit impossible, rétorqua le ministre des Affaires étrangères. Un avion de la Seconde Guerre mondiale ? Qu'est-ce qui nous prouve que c'est vrai ? Il pourrait très bien s'être écrasé hier. Et comment être sûr qu'il a même jamais existé ? Sincèrement, je trouve toute cette histoire un peu tirée par les cheveux.

– Nous aurions pu faire passer cela pour un exercice de routine, répondit l'amiral. Mais l'affaire est si grave que nous ne pouvions pas nous permettre de ne pas jouer franc jeu. Vous allez devoir nous faire confiance, c'est tout. Si des questions venaient à être posées, il est essentiel que les réponses fournies par les différentes parties soient cohérentes. Il est absolument impératif que nous gardions secrète l'existence de l'avion.

– Permettez-moi de me répéter : cet avion, qu'a-t-il de si particulier ? interrogea le Premier ministre.

– Je crains de ne pouvoir répondre à cette question, répliqua l'amiral.

– Alors je crains que cette réunion ne soit terminée, riposta le Premier ministre en rajustant le nœud de sa cravate, avant de se lever.

Les deux Américains étudièrent les ministres, qui s'apprêtaient à quitter les lieux. Ils s'attendaient à ce que les Islandais ne gobent pas cette histoire bancale d'avion et de troupes belges en manœuvre, mais ils s'étaient sentis obligés d'en faire leur première ligne de défense.

– Le Projet Manhattan, ça vous dit quelque chose ? interrogea le général, en se levant de son fauteuil.

– Le Projet Manhattan ? Oui, vaguement, répondit le ministre des Affaires étrangères.

– C'était le nom de code de notre programme d'essais nucléaires, dans les années 40. À la fin de la guerre, un nombre considérable de chercheurs allemands impliqués dans les expérimentations nucléaires du régime nazi furent invités aux États-Unis, et recrutés au sein du Projet Manhattan. Ce qui devint pour nous une réelle source d'embarras lorsque l'existence de la Shoah fut révélée au grand public. Les Juifs affirmèrent en effet que certains de ces scientifiques avaient travaillé dans les camps de la mort, où ils avaient mené des expérimentations sur les prisonniers.

Le général laissa le temps aux deux ministres d'assimiler toutes les implications de ce qu'il venait de leur dire. Cette histoire était celle qu'il avait reçu l'ordre de leur raconter au cas où la réunion ne se passerait pas comme prévu, un recours qu'il jugeait à présent nécessaire. Les ministres le contemplaient, perplexes.

– À l'époque, nous étions engagés dans une course contre les Russes, sur tous les fronts. Ils avaient réussi à recruter bien plus de chercheurs allemands que nous ne l'avions fait, même si, bien sûr, personne ne le leur a jamais reproché. Mais c'est une autre histoire. L'avion a décollé de Hambourg avec à son bord quatre chercheurs allemands, spécialisés en physique nucléaire. L'appareil s'est posé en Écosse pour refaire le plein, et il était censé faire une nouvelle escale à Reykjavik avant de rallier New York, mais il a été pris dans une tempête et s'est écrasé sur le glacier. Aucune trace de ces hommes ni de l'avion n'ayant été retrouvée depuis, nous pensons que tous les passagers ont été tués dans l'accident. Mais aujourd'hui nous avons l'occasion de pouvoir extraire l'épave du glacier, et de la rapatrier aux États-Unis.

— Je ne vois toujours pas pourquoi la découverte de cet avion devrait être tenue secrète, l'interrompit le ministre des Affaires étrangères.

— Si la nouvelle de l'existence de cet avion et de sa mission était rendue publique, cela relancerait tout le débat sur les chercheurs allemands venus travailler aux États-Unis. Nous nous passerions volontiers de cette publicité, qui risquerait de mettre à mal nos relations avec l'Europe. Voilà, c'est tout. Maintenant, messieurs, vous connaissez tous les détails de cette histoire. Puis-je compter sur votre pleine coopération ?

Les deux ministres échangèrent un regard, puis se tournèrent vers les Américains.

— Je crois qu'il vous reste encore pas mal de choses à éclaircir, déclara le Premier ministre.

12

Depuis que les Islandais avaient pris possession de l'aéroport international de Keflavik dans les années 80, avec la construction de leur propre terminal d'aviation civile, l'accès à la zone militaire était étroitement contrôlé. Les échanges entre les habitants de l'île et les militaires américains avaient toujours été réduits au strict minimum, mais la base était à présent plus isolée que jamais. Dominant la désolation des champs de lave, la zone militaire était délimitée par de hautes clôtures, uniquement interrompues par deux portails gardés en permanence. Même s'il n'avait pas été jugé nécessaire de placer des gardes le long de la clôture elle-même, les agents de la police militaire en surveillaient les abords durant leurs patrouilles régulières dans la zone résidentielle.

Kristin guida le chauffeur du taxi jusqu'à un lotissement neuf construit au pied de la clôture. Elle attendit que le taxi ait disparu au coin de la rue, puis se lança en courant vers la zone militaire. Bientôt, la clôture surgit des ténèbres et, après avoir jeté un rapide regard circulaire, Kristin entreprit de l'escalader. La clôture était couronnée d'une rangée de fil barbelé, et malgré toutes ses précautions les pointes déchirèrent ses vêtements et lui écorchèrent les mains. Elle parvint malgré tout à enjamber la clôture et sauta de l'autre côté ; c'était une chute de près de trois mètres, mais la neige molle suffit à amortir le choc. Kristin se releva, frotta ses habits d'emprunt et évalua les dégâts. Sa cheville était douloureuse, mais la blessure ne semblait pas trop grave, si bien qu'après une courte pause pour se remettre de ses émotions, elle reprit son chemin en boitillant légèrement.

Pendant le trajet en taxi, elle s'était forcée à faire le point sur sa situation, et à mettre un peu d'ordre dans le chaos de ses pensées. Runolfur avait fait affaire avec les Russes ; il avait évoqué un complot lorsqu'il était venu dans son bureau, au ministère ; il avait menacé le président de la Chambre de commerce et maintenant, il gisait mort dans son appartement, une balle dans la tête. Il avait évoqué la mafia russe. Et pourtant, la cible des tueurs, c'était *elle*. Eux aussi avaient parlé d'un complot, mais ils étaient américains. Quel était le rapport entre tout cela ? Et quel lien avec ce que son frère avait vu sur le glacier ? Était-il vraiment mort, comme ils l'avaient affirmé – Elias avait-il disparu ? Elle ne put en supporter davantage, et laissa là son raisonnement.

Elle atteignit bientôt un bloc d'appartements et sonna à l'une des portes. C'était un immeuble de trois étages, avec deux escaliers lugubres, déserts. Il comptait douze appartements. Comme tous les logements de la base, il avait été construit par des entrepreneurs islandais, dans un style massif, digne d'un bunker, avec d'épais murs de béton conçus pour résister à un séisme de grande amplitude ainsi qu'aux coups de boutoir incessants du climat islandais, particulièrement féroce sur les côtes exposées de la péninsule de Reykjanes. L'étroitesse des fenêtres et l'épaisseur de leur vitrage en témoignaient.

Au bout d'un moment, une voix résonna dans l'interphone :

– Oui ?

– Steve ?

– Oui.

– C'est Kristin, annonça-t-elle en anglais. Il faut que je te parle.

– Kristin ?… Kristin ! Attends.

Il actionna la porte et Kristin se glissa dans la pénombre de la cage d'escalier, où elle chercha à tâtons un interrupteur. Un distributeur de cigarettes était installé contre le mur, avec un second qui proposait des chocolats, des noix et des amandes. Les dalles du plancher étaient en plastique bon marché. Elle monta jusqu'au dernier étage, où elle trouva la porte de Steve grande ouverte, mais elle frappa quand même.

– Entre ! lui cria-t-il depuis le séjour.

Elle franchit la porte et la referma derrière elle.

– Salut, dit Steve, les bras remplis de journaux et de magazines qu'il avait ramassés par terre et sur le canapé – ce qu'à l'évidence, il ne faisait pas très souvent. Désolé pour le bazar. Je ne m'attendais pas à te voir. À vrai dire, tu es bien la dernière personne que je m'attendais à voir.

– C'est pas grave, répondit Kristin.

– Je faisais une petite sieste. Qu'est-ce que tu fais là ? Ça doit faire un an que…

Il s'interrompit au milieu de sa phrase.

Elle était déjà venue ici, une fois, et rien n'avait changé. L'appartement était petit, constitué d'une cuisine, une salle de séjour, une chambre et une minuscule salle de bain. C'était un vrai dépotoir jonché de vieux journaux, d'emballages de fast-food, et la vaisselle sale s'amoncelait sur le plan de travail. Les murs étaient tapissés de photos et de posters : James Dean en manteau long, debout sous la pluie dans une rue de New York ; Che Guevara en noir sur fond rouge – la déco prévisible d'un cinéphile de gauche.

– Je ne savais pas où aller, expliqua Kristin en contenant les larmes qui, malgré ses efforts, menaçaient de couler.

– Qu'est-ce qui t'arrive ? demanda-t-il en sentant son agitation.

Il posa sa pile de journaux.

– Je ne savais pas où aller, répéta Kristin. Il faut que tu m'aides. Il est arrivé quelque chose de terrible à mon frère.

– Ton frère ? Elias ? Que lui est-il arrivé ?

– Deux hommes ont tenté de me tuer, tout à l'heure, chez moi. Des Américains.

– De te tuer ? Non…

– Ils ont tué Runolfur.

– Runolfur ?

Steve avait de la peine à prononcer ce nom, mais davantage encore à comprendre Kristin.

– Mais de quoi parles-tu ? Qu'est-ce qui se passe ?

– Je ne savais pas où aller, répéta Kristin pour la troisième fois, comme un disque rayé.

Elle était livide. Son menton tremblait et elle mâchouillait le bout de ses ongles dans ses efforts pour se contrôler.

Dubitatif, mais ému par son désarroi, Steve s'approcha lentement, passa un bras hésitant autour d'elle et la guida vers le séjour.

– Ils voulaient me tuer, balbutia-t-elle. J'ignore pourquoi. Ils disaient que la police et le ministère étaient impliqués. Elias m'a appelée du glacier en me disant qu'il avait vu des soldats et un avion, et puis on a été coupés. J'étais en train d'essayer de joindre la société de sauvetage quand ces hommes se sont pointés chez moi. Ils ont dit que j'allais me suicider, et alors Runolfur a frappé à la porte et ils l'ont descendu. J'ai réussi à me sauver. Ils ont dit qu'Elias était mort.

Steve prit soin de ne pas l'interrompre. Un événement traumatisant avait eu lieu, manifestement, mais il n'avait pas saisi grand-chose à ce monologue incohérent. Il pensait ne jamais revoir Kristin, si bien que sa présence soudaine était inexplicable. Avait-elle perdu la raison depuis leur dernière rencontre ? Il calcula combien de temps il faudrait au docteur de la base pour se rendre chez lui.

– Elias a vu des soldats sur le glacier, réessaya Kristin. C'étaient forcément des soldats américains. C'est la dernière chose qu'il m'a dite avant qu'on soit coupés. Tu as une idée de ce que des soldats américains pouvaient bien faire sur ce glacier ?

– Quel glacier ?

– Le Vatnajökull. Tu penses que je raconte n'importe quoi, je le vois bien. Je n'arrête pas de me dire que je suis en train de rêver, que tout ça n'est qu'un cauchemar et que je vais finir par me réveiller. Mais je ne vais pas me réveiller. Je ne vais jamais me rendre compte que, finalement, tout va bien. Non, tout cela est vrai.

Steve scruta le visage de Kristin, comme pour y trouver une explication au chaos qui faisait rage sous son crâne.

– Et puis, il y a les Russes, reprit-elle d'une voix hésitante.

– Les Russes ?

– L'homme qu'ils ont tué dans mon appartement faisait des affaires en Russie. Les Américains l'ont descendu d'une balle dans la tête. Quand il est venu au ministère, il hurlait qu'il y avait un complot contre lui. Ses assassins aussi ont évoqué un complot. Je ne sais plus quoi penser. Il faut que je sache ce qui est arrivé à Elias. J'ai essayé d'appeler la société de sauvetage mais personne ne m'a répondu, et ensuite ces témoins de Jéhovah ont débarqué.

– Des témoins de Jéhovah ?

– Les hommes qui ont essayé de me tuer. Ils étaient deux, fringués comme des témoins de Jéhovah – tu sais bien, costumes et cravates sombres, les cheveux bien peignés, comme les témoins de Jéhovah qui font du porte-à-porte avec leur brochure. C'est pour ça que j'ai ouvert la porte. J'ai cru que c'étaient des témoins de Jéhovah. Je suis tellement idiote !

– Tout va bien, murmura Steve d'un ton apaisant, même s'il n'en pensait rien. Mais bon Dieu qu'est-ce que tu as bien pu faire, au ministère, pour déclencher tout ça ?

– Rien. Mon boulot, c'est tout. Je n'ai rien fait. Ce n'est pas ma faute. Je n'ai rien fait qui ait pu provoquer tout ça. Et Elias non plus.

– Non, bien sûr. Mais on dirait que ces deux histoires n'ont aucun lien entre elles. Des soldats américains sur le Vatnajökull d'un côté, et une conspiration liée à des affaires en Russie de l'autre.

Kristin inspira une grande bouffée d'air et essuya ses larmes. Des traînées de mascara avaient coulé sur ses joues.

– Je sais. Je n'arrive pas à comprendre.

Elle s'était calmée, à présent. Steve était heureux d'avoir su apaiser sa tension en acceptant de l'écouter sans mettre en doute son histoire abracadabrante. Quelle que soit la réalité de son état mental, elle était au bout du rouleau, et il ne fallait surtout pas la contrarier. Ses sanglots se calmèrent peu à peu, et elle put s'exprimer avec davantage de sang-froid.

– Tu pourrais te renseigner sur cette histoire de soldats sur le glacier ? Demander autour de toi ? Parler à des gens ?

– Je vais voir ce que je peux faire, répondit Steve. Qu'est-ce que ton frère a dit, exactement ?

– Qu'il y avait un avion dans la glace et des soldats partout.

– Il a vraiment dit « *dans* la glace » ? Tu ne trouves pas ça bizarre ?

– Pourquoi ?

– Comme s'il était enfoui dans la glace. C'est bien ce qu'il a dit ?

– Dans la glace, sur la glace… putain, qu'est-ce que ça change ? Il a parlé d'un avion et des soldats.

– C'est possible, ça, un avion dans la glace ?

– Bon Dieu, Steve, je ne me rappelle plus s'il a dit *dans* la glace ou *sur* la glace. Peu importe. Il faut juste que je sache ce qui se passe là-bas.

Steve hocha la tête. Il était en poste à la base depuis trois ans, employé par le bureau de presse comme officier de liaison avec les ministères islandais concernés par les activités des militaires américains, principalement celui des Affaires étrangères. Il vivait seul ; sa femme et lui avaient divorcé, là-bas, en Amérique. D'origine irlandaise, il avait le teint mat et une tignasse noire indisciplinée. Il avait trente-cinq ans, quelques années de plus que Kristin, mais à peu près la même taille. Il était mince, solidement bâti. Il la faisait souvent rire. Ils s'étaient rencontrés dans le cadre de leur travail, et Steve avait fini par se résoudre à l'inviter au restaurant.

Lors de leurs deux premiers dîners en tête-à-tête, à Reykjavik, il lui avait tout raconté sur lui et sa famille. Il venait d'un milieu de petits commerçants mais, n'ayant pas le moindre intérêt pour ce genre d'activité, il avait rompu avec la tradition familiale en étudiant les sciences politiques à l'université, avant de travailler quelque temps pour le ministère américain de la Défense. Mais sa véritable passion était de voyager, et quand l'occasion s'était présentée de partir travailler en Islande, il l'avait saisie.

À leur troisième rendez-vous, il l'avait invitée au mess des officiers de la base, avant un dernier verre dans son appartement. Une fois chez lui, il s'était montré attentionné, mais la confiance de Kristin s'était évaporée sans crier gare et elle avait paniqué à l'idée de coucher avec un Américain dans l'enceinte de la base. Des histoires horribles couraient sur les femmes islandaises qui fréquentaient des GI's : on les appelait les «putains yankees». Le public islandais avait toujours vu d'un mauvais œil les femmes qui avaient des relations avec les soldats américains, un vestige de la Seconde Guerre mondiale, où les filles du cru avaient accueilli à bras ouverts les premiers soldats étrangers débarqués sur ces côtes, qu'elles voyaient comme une porte de sortie menant à un avenir meilleur, une nouvelle vie par-delà l'océan, à moins qu'elles n'aient été séduites par leurs uniformes et leurs manières différentes, popularisées par les films américains, et ne les considèrent comme des pourvoyeurs de cigarettes, de bas nylon et de bon temps. La «situation», comme on disait en Islande, était une source de honte, et les femmes qui couchaient avec des soldats étaient montrées comme des traînées.

Cette attitude, Kristin le sentait, n'avait guère changé avec les années.

Mais quand elle tenta de se justifier, Steve fut blessé qu'elle puisse le considérer ainsi, si bien qu'elle s'en alla, et ils cessèrent peu à peu de se voir, jusqu'à ce que leur relation finisse par se désagréger. Ce fut une séparation silencieuse, un peu absurde ; ils ne s'étaient plus parlé depuis six mois, mais n'avaient jamais formellement rompu.

– Pourquoi ne pas commencer par appeler la société de sauvetage ? suggéra Steve pour tenter de la calmer. Leur demander des nouvelles de ton frère…

Il se leva, chercha le numéro et appela. Personne ne décrocha. Il essaya un autre numéro ; pas de réponse non plus. Il composa le troisième numéro, puis lui fit signe de venir prendre le combiné : quelqu'un avait enfin répondu. Kristin se dressa d'un bond.

– Je m'appelle Kristin, dit-elle. C'est bien la société de sauvetage de Reykjavik ?

– Oui.

– Comment puis-je contacter votre équipe sur le Vatnajökull ?

– Nous avons plusieurs numéros pour joindre leurs portables et leurs talkies-walkies. Puis-je vous aider ?

– Y a-t-il eu un accident sur le glacier ? Quelqu'un a-t-il disparu ?

– Puis-je vous demander votre nom ?

– Kristin. Mon frère fait partie de l'équipe. Elias.

– Je vais vous passer le chef d'équipe sur le Vatnajökull. Ne quittez pas.

Kristin attendit. Elle contempla Steve, qui faisait les cent pas dans son étroit séjour ; fixa d'un regard vide James Dean sous la pluie de New York, en pleine révolution.

– Bonjour, dit une voix à l'autre bout du fil. Kristin ? Je suis Julius. Je dirige l'expédition, ici, sur le Vatnajökull. Vous m'entendez bien ?

– Parfaitement, répondit-elle d'un ton précipité. Elias est avec vous ? Il va bien ?

– J'ai bien peur qu'Elias ait disparu.

– Disparu ? Comment ça ? Où est-il ?

– Johann et lui ont quitté le bivouac il y a environ sept heures, et ils ne sont pas encore rentrés. Mais nous avons localisé un signal émis par le téléphone d'Elias, et nous espérons les retrouver dès le lever du jour. Ils se sont sans doute égarés – il fait nuit noire, ici. Je ne peux pas écarter la possibilité qu'ils aient eu un accident. Mais Elias a une grande expérience des glaciers, et il n'y a aucune raison de paniquer.

– Avez-vous remarqué la présence de soldats dans les environs ? interrogea Kristin.

– Des soldats ? Non. Pourquoi me demandez-vous ça ?

– Elias m'a appelée depuis le glacier, et il m'a dit que des soldats venaient vers lui.

– Quand vous a-t-il appelée ?

– Ça doit faire trois ou quatre heures. Nous avons été coupés quelques secondes après qu'il a vu les soldats.

– Non, nous n'avons remarqué aucune présence humaine, par ici. Les gars étaient partis essayer nos nouvelles motoneiges, et ils ont eu le temps de parcourir une sacrée distance. Mais il n'y a personne dans le coin, à part nous.

– Ils ne vous ont pas dit où ils allaient ? Pensez-vous qu'Elias pourrait être en danger ?

– Ils n'ont rien dit et, non, je ne crois vraiment pas, à moins qu'il ne se déplace dans le noir. Il y a une grande série de crevasses quelques heures à l'ouest d'ici, mais Elias est un gars prudent, et Johann aussi. Je pense qu'ils se sont arrêtés quelque part et que leurs téléphones ne captent pas. S'ils restent où ils sont, nous les trouverons rapidement quand le soleil sera levé. Bon Dieu, mais qu'est-ce qui vous a poussée à demander des nouvelles d'Elias ? Vous avez eu une prémonition, ou quoi ?

– On m'a informée qu'Elias était mort, répondit Kristin. Et que sa mort avait un lien avec les soldats qu'il avait vus sur le glacier.

– Elias n'est pas mort. Il a disparu, mais il est vivant.

– Kristin.

Steve regardait dehors par la fenêtre du séjour, le rideau poussé de côté. Il observait le parking, devant le bâtiment.

– Je pourrai vous joindre plus tard, à ce numéro ? demanda Kristin, sans prêter attention à Steve.

– Qui vous a dit qu'Elias était mort ? Qui ferait une chose pareille ?

– C'est trop compliqué, je n'ai pas le temps de tout vous expliquer. Je vous rappelle plus tard.

Elle nota son numéro et raccrocha. Julius dégageait une sorte d'autorité naturelle qui, en d'autres circonstances, aurait été rassurante, songea-t-elle. Il s'exprimait avec assurance et précision. Mais leur conversation n'avait pas dissipé ses craintes, loin de là.

– Comment es-tu venue jusqu'ici ? lui demanda Steve.

– En taxi.

– Quelqu'un d'autre savait que tu venais ?

– Non, personne.

– Tu as réglé en liquide ?

– Non, par carte.

– Ces hommes, ils avaient des cheveux clairs ? interrogea-t-il d'une voix neutre.

– Pourquoi tu me demandes ça ?

– Non, ça ne peut pas être eux. Ces types ne sont pas en costume-cravate, ils portent des combinaisons de ski et des bottes.

– Putain, Steve, de quoi tu parles ?

– Il y a deux hommes dehors, qui surveillent ma fenêtre.

– Comment ça ? répondit Kristin, pâle comme un linge.

Elle courut jusqu'à la fenêtre, baissa les yeux sur le parking et s'étrangla d'effroi.

– Mon Dieu, c'est bien eux. Mais comment ont-ils pu me retrouver ici ?

Steve fit un bond en arrière, comme s'il avait reçu une balle.

– Ils nous ont vus ! Viens !

Kristin portait encore son blouson. Steve enfila à la hâte des bottes et une épaisse doudoune ; quelques secondes plus tard, ils étaient sur le palier. Se penchant dans la cage d'escalier, ils virent Ripley et Bateman traverser le hall d'entrée et se ruer vers les marches.

– Merde, grommela Steve.

– Tu as une arme ? interrogea Kristin.

– Pourquoi aurais-je une arme ?

– C'est bien ma chance, putain, jura-t-elle en islandais. Rencontrer le seul Amerloque qui n'a pas de flingue…

– Suis-moi ! cria-t-il en se précipitant dans l'appartement, avant de verrouiller la porte derrière eux.

Ils coururent jusqu'au petit balcon. Le sol se trouvait six mètres plus bas – trop haut. Ils ne pouvaient pas non plus se laisser tomber sur le balcon d'en dessous, mais ils avaient une chance d'atteindre celui de l'appartement voisin. Ils entendirent des coups violents sur la porte. Steve aida Kristin à grimper sur la balustrade et, agrippant le métal glacé, elle se hissa à la force des bras, prise d'un début de vertige lorsqu'elle baissa les yeux, persuadée l'espace d'un instant qu'elle allait tomber. Des paquets de neige se détachèrent du balcon, disparaissant dans les ténèbres. Dominant son vertige et ignorant la morsure du froid sur ses mains, elle sauta sur le balcon d'à côté, retombant sur le béton dans un bruit sourd, le souffle coupé. Steve la rejoignit au moment où la porte de son appartement cédait sous les coups.

Il empoigna la lourde plante en pot de son voisin, posée par terre sur le balcon, et s'en servit pour fracasser la porte vitrée, qu'il ouvrit de l'intérieur. Ils se précipitèrent dans l'appartement, repoussant d'un coup de pied les jouets d'enfants qui jonchaient le plancher, trébuchant sur un aspirateur, et ressortirent sur le palier, puis dévalèrent les marches.

Ripley et Bateman s'engouffrèrent dans l'appartement de Steve et, entendant un bruit de verre brisé, sortirent sur le balcon d'où ils virent que la porte vitrée du voisin était ouverte. Ils firent demi-tour et ressortirent de l'appartement au moment où Steve et Kristin disparaissaient dans la cage d'escalier. Un homme obèse vêtu d'un simple caleçon surgit de l'appartement d'à côté et leur coupa la route. Ils le percutèrent de plein fouet, l'envoyèrent au sol et trébuchèrent sur lui.

Steve et Kristin profitèrent de leur avance, ils jaillirent de l'immeuble au moment où les deux hommes se remettaient debout. Steve courut jusqu'à sa voiture, suivi de près par Kristin. La portière était ouverte, et Steve bondit derrière le volant, Kristin sautant sur le siège passager.

– Les clés… les clés ! hurla Steve, tapotant son jean d'un geste frénétique, puis plongeant la main dans une poche.

– Où sont les clés ? s'écria Kristin en retour.

– Je les ai ! répondit Steve, tirant un trousseau de sa poche et glissant la bonne clé dans le contact. Il écrasa l'accélérateur en tournant la clé. Rien ne se produisit. Le démarreur couinait mais le moteur refusait de s'enclencher.

– Bon Dieu ! jura Steve entre ses dents.

Il essaya de nouveau, martelant le volant, pied appuyé à fond sur la pédale. Le moteur toussota pendant de longues secondes, puis se réveilla dans un rugissement. Steve enclencha brutalement la marche avant et une embardée violente écrasa Kristin au fond de son siège. Des relents d'essence lui sautèrent au visage tandis que les roues patinaient sur la neige, dans les hurlements du moteur, les pneus cherchant désespérément l'adhérence, l'arrière de la voiture dérapant d'un côté puis de l'autre, mais alors que les deux agents sortaient en courant de l'immeuble, les roues agrippèrent enfin le bitume, la voiture bondit en avant et ils s'échappèrent.

Jetant un regard en arrière, Kristin les vit courir derrière le véhicule pendant quelques secondes avant de renoncer et de rester plantés sur le parking à les regarder s'éloigner.

Steve détacha les yeux de la route pour se tourner vers elle.

– J'ai cru que tu étais folle quand tu as débarqué chez moi. Que tu avais perdu la boule.

– Merci, j'avais remarqué.

– J'ai changé d'avis. Désolé.

Il fonçait droit devant, jetant un coup d'œil dans ses rétroviseurs toutes les trois secondes. Kristin remarqua qu'il serrait le volant de toutes ses forces pour empêcher ses mains de trembler.

– Je ne vois qu'une explication au fait qu'ils te connaissent, déclara Kristin après être restée silencieuse pendant un long moment.

– C'est-à-dire ?

– Elias. Ils ont un lien avec ce qui se passe sur le glacier. C'est Elias qui leur a donné ton nom. C'est la seule explication. Ils doivent penser qu'Elias m'a dit quelque chose ; qu'il m'a parlé d'eux. Et de l'avion, quelle que soit la raison de sa présence là-haut. Ces hommes sont en contact avec les soldats, et ils ont trouvé mon numéro sur le portable d'Elias. C'est comme ça qu'ils ont su. Ils savent que je suis sa sœur. Et ils pensent que je sais quelque chose ; qu'Elias m'a dit quelque chose. C'est pour ça qu'ils en ont après moi.

– Mais qui sont-ils ? Pour qui travaillent-ils ?

– J'oubliais : l'un d'eux a prononcé un nom quand ils m'ont agressée. Je n'étais pas censée l'entendre. Un certain « Ratoff ». Ça te dit quelque chose ?

– Ratoff ? Non, jamais entendu ce nom.

– Oh mon Dieu, Steve ! soupira Kristin.

Elle s'enfonça sur le siège passager, passant la main dans ses cheveux.

– Que lui est-il arrivé ? Ils m'ont dit qu'il était mort.

Steve contemplait la route d'un air grave, stupéfait par le tour invraisemblable qu'avait pris cette soirée. Dire qu'il était venu dans cette île glacée en quête d'une vie tranquille.

– Kristin, je vais passer quelques coups de fil pour essayer d'en savoir plus. Est-ce qu'ils savent vraiment qui tu es ?

– Ils savaient où j'habitais. Ils connaissaient Elias. Ils semblent savoir tout ce que je vais faire à l'avance.

Alors oui, Steve, je crois qu'on peut le dire : ils savent qui je suis.

Kristin se tourna vers lui, puis jeta un nouveau regard à travers la lunette arrière. Elle repensa à Elias, et à son père qui devait être à l'étranger ; il passait sa vie à voyager – pourtant, enfants, ils n'étaient jamais partis en vacances à l'étranger – et ne prenait pas toujours la peine de les prévenir lorsqu'il s'agissait de courts séjours. Elle n'avait pas vraiment de relation avec son père ; un coup de fil par mois ou tous les deux mois, une conversation distante et l'espoir, prononcé sans chaleur, que tout allait bien. Kristin souffrait de ne jamais pouvoir s'adresser à son père pour quoi que ce soit, d'avoir toujours dû se débrouiller toute seule. Et le pire, c'est qu'il la tiendrait sans doute pour responsable de ce qui était arrivé à son frère. Il l'avait toujours fait.

13

Environs de Washington.
Vendredi 29 janvier, 17 h, heure locale.

Miller vint lui-même ouvrir la porte et invita Carr à entrer. Il vivait dans une maison en bois à deux étages, flanquée d'un jardin impeccable, dans un recoin boisé et calme de la campagne, recouvert à présent d'un fin tapis de neige, non loin de Washington. Les deux hommes échangèrent une poignée de main, puis Miller remonta le couloir dans le frottement de ses chaussons de feutre élimés; il allait sur ses quatre-vingts ans et son dos s'était voûté, les mèches éparses autour de son crâne avaient viré au blanc, la peau de son visage était constellée de taches brunes. Son épouse était morte vingt ans auparavant et même s'ils n'avaient pas eu d'enfants, on s'occupait très bien de lui : une aide à domicile lui rendait visite trois fois par semaine et des repas lui étaient livrés à l'heure du déjeuner et du dîner. À première vue, Miller ressemblait à un vieux croûton attendant de casser sa pipe, ses longues années de service désormais derrière lui. Mais l'apparence fragile du vieillard cachait un esprit plus vif et ingénieux que jamais.

Miller emmena Carr dans son bureau du rez-de-chaussée, rempli de souvenirs d'une très longue vie, essentiellement des photos de sa carrière militaire : camarades de la Seconde Guerre mondiale, scènes quotidiennes de la Corée et du Viêtnam, mais il y avait aussi quelques clichés en temps de paix. Tout, dans la maison, était rangé avec un soin maniaque. Les murs étaient recouverts de livres, consacrés pour la plupart à la guerre.

– Vous êtes sûr que c'est bien l'avion ? interrogea Miller en sortant deux petits verres, qu'il remplit de cognac. Il était bien trop tôt pour Carr, mais il ne dit rien ; l'heure du jour n'avait à l'évidence plus aucun sens pour Miller.

– Sans aucun doute, répondit Carr en sirotant son cognac.

– Ils sont entrés dedans ?

– Pas encore. Ratoff dirige l'opération.

Miller fronça les sourcils.

– Était-ce vraiment nécessaire ?

– J'ai estimé que cette mission exigeait un homme tel que lui. C'est aussi simple que ça.

– Vous prévoyez toujours de lui faire traverser l'Atlantique ? Jusqu'en Argentine ?

– Ouais, l'Argentine.

– La procédure n'a donc pas changé ?

– Non. Tout se déroule comme prévu. Mais ils ont été repérés, et l'avion aussi. Par des Islandais – deux jeunes. Je crains qu'ils n'en aient trop vu, mais Ratoff m'a affirmé que, pour le reste, tout était sous contrôle.

– J'imagine qu'il ne les a pas épargnés.

Carr se détourna et regarda par la fenêtre.

– Et les deux frères ?

Carr haussa les épaules.

Miller ferma les yeux. Il revit les frères, le jour où il les avait rencontrés au pied du glacier, tant d'années en arrière : aimables, accueillants, coopératifs et, surtout, discrets. Ils n'avaient jamais posé de questions, se contentant de l'accueillir chez eux et de lui servir de guides sur le glacier. Ils avaient à peu près le même âge que lui.

– Ratoff n'a pas été informé de ce que contient l'avion, n'est-ce pas ? demanda-t-il.

– Il ne va pas tarder à le découvrir. Mais je crois que nous pouvons lui faire confiance, du moins pour nous rapporter les documents. Nous avons des camions sur place, pour transporter les morceaux de l'appareil jusqu'à Keflavik. Les cadavres voyageront avec l'épave. J'ai donné des instructions très claires à Ratoff, sur ce qu'il devra faire des documents qu'il trouvera. Il les lira certainement mais c'est un risque inévitable, et puis, de toute manière, il est coincé sur cette île : où pourrait-il s'enfuir ? Si tout se passe bien, ce chapitre de la guerre sera clos d'ici quelques jours, et nous pourrons enfin respirer tranquillement. *Ils* pourront enfin respirer tranquillement.

– Et Ratoff, alors ?

– Nous n'avons encore rien décidé.

– S'il lit les documents, il pensera qu'il est en danger.

– Attendons de voir comment il réagit. Ratoff n'est pas un homme très compliqué.

Miller fit tourner le cognac dans son verre.

– Les autres sont au courant de la situation ?

– Le peu qu'il en reste.

– Et les politiques ?

– Je crois avoir réussi à les effrayer. Je leur ai ressorti l'histoire de l'or de Walchensee. Notre jeune ministre de la Défense a failli se mettre à chialer quand je lui ai raconté ça. Il suffit d'évoquer les Juifs, et ils se chient dessus.

– Mais il y a quelque chose qui cloche…

C'était une affirmation, pas une question. Miller connaissait bien son successeur ; il avait deviné à l'expression de Carr, à sa manière de parler, qu'il y avait un problème. Ce ne serait pas la première fois que Carr venait le voir pour lui demander conseil ou obtenir son soutien, mais il n'était pas homme à reconnaître ses erreurs.

Carr répondit d'un ton net et précis.

– Il y a cette jeune femme à Reykjavik, la sœur d'un des deux jeunes qui sont venus perturber les opérations de déblaiement. Apparemment, le garçon l'a appelée sur son portable et lui a dit qu'il y avait des soldats et un avion sur le glacier – c'est ce que Ratoff a réussi à lui arracher. La fille a déjà échappé deux fois à nos agents, et elle a reçu l'aide d'un Américain de la base, son ancien petit copain. Elle est vraisemblablement allée le voir à cause de ce que son frère lui a dit concernant des soldats. À l'heure où je vous parle, ils se trouvent quelque part à l'intérieur de la base, mais on m'a assuré que le périmètre était bouclé et que le commandant de la base se montrait coopératif. Ils n'iront pas bien loin.

Les deux hommes restèrent muets pendant un long moment.

– Cette opération obéissait aux nécessités de la guerre, finit par déclarer Miller. Il nous fallait bien nettoyer derrière les politiques. Ça a toujours été comme ça.

– Je sais, même si, pour ma part, je mettrais plutôt ça sur le compte d'une crise de démence passagère. Dans les derniers mois de la guerre, tout le monde pétait les plombs.

– Ce qui ne veut pas dire pour autant que nous n'aurions pas dû entrer en Russie. Patton avait raison sur ce point.

– Ils ont hésité.

– Et nous avons perdu la moitié de l'Europe.

Miller remplit leurs verres. Le cognac était l'un des seuls luxes qu'il s'autorisait encore. Les médecins lui avaient annoncé qu'il n'en avait plus pour très longtemps. Il s'en moquait, d'ailleurs ; cela faisait un bon moment qu'il s'était résigné à l'idée de la mort, et il l'accueillerait dignement, le moment venu.

– Écrire l'histoire, ce n'est pas notre boulot, reprit-il. D'autres s'en chargent.

– Vous avez raison, notre boulot a toujours été d'effacer l'ardoise et de la réécrire, répondit Carr. L'histoire n'est qu'un tissu de mensonges – nous le savons bien, vous et moi. Il y a eu tant de dissimulations, tant de choses inventées de toutes pièces ; nous avons dit la vérité sur des mensonges, et menti sur la vérité, enlevé telle chose pour la remplacer par telle autre. C'est notre job. Vous m'avez dit un jour que l'histoire de l'humanité n'était rien d'autre qu'une succession de crimes et de malheurs. Eh bien, c'est aussi une succession de mensonges savamment construits.

– Vous avez l'air fatigué, Vytautas.

– Je *suis* fatigué. Quand tout ça sera terminé, je prendrai ma retraite.

Miller but une autre gorgée de cognac. C'était sa marque favorite, le fin du fin, et il le savoura longtemps avant de l'avaler.

– Les frères m'ont dit que l'hiver 1945 avait été « exceptionnellement rigoureux », déclara-t-il. Sur les pentes dominant la ferme, la neige n'a fondu qu'en juillet. J'ai fouillé toute la zone avec une petite équipe, à l'époque, mais je n'ai retrouvé aucune trace du crash. Le fuselage doit être presque intact sous la glace. Ce qui veut dire que les cadavres le seront aussi. Ils sont congelés depuis plus d'un demi-siècle.

Il marqua une pause.

– J'envie cet animal de Ratoff. J'ai cherché cet avion toute ma vie, et maintenant qu'on l'a enfin retrouvé, je suis trop vieux pour le voir. Quand arrivera-t-il en Argentine ?

– Dans quatre jours, selon Ratoff, mais cela pourrait encore changer. On prévoit du mauvais temps dans la région – une tempête devrait se lever au cours des prochaines vingt-quatre heures. Vous pourrez toujours venir en Amérique du Sud si vous vous en sentez capable.

Mais Miller était ailleurs. Il pensait à toutes ces couches de neige et de glace qu'il avait passé tant d'années à sonder en vain. Les glaces accumulées hiver après hiver, blizzard après blizzard, enfouissant toujours plus loin du monde ce cercueil gelé.

– J'ai toujours pensé qu'il vaudrait sans doute mieux pour nous que ce glacier retienne l'avion à tout jamais, et que nous n'ayons plus à nous en soucier. Ce serait mieux pour tout le monde.

– Peut-être. Parfois, je me dis que ce foutu avion est la seule raison pour laquelle nous avons installé une base en Islande. C'est dire l'importance qu'il prend à mes yeux, quelquefois.

Le silence s'abattit de nouveau sur la pièce.

– Et la sœur du garçon ? interrogea Miller au bout d'un moment. On ne pourrait pas la laisser filer ?

– Pas avant que notre avion-cargo ait décollé avec son chargement. Après, ça ne sera plus très grave.

– Donc elle n'a qu'à rester planquée pendant quelques jours, et elle sera hors de danger ?

– On peut voir ça comme ça.

Miller but une autre gorgée de cognac.

– Et ici, qui est au courant de cette découverte ? interrogea-t-il.

– Vous et moi. Le ministre de la Défense, qui pense que cette histoire concerne de l'or volé aux Juifs. Et une poignée d'individus dans la boîte. Tous les autres sont morts et enterrés.

– Et nous les rejoindrons bientôt.

– C'est de l'histoire ancienne ; peu de gens en dehors de nous savent ce que contient vraiment l'avion. Nos jeunes loups n'apprécient pas cette situation. Ils sont trop naïfs pour comprendre le besoin de garder tout cela secret. Ils se fichent que l'histoire de l'avion puisse se répandre. Prions même pour qu'ils n'essaient pas d'en tirer parti dans je ne sais quel but… Ce sont des fanatiques. Il ne faut pas que les choses traînent – plus la récupération de l'avion prendra du temps, plus nous nous exposerons à la possibilité d'une fuite.

– Quand vous parlez de fanatiques…

– Ce que je veux dire par là, c'est que je ne suis pas sûr de ce qu'ils feraient s'ils connaissaient le rôle qu'a joué cet avion.

– Dommage que les astronautes ne soient pas là pour détourner l'attention, cette fois.

Miller se fendit d'un sourire ironique.

– Pauvre Armstrong… Il n'a jamais compris ce qu'il était venu faire en Islande, remarqua Carr.

– Il a fait un autre grand pas pour l'humanité, là-bas.

Miller changea brusquement de sujet. Carr venait de consulter sa montre, et Miller comprit qu'il était sur le point de partir.

– J'ai appris à connaître un peu les Islandais, quand on m'a envoyé sur place en 1945. Drôle de nation. Ils vivent sur cet avant-poste de l'Europe, ce bout de rocher perdu dans le nord de l'Atlantique. Il fait nuit la majeure partie de l'année, et ils ont vécu pendant des siècles dans des logements à peine plus confortables que des trous dans le sol ; les seuls matériaux de construction dont ils disposaient, c'étaient des pierres et des blocs de tourbe. Quand je suis arrivé là-bas, ils commençaient à peine à émerger du sol, à construire de vraies maisons. Et pourtant, c'était un peuple très cultivé. Prenez les deux frères, par exemple – ils avaient lu Milton dans sa traduction islandaise. Ils en connaissaient chaque mot. Ils avaient appris par cœur des passages entiers du *Paradis perdu*.

– Où voulez-vous en venir ? s'impatienta Carr.

– Il n'y a déjà pas beaucoup d'Islandais, sur cette planète. Évitons d'en réduire le nombre inutilement.

– Je vous promets que nous n'en ferons rien.

Miller baissa les yeux sur le verre, au creux de sa main.

– Si je n'ai pas la force d'aller jusqu'en Argentine, vous me l'enverrez ici ?

– De mon point de vue, rien n'a changé depuis la dernière fois que nous avons passé en revue la procédure. Il me semble tout à fait normal qu'on vous le renvoie.

– Je pense souvent aux températures. Elles n'ont jamais dû dépasser zéro, là-haut, depuis cinquante ans. Si ses blessures n'étaient pas trop graves, il n'a pas dû changer. Je n'arrête pas d'y penser, c'est étrange. Et de plus en plus, avec les années. Ce serait comme remonter le temps.

14

Glacier Vatnajökull.
Samedi 30 janvier.

Les agents de la Delta Force travaillaient sans relâche à déblayer la neige. Ils creusaient des deux côtés de l'épave simultanément, rejetant des montagnes de neige, et dans la lumière grandissante les contours de l'avion se dessinaient peu à peu. Le nez de l'appareil pointait désormais dans les airs selon un angle de vingt degrés, mais la queue était encore enfouie sous une glace dense, dure comme de la pierre, que les fers des outils avaient du mal à entamer. La porte, qui était censée se trouver derrière une rangée de hublots, du côté gauche, n'était pas encore dégagée. À ce qu'on pouvait voir, le fuselage semblait en grande partie intact, et peu de neige s'était infiltrée à l'intérieur.

Durant la nuit, de puissants projecteurs enveloppaient la scène d'une lueur jaunâtre, mais on les éteignait quand le soleil se levait, et des nuages de vapeur fine montaient de leurs boîtiers surchauffés, dérivant en volutes par-dessus la croûte du glacier. Un grand nombre de tentes blanches étaient plantées sur la glace, blotties les unes contre les autres, contenant chacune une lampe à gaz allumée jour et nuit pour produire un

131

peu de chaleur. La plus grande de toutes était la tente radio. L'électricité était fournie par des groupes électrogènes, et la neige alentour était encombrée de barils d'essence, de motoneiges, de véhicules à chenilles et, un peu plus loin, des gigantesques palettes destinées au transport de l'épave.

Les travaux progressaient rapidement. Le vent était léger et la température sur le glacier tournait autour de -15 °C. Une partie des hommes avaient été chargés de briser la glace dure à coups de pioche, tandis qu'un autre groupe, moins nombreux, était occupé à couper l'avion en deux à l'aide de puissants chalumeaux. Les deux sections de l'épave seraient ensuite chargées sur les palettes et traînées vers l'endroit où les camions attendaient pour les emporter vers l'ouest, jusqu'à l'aéroport de Keflavik. Ratoff se tenait debout devant la tente radio, contemplant le flamboiement bleuté de l'oxyacétylène et les gerbes d'étincelles qui jaillissaient de la carcasse métallique. Selon ses estimations, tout se déroulait dans les temps. On annonçait une tempête, mais elle était censée se calmer rapidement.

À bien des égards, c'était une chance que l'avion ait été retrouvé en plein hiver. Certes, la météo était extrêmement changeante et les conditions de voyage pouvaient s'avérer difficiles, mais leurs opérations étaient protégées par l'obscurité et l'absence de circulation dans les parages à cette époque de l'année.

Brusquement, sous les yeux de Ratoff, les hommes qui s'activaient de l'autre côté de l'épave cessèrent de creuser et se rassemblèrent pour examiner la glace. Au bout d'un moment, l'un d'eux interpella Ratoff, qui descendit vers eux, se baissant pour passer sous le nez de l'avion. Rejoignant les soldats, il fut accueilli par la vision d'une jambe dépassant de la glace, au pied du fuselage. La jambe était enveloppée d'une botte militaire noire qui remontait pratiquement jusqu'au genou, et d'un pantalon grisâtre. Ratoff ordonna aux hommes de dégager le corps, et le cadavre tout entier, ou du moins ce qu'il en restait, fut bientôt visible.

Ratoff avait l'impression qu'on l'avait délibérément posé là, à côté de l'avion. À l'évidence, certains des passagers avaient survécu au crash, et ils avaient eu la force de se déplacer et de s'occuper de ceux qui étaient morts dans l'accident. L'homme portait un uniforme d'officier supérieur allemand, même si Ratoff ne put identifier l'insigne. Il portait à son cou une Croix de Fer, ses mains étaient croisées sur sa poitrine, son visage recouvert d'une casquette. Il lui manquait l'autre jambe : visiblement, elle avait été arrachée au niveau de la hanche. La plaie béante, dévoilant la blancheur de l'os, était clairement visible, mais la jambe introuvable. Ratoff se pencha sur le mort dans l'intention d'étudier son visage, mais constata que la casquette était soudée à la peau par le gel.

Ratoff se redressa et donna l'ordre de débarrasser le corps de son enveloppe de glace et de l'emporter dans l'une des tentes. Il se demanda combien de temps les passagers avaient pu survivre après le crash. L'accident avait eu lieu à cette période de l'année. Ratoff et ses hommes avaient beau être emmitouflés dans des combinaisons polaires spécialement étudiées pour résister aux contraintes de l'Arctique, ils n'en étaient pas moins frigorifiés. Ils disposaient également de lampes à gaz et avaient reçu un entraînement spécifique pour résister au froid. Les passagers de l'avion, eux, étaient sans défense. Les survivants du crash avaient dû mourir de froid, lentement. Cela n'avait pas dû prendre plus de quelques jours.

À soixante kilomètres de là, huit membres de la société de sauvetage de Reykjavik scrutaient les profondeurs bleutées d'une crevasse déchiquetée, d'où leur parvenait la sonnerie étouffée d'un téléphone portable. Ils s'étaient mis en route juste avant le lever du soleil, et n'avaient pas tardé à retrouver les traces des motoneiges ; celles-ci avaient brusquement changé de direction à environ deux heures du camp de base de l'expédition, obliquant vers l'ouest, en direction d'une série de crevasses. Au campement, les autres avaient réussi à localiser avec précision le signal du téléphone, et le reste avait été un jeu d'enfant. Les motoneiges semblaient avoir basculé dans le gouffre à pleine vitesse, comme si Elias et Johann ne l'avaient aperçu qu'au tout dernier moment, trop tard pour l'éviter.

L'un des sauveteurs descendit en rappel dans la crevasse ; ses deux camarades gisaient une dizaine de mètres plus bas. En arrivant à leur hauteur, il constata que leurs blessures étaient atroces, comme s'ils s'étaient fracassés plusieurs fois contre les parois de la crevasse pendant leur chute, avant que les motoneiges ne s'écrasent sur eux, les rendant quasi méconnaissables. Leurs visages étaient réduits à une bouillie de chair à vif, dépourvue de traits ; leurs yeux disparaissaient sous un amas de boursouflures, leurs oreilles n'étaient plus que des pâtés sanglants, leurs corps désarticulés avaient adopté des positions contre-nature, comme si tous leurs os avaient été brisés. Il n'avait jamais rien vu de pareil et, détournant la tête, il vomit.

L'équipe se mit au travail, hissant d'abord les motoneiges, avant de faire descendre des civières sur lesquelles furent arrimés les corps d'Elias et Johann. On les remonta l'un après l'autre, lentement, en prenant soin de ne pas les cogner contre les murs de glace, et les civières furent chargées à l'arrière de l'autoneige. Une bise polaire venue du nord-est s'était mise à souffler, soulevant des tourbillons d'une neige glacée qui tranchait comme un rasoir le moindre carré de peau exposée, et ne tarda pas à faire disparaître toutes leurs traces autour de la crevasse.

Julius observait le travail de ses compagnons, tête basse, insensible au froid. Il dirigeait ce genre d'expéditions depuis quinze ans ; il y avait déjà eu des accidents et des blessures, mais personne n'était jamais mort sous son commandement. Et voilà qu'il venait de perdre deux jeunes hommes dont il était responsable, deux gosses auxquels il avait donné la permission de quitter le bivouac afin de tester les nouvelles motoneiges. Il aurait pu prévoir qu'ils risquaient de s'emballer, d'oublier le temps et de se retrouver en difficulté, mais ce qu'il voyait là dépassait, et de loin, ses pires craintes. Il entendit une voix l'appeler depuis le véhicule chenillé. L'un des volontaires, un étudiant en médecine prénommé Heimir, avait posé deux doigts sur le cou d'Elias. Julius attendit, retenant son souffle.

– C'est faible, mais son pouls bat encore, annonça Heimir.

– Il est vivant ?

– À peine. Mais je crois qu'il n'en a plus pour très longtemps.

– Pouvons-nous le soigner ici, ou faut-il le ramener au campement et appeler un hélico ?

– Je vous l'ai dit, il risque de nous lâcher d'un instant à l'autre. Il vaut sans doute mieux ne pas le déplacer. Nous devrions rester ici, faire tout notre possible, et faire venir l'hélico. Il mettra combien de temps à arriver ?

– Ça ne devrait pas être trop long, répondit le chef d'expédition en allumant sa radio. Mais je crois quand même que nous devrions l'évacuer avant que les conditions ne dégénèrent. Une tempête est prévue d'une minute à l'autre, et nous serions plus en sécurité au campement. Bougeons d'ici.

Soudain, Elias laissa échapper un gémissement indistinct. Ses lèvres bleuies remuèrent faiblement.

– Il essaie de nous dire quelque chose ? demanda Julius.

Heimir se pencha sur le visage ensanglanté d'Elias, et colla son oreille à la bouche du garçon. Au bout d'un moment, il se redressa et se tourna vers Julius.

– Il est à peine conscient.

– Il a dit quelque chose ?

– Ce n'était pas très clair. Je ne suis pas sûr, mais je crois qu'il a dit « Kristin ».

– Oui, sûrement, acquiesça Julius.

Il se rappela soudain avoir assuré à la sœur qu'il n'était rien arrivé à Elias, et un sentiment de culpabilité l'envahit.

Julius appela les garde-côtes, mais on lui répondit que le seul hélicoptère disponible était en train de secourir un pêcheur blessé sur un chalutier, à mi-chemin entre l'Islande et le Groenland. Lorsque les garde-côtes ne pouvaient se rendre sur un lieu d'accident, la règle voulait que l'on joigne les militaires américains de la Force de défense, à l'aéroport de Keflavik, pour demander leur aide. L'opérateur des garde-côtes promit de contacter les Américains, pour qu'un de leurs hélicoptères vienne récupérer les deux victimes.

Pourquoi la sœur d'Elias a-t-elle pensé qu'il était mort ? se demanda Julius, tandis qu'il regagnait le bord

136

de la crevasse et jetait un regard au fond du gouffre.
Comment a-t-elle pu le savoir avant nous ?

Il tremblait à l'idée de devoir lui annoncer qu'elle
avait eu raison. Elias n'était pas encore mort, mais il
avait peu de chances de s'en tirer. Ses blessures étaient
graves, il avait passé plusieurs heures au fond du glacier
et il était sûrement en état d'hypothermie. Julius scruta
l'horizon, priant pour que l'hélicoptère arrive avant la
tempête. Pour Elias, c'était le seul espoir.

15

Elle se réveilla à la troisième sonnerie. Monica Garcia était la directrice pour l'Islande de la Commission Fulbright, programme d'échange universitaire et culturel basé à l'ambassade des États-Unis à Reykjavik, où Monica possédait un appartement de fonction. Elle n'aimait pas qu'on appelle au milieu de la nuit et s'étira, à moitié endormie ; elle avait espéré pouvoir passer une nuit paisible après les événements extraordinaires des dernières vingt-quatre heures à l'ambassade. Mais les sonneries stridentes insistèrent, jusqu'à ce qu'elle finisse par se redresser sur le coude pour décrocher rageusement le combiné.

– Monica ? interrogea une voix.

– Il est une heure du matin, protesta-t-elle, en consultant les chiffres lumineux de son radio-réveil. Qui est à l'appareil ?

– C'est Steve. Je suis désolé, mais c'est une urgence.

– Steve ? Pourquoi m'appelles-tu en pleine nuit ?

– Je crois que des hommes de l'ambassade veulent me tuer.

– Pourquoi voudrait-on te tuer, Steve ? Tu as fumé la moquette, ou quoi ?

Cherchant à tâtons sa lampe de chevet, elle l'alluma, manquant de renverser un verre d'eau et de faire basculer la petite pile de livres au sommet de laquelle était posé un exemplaire ouvert de *Guerre et Paix*.

– Deux hommes blonds, un bon mètre quatre-vingts, en civil, portant des costards élégants. Ils en veulent à mon amie, aussi. Kristin, je t'ai déjà parlé d'elle. Elle sait quelque chose à propos de manœuvres militaires sur le Vatnajökull. J'ignore de quoi il s'agit, mais c'est assez important pour qu'on lui envoie des tueurs. Elle est venue me rejoindre à la base, et les deux types se sont aussitôt pointés en bas de chez moi, mais nous avons réussi à leur échapper.

– Elle s'est enfuie *à* la base ? Steve, je ne comprends rien à ce que tu me racontes.

Elle s'assit sur le lit et un frisson la parcourut : le radiateur était encore tombé en panne, et un froid glacial avait envahi la chambre.

– Je sais, c'est compliqué. Je t'expliquerai tout, plus tard, mais il faut que tu me croies.

– Tu es où, maintenant ?

– Toujours à la base. Qu'est-ce qui se trame à l'ambassade ? Qu'est-ce qui se passe sur le glacier ? Tu es au courant de quelque chose ?

– Eh bien, tout est sens dessus dessous. C'est tout ce que je peux te dire. Pourquoi, je n'en ai pas la moindre idée.

– Comment ça, sens dessus dessous ?

– Les renseignements militaires ont pris le contrôle de l'ambassade, sur ordre direct du ministre de la Défense. Des agents des opérations spéciales ou je ne sais quoi se sont pointés, ils ont pris possession des

lieux et ont envoyé l'ambassadeur en congé. Trois escadrons des forces spéciales se sont posés à Keflavik il y a
tout juste vingt-quatre heures, et, pour ce que j'en sais,
ils ont très bien pu se rendre sur le Vatnajökull. À part
ça, je ne sais vraiment pas ce qui se passe. C'est comme
s'il y avait eu un coup d'État militaire. Ils ont débarqué
avec tout un tas de matériel informatique – pour quoi
faire, je n'en sais rien – et ils ont installé un centre de
commandement. Aucune explication n'a été fournie
au personnel de l'ambassade. On nous a ordonné de
rester à l'écart et de la boucler. Ils nous ont dit qu'ils
ne resteraient que quelques jours.

– Tu n'aurais pas croisé un type nommé Ratoff, par
hasard ?

– Non, je n'ai jamais entendu parler de lui. C'est qui ?

– Kristin a entendu les tueurs prononcer son nom.
C'est peut-être lui qui dirige cette opération. Écoute,
Monica, il faut que je raccroche. Tu ne peux vraiment
rien faire pour m'aider ?

– Je vais essayer de me renseigner, Steve. Puisque
les forces spéciales ont pris possession de l'ambassade,
elles contrôlent sans doute aussi la base – à ta place,
je ferais attention. Tu te souviens du pub irlandais, à
Reykjavik ? Celui du centre-ville ?

– Oui.

– Appelle-moi là-bas à quatre heures de l'après-
midi, ou viens me retrouver. D'ici là, je vais voir ce
que je peux trouver.

– Merci, Monica.

– Je t'en prie, Steve, sois prudent.

Il raccrocha et se tourna vers Kristin. Ils se trouvaient dans le bureau de Steve, dans l'un des bâtiments
administratifs de la base. Kristin montait la garde à la
fenêtre, son profil se dessinant contre la vitre obscure,

noir sur noir. Elle avait appelé les contrôleurs aériens de Keflavik, en se faisant passer pour une journaliste de Reykjavik, et leur avait demandé s'il y avait eu récemment un crash aérien sur le Vatnajökull. On lui avait répondu qu'aucun avion ne s'était écrasé sur le glacier depuis le célèbre accident de la Loftleidir, plusieurs décennies auparavant. Quand ils lui avaient demandé pour quel journal elle travaillait, Kristin avait raccroché.

Elle se souvenait vaguement de cet accident.

– Un avion de la Loftleidir – la vieille compagnie aérienne islandaise – avait dû se poser en catastrophe sur le glacier, expliqua-t-elle à Steve. Tous les passagers avaient survécu.

– C'est cet avion qu'Elias aurait vu ? interrogea Steve.

– Je n'en ai aucune idée. J'ignore ce qu'est devenue l'épave. Et puis, de toute façon, pourquoi les militaires s'intéresseraient-ils à un vieil avion de la Loftleidir ? Ça doit bien faire quarante ans qu'il s'est écrasé. C'est absurde.

Cela faisait dix minutes qu'ils étaient dans le bureau, et Kristin devenait de plus en plus nerveuse. Même s'ils avaient garé la voiture de Steve devant une résidence située à plusieurs centaines de mètres, au milieu d'autres véhicules, elle ne tarderait pas à être retrouvée si les deux hommes lançaient des recherches. Le bureau était le premier endroit auquel Steve avait pensé en quittant son immeuble sur les chapeaux de roues, laissant Ripley et Bateman derrière lui sur le parking. Mais il n'était pas venu ici pour se planquer, car son lieu de travail serait l'un des premiers endroits que les deux hommes viendraient fouiller ; mais ce bâtiment abritait une partie des archives de la Force de défense, auxquelles Steve avait accès.

Kristin et lui remontèrent en courant le long couloir du rez-de-chaussée et descendirent au sous-sol, où les archives étaient entreposées. Steve tapa le code désactivant l'alarme, fit tourner une clé dans la lourde porte d'acier et l'ouvrit. À l'intérieur, une deuxième porte grillagée ouvrait sur l'une des salles, elle-même divisée en plusieurs sections par d'épais grillages formant comme une série de cages remplies de longues rangées de classeurs à tiroirs, d'étagères et de cartons.

– Bienvenue dans la mémoire de l'Amérique, murmura Steve.

– Comment veux-tu trouver quoi que ce soit dans ce labyrinthe ? interrogea Kristin en contemplant, désemparée, ces interminables alignements d'archives. Et, d'ailleurs, qu'est-ce que tu cherches ?

– Il y aura peut-être quelque chose concernant des opérations sur le Vatnajökull, répondit Steve.

Il connaissait bien ces archives pour y avoir effectué un remplacement d'été, et savait où chercher les dossiers relatifs aux vols de reconnaissance au-dessus de l'Islande, au cours des cinquante dernières années. S'il y avait un avion sur ce glacier, raisonnait-il, il appartenait peut-être à l'US Air Force ou à la marine américaine.

Il était si heureux que Kristin ait pensé à lui dans ce moment de détresse qu'il n'avait pas songé une seule seconde à refuser de l'aider. Maintenant qu'il n'avait plus le moindre doute sur la gravité de sa situation, Steve était bien décidé à rester auprès d'elle et à l'aider du mieux possible ; en outre, la situation avait réveillé ses instincts de journaliste, et cette affaire attisait de plus en plus sa curiosité.

Ils parcoururent à la hâte les étagères, inspectant les étiquettes des classeurs et des dossiers. Arrivé au fond de la pièce, Steve se figea et sortit un carton. Il regarda à l'intérieur, puis le remit à sa place et poursuivit ses recherches. Son petit manège se reproduisit plusieurs fois ; il empoignait un carton contenant des dossiers, en feuilletait le contenu, puis le reposait. C'était sans espoir – Steve ne savait pas par où commencer dans cet océan d'informations. Ils regagnèrent bientôt son bureau, les mains vides.

Steve resta planté au coin de la fenêtre pendant de longues minutes à surveiller la rue, en se mordant les lèvres de dépit.

– Un de mes amis a accès à d'autres archives, finit-il par déclarer. Nous devrions lui demander conseil.

– Je suis désolée de t'avoir mis dans un tel pétrin, lui dit Kristin tandis qu'ils ressortaient du bâtiment. Je n'avais personne d'autre à qui m'adresser.

– Ne t'en fais pas, répondit Steve, inspectant nerveusement les environs. J'ai autant envie que toi de savoir ce qui se passe là-bas.

Ils décidèrent d'abandonner la voiture et de continuer à pied. Steve connaissait les moindres recoins de la base. Il empruntait les allées retirées, se faufilait dans les jardins communs, ne traversait précipitamment les rues éclairées que lorsque c'était nécessaire, prenant soin de rester dans l'ombre. Kristin n'avait aucune idée de l'endroit où il l'emmenait. Comme pour la plupart des Islandais, cette base était pour elle un pays étranger. La seule fois qu'elle était venue à Midnesheidi, c'était pour se rendre avec ses parents à l'aéroport international, avant la construction du nouveau terminal. Elle reconnut le cinéma Andrews, aperçut au loin l'ancien terminal et le mess des officiers. Elle repensa à ses deux camarades d'école qui avaient travaillé à la base pour des sous-traitants islandais et rentraient chaque week-end à Reykjavik chargés de cigarettes et de bouteilles de vodka qu'ils achetaient pour pas grand-chose aux militaires américains, à la grande jalousie de leurs amis.

– Je pensais ne jamais te revoir, se risqua Steve tandis qu'ils se frayaient un chemin dans la neige épaisse, derrière l'une des résidences.

– Je sais, répondit Kristin.

– Je n'arrêtais pas de me dire qu'il fallait que je te parle, mais…

– Moi aussi, je me disais ça. Tout est de ma faute.

– Non, absolument pas. Ce n'est la faute de personne. Pourquoi faut-il toujours que ce soit la faute de quelqu'un ?

Kristin ne répondit rien, et Steve n'insista pas. Il y avait peu de circulation dans les environs, même s'ils avaient repéré deux patrouilles de la police militaire. Steve s'arrêta devant un immeuble assez semblable au sien, mais dans un tout autre secteur de la base. Aux yeux de Kristin, ils se ressemblaient tous. Steve lui dit de l'attendre, qu'il n'en aurait pas pour très longtemps, si bien qu'elle alla se planquer au coin du bâtiment en s'efforçant de passer inaperçue, tapant des pieds, soufflant sur ses mains et rajustant sa capuche pour se protéger du froid. Steve revint au bout d'une quinzaine de minutes, accompagné d'un homme qu'il lui présenta – il s'appelait Arnold. Bien en chair, Arnold avait à peu près le même âge que Steve, les mains moites, le regard fuyant et un cheveu sur la langue. Ils grimpèrent dans sa voiture et partirent.

– Arnold est documentaliste, expliqua Steve, tout sourire. Il connaît les archives comme sa poche et il me devait un service.

Kristin se demanda ce que cachait cette expression, mais Arnold ne fit rien pour l'éclairer, se contentant de gratifier Steve d'un regard noir.

Il se rangea devant un bâtiment administratif de deux étages, non loin de l'ancien terminal. Il entra avec eux par la porte de derrière et les guida jusqu'à une salle d'archives, au sous-sol. Considérablement plus vaste que celle qu'ils avaient parcourue tout à l'heure, elle s'étendait sur trois niveaux.

– Quelles sont les années qui vous intéressent ? interrogea Arnold d'un ton neutre.

– Les vols au-dessus du Vatnajökull depuis le début de la guerre, j'imagine, répondit Steve. Je ne sais pas dans quel cadre. Les vols de surveillance réguliers, peut-être, ou de reconnaissance. Les photographies aériennes. Rien de très important, comme je te le disais. Rien de risqué. Rien qui représente une menace pour la sécurité des États-Unis.

– Vols de surveillance ? Photos aériennes ? s'esclaffa Arnold, sans prendre la peine de cacher son irritation. Tu ne sais vraiment pas de quoi tu parles…

– Les atterrissages forcés, aussi. Les crashs aériens sur le glacier. Un avion. Ce genre de choses. Les pilotes qui connaîtraient des choses sur les vols au-dessus du glacier. Tout ce qui tourne autour de ça.

Secouant la tête, Arnold se dirigea vers le niveau suivant. Ils le suivirent, le bruit creux de leurs pas se répercutant entre les murs du sous-sol. Kristin trouvait ce vacarme insupportable. Arnold dépassa une première rangée d'étagères, ralentit le pas puis s'arrêta. Il fit demi-tour et gagna le niveau inférieur, ses semelles claquant sur les marches en métal. Il remonta un rayonnage, empoigna un carton d'archives et l'ouvrit, puis le referma. Enfin, ils s'arrêtèrent devant un grand meuble de rangement, dont Arnold ouvrit l'un des tiroirs.

– Là, il y a quelque chose, déclara-t-il à Steve. Le registre de tous les vols de surveillance photographique de l'année 1965. Avec les anciens avions-espions U2, juste avant qu'on passe aux satellites.

Arnold fit un pas de côté, comme pour éviter de s'approcher encore davantage de cette infraction au règlement, annonça qu'il les attendrait dans l'entrée, à l'étage au-dessus, et disparut. Steve s'accroupit au pied du meuble.

– Voyons voir… qu'est-ce qu'il y a là-dedans ?… Rien. Des trucs sans intérêt sur les vols de surveillance réguliers le long de la côte nord. Rien sur le Vatnajökull. Rien sur des photographies aériennes.

Il passa en revue le reste des dossiers.

– Des rapports de maintenance ! soupira-t-il. Du jargon technique. Attends un peu, là, il y a plusieurs noms de pilotes.

Steve sortit un papier, un stylo, et entreprit de les noter.

– Arnold est un sacré rigolo, remarqua Kristin.

– De tous les gens que je connais, c'est lui qui fait entrer le plus de dope dans la base, répondit Steve d'un ton désinvolte.

– Je croyais qu'il était documentaliste ?

– C'est le loup dans la bergerie…

– Qu'est-ce que tu lui as raconté, au fait ?

– Des bobards, que tu étais – comment vous appelez ça, déjà ? – un « bébé GI » ? Que tu essayais de retrouver la trace de ton père.

– Qui était un pilote ?

– Tu as tout compris.

– Et il n'a pas trouvé qu'on avait des horaires un peu étranges ?

– Tous ces types doivent être morts, grommela Steve, ignorant sa question.

Il était encore occupé à noter le nom des pilotes.

– De quoi parlent ces rapports ?

– Rien de bien intéressant. Ils décrivent les vols de surveillance, c'est tout. Très peu d'informations. Évidemment, ils ne conservent pas les dossiers importants ici.

– Rien sur le Vatnajökull ? Pas de photographies ?

– Non, je ne vois rien.

– Et Arnold, tu crois qu'il saurait ?

– On peut toujours lui demander. Je vais vérifier s'il y a quelque chose sur ces pilotes.

Il acheva de recopier les noms.

Arnold faisait les cent pas autour de la porte lorsqu'ils le rejoignirent en haut. Steve dit à Kristin de l'attendre une minute et alla s'entretenir avec lui. Arnold semblait extrêmement nerveux. Ils échangèrent des mots vifs, puis Steve vint rejoindre Kristin.

– Il dit qu'il n'est au courant de rien sur le Vatnajökull, et je le crois. Il va nous laisser cinq minutes pour chercher les noms de ces pilotes sur son ordinateur.

Arnold les conduisit à l'autre bout d'un long couloir sans cesser de jurer, puis il ouvrit la porte de son bureau, se dirigea à tâtons vers son ordinateur et l'alluma. Il tendit la main vers sa lampe de bureau, mais Steve l'arrêta ; seule la lueur bleutée du moniteur illuminait la pièce. Ils ouvrirent bientôt le fichier des archives du personnel militaire et entrèrent l'un après l'autre les noms des pilotes. Kristin alla se poster près de la fenêtre, paniquée à l'idée que la lueur de l'écran puisse attirer l'attention. Qu'avait donc vu Elias ?

– Ils sont tous morts et enterrés, ou rapatriés depuis longtemps aux États-Unis, soupira Steve en tapant un dernier nom.

Arnold avait disparu.

– Attends, j'ai trouvé quelque chose. Michael Thompson. Retraité. Toujours résident de la base. Pilote. Né en 1921. Il est à Midnesheidi depuis les années 60. Il vit tout près d'ici. Allez, viens ! ajouta Steve en bondissant de son fauteuil. Il va falloir qu'on aille réveiller ce pauvre bougre. Lui, il aura peut-être des réponses.

Ils ressortirent par le même chemin. Arnold demeurait introuvable, et Steve dit à Kristin qu'il s'était sans doute éclipsé en douce pour rentrer chez lui. La neige continuait de tomber, tandis qu'ils se frayaient un chemin dans le noir vers la partie la plus ancienne de la zone militaire. Comparée aux autres bases que l'armée américaine avait construites un peu partout dans le monde, celle-ci était minuscule. Les effectifs de la Force de défense de l'OTAN n'avaient jamais dépassé les quatre ou cinq mille hommes, mais ils avaient été réduits de manière drastique depuis la fin de la guerre froide. Une grande partie des immeubles résidentiels étaient désormais vides et délabrés, surtout dans la partie ancienne, reliques d'une guerre oubliée. Ils ne mirent pas longtemps à arriver sur place, malgré la neige dans laquelle ils pataugeaient jusqu'aux genoux sur ces allées peu empruntées. Ils n'échangèrent pas un mot en chemin, sauf quand Steve lui confia sa surprise que ce Michael Thompson vive encore à la base. La plupart des soldats postés en Islande n'attendaient qu'une chose : leur affectation suivante, après avoir accompli leur période de service de trois années maximum, priant généralement pour qu'on les envoie quelque part sous les tropiques.

16

Le nom de Thompson figurait sur la liste de l'inter-phone. Steve sonna. Le pilote à la retraite vivait dans un immeuble comme celui de Steve, mais en plus décrépit. Il n'était plus entretenu depuis des années ; la peinture s'était écaillée çà et là, dévoilant le béton des murs, la lampe de la porte d'entrée ne marchait plus et seule une poignée d'appartements semblaient occupés.

Steve appuya de nouveau sur la sonnette et ils atten-dirent, jetant des regards anxieux alentour. Il sonna une troisième fois, laissant le bouton enfoncé si longtemps que Kristin finit par lui taper sur la main. Peu après, un grésillement s'échappa de l'interphone et une voix nasillarde prononça un « Bonjour ? » hésitant.

– Vous êtes Michael Thompson ? interrogea Steve.

– Oui, répondit la voix.

– Je suis désolé de vous réveiller à une heure pareille, mais il faut que je vous parle. C'est urgent. Pourriez-vous me laisser entrer ? conclut Steve, qui s'efforçait de parler d'un ton aussi calme que possible.

– Quoi ?

– Vous voulez bien me laisser entrer ?

– Que se passe-t-il ?

– Je peux entrer ?

– Qu'est-ce que vous me voulez, au juste ? Je ne comprends pas.

– C'est au sujet du Vatnajökull.

– Quoi ?

– Le Vatnajökull, répéta Steve. J'aimerais vous poser des questions sur les vols au-dessus du Vatnajökull. Je débarque à l'improviste, je sais, et j'ai conscience que…

– Les vols ?

– Des vies sont en jeu, mon vieux. Ouvrez cette porte, bon Dieu, s'il vous plaît.

Après une courte pause et de nouveaux grésillements de l'interphone, le verrou de la porte se mit à vibrer et Steve poussa Kristin à l'intérieur, devant lui. Ils n'allumèrent pas la lumière du hall mais montèrent l'escalier à tâtons, agrippés à la rampe. Thompson habitait au premier étage. Ils frappèrent doucement à sa porte, et l'homme apparut dans le rectangle de lumière. Il les dévisagea depuis le seuil de son appartement. Il avait enfilé des chaussons et une robe de chambre, d'où émergeaient ses jambes décharnées, blanches comme la craie. Il était d'une maigreur extrême, le dos voûté, une moustache à la Clark Gable qui avait depuis longtemps viré au blanc, à peine visible sur sa peau pâle.

– L'affaire doit être sérieuse pour que vous débarquiez chez moi comme ça, en plein milieu de la nuit, grommela Thompson en les guidant vers le séjour. Ils s'installèrent sur un étroit canapé de cuir noir, et Thompson vint s'asseoir sur un fauteuil en face d'eux et les étudia tour à tour, l'air incrédule.

– Mon frère m'a appelée hier soir, commença Kristin, qui eut soudain l'impression qu'un mois entier

152

s'était écoulé depuis ce coup de fil. Il était en train de faire une sortie d'entraînement sur le Vatnajökull quand il a repéré un avion et un groupe de soldats. Ensuite, son portable a été coupé et je n'ai plus eu de nouvelles de lui. Aussitôt après, deux Américains se sont pointés chez moi, à Reykjavik, et ont essayé de m'éliminer. Je me suis échappée et je suis venue voir Steve parce que, s'il y a des soldats sur le glacier, j'imagine qu'ils ne peuvent venir que d'ici.

– Vous dites qu'ils voulaient vous tuer ?

– C'est exact.

– Mais qu'est-ce que vous racontez ? De quel droit vous débarquez chez moi pour me servir des bobards pareils ? Et puis, de toute façon, qu'est-ce que j'ai à voir là-dedans ?

– Vous êtes pilote. Vous êtes ici depuis longtemps. Avez-vous entendu parler d'un avion sur le Vatnajökull ?

– Je n'ai pas la moindre idée de ce que vous racontez, répondit le vieil homme d'un ton agacé. Et maintenant fichez le camp avant que j'appelle la police.

– Attendez, répondit Steve. Je sais que vous devez nous prendre pour des fous, mais notre situation est désespérée. Il ne s'agit pas d'un canular, nous ne sommes pas cinglés et nous ne voudrions surtout pas vous manquer de respect. Si vous ne pouvez pas nous aider, nous partirons. Mais si vous pouviez nous donner des informations susceptibles de nous aider, quelles qu'elles soient, nous vous en serions terriblement reconnaissants.

– Mon frère a vu quelque chose qu'il n'était pas censé voir, renchérit Kristin. Et des soldats qui, selon toute vraisemblance, venaient de cette base. Ils s'imaginent que mon frère a eu le temps de me confier un tas de choses sur ce qu'il avait vu – ce qui n'est pas le cas.

Et maintenant ils en ont aussi après nous. Steve s'est simplement dit que, s'il y avait un avion sur ce glacier, alors un pilote comme vous serait forcément au courant.

– Mais qui sont ces *ils* dont vous n'arrêtez pas de parler ? interrogea Thompson.

– Nous l'ignorons, reconnut Steve. Deux hommes nous poursuivent, mais nous ne savons pas qui les a envoyés.

– Mais nous avons entendu que des agents des forces spéciales ont débarqué ici, à Keflavik, il n'y a pas long-temps, et qu'ils devaient se rendre sur le Vatnajökull, ajouta Kristin.

Thompson resta un moment silencieux.

– Ils voulaient vraiment vous tuer ? demanda-t-il une nouvelle fois.

Steve et Kristin le fixèrent du regard, sans prononcer un mot.

– Un tas de rumeurs circulaient, finit par déclarer Thompson d'un ton résigné. Nous n'avons jamais su avec certitude ce qu'ils recherchaient. Nous pensions qu'il s'agissait sans doute d'un avion, et qu'il transpor-tait une cargaison extrêmement dangereuse ; des vols de surveillance réguliers étaient menés au-dessus du pays et de la mer, plus au nord. Une fois par mois, nous survolions l'extrémité sud-est du glacier, pour photo-graphier la surface. Notre commandant, Leo Stiller, se chargeait lui-même d'organiser ces vols. Je n'ai jamais rien repéré moi-même, mais de temps en temps les gens du commandement pensaient avoir vu quelque chose de suffisamment solide pour aller vérifier de plus près.

– Leo Stiller ? répéta Steve.

– Un type bien. Il a été tué dans un accident d'héli-coptère, ici, à la base. Sa femme a déménagé à Reykjavik après sa mort. Elle s'appelle Sarah Steinkamp.

– Qui analysait les photographies que vous preniez ? interrogea Steve.

– Je crois qu'on les envoyait au QG des renseignements militaires, à Washington. Mais je n'en sais pas beaucoup plus là-dessus. Si ce n'est que des tas de bruits couraient ; ils resurgissent encore, de temps en temps. Leo était à fond dans les théories du complot. Il ne savait pas la fermer. Je suis désolé pour votre frère. Vu comme ils se sont comportés par le passé, j'ai bien peur qu'il soit en danger, là-bas.

– Mais cet avion, c'est quoi ?

– Je ne sais pas.

– Pourquoi est-il si important ?

– Je ne le sais pas non plus.

– Mais vous, vous croyez qu'il y a quoi dans cet avion ? insista Kristin. Qu'est-ce que vous en pensiez, vous autres, les pilotes, quand vous en parliez entre vous ?

Au lieu de lui répondre, Thompson se leva lentement et proposa de faire un café ; ils avaient l'air frigorifiés, ajouta-t-il, et lui-même n'était bon à rien, le matin, avant d'avoir pris son café.

– Bon, ce n'est pas encore le matin, corrigea-t-il. Mais enfin, presque. Et puis ça ne servirait à rien de se remettre au lit après une nuit pareille.

Tandis qu'il s'activait dans la petite cuisine qui donnait sur le séjour, dans un cliquetis d'ustensiles, Kristin gesticula frénétiquement à l'intention de Steve.

– Nous ne pouvons pas rester assis là à siroter un putain de café, en écoutant ses souvenirs du bon vieux temps, murmura-t-elle d'un ton impérieux. Elias est là-bas…

Steve lui fit signe de respirer, de se calmer, de laisser le vieux décider du rythme.

– Je me demandais… lança Steve à voix haute, en se tournant vers la cuisine. Enfin, si je peux vous poser cette question… Pourquoi êtes-vous resté ici ? Je suis étonné que vous ne soyez pas depuis longtemps rentré aux États-Unis. Tous les autres, ici, s'en vont dès qu'ils en ont l'occasion. N'est-ce pas une sorte de règle ?

Thompson vint les rejoindre en apportant trois grandes tasses.

– Vous prenez du lait ou du sucre ? demanda-t-il.

Kristin roula de gros yeux, désespérée. Steve fit non de la tête.

– Le café n'est bon que s'il est bien fort, et noir.

Thompson se tourna vers Steve.

– C'est bien naturel que vous vous posiez cette question, déclara-t-il. J'ai débarqué sur cette petite île étrange en 1955. J'avais été pilote d'hélicoptère en Corée, et on m'a affecté ici à la fin de la guerre – si tant est qu'elle soit vraiment finie. Avant ça, j'ai fait l'Allemagne et les Philippines. Je peux vous dire que ça m'a fait un choc de me retrouver ici dans le Grand Nord, avec ce climat affreux où il fait noir et froid la moitié de l'année. En plus, il n'y a rien à faire sur la base et les habitants nous détestent. Et pourtant, je suis toujours là.

– Pourquoi ? demanda Kristin, avant d'ajouter : Je ne suis pas sûre, d'ailleurs, que tout le monde déteste les Américains.

– Vous autres, les Islandais, vous avez une attitude vraiment ambivalente. Vous refusez d'établir le moindre contact, et vous vous comportez comme si l'armée n'avait rien à voir avec vous. Mais, dans le même temps, vous dites que vous ne pouvez pas vous passer d'elle. Je ne vous comprends pas. Vous tirez d'énormes profits de notre présence ; nous injectons des milliards dans votre économie, et cela depuis des décennies, mais vous continuez de faire comme si nous n'existions pas. Bien sûr, vous êtes une toute petite nation, et je comprends que vous teniez à préserver votre indépendance. Vous avez toujours manifesté, plantés devant les grilles de cette base avec vos pancartes, en hurlant vos slogans. Mais une fois que la guerre froide est terminée et que nous réduisons nos activités militaires, voilà que d'un seul coup on n'entend plus ces voix-là – au contraire, tout le monde veut conserver la base. Enfin, à condition de ne pas avoir de contacts avec nous. En fait, je vais vous dire : c'est nous qui vivons sur une île, ici, à Midnesheidi.

– Dans ce cas, pourquoi êtes-vous resté ? s'étonna Kristin.

– *À cause d'une femme*, répondit Thompson, basculant sans prévenir sur l'islandais.

La stupéfaction de Kristin fut si grande qu'elle en renversa son café.

Le Ford Explorer blanc s'immobilisa devant le bâtiment administratif où se trouvait le bureau de Steve. Les portières s'ouvrirent, Ripley et Bateman descendirent. Ils avaient retrouvé la voiture de Steve et remonté leurs traces jusqu'à ce bâtiment, accompagnés par les agents de la police militaire et un certain nombre de soldats entassés dans des jeeps. Avec la coopération de l'amiral, Ripley et Bateman avaient organisé une chasse à l'homme ; des équipes de recherche passaient la base au peigne fin, arrêtant tous les véhicules, établissant des barrages et fouillant les bâtiments, les hangars d'aviation et les immeubles résidentiels. On rassemblait également des informations sur les amis et collègues chez lesquels Steve était susceptible de se réfugier, à l'intérieur de la base.

Ripley et Bateman gagnèrent l'entrée du bâtiment et tirèrent sur la porte. Elle était verrouillée. Ils firent le tour de l'immeuble, jusqu'à la porte de derrière.

– Ils sont passés par là, annonça Ripley, en suivant du regard les deux séries d'empreintes qui s'éloignaient dans la neige fraîche en direction du vieux quartier résidentiel.

– Il a appelé qui ? interrogea Bateman, tandis que les deux hommes suivaient ces traces à pied.

– Une certaine Monica Garcia. Elle travaille pour la Commission Fulbright.

La neige craquait sous leurs pieds.

– Il nous faut des chiens, déclara Ripley.

Kristin posa sa tasse sur la table, fixant avec stupeur le vieux pilote. Steve ne comprit rien à leur conversation, puisqu'ils parlaient en islandais. Comme la plupart des Américains en poste en Islande, il ne connaissait aucun habitant, à part Kristin, et quittait rarement la base, sauf quand son travail l'y obligeait. La base était un monde à part, disposant de tous les services nécessaires au fonctionnement d'une microsociété. De ce point de vue, elle ne différait en rien des autres bases militaires dont les Américains disposaient dans le reste du monde. Un certain nombre d'Islandais travaillaient sur place, mais ils vivaient dans les villes et villages des alentours et rentraient chez eux chaque soir. La base avait toujours été coupée du reste de l'île, d'un point de vue géographique bien sûr, mais également politique et culturel.

– Une Islandaise, vous voulez dire ? interrogea Kristin.

– Elle avait un de ces noms imprononçables que vous aimez tant : Thorgerdur Kristmundsdottir. Mais pour moi, c'était Tobba, ce qui était beaucoup plus simple. Elle a disparu il y a des années. Elle vivait dans un village, pas très loin d'ici. Elle m'a appris l'islandais. Mais elle était mariée, et n'a jamais envisagé de quitter son mari. Elle travaillait au magasin de la base – c'est comme ça que j'ai pu la rencontrer. Elle a éveillé ma curiosité pour ce pays, et peu à peu je suis devenu aussi fasciné par l'Islande que je l'étais par Tobba. Et puis les ragots ont commencé : qu'elle avait une relation avec un des Yankees de la base. J'imagine que pour une Islandaise, c'est la pire chose qui soit.

Kristin jeta un coup d'œil à Steve, qui les regardait sans comprendre.

– À chaque fois, je demandais à rester ici – on doit le faire tous les trois ans. Et après sa mort, je n'avais pas d'autre d'endroit où aller. Ils m'ont accordé une dérogation spéciale et maintenant personne ne m'embête plus avec ça. L'été, je voyage dans tout le pays ; j'ai même travaillé comme guide, j'emmenais de petits groupes de soldats visiter les sites historiques et les lieux touristiques les plus fréquentés : Gullfoss, Geysir, Thingvellir…

Thompson resta silencieux pendant quelques instants.

– Je vais parfois la voir, au cimetière, reprit-il.

– Je suis désolée, monsieur Thompson, soupira Kristin. Mais le temps presse, notre situation est vraiment désespérée…

– Oui, bien sûr. C'est en 1967 que cette histoire d'avion a causé le plus d'agitation.

159

Thompson avait retrouvé ses esprits. Il semblait être soudain revenu au présent, et s'était remis à parler en anglais.

– Je crois que quatre soldats ont perdu la vie sur ce glacier, à l'époque. Êtes-vous assez âgée pour vous souvenir des astronautes ?

– Les astronautes ?

– Armstrong et compagnie ?

– Neil Armstrong ? Le premier homme sur la Lune ?

– Lui-même. Saviez-vous qu'il était venu en Islande pour des exercices d'entraînement, avec d'autres astronautes américains, deux ans avant de poser le pied sur la Lune ?

– Bien sûr. Tout le monde le sait.

– Eh bien, en 1967, Leo était le responsable des vols de surveillance. C'était un travail de routine, tous les pilotes y participaient. Mais au cours d'un de ses vols, Leo a cru apercevoir quelque chose sur la glace, et il a fait plusieurs allers-retours pour prendre des photos. Je n'étais pas présent ; Leo m'a raconté ça plus tard. Ils ont essayé d'envoyer un hélicoptère, qui n'a pas pu se poser : c'était en plein hiver, comme maintenant. Alors ils ont monté une petite expédition, qui est montée là-haut avec un détecteur de métaux. Et après ces premiers préparatifs, une opération d'envergure a été lancée dans le plus grand secret. Mais tout le monde en a entendu parler ; c'est une toute petite communauté, ici.

– *Ils*, c'est qui ?

– Les renseignements militaires, pour l'essentiel. Ils savaient que les Islandais n'aimaient pas trop les mouvements de troupes, surtout à l'époque, si bien que quelqu'un a eu l'idée de génie d'envoyer Armstrong et les autres astronautes en Islande pour des exercices d'entraînement sur les champs de lave situés au nord du glacier. Les Islandais ont accueilli les astronautes à bras ouverts, évidemment, et ont fait preuve de compréhension concernant les manœuvres militaires liées à cette mission. On vous a raconté que le paysage de l'intérieur de l'île ressemblait aux conditions qu'on trouvait sur la Lune. N'importe quoi ! Mais vous avez gobé l'histoire. En réalité, cette mission avait pour but de détourner votre attention de ces mouvements de troupes et de matériel, les plus importants menés par les Américains depuis la guerre. Je ne sais pas ce que contient cet avion, mais voilà ce que certains sont prêts à faire pour le retrouver…

– Mais pourquoi ne pas aller à Hawaï, s'ils avaient besoin de s'entraîner sur des champs de lave ? s'étonna Steve.

– Je crois savoir d'où est venue l'idée, poursuivit Thompson, visiblement revigoré par l'évocation de ces événements du passé. Il y avait un pilote ici, qui avait rejoint la Force de défense au début des années 60 pour piloter les chasseurs Scorpions : Parker, il s'appelait. Le capitaine Parker. Quand un groupe d'astronautes a fait escale à Keflavik pour refaire le plein, incognito, durant l'été 1965, le service de presse a décidé d'en profiter et cette histoire a vraiment frappé l'imagination du public. Le type en question, Parker, était responsable de ce groupe. Si bien que quand il a fallu envoyer une expédition sur le Vatnajökull en 1967, sans attirer l'attention, Parker a eu la riche idée d'inviter Armstrong, en se disant que cela ferait encore plus sensation, car Armstrong, entre-temps, avait commandé un vol spatial, la mission Gemini 8.

– Et personne n'était au courant ? demanda Steve.

– Vu le nombre de gens impliqués, il y a forcément eu des fuites, mais aucune information n'a jamais pu être confirmée. Ils n'ont pas réussi à retrouver l'avion

161

– si seulement il existe. Le fiasco total. Le bruit a couru que les services secrets avaient pris le contrôle de l'ambassade de Reykjavik et de la base de Keflavik pendant toute la durée de cette opération. Le chef de cette expédition s'appelait Carr, le général Vytautas Carr. Un gars de la vieille école. Dur comme la pierre.

– Mais ils n'ont pas retrouvé l'avion ?

– Je ne sais pas ce qui s'est passé. C'était au mois d'avril, mais l'hiver était encore loin d'être terminé. Il y a eu un de ces blizzards de Pâques, comme vous les appelez – une tempête sortie de nulle part, qui a duré des jours. Ils n'étaient tout simplement pas préparés à rencontrer des conditions arctiques en plein mois d'avril, le vent et la neige les ont aveuglés, et ils ont dû quitter le glacier, en perdant quatre hommes au passage. Deux d'entre eux sont tombés dans une crevasse, les deux autres se sont égarés et sont morts de froid. Ils ont été chassés du glacier et sont arrivés en bas épuisés et vaincus. Quand la tempête est retombée, l'avion avait disparu. Comme je vous l'ai dit tout à l'heure, Leo et les autres pilotes parlaient souvent de cette histoire, mais je ne sais pas quelle était la part de vrai là-dedans. Même si les astronautes sont bien venus ici, ça, c'est sûr.

– Si l'avion est ressorti des glaces et que les soldats ont repéré mon frère…

Kristin n'acheva pas sa phrase.

– Je ne sais pas, répondit Thompson. Je ne sais pas quoi vous dire, ma chère. Il faut garder espoir, mais cette histoire n'est pas claire. Un type m'a raconté que l'avion s'était écrasé juste après la fin de la guerre, et que le plan consistait à le démonter pour l'évacuer du glacier. Selon lui, l'appareil avait décollé de Berlin. On a longtemps parlé d'une cargaison d'or, les dernières réserves du Troisième Reich. On racontait que des soldats américains avaient volé l'or aux Allemands et tentaient de le ramener par les airs de l'autre côté de l'Atlantique. Mais d'autres rumeurs affirmaient que l'avion transportait une partie des trésors artistiques pillés par les Allemands aux quatre coins de l'Europe.

Un silence s'installa.

– Mais *vous*, monsieur Thompson, que croyez-vous que cet avion contienne ? interrogea Kristin au bout d'un long moment.

– Je vous l'ai dit : il y a tellement de possibilités…

– Laquelle vous semble la plus probable, alors ?

– Quelqu'un a dit que l'avion transportait une bombe conçue par les nazis, que nous avions récupérée avant que les Russes ne puissent mettre la main dessus, et que nous tentions de rapatrier aux États-Unis.

– Une bombe ? intervint Steve. Quel genre de bombe ?

– Je l'ignore, mais ça pourrait expliquer pourquoi ils veulent à tout prix retrouver ce maudit engin.

– Savez-vous qui est Ratoff ? interrogea Kristin.

– Jamais entendu ce nom, répondit Thompson.

Il avait l'esprit plus clair, à présent ; sa mémoire était excellente et, une fois lancé, il n'avait aucune difficulté à se souvenir de ce lointain passé.

– Par où ont-ils abordé le glacier ? Le savez-vous ?

– Par le sud. Je ne me rappelle plus comment s'appelait l'endroit. Deux frères vivaient dans le coin, et ils leur ont servi de guides. Des fermiers. C'est tout ce que je sais, je le jure devant Dieu. Et ce ne sont que des rumeurs, des demi-vérités. Je crois bien que personne ne connaît toute la vérité.

La tête d'Arnold bascula en arrière quand Bateman lui assena un coup violent au visage, et une nouvelle

163

coupure s'ouvrit au-dessus du sourcil. Arnold aurait voulu crier, mais ils l'avaient attaché à la chaise et bâillonné avec du scotch d'électricien. Il respirait par le nez, frénétiquement, ses yeux écarquillés contemplant les deux hommes en combinaison de ski blanche. Un filet de sang lui ruisselait dans l'œil.

Ils avaient fait irruption dans son appartement, en lui demandant si le vieux Toyota garé sur le parking de l'immeuble était bien le sien. Leurs chiens renifleurs s'étaient arrêtés devant la voiture, refusant d'aller plus loin, et le capot était encore chaud. Un simple coup de fil avait suffi pour identifier le propriétaire, et le nom d'Arnold figurait sur la liste de l'interphone. C'était la deuxième fois cette nuit-là que l'on réveillait Arnold, et il était d'une humeur si massacrante lorsque les deux hommes l'avaient interrogé dans l'interphone qu'il avait refusé de les laisser entrer. L'instant d'après, ils enfonçaient la porte de son appartement.

Arnold leur avait dit tout ce qu'il savait : il avait emmené le couple jusqu'aux archives, et les avait laissés. Mais les deux hommes voulaient en savoir beaucoup plus – ce que Steve et Kristin cherchaient, où ils se trouvaient à présent, et comment ils comptaient s'y prendre pour quitter la zone militaire. Arnold maudissait intérieurement cet enfoiré de Steve.

Son visage était couvert de sang ; ces hommes-là ne perdaient pas de temps. Ce n'était pas la première fois qu'Arnold avait des ennuis avec la police militaire, mais il n'avait jamais vu ces deux agents, pas plus qu'il n'avait eu affaire à de telles méthodes d'interrogatoire. Ils l'avaient ligoté sur une chaise et s'étaient mis, tout bonnement, à le tabasser. Il n'avait pas la moindre idée de l'endroit où pouvaient se trouver Steve et son Islandaise, ni de ce qu'ils cherchaient. Il tint aussi longtemps qu'il put, bien décidé à ne pas avouer à ses interrogateurs la seule chose qui aurait pu leur être utile. Mais sa résistance avait des limites.

Bateman empoigna l'épais rouleau de scotch argenté et arracha d'un coup de dents une bande large de dix centimètres. Comme Ripley, il portait des gants en plastique blanc. Tendant la bande de scotch entre ses deux mains, il l'appliqua violemment sur le nez et la bouche d'Arnold puis se planta devant lui, observant avec un détachement tout scientifique ses vaines tentatives pour avaler un peu d'oxygène. Au moment où Arnold semblait sur le point de perdre connaissance, Bateman attrapa l'un des coins du bâillon et l'arracha brutalement, laissant une zébrure rouge sur le dessus du nez, là où l'adhésif avait emporté avec lui un long fragment de peau.

Les narines d'Arnold se dilatèrent avec frénésie, tandis qu'il aspirait de l'air. Le scotch lui couvrait encore la bouche, mais il inspirait de toutes ses forces. Bateman ramassa à nouveau le rouleau de scotch, arracha avec les dents une autre bande et, sans un mot, la colla sur son nez.

– Je ne vais pas pouvoir vous réanimer, Arnold, si vous continuez comme ça, lui dit Ripley.

Arnold se tortilla sur la chaise, son visage sanglant devenant aussi gonflé et coloré qu'un ballon de baudruche. Bateman arracha à nouveau le scotch de ses narines, et cette fois il dégagea également la bouche.

– J'ai un Zodiac ! hurla Arnold, à bout de souffle, lorsqu'il put enfin parler entre deux bouffées d'air désespérées. Steve sait où il se trouve. Il s'en servira pour quitter la base. Ne recommencez pas ; je vous en supplie, au nom de Dieu, laissez-moi respirer.

– Un Zodiac ? répéta Bateman.

165

– Je m'en sers pour passer des trucs en contrebande.
J'achète de la drogue et je la revends. Ça fait deux
ans que je fais ça. De la coke, surtout, mais aussi des
amphètes et de l'herbe et… je revends ça à Reykjavik.
J'ai deux contacts là-bas…

– Arnold, l'interrompit Ripley d'une voix mono-
corde. Tes petites combines ne m'intéressent pas. Dis-
moi juste où est ce bateau.

– Je le planque au fond d'une baie, à l'ouest de la
base. Il y a un trou dans la clôture, à l'endroit où la route
du grand magasin d'outillage tourne à droite dans le
champ de lave. Le bateau est caché cinq cents mètres
plus loin, à peu près sous le trou.

– Parfait. Et ils iront vers où, Arnold ?

– Vers une plage tout près de Hafnir. Vous la trou-
verez sur la carte.

17

Reykjavik.
Samedi 30 janvier, 4 h 15 GMT.

– Il s'est passé de drôles de choses ici, remarqua l'inspecteur débraillé, âgé d'une cinquantaine d'années, qui examinait l'appartement de Kristin.

Peu avant minuit, la police avait reçu un appel d'un homme du quartier, signalant la présence d'une jeune femme en état de choc qui avait débarqué dans la maison familiale, demandé la permission d'utiliser leur téléphone et évoqué de manière incohérente un meurtre – vraisemblablement chez elle – avant de leur emprunter des vêtements et de disparaître. L'homme n'avait pas eu l'intention, d'abord, de signaler l'incident, et il lui avait fallu trois heures pour se décider à le faire, pressé par son épouse. Il n'en avait rien dit, mais il se sentait coupable d'avoir laissé une telle chose arriver à sa famille.

La police prit sa déposition et vérifia le relevé du téléphone pour identifier le numéro que la mystérieuse femme avait appelé. Il n'y avait personne à l'adresse correspondante, mais l'enquête permit de découvrir que le propriétaire de cette maison avait une fille. Son âge semblait correspondre à la description de la femme

167

qui avait fait irruption chez cet homme ; en outre, elle vivait dans le même quartier, et ces deux éléments furent jugés suffisants pour envoyer deux policiers sur place. Personne ne répondit lorsqu'ils frappèrent à la porte de l'appartement, situé dans une maisonnette à deux étages. Les occupants de l'appartement du dessus déclarèrent qu'ils avaient passé la soirée dehors.

Remarquant un petit trou dans la porte de Kristin, qui pouvait très bien correspondre à un impact de balle, les policiers firent venir un serrurier. En entrant dans l'appartement, la première chose qu'ils virent fut un corps affalé sur le bureau.

Penché sur le cadavre de l'homme, l'inspecteur examinait le contenu de son portefeuille. À en croire sa carte de visite, il s'appelait Runolfur Zophaniasson et travaillait dans l'«import-export». Son portefeuille contenait également un permis de conduire, un peu d'argent, des notes de restaurants, des cartes de débit et de crédit. L'inspecteur balaya l'appartement du regard : les meubles semblaient être à leur place, les photos accrochées aux murs étaient bien droites, rien ne semblait avoir été déplacé, et aucune arme en vue. Le cadavre aurait tout aussi bien pu tomber du ciel. Redressant l'homme avec précaution, l'inspecteur étudia la blessure par balle sur son front et le pistolet dans sa main.

– Drôle d'angle, tu ne trouves pas ? demanda-t-il à son collègue, qui était plus jeune et bien mieux habillé que lui. Si tu voulais te tirer une balle dans la tête, tu pointerais ton arme vers le front ?

– Je n'y ai jamais réfléchi, rétorqua le collègue.

– Et s'il avait pointé le pistolet sur son front, ne devrait-il pas y avoir des traces de brûlure et des éclats de poudre ? Des éclaboussures sur son avant-bras ?

– Donc vous ne pensez pas qu'il s'agisse d'un suicide, malgré le message sur l'ordinateur ?

– D'après son permis de conduire, cet homme habite à l'autre bout de la ville, à Breidholt. Si tu voulais te suicider, tu irais chez quelqu'un d'autre pour le faire, toi ?

– Pourquoi vous n'arrêtez pas de me demander comment je m'y prendrais si j'avais l'intention de me suicider ? protesta le jeune homme, passant sa main sur la cravate élégante qui complétait idéalement son costume. C'est un désir secret, chez vous ?

– Pas assez secret, visiblement, répliqua son aîné, dont le pull déchiré et le chapeau cabossé contrastaient avec la tenue impeccable de son collègue. Cette Kristin qui habite là, qu'est-ce qu'elle fait dans la vie ?

– Avocate au ministère des Affaires étrangères.

– Et Runolfur, ici présent, travaillait dans l'import-export, ce qui peut vouloir dire tout et n'importe quoi. Il n'y a aucune trace de lutte, et les voisins du dessus disent qu'ils n'étaient pas chez eux. De toute façon, c'est un petit pistolet. Il n'a pas dû faire beaucoup de bruit.

– C'est vous, l'expert en armes à feu…

– Permets-moi d'insister, pour les besoins de ma reconstitution, déclara l'inspecteur, ignorant la flèche de son collègue. Si tu voulais te suicider, tu tirerais d'abord une balle dans la porte ?

– Voyons voir… La porte était ouverte. Il a dû vouloir se tirer une balle dans la tempe mais il a manqué son coup et la balle a frappé la porte. Ensuite, il s'est visé le front pour être sûr de ne pas se louper. Quelque chose comme ça ?

– C'est l'un des suicides les plus bizarres que j'aie jamais vus. Pourquoi faire ça ici ? Avait-il une relation avec cette Kristin ?

– J'imagine que Kristin serait mieux placée que moi pour vous répondre.

– Je crois qu'on ferait mieux de lancer un avis de recherche. Mais ne la présente surtout pas comme un suspect dans une affaire de meurtre – indique seulement qu'il faut qu'on lui parle.

– Est-ce qu'une avocate du gouvernement aurait vraiment pu tuer cet homme, c'est plausible?

– Si je voulais tuer quelqu'un, je choisirais un commercial, sans hésiter, répondit l'inspecteur, étudiant avec soin le trou dans le front de l'homme.

18

Base aéronavale de Keflavik.
Samedi 30 janvier, 5 h GMT.

Les indications données par Arnold se révélèrent exactes. Avant de les laisser seuls dans le bâtiment administratif, il avait expliqué à Steve comment sortir de la base sans passer par l'un des portails ni escalader la clôture. Kristin préférait ne pas imaginer quelle sorte de service lui avait rendu Steve, mais ce devait être quelque chose… Autant ne pas y penser.

Après avoir quitté Thompson, ils se dirigèrent vers l'ouest, tournant le dos à l'aéroport et au terminal Leifur Eiriksson. La présence des militaires dans les rues s'était intensifiée ; des barrages de police avaient été mis en place à intervalles réguliers, un peu partout dans la base, et des soldats patrouillaient à présent le long de la clôture d'enceinte, du côté de Keflavik. Au sud et à l'ouest, la base donnait directement sur la mer. Évitant les chemins les plus fréquentés, ils se ruèrent de bâtiment en bâtiment, protégés par l'obscurité, jusqu'à ce que les dernières constructions finissent par disparaître, cédant la place aux champs de lave enneigés qui descendaient vers la mer.

Le ciel était dégagé, constellé d'étoiles, et à la lueur de la lune, ils progressèrent rapidement. La description détaillée qu'Arnold avait donnée des principaux points de repère les mena bientôt au Zodiac. Ils n'avaient plus qu'à suivre la côte vers le sud, par-delà Hvalsnes, jusqu'à la baie de Kirkjuvogur et au hameau de Hafnir, où ils pourraient abandonner le bateau et rentrer en stop jusqu'à Reykjavik. Le moteur hors-bord du Zodiac était discret, un vingt-chevaux qui démarra du premier coup. Tandis que Steve s'éloignait du rivage, Kristin eut l'impression que ce n'était pas la première fois qu'il naviguait dans ces parages. Un vent glacial lui fouettait le visage et même si l'embarcation n'allait pas très vite, elle s'écrasait régulièrement contre les vagues, l'obligeant à s'agripper de toutes ses forces à la corde fixée sur la proue. Son anorak ne tarda pas à être trempé par les embruns.

Un quart d'heure plus tard, ils laissaient le bateau sur la plage de Hafnir. Ils n'avaient pas échangé un mot de toute la traversée.

– C'est comme ça qu'ils font entrer la drogue ? finit par demander Kristin, une fois que Steve eut amarré le canot pneumatique.

– Comment le saurais-je ? répondit-il.

Leur conversation en resta là.

Tandis qu'ils marchaient vers le nord, laissant Hafnir derrière eux pour gagner la quatre-voies de Reykjanes, ils aperçurent au loin l'éclat brun rougeoyant qui illuminait le ciel au-dessus de Keflavik et de Njardvik. Après quarante-cinq minutes d'une marche silencieuse, ils remarquèrent derrière eux des phares surgis de la nuit, qui venaient dans leur direction. La voiture ralentit à leur approche, puis s'arrêta un peu plus loin. C'était un boulanger qui se rendait à Keflavik ; il proposa de les emmener jusqu'à la route principale. De là, il ne leur faudrait pas longtemps pour rentrer en stop jusqu'à Reykjavik.

Michael Thompson leur avait donné l'adresse à Reykjavik de la veuve de Leo Stiller, Sarah Steinkamp – peut-être pourrait-elle les éclairer davantage sur les théories de Stiller. Pour le reste, Thompson avait affirmé qu'il ne savait presque rien de la situation actuelle de cette veuve et n'avait pas très envie de parler d'elle ; il passait la voir tous les deux ou trois ans en souvenir de son ancien commandant, avait-il expliqué, mais c'était une personne difficile – colérique, amère et dépressive – et il ne restait pas longtemps.

Elle habitait le vieux quartier de Thingholt, au rez-de-chaussée d'une maison en bois à deux étages, étroite et délabrée. Le revêtement en tôle de la façade s'était oxydé à l'endroit où il touchait le sol, et les minuscules fenêtres ne portaient qu'un simple vitrage. La porte d'entrée avait dû être verte, dans le temps, mais la peinture avait fini par s'écailler presque entièrement. Un grand sapin se dressait au milieu du petit jardin qui avait été jadis entouré d'une palissade en bois, dont les planches pourries s'étaient en grande partie effondrées.

Kristin et Steve s'approchèrent de la maison avec prudence ; ils n'avaient aperçu aucun signe de leurs poursuivants, mais continuaient de scruter anxieusement les ténèbres qui les encerclaient. Ils avaient beau être persuadés d'avoir quitté la base sans être repérés, ils ne voulaient prendre aucun risque. Ils pénétrèrent dans le cercle de lumière pâle projeté par la petite lampe fixée au-dessus de la porte de Sarah Steinkamp. Une bise polaire leur brûlait le visage. Il était presque sept heures du matin.

Steve appuya sur la sonnette. Une petite plaque de cuivre était fixée sur la porte, avec un nom gravé dessus, à peine lisible. Mais Kristin crut pouvoir déchiffrer les mots « Sarah Steinkamp ». Il n'y avait pas d'autres noms ; l'appartement du premier devait être inoccupé. Ses fenêtres obscures les contemplaient d'en haut comme des orbites vides. Steve sonna à nouveau. Collant son oreille contre le bois, il ne put distinguer aucun signe de vie à l'intérieur de la maison.

Il sonna une troisième fois, plus fort, mais là non plus il ne se passa rien. Ils reculèrent de quelques pas, dans l'éclat des lampadaires, observant attentivement les fenêtres de ce rez-de-chaussée surélevé, mais ils n'aperçurent aucune lumière. Steve appuya pour la quatrième fois sur la sonnette, pour être bien sûr, et ils entendirent la cloche tinter à l'autre bout de la maison. Ils venaient de faire demi-tour, prêts à abandonner, lorsqu'une fenêtre s'ouvrit au rez-de-chaussée. Ce bruit inattendu, dans le silence du petit matin, les fit tous deux sursauter. Une voix de femme chevrotante demanda ce qui se passait.

– Vous êtes Sarah Steinkamp ? demanda Steve.

Il n'y eut pas de réponse.

– Je suis désolé de vous rendre visite à une heure pareille, mais c'est une urgence.

– Qu'est-ce que vous lui voulez ? Qui êtes-vous ?

– C'est au sujet de… commença Steve. Pourriez-vous nous laisser entrer, s'il vous plaît ? Je m'appelle Steve ; et voici mon amie Kristin. Elle est islandaise.

– Islandaise ? s'étonna la voix tremblotante.

Ils ne distinguaient pas ses traits dans l'obscurité, rien qu'une silhouette indistincte, désincarnée, dans l'encadrement de la fenêtre.

– Et vous ? Vous n'avez pas l'accent islandais.

– Je suis américain. Nous avons besoin de votre aide. Pouvez-vous nous laisser entrer ? Vous êtes la veuve de Leo Stiller, n'est-ce pas ?

– Leo ? Qu'est-ce que vous lui voulez ? Leo est mort.

– Nous sommes au courant. Nous aimerions parler avec vous, au sujet de Leo, répondit Steve, qui faisait de son mieux pour paraître courtois.

Ils restèrent plantés sans bouger devant la maison, pendant un long moment, incapables de voir si la silhouette cachée dans la pénombre était toujours à sa fenêtre. Ils allaient renoncer pour de bon lorsque la porte s'ouvrit dans un craquement, faisant apparaître une femme minuscule, presque naine. La chaîne de la porte cliqueta.

– Qu'est-ce que vous lui voulez, à mon Leo ? interrogea-t-elle, les yeux fixés sur Kristin. Elle parlait anglais avec un fort accent européen que Kristin ne parvenait à identifier avec exactitude, mais qui devait provenir de quelque part en Europe de l'Est.

– C'est parce qu'il était pilote, intervint Steve. Nous avons besoin de quelques informations le concernant.

– Quel genre d'informations ? De quoi parlez-vous ?

– Pourrions-nous entrer, pour en discuter avec vous ? demanda Steve.

– Non, rétorqua la femme avec irritation. Vous ne pouvez pas.

– C'est terriblement urgent, insista Kristin, en faisant deux pas vers la porte. Vous vous appelez Sarah, n'est-ce pas ? Sarah Steinkamp ?

– Qui êtes-vous ? interrogea la femme. Comment connaissez-vous mon nom ?

– Je m'appelle Kristin. Mon frère est en danger. Un pilote à la retraite, Michael Thompson, nous a conseillé de venir vous voir. Vous le connaissez, n'est-ce pas ? Il vit à la base.

– Je connais Thompson, confirma la femme. C'était un ami de Leo. Pourquoi votre frère est-il en danger ?

– À cause d'un avion, répondit Kristin. Votre mari était pilote à la base américaine, non ?

– Oui, Leo était pilote.

– C'est pour cette raison que nous voulons vous parler.

Kristin s'était rapprochée, centimètre par centimètre, d'un point situé à côté de la porte. Elle distinguait mieux la femme, à présent : de longs cheveux gris, un visage ridé, un corps d'une maigreur douloureuse et un peu voûté, enveloppé d'une robe de chambre marron usée jusqu'à la corde. Certes, ils l'avaient dérangée aux aurores, mais Kristin sentit que leur apparition soudaine l'avait ébranlée plus profondément. La vieille dame hésitait. Elle se dressait devant eux, mal à l'aise, à demi cachée derrière la porte, comme si elle sentait une menace physique.

– Quel avion ? demanda-t-elle.

– Un avion sur le glacier Vatnajökull, répondit Kristin.

– Sur le Vatnajökull ? répéta la petite femme, stupéfaite.

– Oui, mon frère a aperçu un avion sur le glacier, et ensuite j'ai perdu le contact avec lui. Il a vu des soldats, aussi.

La vieille dame rajusta sa robe de chambre.

– Entrez, dit-elle en baissant le ton, décrochant la chaîne et ouvrant grand la porte. Kristin hésita un instant, puis entra dans la maison, suivie de près par Steve. Le vestibule ouvrait sur les deux appartements. Un escalier montait vers l'étage mais, juste devant eux, la porte de l'appartement de Sarah était ouverte. Il faisait noir à l'intérieur, et la chaleur était étouffante ; elle avait dû laisser les radiateurs ouverts à fond pendant toute la nuit. Kristin perdit de vue la vieille dame, disparue dans le noir. Elle se figea, n'osant pas faire un pas de plus, plissant les yeux vers l'endroit où elle avait cru distinguer un mouvement. Puis une allumette crépita et la flamme illumina fugacement le visage de la femme. Elle était en train d'allumer des bougies ; la maison en était remplie, et la vieille femme se déplaçait pour les allumer les unes après les autres, jusqu'à ce que Kristin en perde le compte. Les bougies éclairaient le salon d'une lumière douce et vacillante. Kristin aperçut un piano et un violon, des photographies de famille envahissant murs et tables, un canapé et des fauteuils râpés, d'épais tapis déployés sur le sol. La femme les invita à s'asseoir, mais resta debout à côté du piano.

– J'ai l'impression d'être Gretel, murmura Kristin à l'oreille de Steve.

– Alors je suis Hansel, répondit Steve. Tant qu'elle ne nous met pas dans son four…

– Veuillez excuser notre intrusion, madame Steinkamp, déclara Kristin quand ses yeux se furent accommodés à la lueur des bougies. Nous n'avions pas le choix. Nous ne serons pas longs.

– Je ne comprends pas comment Leo pourrait avoir quoi que ce soit à voir avec vous, rétorqua la femme.

– C'est une histoire longue et compliquée, intervint Steve.

– Mais ça fait plus de trente ans qu'il est mort, remarqua la femme.

– Oui. D'ailleurs, comment est-il mort ?

– Dans un accident d'hélicoptère. Une erreur, m'ont-ils dit, mais je n'ai jamais eu droit à aucune explication.

177

Ils n'ont mené aucune enquête, mais j'ai mes soupçons. J'ai quitté la base et je me suis installée à Reykjavik. Ils continuent de m'envoyer tous les mois sa pension militaire.

– Que s'est-il passé ? demanda Kristin.

– Leo était un pilote hors du commun… répondit la femme.

L'éclat pâle des bougies faisait vibrer les traits de son visage. À l'évidence, elle avait été autrefois une jeune femme élégante, et même belle. Mais Kristin soupçonnait la vie de ne pas avoir été tendre avec elle ; les années l'avaient marquée durement, et l'éclat déterminé qui animait ses yeux laissait deviner les souffrances passées. Elle devait aller sur ses quatre-vingts ans. Kristin étudia les photographies de famille sur les murs et le piano ; elles étaient anciennes, prises dans la première moitié du siècle, rien que des portraits d'adultes et de vieillards dans d'épais cadres noirs. Elle n'aperçut aucun enfant sur ces clichés, aucune photo récente ni même en couleur. Rien que des vieilles images en noir et blanc d'hommes et de femmes posant devant le photographe dans leurs plus beaux habits. Sarah Steinkamp la vit regarder les clichés.

– Tous morts depuis longtemps, soupira-t-elle. Tous autant qu'ils sont. C'est pour cela qu'il n'y a pas de nouvelles photos. Ce sont des cadres de deuil. Cette réponse vous suffit ?

– Pardonnez-moi, bredouilla Kristin. Je ne voulais pas être indiscrète.

– Leo a voulu que je garde mon nom de jeune fille, Steinkamp. Ça, c'était tout Leo. Il était juif, comme moi. Nous nous sommes rencontrés en Hongrie après la guerre, et il m'a recueillie. Toute ma famille était morte. Il ne me restait plus que des photographies. Tout le reste avait disparu. Notre voisin à Budapest les avait sauvées. Leo a retrouvé sa trace et, depuis ce jour-là, je les ai toujours gardées avec moi.

– Ces photographies sont magnifiques, commenta Kristin.

– Vous enquêtez sur Leo ?

– Enquêter ? s'étonna Steve. Non, bien sûr que non. Nous avons juste besoin de quelques informations.

– Ils n'ont jamais mené aucune enquête. Ils disaient que c'était un accident. Qu'il avait commis une erreur. Mon Léo ne commettait jamais d'erreur. C'était un perfectionniste, vous comprenez ? Il vérifiait toujours tout. Il m'a sauvé la vie. Je ne sais pas ce que je serais devenue s'il ne m'avait pas trouvée…

Elle garda le silence pendant un moment, puis demanda :

– Quel genre d'informations ?

– Au sujet de l'avion sur le Vatnajökull. Leo vous en a-t-il parlé ?

– Leo connaissait tout sur l'avion du glacier. Il disait qu'il appartenait aux nazis.

Steve et Kristin la regardèrent avec stupéfaction.

– Et alors, il est mort, ajouta-t-elle.

– Aux nazis ? répéta Kristin. Que voulez-vous dire ? Que voulait-il dire par là ?

– Il y avait un avion nazi sur le glacier. C'est ce que Leo m'a dit. Et alors, il est mort. Dans un accident d'hélicoptère. Mais Leo était un excellent pilote. Comme c'est étrange que vous veniez frapper à ma porte après toutes ces années, pour me poser ces questions… Personne n'a jamais reparlé de cet avion, depuis.

– Mais il s'est écrasé après la guerre, déclara Kristin, en proie à une grande confusion.

– Non, pas du tout, corrigea Sarah, ses petits yeux soutenant le regard de Kristin. Il s'est écrasé avant la fin de la guerre. Les nazis tentaient de s'échapper, ils s'éparpillaient dans toutes les directions pour sauver leurs misérables peaux.

– Thompson nous a dit qu'il transportait des soldats américains qui avaient volé de l'or, répliqua Kristin.

– Évidemment.

– Leo vous a raconté la même histoire ?

– Non, il connaissait la vérité sur cette histoire, et il n'avait pas de secrets pour sa femme.

– Que vous a-t-il dit, exactement ? demanda Steve.

La femme semblait encore méfiante, sur la défensive, comme si elle hésitait à leur répondre. Mais, soudain, elle se décida.

– Leo en a fait tout un foin, à la base. À propos de cet avion. Ils voulaient étouffer l'affaire, mais mon Leo voulait savoir ce qui se passait. Il refusait de se taire. Il ne supportait pas tous ces mystères.

– Et que s'est-il passé, alors ? demanda Steve. A-t-il obtenu des réponses ?

– Non, rien. L'avion est ressorti de la glace, puis il a disparu à nouveau.

– Que voulez-vous dire ? interrogea Kristin.

– Leo disait que le glacier était comme ça. Il disait que l'avion avait été enseveli dans la glace, avant de réapparaître. Fin de l'histoire.

– C'était en 1967 ?

– Oui, 1967, exactement.

– Qu'est-ce qui faisait croire à Leo qu'il s'agissait d'un avion nazi ? Qu'entendait-il par nazi ?

– Vous devez quand même savoir qui étaient les nazis, jeune homme ! répliqua sèchement Sarah, et ses traits se durcirent. Ou bien le monde entier les a-t-il oubliés, comme s'ils n'avaient jamais existé ?

Kristin s'était levée. Elle tremblait, émue par l'histoire tragique de cette femme : les photographies, Budapest, Steinkamp.

– Des assassins ! s'écria la vieille dame, et Kristin distingua dans sa voix le froid glacial de l'agonie. De maudits assassins ! N'oubliez jamais ce qu'ils ont fait, criait-elle, un éclat furieux au fond des yeux, debout parmi les portraits de famille dans leurs cadres noirs. Ils ont assassiné tous les miens. Ils les ont brûlés dans des fours. Ils ont assassiné nos enfants. Voilà ce qu'étaient les nazis, ne l'oubliez jamais !

Kristin se tourna vers Steve pour ne pas croiser le regard de Sarah Steinkamp. Elle se sentait coupable, honteuse, d'avoir arraché cette retraitée à la chaleur de son lit, et d'avoir réveillé toute une vie d'horreurs. Mais à sa grande stupéfaction Steve insista, perdu dans l'enchevêtrement complexe de l'énigme qu'ils s'efforçaient de résoudre.

– Mais pourquoi Leo pensait-il que l'avion appartenait aux nazis ? Qu'est-ce qui lui faisait croire cela ?

– Qui êtes-vous ? s'emporta la vieille dame, d'un ton soudain brutal, comme si elle avait retrouvé ses esprits. Qui êtes-vous ? Je ne vous connais pas du tout. Je suis fatiguée et vous me mettez en colère. Laissez-moi, s'il vous plaît. Partez et laissez-moi seule.

Kristin fit signe à Steve que trop, c'était trop. Ils prirent congé de Sarah sans plus de cérémonie. Elle resta plantée près du piano et les regarda s'éloigner vers la porte. Ils la refermèrent doucement derrière eux, et éprouvèrent un sentiment mêlé de soulagement et de tristesse en ressortant une nouvelle fois dans l'air glacé du plein hiver.

19

Centre de contrôle, Washington.
Samedi 30 janvier.

Vytautas Carr entra d'un pas vif dans le centre de contrôle. Les portes blindées se refermèrent lentement derrière lui, dans un bruit de succion. La pénombre glacée habituelle régnait dans la salle, seulement éclairée par le scintillement des écrans. Quelques employés étaient assis devant les consoles et les panneaux de contrôle reliés aux satellites de l'organisation, certains discutaient au téléphone, d'autres se concentraient en silence sur les moniteurs, qui se reflétaient dans leurs yeux. Phil, l'assistant de Carr, vint à sa rencontre et l'invita à le suivre. Ils traversèrent le centre de contrôle jusqu'à une salle beaucoup plus étroite, refermant la porte derrière eux.

– Nous allons commencer à recevoir les images en direct d'un instant à l'autre, général, annonça Phil, homme maigre et tendu, une cigarette éternellement calée entre les lèvres. Il était l'un des opérateurs du réseau de satellites. Il avait retroussé les manches de sa chemise et ses lunettes d'écaille, posées en équilibre sur le bout de son nez, étaient constamment maculées de traces de doigt, qu'il semblait ne pas remarquer. Carr

183

se fit la réflexion que, pour un homme chargé de voir les choses avec une absolue clarté, il était étrange que Phil ne nettoie jamais les verres de ses lunettes.

– Nous les aurons pendant combien de temps ? interrogea Carr.

– Le satellite met environ trente-sept minutes à survoler la zone, général. Le ciel est dégagé pour le moment, mais une tempête se prépare.

– Ratoff sait-il que nous l'observons ?

– J'imagine que oui, général.

Les contours reconnaissables de l'Islande apparurent sur l'écran situé juste en face de Carr, ainsi qu'une partie de la côte est du Groenland. L'image disparut, remplacée par une autre, où se dessinait l'extrémité sud-est de l'île. Phil appuya sur un bouton et une troisième image remplit l'écran, resserrée cette fois sur la partie méridionale du Vatnajökull. Phil zooma jusqu'à ce que la surface enneigée du glacier devienne visible, zébrée de crevasses, et un groupe de points minuscules, se déplaçant sur le glacier, finit par apparaître. Carr avait l'impression d'observer au microscope d'infimes organismes nageant sur leur lame de verre, comme un scientifique menant une expérience complexe. Au cours de sa longue carrière militaire, le monde avait tellement changé qu'il était presque méconnaissable, et les moyens dont disposait désormais l'armée américaine ne cessaient de l'épater. L'image fut encore agrandie, jusqu'à ce qu'il puisse distinguer ce qui se passait sur le glacier. Retirant ses lunettes, il les essuya, avant de les replacer sur son nez et d'étudier l'image avec une attention extrême.

Lorsqu'il repéra l'avion à moitié sorti du glacier, son cœur s'arrêta. Il aperçut les hommes en train de creuser la glace des deux côtés de l'épave, leurs tentes et leurs véhicules formant comme un demi-cercle autour d'eux, et l'éclat des chalumeaux tandis qu'ils s'efforçaient de couper en deux le fuselage.

– Nous enregistrons tout ça ? interrogea Carr.

– Bien sûr, confirma Phil. J'imagine que nous n'allons pas tarder à apercevoir la cargaison, n'est-ce pas, général ? ajouta-t-il dans un sourire.

– Oui, la cargaison. Sûrement.

Carr observa les hommes sur le glacier pendant de longues minutes, en silence. L'image était granuleuse, les hommes réduits à de simples points grouillant sur la surface du glacier, l'avion indistinct. Mais les travaux semblaient progresser rapidement ; Ratoff était dans les temps, et la tâche semblait être menée de manière méthodique. L'avion serait bientôt entièrement dégagé.

Tout à coup, le rythme des mouvements sur l'écran s'accéléra et une grande agitation s'empara du glacier : à des milliers de kilomètres de là, Carr vit les hommes se ruer sur l'avion. Même à une telle distance, Carr eut l'impression que l'appareil s'était brisé en deux. L'avion était ouvert.

En entendant les cris, Ratoff se précipita hors de la tente radio et courut jusqu'à l'épave. Tandis qu'il se frayait un chemin au milieu de la foule des soldats qui venaient d'abandonner leurs tâches pour se masser autour de l'avion, l'avant de l'appareil se tordit et le fuselage se brisa, cédant sous son propre poids, pour aller s'écraser lourdement sur la glace dans un grincement assourdissant, tandis que la queue de l'avion restait à moitié enfouie sous la glace. Ratoff jeta un coup d'œil à travers le trou béant dans le fuselage, puis, se tournant vers ses hommes, leur donna l'ordre de préparer l'évacuation de la section qui venait de se détacher.

Dans le même temps, il fit passer des instructions pour que personne n'entre dans l'avion sans son autorisation expresse.

Les hommes manipulant les chalumeaux se poussèrent de côté avec leur matériel pour permettre à Ratoff de se hisser à l'intérieur de l'appareil. Il se baissa légèrement pour pénétrer dans la cabine, premier passager à monter à bord depuis plus d'un demi-siècle, et les bruits du dehors se turent aussitôt ; il fut accueilli par un silence pesant, que rien n'était venu troubler pendant toutes ces années. C'était comme remonter le temps, et cette expérience le remplit d'un sentiment mêlé d'excitation et d'impatience. Quatre officiers de la Delta Force montaient la garde à l'extérieur ; ils connaissaient ses ordres. Les soldats, eux, commençaient à s'éparpiller de nouveau, retournant à leurs tâches, et bientôt le travail reprit comme s'il ne s'était rien passé.

Dans la faible lueur du jour qui éclairait cette partie du fuselage, Ratoff trouva deux corps, des hommes d'un certain âge, le premier portant un uniforme d'officier allemand et l'autre, à sa grande stupeur, celui d'un major-général de l'us Army. Un Américain ! Il arborait un insigne que Ratoff ne put identifier et devait avoir une soixantaine d'années. Une mallette en aluminium renforcé, dotée de solides serrures, était attachée par des menottes à son poignet gauche.

Jusqu'ici, ça fait trois cadavres, nota Ratoff. Ces deux-là gisaient l'un contre l'autre sur le plancher, comme disposés avec soin. Là où elle était visible, leur peau était d'un blanc tirant sur le bleu et Ratoff n'aperçut aucun signe de décomposition, la glace les ayant conservés aussi parfaitement que la chambre froide d'une morgue. Ratoff supposa que ces deux hommes n'avaient pas survécu au crash ; ceux qui s'en étaient tirés avaient dû les déposer là. L'un d'eux avait une plaie béante à la tête, il avait dû mourir sur le coup. L'autre ne portait aucune blessure apparente ; il avait sans doute succombé à des lésions internes. Il semblait mieux préparé au froid, engoncé qu'il était dans deux pardessus et un chapeau de fourrure – qui ne lui avaient servi à rien.

Ratoff fit demi-tour et ressortit au grand jour. L'arrière de l'appareil était encore largement coincé dans la glace, et Ratoff dut demander à l'un des agents de la Delta Force de lui faire la courte échelle pour se hisser dans l'ouverture. Il faisait noir à l'intérieur, si bien qu'il sortit une lampe torche pour éclairer le fond de la cabine, où il aperçut trois autres corps blottis les uns contre les autres, comme si ces hommes avaient tenté de partager le peu de chaleur qu'il leur restait durant les dernières heures atroces de leurs vies. L'avion contenait donc six corps, en comptant celui qu'on avait retrouvé dehors : selon les informations fournies à Ratoff, il aurait dû y en avoir sept.

Là aussi, la peau des cadavres était d'un blanc bleuté et translucide, ferme et tendue au toucher, sans aucune trace de décomposition. Ratoff remarqua des attelles de fortune posées sur les jambes de deux des victimes, et fut une nouvelle fois sidéré de constater que l'une d'entre elles portait un uniforme américain. Ce devait être le pilote ; son blouson d'aviateur en cuir était la tenue réglementaire des pilotes de chasse américains de la Seconde Guerre mondiale. Un petit drapeau américain était cousu sur sa manche, et le nom du pilote brodé sur un rectangle de lin noir, au niveau du cœur. C'était un nom américain, d'ailleurs ; pas de doute là-dessus. Il ne devait guère avoir plus de vingt-cinq ans.

C'était inexplicable. Que faisait un pilote de chasse américain aux commandes d'un avion nazi repeint aux couleurs de l'armée US, traversant l'Atlantique avec à son bord des officiers allemands et un général américain ?

Ratoff dut se courber pour atteindre l'extrémité de la queue du Junkers. Avec l'aide de sa torche, il ne lui fallut pas longtemps pour repérer deux coffres en bois gros comme des caisses de bière, et il en tira un vers l'avant de l'appareil, où il y avait plus de lumière. Le couvercle était cloué, mais Ratoff trouva sur le plancher le fragment arraché d'un renfort métallique et, s'en servant comme d'un levier, il parvint à forcer le couvercle, les clous se détachant lentement du bois dans un grincement suraigu. Ouverte en grand, la caisse ne tarda pas à dévoiler des rangées de petits sacs blancs fermés par une ficelle. Il devait y en avoir une vingtaine au total. Empoignant l'un d'eux, Ratoff constata qu'il était taillé dans un velours doux et pesait un poids surprenant. Dénouant la ficelle, il en sortit un lingot d'or glacé, orné en son centre d'une croix gammée gravée dans le métal. Ratoff contempla le lingot en le soupesant dans sa main, tout sourire, puis il balaya la cabine du regard.

Deux caisses seulement, songea-t-il. Maigre butin. Où se trouvait le reste ? Ratoff s'attendait à bien plus ; il pensait que l'avion serait rempli de lingots d'or portant le sceau nazi. Il glissa le lingot dans son sac et le replaça dans la caisse, referma le couvercle et le recloua soigneusement.

Avaient-ils pu sortir l'or de l'avion ? Décharger toute la cargaison et l'enfouir sous la glace, quelque part, dans les environs ? Ou même un peu plus loin ? Mais en y réfléchissant, Ratoff se rendit compte que l'avion n'était pas assez grand pour avoir transporté tout l'or

188

qu'il s'était imaginé : il s'attendait à y trouver plusieurs tonnes au moins de ce métal précieux. Mais alors, raisonna-t-il, si l'or des Juifs n'était pas la raison de l'acharnement avec lequel l'organisation avait si longtemps surveillé ce désert glacé du bout du monde, qu'y avait-il donc derrière tout cela ? Deux caisses d'or, il n'y avait vraiment pas de quoi déclencher la Troisième Guerre mondiale. Deux malheureuses caisses. Quels autres secrets cet avion pouvait-il bien cacher ? Que contenait donc cette tombe glacée, pour que ses supérieurs soient au bord de la crise cardiaque chaque fois qu'ils pensaient la voir ressurgir du glacier ?

Les yeux de Ratoff s'étaient accoutumés à la pénombre de l'épave, mais il eut beau la fouiller de fond en comble, il ne trouva pas d'autres caisses. Le seul autre objet appartenant aux passagers qu'il avait pu découvrir, c'était la mallette. Carr lui avait clairement donné l'ordre de récupérer tous les documents présents dans l'avion, quels qu'ils soient. Frustré par l'absence du trésor qu'il s'était représenté, Ratoff s'attaqua à la mallette avec la tige métallique dont il s'était servi pour ouvrir la caisse et il parvint, non sans difficulté, à forcer les serrures. Juste des dossiers et des papiers sans importance. Il les examinerait plus tard. Une fouille méthodique des corps lui livra en outre une décevante récolte de portefeuilles et de passeports. Les hommes en uniforme allemand étaient âgés de quarante à soixante ans. L'un d'eux était d'un rang élevé, peut-être un général. Il exhibait sur sa poitrine plusieurs médailles inconnues et, comme l'homme qu'on avait retrouvé au pied de l'appareil, une Croix de Fer pendue entre les deux pans de son col – la plus haute distinction de l'armée allemande en temps de guerre.

En émergeant de l'épave, l'air abattu, Ratoff constata que ses hommes se préparaient déjà à évacuer l'avant de l'appareil vers la base. Il donna l'ordre de porter les corps dans les tentes et de les placer dans des housses mortuaires, puis il regagna l'avant du Junkers et se dirigea vers le cockpit, afin d'avoir une idée plus complète de la situation. Il y avait des sièges pour un copilote et un navigateur, mais à en juger d'après les corps retrouvés à bord, l'Américain semblait avoir piloté seul cet appareil. Repérant le plan de vol préparé par le pilote, Ratoff le glissa dans sa poche, avec le journal de bord. Il s'apprêtait à quitter la cabine lorsqu'il aperçut un petit cahier d'écolier à couverture rouge dépassant de sous le siège du copilote. Il se baissa pour le ramasser et le fourra dans sa poche avec les autres documents.

Carr était au téléphone lorsqu'il s'extirpa de l'épave.

– Vous m'espionnez, général ? grommela Ratoff lorsqu'on lui passa le combiné.

– Pourquoi dépenser des milliards pour tous ces équipements, si nous ne les utilisons pas ? répliqua Carr. Alors, qu'avez-vous trouvé ?

Ratoff fit signe aux techniciens de sortir de la tente. Toutes les communications depuis le glacier passaient par le canal protégé de la Delta Force. Ratoff attendit d'être seul, puis il reprit la parole.

– Que se passe-t-il, général ?

– Que voulez-vous dire ?

– Je n'ai trouvé que deux caisses d'or. Vous m'aviez dit que l'avion en était rempli. Deux caisses ! C'est tout ce qu'il y a.

– Ils l'ont peut-être enfoui dans la glace. On ne le retrouvera peut-être jamais.

– Peut-être que ce n'est pas de l'or que vous cherchez, suggéra Ratoff.

À l'autre bout du fil, il n'entendait plus que des parasites.

– Vous ne m'aviez jamais dit qu'il y avait un pilote américain à bord, poursuivit Ratoff. Et un major-général, des nôtres lui aussi.

– Faites attention, Ratoff. Je n'ai aucune obligation de vous dire quoi que ce soit.

– J'ai l'impression que plusieurs d'entre eux ont survécu au crash, ajouta Ratoff. Notre pilote et deux des Allemands. D'après le nombre que vous m'aviez donné, l'un des Allemands manque à l'appel. Quoi qu'il en soit, ils n'ont pas dû survivre très longtemps par ici, en plein hiver – ils n'avaient ni les vêtements adéquats, ni les vivres nécessaires. Et je doute fort qu'ils se soient réchauffés en trimballant des lingots d'or. De toute façon, cet avion est trop petit pour avoir transporté une cargaison si lourde. Bref, si ce n'est pas de l'or que vous cherchez, de quoi s'agit-il au juste ? Vous pourriez peut-être me dire ce que je suis venu faire dans ce trou paumé.

– Vous dites qu'il n'y a que six corps à bord ?

– C'est exact.

– Il devrait y en avoir sept.

– Faut-il s'en inquiéter ?

– Eh bien, le septième homme n'est jamais réapparu. Ils l'ont peut-être enterré un peu plus loin. À moins qu'il n'ait tenté de regagner la civilisation.

– Si cet avion ne transportait pas d'or, insista Ratoff, qu'est-ce que vous cherchez, général ?

– Ratoff, rétorqua Carr d'un ton mal assuré. Si j'avais voulu quelqu'un qui pose des questions, je ne serais pas venu vous chercher. Vous le savez très bien.

– C'est la mallette ?

– Ratoff.

La voix de Carr avait basculé vers un grognement caverneux.

– Arrêtez vos conneries. Faites ce qu'on vous dit, c'est tout. Si on vous a choisi pour diriger cette opération, c'est qu'il y a une raison.

Ratoff décida de ne pas pousser le bouchon plus loin, pour le moment.

– La seule chose que j'ai retrouvée, c'est la mallette du général, que je n'ai pas ouverte. Il y a aussi le carnet de bord du pilote et un autre cahier. J'ignore ce qu'il contient. Je n'ai pas regardé.

– Parfait. Je répète : récupérez tous les documents, les bagages, les livres, les passeports, les noms, tous les documents écrits que vous aurez trouvés à bord. Gardez-les en lieu sûr, Ratoff ; ne laissez personne d'autre y avoir accès, et vous viendrez me les remettre en personne. Suivez la procédure. Rapportez-moi tout. Jusqu'au moindre bout de papier.

– Bien sûr, général.

– Suivez mon conseil : il vaut mieux pour vous que vous ne sachiez rien du contenu de ces documents. Nous en avons déjà parlé. Obéissez au plan.

– Vous avez toujours pu compter sur moi, général.

Carr ignora le défi qu'il avait cru déceler dans la voix de Ratoff.

– Quand serez-vous à Keflavik ?

– Nous aurons décollé dans deux jours, à condition que la tempête ne nous retarde pas.

– Excellent.

Leur conversation en resta là. Ratoff contempla la mallette, le plan de vol et les dossiers qu'il avait empilés sur une chaise. Au fil des années, il avait entendu d'innombrables histoires sur ce que contenait l'avion, mais maintenant qu'il lui fallait accepter que cette cargaison se résumait à quelques documents, c'était comme si tout ce suspense, toute cette attente et tout son désir d'accomplir cette mission s'étaient soudain taris en lui. Pas d'or. Pas de bombe. Pas d'arme biologique. Aucun des criminels de guerre nazis les plus fameux, à ce qu'il avait pu voir. Pas d'œuvres d'art. Pas de diamants. Rien que des documents. Des documents sans valeur. Des morceaux de papier jaunis.

Toujours irrité et déboussolé par cette déception, Ratoff emporta les documents dans sa tente personnelle, qui contenait un lit de camp, une chaise et un bureau pliant derrière lequel il alla s'asseoir. Il examina d'abord le carnet de bord, notant où et quand l'avion avait décollé, ainsi que son itinéraire prévu. Puis il ouvrit le cahier rouge ; en le feuilletant, il fut surpris de constater que le pilote avait tenu le journal de ses derniers jours sur le glacier. Remettant à plus tard son examen approfondi, il prit la mallette et en sortit trois dossiers fermés par de fines sangles blanches. Il ouvrit le premier et passa en revue les documents qu'il contenait, lesquels étaient rédigés en allemand ; le papier jauni était raide et cassant au toucher. Le deuxième dossier rassemblait des documents similaires. Ratoff avait des rudiments d'allemand, ayant passé deux ans dans sa jeunesse à la base américaine de Ramstein, mais pas suffisamment pour percer le sens précis de ces feuillets.

Le troisième dossier contenait d'autres documents, estampillés « confidentiel », dont le texte était en anglais. Parmi eux, il trouva une note isolée, non signée. Ratoff se plongea dans sa lecture. Il parcourut rapidement les documents, et ne tarda pas à en reconstituer le contenu, se levant malgré lui et arpentant l'intérieur exigu de la tente. « Est-ce possible ? » murmura-t-il.

Ayant achevé sa lecture, il resta planté au milieu de la tente, abasourdi, enveloppant d'un regard vide les documents, la mallette, les passeports et le journal du pilote. Il lui fallut un long moment pour saisir toutes les implications et les replacer dans le contexte de ce qu'il savait déjà. Il examina à nouveau les signatures, passa en revue tous les noms mentionnés. Ils lui étaient très familiers.

Peu à peu, ses pensées éparses s'organisèrent. Il comprenait les mensonges, à présent. Il comprenait toute la désinformation qui avait été répandue. Soudain, il saisissait l'importance de cet avion, et pourquoi ils avaient passé des décennies à le chercher.

Ratoff grimaça lorsque la vérité se leva enfin dans son esprit. S'ils avaient vraiment exécuté ce plan, puis organisé cette vaste opération militaire pour protéger leur secret, alors il était lui-même clairement en danger. On l'éliminerait à la première occasion ; ils l'auraient assassiné de toute façon, même s'il n'avait pas lu les documents. Carr savait depuis le début qu'en cas de succès, cette mission signerait son arrêt de mort. L'ironie de cette histoire lui arracha un sinistre sourire. Il aurait fait la même chose, à leur place. Il regarda de nouveau les documents et secoua la tête.

Le vent malmena la toile, la secouant dans tous les sens, et ramena brusquement Ratoff à la réalité. Lorsqu'il ressortit, la neige tombait en bourrasques si épaisses qu'il ne voyait même plus sa main ouverte devant son nez.

Carr vit le glacier se rétrécir sur les côtés puis disparaître de l'écran. Il était l'un de ceux qui connaissaient le mieux Ratoff, et devina instinctivement ce que le chef de cette opération était en train de faire à cet instant précis. Carr sortit de la salle, traversa d'un pas lourd le centre de contrôle et remonta le couloir jusqu'à son bureau. Il prit soin de bien refermer la porte et alla s'asseoir dans son fauteuil. Il décrocha le téléphone. Il était temps de passer à l'étape suivante.

Il demanda qu'on lui passe un correspondant à Buenos Aires. Puis qu'on lui réserve un vol pour l'Islande.

p... Con... Ce... la ... la cité... la... peut-on... pratique...
Le ... ne ... l'... ... ... je ... le ... et ... je ...
lui... nd ... ... s'il ... à la ... de ... ...
c ... qu'on dit ... en ... ... il ... l'en ... ... à la... ... il
... ... finis g... de ... ces ... de ... ...

À ... ma ... d'... ... lui ... ... ce ... ...
lui ... ... l'... ... ... j'en ... ... et ... ...
l'aide.

Ministre de ... ... Belloncle.
Samedi, 30 janvier, ... h ... m.

Kraus venait ... ... vous ...
... ...
... ...
... ...
... ... qu'il ...
... la ... ...
... ...
... ...
... ...
... ... pas
... ... de Kraus. Elle ...
... ... et ...
... ...

... ...
... ...
... ...
... ...
Lorsque ... ...

20

Kristin veillait sur Elias depuis qu'il était venu au monde. Elle avait dix ans à sa naissance, et avait immédiatement manifesté un grand intérêt pour le nourrisson. Bien davantage que ses parents, à vrai dire. Elle se rappelait avoir prié pour que sa mère donne naissance à un petit garçon, même si, au bout du compte, ce n'était pas si important – ce qu'elle voulait par-dessus tout, c'était que la famille s'agrandisse, car elle n'en pouvait plus d'être fille unique et enviait les frères et sœurs de ses amies. Mais ses parents ne supportaient pas le bruit et la maison était un havre de paix et de silence. Ils passaient tous deux de longues journées au bureau et ramenaient du travail le soir à la maison, ce qui ne leur laissait pas beaucoup de temps pour s'occuper de Kristin. Elle avait appris à se déplacer sans bruit dans la maison et à se débrouiller seule ; à ne pas les déranger.

En y repensant, plus tard, elle s'était souvent demandé pourquoi ils avaient eu Elias. Devenus adultes, Elias et elle avaient parfois abordé le sujet. L'arrivée d'Elias avait dû leur faire un sacré choc. Lorsque son frère faisait du bruit, Kristin sentait souvent à quel point il irritait leurs parents, comme s'ils reprochaient aux enfants le moindre moment qu'ils devaient leur consacrer, comme si leur progéniture leur apparaissait comme une nuisance insupportable, qu'ils considéraient avec réprobation. Ce sentiment d'abandon avait encore rapproché Kristin de son frère. Pourtant, leurs parents n'étaient jamais cruels envers eux, ils ne les avaient jamais giflés et ne leur infligeaient pas de punitions sévères ; le pire, c'est que lorsqu'un des deux enfants se comportait mal, leur indifférence se faisait encore plus marquée, le silence dans la maison plus absolu, la paix et le calme encore plus dévorants.

Alors que Kristin avait vite appris à s'adapter en se faufilant discrètement, en s'efforçant de ne pas les importuner inutilement et en se débrouillant toute seule, Elias n'avait pour sa part jamais retenu ces leçons. Il était bruyant et envahissant, « hyperactif » au dire de ses parents. Leur exaspération était palpable. Elias n'avait cessé de pleurer pendant les trois mois qui avaient suivi son retour de la maternité, et, parfois, Kristin pleurait avec lui. En grandissant, Elias s'était mis à renverser sans arrêt son lait, son bol de soupe, à fracasser des bibelots. Kristin n'avait pas tardé à développer un sens des responsabilités étouffant, et courait derrière son frère avec une serpillière pour essayer de limiter les dégâts. À quatorze ans, elle était seule à s'occuper de lui : sur le chemin du collège, elle le déposait à la crèche, et repassait le prendre après les cours, lui préparait à manger, jouait avec lui, le mettait au lit à l'heure du coucher et lui lisait des histoires. Parfois, elle avait l'impression qu'Elias était son enfant. Surtout, elle s'efforçait au maximum de préserver le calme, de faire en sorte que ses parents ne soient pas dérangés. C'était sa responsabilité.

Il lui fallut des années pour découvrir la raison de leur indifférence et de leur négligence. Elle en avait parfois perçu des signes, mais n'en comprit le sens que bien plus tard. Des bouteilles apparaissaient inexplicablement dans des endroits étranges, vides ou à moitié pleines d'un liquide clair ou foncé : dans l'armoire, dans les placards de la salle de bain, sous le lit des parents. Elle les laissait là, ne les sortait jamais de leur cachette, et les bouteilles disparaissaient comme par enchantement.

Il y avait d'autres signes, plus inquiétants. Son père partait souvent pour de longs voyages d'affaires, ou restait alité, souffrant, pendant des jours. Sa mère était fréquemment incapable de faire quoi que ce soit, ou bien voyait des choses que personne d'autre ne pouvait voir, mais cela arrivait rarement, de manière très épisodique, si bien que Kristin avait appris à vivre avec, comme Elias après elle.

« Nous aimerions vraiment passer plus de temps avec vous », lui avait dit un jour sa mère, et elle avait remarqué son haleine sucrée. « Dieu m'est témoin, nous faisons de notre mieux. » Elle était ivre quand sa voiture avait percuté un lampadaire à quatre-vingt-dix à l'heure.

Tous ces souvenirs se bousculaient sous le crâne de Kristin, tandis qu'elle se tenait debout dans son bureau, à écouter un parfait inconnu lui donner des nouvelles de son frère. Steve et elle s'étaient rendus directement au ministère après avoir rendu visite à Sarah Steinkamp dans le quartier de Thingholt, dix minutes de marche à peine. Elle baissa lentement le combiné et ses yeux se remplirent de larmes. Elle n'avait pas dormi depuis plus de vingt-quatre heures, et elle avait encore des croûtes de sang séché sur l'oreille et la joue. Un sentiment familier de culpabilité l'envahit.

– Ils pensent qu'il ne va pas s'en tirer, annonça-t-elle d'une voix lasse.

Steve lui prit le téléphone des mains et se présenta à Julius, le chef de l'équipe de sauvetage. Il était encore très tôt, et personne n'était arrivé au travail, mais le gardien, reconnaissant Kristin, les avait laissés entrer. Ils n'avaient pas l'intention de rester très longtemps.

Steve entendit à son tour toute l'histoire. Les sauveteurs avaient retrouvé le corps désarticulé de Johann au fond d'une crevasse. Elias était tombé dans la même crevasse, mais il montrait encore des signes de vie, même si Julius était forcé de reconnaître qu'il avait peu de chances de s'en sortir, selon eux. Son état était critique. Julius et son équipe étaient en train de regagner le campement, où un hélicoptère de la Force de défense n'allait pas tarder à arriver, mais ils n'étaient pas sûrs d'être rentrés avant que la tempête n'éclate.

– Elias a pu vous dire quelque chose au sujet de l'accident ? interrogea Steve.

– Il a prononcé le nom de sa sœur, rien de plus, répondit Julius.

Kristin s'était suffisamment remise pour reprendre le téléphone.

– Elias n'a pas eu un accident, déclara-t-elle d'une voix ferme. Quelque part sur le glacier, il y a des soldats américains et un avion, qui a un lien, nous ignorons lequel, avec eux. Elias et Johann ont eu la malchance de tomber sur ces soldats, ils ont été capturés et on les a jetés au fond de cette crevasse.

– Vous savez où ? demanda Julius.

Kristin entendit les hurlements du vent dans le téléphone. Julius se trouvait sur une motoneige et devait hurler pour se faire entendre.

– Nous pensons qu'il s'agit de l'extrémité sud-est du glacier. Nous avons parlé à un ancien pilote qui a longtemps effectué des vols de surveillance au-dessus de cette zone. Je vais m'arranger pour me rendre là-bas, même si je ne sais pas vraiment qui pourra nous aider. Les forces spéciales américaines ont pris le contrôle de la base de Midnesheidi et de l'ambassade, ici, à Reykjavik. Nous ignorons si le gouvernement islandais est de mèche, et comme les policiers veulent m'interroger au sujet d'un meurtre, je ne peux pas faire appel à eux.

– Un meurtre ?

– C'est une longue histoire, soupira Kristin.

Elle avait entendu le communiqué de la police à la radio – qu'elle était recherchée car on voulait l'interroger au sujet d'un homme retrouvé mort dans un appartement des quartiers ouest de Reykjavik – et les avait aussitôt soupçonnés de vouloir lui coller ce meurtre sur le dos.

– La chose la plus importante, poursuivit-elle, c'est celle-ci : est-ce que vous acceptez de m'aider, si nous réussissons à nous rendre sur place ? Si nous trouvons les soldats et l'avion, votre équipe sera-t-elle dans les parages ?

– Vous pouvez compter sur nous. Mais, Kristin…

– Quoi ?

– Ce glacier est foutrement grand.

– Je sais. Vous êtes combien dans votre équipe ?

– Soixante-dix en tout. Une fois que Johann et Elias auront été évacués, nous pourrons partir à la recherche de ces soldats. Mais nous devons d'abord attendre l'hélicoptère de la Force de défense…

– Pourquoi ne pas faire appel à celui des garde-côtes islandais ?

– Il n'est pas disponible.

– Julius, je ne crois pas que vous recevrez la moindre assistance de la base américaine, en ce moment. Des personnes extérieures ont pris le commandement et, d'après ce que nous avons pu voir, je doute qu'elles vous viennent en aide.

– Ce sont les gars du campement qui s'en occupent. Je n'ai pas la moindre idée de ce qui se passe à la base. Mais nous avons déjà perdu un homme, et l'autre, Elias – je dois être honnête avec vous, Kristin –, est dans un sale état. Une grosse tempête se prépare, dans le coin. Vous me dites que je n'obtiendrai pas l'aide dont j'ai besoin à cause d'une sorte de coup d'État des forces spéciales ? C'est bien ça ? Je me demande – excusez-moi d'être aussi direct : vous avez perdu la boule, ou quoi ? De toute ma vie, je n'ai jamais eu de conversation téléphonique aussi délirante que les deux dernières avec vous.

– Je sais, soupira Kristin. Je me suis moi-même posé la question. Mais si mon frère est en train de mourir dans vos bras, il y a une raison à cela, et elle est beaucoup, beaucoup trop compliquée pour que vous et moi puissions la saisir. Tout ce que je dis, c'est que je ne suis pas sûre que vous obteniez l'hélico de la Force de défense. Appelez les garde-côtes et ne les lâchez pas jusqu'à ce qu'ils vous envoient le leur, même s'ils essaient de vous renvoyer vers la base américaine. Insistez pour avoir l'hélico des garde-côtes.

– Compris ! hurla Julius.

– Et ensuite, attendez mon appel.

Kristin se tourna vers Steve.

– Quand avons-nous rendez-vous avec ton amie, Steve ? Monica, c'est bien ça ?

– Plus tard, répondit Steve. D'ici là, nous devrions essayer de nous reposer un peu.

– Nous reposer ?

– Elias est vivant, déclara Steve, avec tout le tact possible. Il est encore vivant. Il reste de l'espoir.

– Ils n'ont pas réussi à le tuer, rétorqua Kristin. Ils ne s'en tireront pas comme ça. Nous irons voir Monica, et ensuite nous nous rendrons sur le glacier.

– Dans ce cas, il nous faudra du matériel. Un guide. Un tout-terrain. Où allons-nous trouver tout ça ? demanda Steve, plein d'appréhension.

– Il faudra trouver ces deux frères dont nous a parlé Thompson. Ils nous aideront sûrement, s'ils sont toujours vivants. Et sinon, les gens qui vivent là-bas maintenant. Quant au 4×4, je crois savoir où je peux en trouver un.

– Kristin, il faut que nous réfléchissions sérieusement : que pouvons-nous faire contre toute une troupe de soldats ?

– Je n'en ai pas la moindre idée, répliqua Kristin. Mais j'ai besoin d'aller voir ce qui se passe là-bas, de mes propres yeux. Il faut que je sache ce qu'ils manigancent.

Malgré le désarroi dans lequel l'avaient plongée les nouvelles d'Elias, il ne s'agissait plus seulement de son frère, désormais. Des forces dont elle n'aurait su dire le nom la poussaient à aller jusqu'au bout. Maintenant que ses réserves d'énergie habituelles étaient épuisées, elle avait atteint un au-delà de la fatigue. Elle voulait savoir ce que contenait cet avion, et elle avait bien l'intention de le découvrir. Et quand elle l'aurait découvert, elle le ferait savoir, démasquerait les salopards qui avaient tenté d'assassiner son frère et étaient parvenus à tuer son ami.

– Mais d'abord, il faut que je vérifie ce qui s'est passé en 1967.

La salle de lecture de la Bibliothèque nationale était déserte, et l'on n'entendait que le bruit de la lourde roue que Kristin actionnait pour faire défiler les microfilms des journaux de la fin des années 60. Assise devant ce lecteur de microfiches incommode, elle étudiait les pages qui se succédaient, une à une. Le nombre d'éditions contenues sur chaque microfilm variait selon la taille originelle du journal ; pour certains titres, deux années entières tenaient sur le même film. Kristin regardait défiler les titres, l'histoire qui se rejouait sous ses yeux en accéléré : la guerre du Viêtnam, les assassinats de Martin Luther King et Bobby Kennedy, la révolte étudiante à Paris en 1968, la candidature de Nixon à la présidentielle.

Elle savourait ce bref moment de solitude, le silence qui régnait dans la salle de lecture. Bien sûr, elle était reconnaissante à Steve d'être venu à son aide, elle appréciait son soutien et le calme de ses réactions, mais elle avait enfin l'occasion de reprendre son souffle, de repenser à ce qui s'était passé au cours des dernières heures, et de planifier ce qu'il convenait de faire maintenant.

Pendant ce temps, Steve s'était rendu dans une petite pension au fond d'une ruelle, non loin de là. Il avait expliqué qu'il n'avait besoin de la chambre que pour quelques heures et avait des dollars sur lui, si bien que le réceptionniste s'empressa d'empocher l'argent et ne prit pas la peine de l'inscrire sur le registre des clients. Kristin et lui projetaient de partir vers l'est, en direction du glacier, plus tard dans la journée. Mais d'ici là, Steve avait l'intention de rassembler d'autres informations sur l'opération en cours sur le Vatnajökull ; d'appeler quelques personnes, pour voir ce qu'elles pourraient lui apprendre. Il n'avait pas tellement eu le temps de réfléchir depuis que Kristin avait sonné chez lui la veille au soir, et il profita de ce moment de répit pour se repasser les événements de la nuit, tentant de se former une image claire de tout ce qu'il avait traversé. À l'évidence, Kristin était en danger, et il était content de pouvoir l'aider ; même s'il ne parvenait pas à comprendre ce qu'il se passait exactement, le simple fait que Kristin ait besoin de lui suffisait à son bonheur.

Kristin trouva les articles concernant la visite des astronautes, en 1967. Ils étaient venus à vingt-sept, et la presse avait suivi le moindre de leurs mouvements. L'un des pilotes qui les accompagnaient s'appelait Ian Parker, le nom que Thompson avait mentionné, l'homme qui pilotait des chasseurs Scorpion. Il avait également fait partie de la délégation précédente ; les journaux rappelaient à leurs lecteurs que huit astronautes étaient déjà venus en Islande, pour une mission d'entraînement, en 1965. À cette occasion, le groupe avait été emmené dans les confins inhabités de l'intérieur de l'île, le désert volcanique autour de Herdubreidarlindir et d'Askja, périple qui se répéta lorsque Armstrong et ses camarades astronautes se rendirent en Islande. Armstrong était le seul membre de l'équipe à arborer l'insigne ailé des astronautes, distinguant ceux qui étaient allés dans l'espace, puisqu'il avait piloté le vaisseau Gemini 8 en 1966, au cours du premier arrimage réussi de deux vaisseaux habités en orbite autour de la terre.

Sans surprise, c'est Armstrong qui monopolisait les colonnes des journaux. Les articles le décrivaient comme un homme très timide avec une coupe militaire ; réservé, sérieux, passionné par les défis technologiques des vols spatiaux, et déclarant, selon un reporter, que le seul inconvénient du programme spatial américain tenait à l'attention bien trop grande qu'il suscitait partout où il allait.

– L'attention bien trop grande qu'il suscitait partout où il allait, répéta Kristin, à voix basse.

Son ex-petit ami, Omar l'avocat, n'avait pas vraiment l'intention de lui prêter sa voiture. À vrai dire, il fut davantage tenté d'appeler la police quand Kristin débarqua sans crier gare dans son cabinet du centre-ville. Il avait entendu les communiqués à la radio. Bientôt, des photos d'elle seraient sûrement diffusées dans les journaux télévisés du soir et la presse du lendemain.

– Bon Dieu, Kristin ! Qu'est-ce qui t'arrive ? s'écria-t-il en la voyant plantée sur le seuil de son bureau.

– Qu'est-ce que tu as entendu ? demanda-t-elle.

– Tout ce que je sais, c'est que tu es recherchée par la police parce qu'on a retrouvé un homme mort dans ton appartement, répondit-il en se levant de son fauteuil. Bon Dieu, mais qu'est-ce que tu as fait ?

– Je n'ai rien fait.

– Ce n'est pas l'impression que ça donnait, pourtant. Pourquoi tu es en cavale ? Il s'agit forcément d'un malentendu, non ?

– Calme-toi, lui dit Kristin en refermant la porte. J'ai besoin que tu me rendes un service.

– Un service ?

– Oui. J'ai besoin d'emprunter ta jeep.

– Ma jeep ?

– Oui. Écoute, je te raconterai toute l'histoire dès que j'en aurai l'occasion, mais le temps presse terriblement, et il n'y a personne d'autre à qui je puisse demander ça. Il faut que tu m'aides.

Il la dévisagea comme s'il s'agissait d'une parfaite inconnue ; ce bel homme, grand, avec des yeux bruns séduisants, qui l'avait prise au dépourvu lors d'une soirée de l'ordre des avocats et avait partagé sa vie pendant les trois années suivantes.

– Ma situation est désespérée, déclara-t-elle. Tu me rendrais un très grand service.

– Tu es en danger, ou quoi ? demanda-t-il d'une voix plus douce, et elle se rappela qu'en dépit de tous ses défauts, il pouvait parfois se montrer très attentionné.

– Non, mentit-elle. Et je contacterai la police dès que je pourrai, mais je dois d'abord faire quelque chose, et tu peux m'aider.

– Qu'as-tu l'intention de faire avec la jeep ?

– Un petit voyage à la campagne – ce ne sera pas long, ne t'inquiète pas.

Omar hésita. Il voyait bien que Kristin était aux abois et n'avait aucune bonne raison de lui refuser cette faveur.

– Juste pour aujourd'hui ? demanda-t-il.

Elle fit oui de la tête.

– Et tu la déposeras devant le bureau avant la fin de la journée ?

– Oui. Merci beaucoup, Omar. Je savais que je pouvais compter sur toi.

– Si tu ne la ramènes pas, j'appelle aussitôt la police.

– Pas de problème, répondit Kristin en lui déposant un baiser sur la joue. Ne t'en fais pas.

– Tu as vraiment tué cet homme ?

– Bien sûr que non. Ne sois pas idiot. Je te raconterai tout à mon retour. Je te le promets.

À présent, Steve et elle étaient assis dans un joli Pajero bleu, flambant neuf. La jeep était équipée d'un téléphone et de vitres teintées ; hormis son bref moment de répit à la bibliothèque, c'était la première fois que Kristin ne se sentait pas traquée au cours des dix-huit dernières heures. Elle dut réprimer son instinct, qui lui enjoignait de ne pas quitter la chaleur de l'habitacle et le confort de son intérieur cuir.

Elle avait trouvé une place de parking devant un fleuriste, près du restaurant, d'où ils pouvaient surveiller les allées et venues autour du pub. Il était presque quatre heures de l'après-midi, la nuit commençait à tomber. Un groupe d'hommes emmitouflés dans de gros pull-overs, des blousons de cuir et des jeans – ils descendent de leur chalutier, devina Kristin – s'arrêtèrent devant le pub et, après une bruyante dispute, entrèrent à l'intérieur. Un jeune couple leur emboîta le pas. Un obèse engoncé dans un épais coupe-vent sortit. Tout semblait calme.

Il était quatre heures dix quand Steve poussa Kristin du coude.

– Voilà Monica, annonça-t-il, en désignant une grande femme svelte, la quarantaine, les cheveux noirs, portant un pardessus beige serré à la taille par une ceinture. Elle entra précipitamment. Steve et Kristin attendirent pour voir si quelqu'un la suivait, puis descendirent de la jeep. Jetant un coup d'œil à travers la vitrine, Steve vit que Monica s'était assise dans un coin, au fond de la salle. Alignés le long du comptoir, les pêcheurs faisaient du raffut, hurlant de rire et s'interpellant bruyamment. Quatre hommes étaient assis devant l'une des baies vitrées qui donnaient sur la rue, et s'efforçaient d'ignorer ce vacarme. Dans le reste du pub, seule une poignée de tables étaient occupées ici ou là. La salle aux murs lambrissés était meublée de tables en bois rustique et de chaises massives, dans l'espoir un peu vain d'évoquer l'atmosphère d'un pub irlandais, et un escalier étroit montait vers une salle, à l'étage, où il y avait parfois des concerts. Kristin et Steve se dirigèrent vers le coin du fond, et s'assirent à la table de Monica.

— Qu'est-ce qui se passe, Steve ? Putain, qu'est-ce qui se passe ? interrogea Monica dès qu'elle les aperçut. Les mots avaient jailli tout seuls ; elle était agitée et de minuscules perles de sueur suintaient sur sa lèvre supérieure.

— Je ne sais pas, répondit Steve. Je te jure que je n'en sais rien.

Ils lui décrivirent les événements du soir et de la nuit passés, et Monica les écouta, tendue et fébrile, frottant ses mains l'une contre l'autre comme si elle avait du mal à se concentrer. Steve remarqua qu'elle n'arrêtait pas de regarder par-dessus son épaule pendant qu'il parlait. Pendant qu'ils attendaient dehors, dans la jeep, Steve avait expliqué à Kristin que Monica et lui avaient travaillé ensemble lorsqu'elle vivait à la base, avant d'être embauchée par la Commission Fulbright.

— Tu as appris quelque chose ? demanda Steve, lorsqu'il eut achevé son récit.

— Personne n'a rien voulu me dire, répondit Monica en passant la main dans ses cheveux. L'ambassade est

209

en état de siège. Je n'avais jamais vu d'armes, là-bas, et maintenant tout le monde en porte. Ils appartiennent aux forces spéciales, je crois. C'est comme vivre dans une bombe à retardement qui risque d'exploser à tout moment. Tout le personnel de l'ambassade ou presque a été envoyé en congé forcé. Quand j'ai demandé ce qui se passait, on m'a renvoyée vers une sorte d'officier qui m'a dit que la situation serait réglée d'ici quelques jours, et que tout reviendrait à la normale.

– D'ici quelques jours ? répéta Kristin. Ils auront quitté le glacier, d'ici là, et sans doute aussi le pays.

– Et ce Ratoff, alors ? interrogea Steve. Tu as trouvé quelque chose sur lui ?

– Rien. Je n'ai pas vraiment eu le loisir de chercher, d'ailleurs. Évidemment, s'il travaille pour les services secrets, il ne sera pas facile de retrouver sa trace. J'ignore s'il s'agit d'un prénom ou d'un nom de famille. Je ne sais même pas si c'est son vrai nom !

– Nous non plus, intervint Kristin avec impatience. C'est juste un nom que j'ai entendu. Et qu'avez-vous appris au sujet des mouvements de troupes sur le glacier ?

– J'ai parlé à l'un de mes amis à la base, Eastman. Il fait partie des gars qui s'occupent des hangars, et il m'a dit que la situation là-bas était très mystérieuse. On raconte que des agents des forces spéciales sont arrivés à bord d'un avion-cargo c-17 qui est à présent en stand-by au bout d'une des pistes. C'est quasiment du jamais vu : personne n'a le droit d'approcher de l'appareil – ils ont leurs propres gardes. Les soldats qui ont débarqué de cet avion sont certainement les hommes que votre frère a vus sur le glacier. Eastman ignorait quelle était leur destination. Toute cette affaire a été organisée dans le plus grand secret.

210

– Et les deux hommes qui ont tenté d'assassiner Kristin ? demanda Steve.

– L'ambassade grouille de personnages douteux. Pour ce que j'en sais, n'importe lequel d'entre eux pourrait être un tueur à gages.

– Ils ont mis les téléphones sur écoute ?

– Oui, Steve. Ils écoutent tout.

– Donc ils savent qui passent des appels, depuis et vers l'ambassade ?

– C'est ce que j'essaie de te dire.

– Comment ça, ce que tu essaies de me dire ? Bon Dieu, Monica, alors ils sont au courant pour toi et moi, pour nous ! Tu nous as balancés ? interrogea lentement Steve, incrédule. C'est un piège, ou quoi ?

Il était debout à présent, tirant sur l'épaule de Kristin, qui n'avait pas encore pleinement saisi le sens de ce que Monica avait dit. Suivant le regard de Monica, Steve jeta un coup d'œil par-dessus son épaule et aperçut Ripley qui entrait dans le pub, en combinaison de ski blanche rembourrée. Il se dirigea sans hâte vers leur table. Steve se tourna vers Monica.

– Ils ont menacé de s'en prendre à mes garçons, se justifia Monica, désespérée ; elle aussi s'était levée.

Kristin ne put en croire ses yeux lorsqu'elle se tourna vers la porte et reconnut Ripley qui marchait dans leur direction puis, du coin de l'œil, aperçut Bateman descendant l'escalier. Il portait la même tenue que Ripley ; ils ne ressemblaient plus à des démarcheurs religieux ; maintenant, on aurait dit deux touristes. Kristin ne voyait aucun moyen de se sortir de ce piège – Steve et elle se trouvaient tout au fond du pub, dans un coin, à l'endroit choisi par Monica. Il n'y avait aucune issue.

– La troisième fois est la bonne, déclara Ripley en repoussant Kristin sur sa chaise.

Elle le regarda, ses genoux s'affaissèrent et elle tomba plutôt qu'elle ne s'assit. Ripley s'installa à côté de Monica, et Bateman tira une chaise jusqu'à leur table, tout en faisant signe à Steve de se rasseoir.

– C'est sympa comme endroit, non ? déclara Ripley, rayonnant. La bière est bonne ? Avant que vous ne tentiez quelque chose de stupide, je tiens à vous signaler que nous sommes tous les deux armés et que nous n'hésiterons pas à tirer. Donc nous pourrions peut-être faire ça d'une manière civilisée…

– Une voiture nous attend dehors, et nous allons vous inviter – pas vous, Monica – à venir faire un petit tour, ajouta Bateman.

– Et si nous refusons de vous suivre ? demanda Steve, sans cesser de dévisager Monica.

– Ah, c'est vous le chevalier dans son armure étincelante qu'elle a trouvé à la base, pas vrai ? rétorqua Ripley, dont le sourire dévoila des dents étonnamment blanches et régulières.

– Quel couple charmant, poursuivit Bateman en se tournant vers Kristin. Vous avez l'habitude de vous taper les Américains de la base, ou bien votre Steve est-il une exception ?

Il tendit la main comme pour lui caresser la joue.

Kristin rejeta sa tête en arrière. Steve se figea sur sa chaise. Monica baissa les yeux, honteuse.

– Bon, c'était un plaisir, mais malheureusement nous allons devoir y aller, déclara Bateman. Monica, ici présente, qui est prête à trahir ses amis à la moindre occasion, sortira la première et se tirera discrètement. Ensuite, ce sera mon tour, et j'escorterai notre pro des sciences politiques. Nous allons nous lever très lentement et sortir d'ici très calmement. Ripley et Kristin nous suivront, et ce sera terminé. On ne peut pas faire plus simple.

– Où nous emmenez-vous ? interrogea Steve.

– Nous vous trouverons un bel endroit calme, répondit Bateman. Ne vous inquiétez pas pour ça.

– Qu'est-ce qu'il y a dans cet avion, sur le glacier ? demanda Kristin.

– Ça, c'est le genre de curiosité que nous trouvons vraiment stimulante, répliqua Bateman. Mais ne croyez-vous pas qu'il serait préférable de nous laisser faire tranquillement ce que nous avons à faire ?

Bateman se leva pour laisser passer Monica. Elle quitta brusquement la table, les yeux rivés au sol tandis qu'elle passait devant eux et se précipitait vers la sortie, sans un regard de côté. Ouvrant la porte, elle disparut dans le crépuscule hivernal.

– Allez, Stevie, debout, ordonna Bateman en se levant lui-même, agrippant Steve par l'épaule. Steve se redressa, gratifiant Kristin d'un regard impuissant, tandis que Bateman le faisait pivoter et le poussait devant lui, sans brutalité, soucieux de ne pas attirer l'attention.

– À votre tour, maintenant, déclara Ripley.

Les pêcheurs au comptoir et les autres clients du pub semblaient n'avoir rien remarqué. Kristin se leva lentement et ils se mirent en route. Elle avait mal au cœur et les jambes flageolantes, comme si elles ne lui appartenaient plus ; toute cette situation lui semblait irréelle, comme si elle arrivait à quelqu'un d'autre, comme si le temps, soudain, s'était ralenti. Ils longeaient le comptoir lorsqu'un des pêcheurs, par inadvertance, bloqua le passage de Kristin, l'obligeant à s'arrêter net. Ripley tenta de le repousser mais l'homme resta planté là, sans bouger d'un pouce, sans même un regard à Ripley. Kristin vit Steve monter dans le Ford Explorer blanc, devant le pub. C'est donc ainsi que l'histoire allait se terminer : kidnappés dans un pub rempli de clients, sans même avoir tenté de se battre, avant un final solitaire, déplaisant.

– Il vous a traité de tapette, déclara Kristin en islandais, avant que le pêcheur ait pu prononcer un mot. Elle avait remarqué qu'il la matait lorsqu'elle était assise avec Steve et Monica, mais s'était efforcée de ne pas croiser son regard. Elle connaissait bien les hommes qui mataient de loin : ils étaient synonymes d'ennuis.

– Ah ouais ? Qui a dit ça ? grommela le pêcheur, en serrant aussitôt les poings.

– Tapette. Il vous a traité de sale tapette, répéta Kristin en pointant son doigt vers Ripley.

– Ne dites pas un mot de plus, ordonna Ripley, en l'empoignant par le bras. Votre petit copain recevra une balle dans la tête s'il arrive quoi que ce soit ici.

– Il a dit que vous n'étiez qu'une bande de tantouzes, cria Kristin aux hommes alignés devant le comptoir, en s'arrachant à la poigne de Ripley. Tous les pêcheurs les regardaient, à présent. Si Ripley avait l'intention de sortir son pistolet de sous sa combinaison de ski, il n'en eut pas le temps. Elle vit le canon d'un revolver scintiller au creux de sa main, puis regarda le pêcheur qui s'intéressait à elle écraser lourdement son poing sur le visage de Ripley.

– Je vais te montrer qui c'est, la tapette, marmonna-t-il.

Ripley s'écroula sur le sol et, tandis que les pêcheurs se rassemblaient autour de lui, Kristin s'extirpa lentement de la foule. Elle jeta un regard dehors, vers l'Explorer. Steve était assis à l'arrière, Bateman au volant

– il commençait certainement à se demander pourquoi son acolyte mettait tout ce temps à sortir. Il tendit le cou pour scruter l'intérieur du pub, mais Kristin ne savait pas, au juste, ce qu'il pouvait voir de là-bas.

Repérant une porte derrière le bar, elle sauta par-dessus le comptoir et se rua dans ce qui se révéla être la cuisine. Du coin de l'œil, elle aperçut Ripley qui essayait de se défendre contre deux pêcheurs avant d'être débordé ; les Islandais faisaient pleuvoir les coups sur son corps et sur sa tête. Kristin traversa la cuisine en courant et sortit par une porte qui donnait sur une petite cour, reliée à la rue par une allée étroite, qu'elle remonta en courant de plus belle. Puis, se collant le dos au mur, elle jeta un coup d'œil dans la rue, et constata que l'Explorer n'avait pas bougé. Elle distinguait à l'intérieur les silhouettes de Steve et de Bateman.

Elle entreprit de se faufiler discrètement jusqu'à la voiture, puis elle vit Bateman gesticuler en se tournant vers Steve, et lui crier dessus. L'instant d'après, Bateman bondit hors de l'Explorer en claquant la portière derrière lui, et se précipita dans le pub. Sans un instant d'hésitation, elle se rua vers la portière arrière, côté rue, et tenta de l'ouvrir, mais se rendit compte qu'elle était verrouillée. L'apercevant, Steve frappa sur la vitre. Il ne pouvait pas ouvrir la portière de son côté, non plus ; il était enfermé dans la voiture.

– Putain de merde ! haleta Kristin. Lançant autour d'elle des regards affolés, elle repéra un petit panneau signalant des travaux sur la chaussée, à quelques mètres. Elle le traîna jusqu'à la voiture, le jeta de toutes ses forces sur la portière de Steve. La vitre se fracassa sous l'impact, arrosant d'échardes brillantes l'habitacle et le macadam. L'alarme de la voiture se

215

déclencha aussitôt et, à l'intérieur du pub, Kristin vit la tête de Ripley se tourner vers la rue. Bateman le tenait dans ses bras. Les pêcheurs étaient debout, en cercle, devant le comptoir. Bateman hurla quelque chose tandis que Steve se faufilait par la vitre brisée, déchirant son blouson sur les éclats de verre.

– La jeep ! hurla Kristin en s'éloignant du pub aussi vite qu'elle pouvait. Elle n'osait pas regarder en arrière. Steve la suivait de près ; elle entendait son souffle lourd juste derrière elle.

Bateman sortit du pub en soutenant Ripley, et le déposa sur les marches du perron. Il tenait son flingue à la main et, balayant la rue du regard, vit Kristin et Steve sauter dans la jeep garée devant le fleuriste.

– C'est la Brigade spéciale ! s'exclama un adolescent, son skate-board sous le bras, en désignant Bateman. Bateman ne fit pas attention à lui. Il ne remarqua pas que tous les gens dans la rue s'étaient arrêtés et le regardaient courir, l'arme au poing. Il courait ramassé sur lui-même, comme un chasseur poursuivant sa proie ; les bras tendus le long du corps, si bien que le pistolet raclait presque le macadam.

Kristin bondit derrière le volant du Pajero et tourna la clé dans le contact, écrasant l'accélérateur. Le moteur démarra dans un vacarme assourdissant. Enclenchant la marche arrière, Kristin sortit de sa place de parking sur les chapeaux de roues, les pneus de la jeep fumant sur la chaussée humide. Dans un bruit sec, un petit trou apparut au milieu du pare-brise, juste à droite de sa tête, puis un autre, juste en dessous : Bateman leur tirait dessus dans sa course. Kristin recula à travers la rue, heurtant une voiture qui arrivait dans l'autre sens, et le choc fit pivoter le Pajero de quarante-cinq degrés. Elle enclencha la marche avant et descendit la rue à tombeau ouvert. Ils entendirent le sifflement sourd des balles qui frappaient le châssis, et Kristin se recroquevilla sur son siège en priant pour que cela suffise à la protéger. Steve s'était jeté sur le plancher, au pied du siège passager, les yeux écarquillés d'angoisse.

Bateman les poursuivit à perdre haleine jusqu'au coin de la rue, mais il abandonna bientôt et rétrécit peu à peu dans le rétroviseur, avant de disparaître.

21

Sud de l'Islande.
Samedi 30 janvier, 18 h GMT.

En route vers l'est, ils s'arrêtèrent deux fois pour refaire le plein. Kristin conduisit tout du long. Selon le bulletin météo, une tempête balayait l'est et le nord-est du pays, mais sur les basses-terres du Sud qu'ils étaient en train de traverser, les conditions étaient bonnes, hormis quelques congères. Il faisait nuit noire ; la circulation était clairsemée sur l'autoroute de Sudurland, et plus ils progressaient vers l'est, moins ils croisaient de véhicules. Bientôt, Kristin et Steve se retrouvèrent plongés dans l'obscurité la plus totale, interrompue parfois par l'apparition d'une paire de phares illuminant le Pajero avant de disparaître tout aussi soudainement.

Perdus dans leurs pensées, ils parlaient peu, sauf lorsque les flashs d'information à la radio évoquaient la fusillade dans le centre-ville, et Kristin traduisait pour Steve. Un homme vraisemblablement lié au tireur avait été hospitalisé pour diverses blessures. Huit pêcheurs avaient été interpellés mais n'avaient pas encore pu être interrogés en raison de leur état d'ébriété. La police enquêtait sur de possibles liens entre la fusillade et le meurtre de Runolfur Zophaniasson, et demandait aux

219

éventuels témoins de ces deux incidents de se manifester. Les autorités avaient en outre révélé qu'une avocate employée par le ministère des Affaires étrangères, activement recherchée pour être interrogée au sujet du meurtre de Runolfur, n'avait toujours pas été localisée. Des sources confirmaient qu'elle était considérée comme un suspect dans le meurtre de Runolfur, lequel avait été impliqué dans une affaire concernant le ministère, dont la nature n'avait pas été spécifiée, et que cette avocate avait également été aperçue sur les lieux de la fusillade dans le centre-ville. Aucun détail n'avait été communiqué concernant le tireur. C'était un incident sans précédent ou presque à Reykjavik, ville où les agressions à main armée étaient extrêmement rares.

Steve appela Michael Thompson avec le téléphone de la jeep. Entre-temps, Thompson avait retrouvé la trace du fermier qui vivait au pied du glacier, et leur donna le nom de sa ferme. Après avoir obtenu son numéro par l'annuaire téléphonique, Kristin appela Jon pour s'assurer qu'il était chez lui. Jon leur répondit qu'ils seraient les bienvenus, même s'il ne voyait pas en quoi il pouvait les aider.

Steve et Kristin demeurèrent silencieux pendant un moment.

– As-tu parfois pensé à moi depuis tout ce temps ? finit par demander Steve, ébloui par des phares qui s'évanouirent aussitôt, les replongeant dans l'obscurité. Il était resté assis sans rien dire la plupart du temps, les yeux rivés à la monotonie de la route blanche devant eux, depuis qu'ils avaient quitté Reykjavik.

– De temps en temps, répondit Kristin. J'ai essayé de t'expliquer, vraiment.

– Bien sûr. Tu ne voulais pas passer pour une « putain yankee »…

– C'est plus compliqué que ça.

– Non, je ne crois pas.

– Je suis tellement désolée de t'avoir entraîné dans ce sacré foutoir.

– Quoi, ce petit jeu de cow-boys et d'Indiens ?

Il n'y avait aucune trace d'humour dans sa voix, rien qu'une profonde lassitude.

Kristin resta absorbée dans ses pensées pendant de longues minutes.

– C'est en partie politique. Je suis opposée à la présence de l'armée américaine à Midnesheidi. Je pouvais comprendre son importance stratégique à l'époque de la guerre froide, mais sans pour autant être d'accord avec son existence. Je l'ai toujours considérée comme une tache dans le paysage. C'est aussi simple que ça. Les Islandais ne devraient pas avoir d'armée chez eux, et encore moins coucher avec. Beaucoup trop de gens se sont vendus à la Force de défense comme des prostituées – et en particulier les hommes d'affaires. Je n'aurais jamais dû laisser les choses aller aussi loin entre nous, mais…

Elle cherchait les mots justes.

– Tu es contre l'armée, intervint Steve. Et alors ?

– C'est plus compliqué que ça, répéta Kristin. Je suis contre la présence de la base de l'OTAN. Pas en tant que militante d'une association, ni quoi que ce soit dans le genre, non, mais dans mon cœur ; je ne peux pas supporter l'idée qu'une armée soit présente sur le sol islandais, qu'elle soit américaine, britannique, française, russe ou chinoise. Je ne l'accepterai jamais – plutôt mourir ! Et plus le débat se recentre sur les questions d'argent, d'emploi, de licenciements et d'économie en général, plus ça me rend dingue. Nous n'aurions jamais dû en arriver là. Il est inconcevable que nous soyons dépendants, financièrement, d'une armée. Quel genre de pays faut-il être pour faire ce genre de choses ? Que sommes-nous devenus ?

– Mais…

– Des profiteurs de guerre. De minables profiteurs de guerre. Cette foutue nation islandaise, tout entière.

– En fait, tu es une sale communiste, non ? rétorqua Steve, avec un sourire narquois.

– Je devrais, bien sûr, mais non. Je suis…

– Une nationaliste ?

– Contre l'armée.

– Mais l'activité de la base a énormément diminué. Ils risquent de la fermer, un jour ou l'autre.

– Moi, je crois que vous êtes partis pour rester. Pendant encore un millénaire. Tu ne le vois pas ? Pour l'éternité. Et tu n'imagines pas à quel point cette perspective me terrifie.

Ils roulaient à vive allure, faisceau de lumière fendant la nuit à cent vingt kilomètres à l'heure.

– Je ne suis pas l'armée américaine de Midnesheidi, remarqua Steve après un long moment.

– Non, je sais. Nous sommes peut-être allés trop vite. Sans doute aurions-nous dû prendre le temps de mieux nous connaître.

– Laisse-moi te dire qui je suis, pour que les choses soient claires, reprit Steve. Je suis new-yorkais. Non, ce n'est pas tout à fait vrai, je suis d'Albany, dans l'État de New York, et tu comprendrais de quoi je parle si tu avais lu William Kennedy.

– *Ironweed*, répliqua Kristin.

– Tu as vu le film ?

– Oui.

– Le roman était meilleur, mais je ne vois pas comment ils auraient pu l'adapter autrement. Bref, Albany est une ville pleine d'Irlandais, comme moi. Pleine de Quinn. Le sel de la terre. Mes arrière-grands-parents ont émigré au début du xxᵉ siècle pour échapper à la pauvreté. Ils se sont installés avec leur famille à Albany, et toute leur vie ils ont tiré le diable par la queue, mais ils ont offert à leurs enfants une situation meilleure. Mon grand-père s'est lancé dans la vente en gros, il importait des produits d'Irlande et vivait confortablement. Mon père a repris le flambeau. On ne peut pas vraiment appeler ça un empire commercial, mais il s'en tire très bien. Les Irlandais d'Albany ont combattu et péri dans toutes les guerres que les États-Unis ont menées en Europe, au Japon, en Corée et au Viêtnam. Ils n'avaient pas l'âme de soldats, mais ils se sont engagés parce qu'ils pensaient que leur pays avait besoin d'eux. Quant à moi, j'ai choisi d'étudier les sciences politiques parce que je voulais comprendre ce qui poussait les États-Unis à établir des bases dans des endroits comme celui-ci, comprendre ce qui avait fait de nous la police du monde. J'ai parfaitement conscience de l'hostilité des gens d'ici, mais certains s'en mettent plein les poches, non ? La vérité, c'est que je ne sais pas grand-chose de ce pays. Mais quelqu'un m'a dit un jour que vous descendiez tous des Irlandais, alors peut-être que tu ne risques rien, après tout, en étant assise avec moi dans cette voiture.

– Quelques ermites irlandais vivaient ici, il y a plus de mille ans.

– Tu vois ?

– Mais je ne crois pas…

La sonnerie du téléphone de la voiture les fit sursauter. Ils regardèrent le combiné, mais quand Steve fit le geste de décrocher, Kristin l'arrêta :

– Oh, laisse. C'est juste mon ex qui se pisse dessus à cause de son joli 4×4.

Lorsqu'ils entrèrent dans la ferme de Jon, la neige qui avait commencé à tomber sur la route s'était changée en un véritable blizzard. Le vieux fermier se tenait debout sur le seuil, à peine visible à travers ce voile blanc, éclairé par la lumière du porche, silhouette voûtée en jean et chaussons de feutre. Aucune trace des soldats ; ils avaient emporté tout leur matériel là-haut, sur le glacier, et le vent, qui soufflait fort à cet endroit, juste au pied de la calotte glaciaire, avait recouvert de neige leurs empreintes de pneus et de chenilles. Kristin et Steve coururent jusqu'à la maison. Jon referma derrière eux, avant de les conduire jusqu'à la salle de séjour, où Kristin embrassa du regard les vieilles photos de famille, les étagères de livres et les épais rideaux, dans la lumière pâle d'une lampe. Le chauffage était poussé au maximum, et une forte odeur d'écurie flottait dans l'air confiné de la pièce. Jon alla dans la cuisine préparer un peu de café, pendant qu'ils se débarrassaient de leurs manteaux.

– J'ai entendu parler de la fusillade à Reykjavik, déclara-t-il d'un ton calme, les yeux fixés sur Kristin, en les invitant à s'asseoir. Sa voix était rauque, elle tremblotait un peu. Il avait des mains solides, calleuses à force de travail, des jambes légèrement arquées, et des traits anguleux adoucis par les ans.

– Je suppose que vous êtes la Kristin dont ils n'arrêtent pas de parler à la radio, ajouta-t-il.

– Mon frère est en train de mourir sur le glacier, expliqua Kristin, d'une voix lente et claire. Il est tombé entre les mains d'un groupe de soldats américains, là-haut ; ils l'ont capturé et l'ont jeté dans une crevasse. Il a été retrouvé par les membres de son équipe de sauvetage, mais ils pensent qu'il ne s'en tirera sans doute pas. L'ami qui l'accompagnait est mort. On nous a dit que vous aviez aidé ces soldats pendant des années, que vous leur aviez servi de guide sur le glacier, et d'autres choses encore.

La note accusatrice dans sa voix n'avait pas échappé à Jon, qui avait l'air surpris. Quelle jeune femme extraordinaire. Il avait toujours tenu la promesse que son frère et lui avaient jadis faite à Miller, et n'avait jamais confié à personne ce qu'il savait. Pendant toutes ces années, il s'était tu. Même après la mort de Karl. Et voilà que cette femme assise devant lui l'accusait d'être complice, en quelque sorte, de la mort de son frère. Qu'aurait fait Karl à ma place ? se demanda-t-il.

– Le chef de l'expédition a pour nom Ratoff, déclara-t-il spontanément.

– Ratoff ! s'exclama Kristin, triomphante. C'est lui. C'est l'homme dont ils parlaient.

– Il n'est pas comme Miller.

– Qui est Miller ? demanda Steve.

Il avait saisi le nom au vol, même si Jon et Kristin parlaient en islandais.

– Un colonel de l'armée américaine qui a dirigé la première expédition. En 1945.

– Mais alors, l'avion sur le glacier est américain, pas allemand ? s'étonna Kristin, après avoir traduit la réponse de Jon.

– Non, bien au contraire, je pense qu'il a toutes les chances d'être allemand, marmonna lentement Jon. Il s'est écrasé à la fin de la Seconde Guerre mondiale ; il est passé au-dessus de notre maison et a disparu dans la nuit. Nous savions qu'il allait s'écraser. Il volait trop bas. Miller nous a dit, à mon frère et à moi, que l'avion transportait des armes biologiques très dangereuses – un genre de virus conçu par les Allemands. C'est pour ça qu'ils devaient le retrouver au plus vite. Il ne nous est pas venu à l'idée de ne pas les aider.

– Donc il s'est écrasé avant la fin de la guerre ?

– Juste avant l'armistice.

– Ça correspond à ce que Sarah Steinkamp nous a raconté, remarqua Kristin en se tournant vers Steve. Elle nous a dit qu'il y avait des Allemands à bord. Mais attendez un peu, un virus ? demanda-t-elle à Jon. Quel genre de virus ?

– Miller est resté très vague. J'ai eu l'impression qu'il en avait déjà trop dit. Nous étions en bons termes avec lui ; Karl et moi, nous n'aurions jamais eu l'idée de trahir sa confiance.

Jon dévisagea tour à tour ses deux invités.

– Miller nous a dit que le pilote était son frère, ajouta-t-il.

– Son frère ? répéta Kristin. Dans un avion alle-mand ?

– Je ne sais pas, répondit Jon. Il n'avait pas l'inten-tion de nous dire ça ; il était vraiment sous pression, ça lui a échappé.

– Miller vous a dit que l'avion était allemand ?

– Oui.

– Dans ce cas, pourquoi est-ce que c'était un pilote américain qui était aux commandes ? insista Kristin, perplexe.

– Quand mon frère et moi avons vu l'avion survoler notre ferme en pleine nuit, il y a tant d'années de cela, nous nous sommes dit que, vu sa taille, il pouvait s'agir d'un Junkers Ju 52. Bien sûr, personne ne s'en souvient, de nos jours. C'était le même modèle que l'avion privé d'Himmler. Mais nous ne savions pas, à l'époque, que c'était un appareil allemand.

Kristin l'enveloppa d'un regard vide.

– La guerre était un peu notre hobby, à mon frère et à moi, expliqua Jon. Surtout les avions. Karl connaissait tous les modèles, et il m'a dit tout de suite que ça ressemblait à un Junkers.

Elle continuait de le dévisager, sans savoir de quoi il parlait.

– Miller s'était lancé à corps perdu dans la quête de cet avion. Nous ne comprenions pas pourquoi, jusqu'à ce qu'il nous parle de son frère. Karl a pris une photo de Miller, je dois encore l'avoir quelque part.

Jon se leva de sa chaise et se dirigea vers une grande commode. La partie supérieure était un placard contenant des verres et des assiettes, le bas se composait de lourds tiroirs de bois ciselé. Jon se courba pour ouvrir celui du bas et fouilla dedans. Puis il se redressa et leur tendit une vieille photographie.

– Il débarquait ici de temps en temps, en nous disant qu'il était en vacances d'été, et il montait jusqu'au glacier. Nous l'hébergions. Il restait ici pendant une semaine, parfois deux. Il revenait tous les trois à cinq ans pour chercher cet avion, mais sa dernière visite remonte à plus de trente ans. On nous a dit qu'il était mort. Il nous écrivait tous les ans…

Jon leur tendit des lettres jaunies.

– Ce sont les lettres de remerciement qu'il nous envoyait chaque fois, à mon frère et à moi, après être venu chez nous. Un type sacrément bien, ce Miller.

Les lettres étaient adressées à Jon, dans une écriture élégante, et l'expéditeur avait pris soin d'épeler correctement son patronyme et le nom de la ferme. Elles portaient le cachet de Washington ; les timbres étaient à l'effigie d'Abraham Lincoln.

– Quel était son prénom ? demanda Kristin en étudiant la photo.

– Robert, répondit Jon. Robert Miller. Il nous disait de l'appeler Bob. La plupart des Américains s'appellent comme ça, non ?

– Il a retrouvé quelque chose ?

– Absolument rien, le pauvre homme.

– Il voulait retrouver son frère ?

– Ça va sans dire.

– Vous a-t-il dit autre chose, au sujet de son frère ?

– Pas un seul mot. Et nous ne posions pas de questions. Il nous a demandé de ne plus prendre de photos de lui. C'est la seule que nous possédions.

La photographie avait été prise devant les écuries des deux frères, en été. Miller se tenait debout, tenant un cheval noir en bride, le regard fixé sur l'objectif ; une silhouette maigre en jean et chemise à carreaux. Il avait porté une main gantée à ses yeux pour se protéger du soleil, mais on distinguait parfaitement les traits de son visage : un nez proéminent et une large bouche au-dessus d'un menton fuyant, un front haut et dégarni.

– Ce cheval n'était qu'à moitié débourré, et il a failli tuer Miller, reprit Jon en montrant du doigt l'animal. Il s'est lancé au galop à travers la cour dès que Miller s'est posé sur la selle, et il a foncé tout droit vers le câble électrique qui reliait les deux bâtiments. Par chance, Miller l'a aperçu à temps et s'est jeté par terre.

Jon resta silencieux pendant quelques instants, comme s'il hésitait à en dire davantage. Steve et Kristin levèrent sur lui des yeux interrogateurs. Il se balança longuement d'un pied sur l'autre dans ses chaussettes de laine, puis les invita à le suivre.

– Qu'est-ce que ça peut faire, maintenant ? soupira-t-il. Venez. Je vais vous montrer la preuve que c'était un avion allemand.

Ils attendirent pendant que Jon enfilait une épaisse doudoune, des bottes doublées, un bonnet et des gants de laine. Leurs propres blousons étaient restés dans la voiture, Jon leur dit d'aller les chercher et patienta devant la porte. Puis il les guida dans cette blancheur aveuglante. Bientôt, la maison disparut dans le blizzard. Ils ne voyaient pas à plus d'un mètre dans la nuit enneigée. Kristin marchait derrière Jon, prenant soin de poser les pieds dans ses traces. Elle distinguait à peine les contours de son corps, et quand il s'arrêta brusquement, elle lui rentra dedans et Steve vint la percuter par-derrière. Ils avaient atteint une porte que Jon ouvrit en la soulevant un peu, et qui alla s'écraser bruyamment contre le mur. Jon avança à tâtons dans le noir et alluma une lampe : ils se trouvaient dans une ancienne étable reconvertie en écurie. Il fallut toute la force de Steve pour refermer la porte derrière eux, contre le vent.

Il y avait six chevaux dans l'écurie, et la chaleur qu'ils dégageaient réchauffait les lieux. Ils se tenaient debout dans leurs stalles aux cloisons de bois, observant ces visiteurs inattendus avec perplexité, leurs naseaux relâchant des nuages de buée. Leurs épaisses couvertures d'hiver avaient quelque chose de comique. Kristin n'avait jamais fait d'équitation mais elle avait toujours aimé les chevaux, elle s'arrêta un instant pour caresser une jument à la robe alezane. Jon les guida le long du passage qui courait derrière les stalles, parallèle à la rigole à crottin. Kristin était étonnée par la vigueur du vieil homme et l'agilité de ses mouvements. Les trois stalles du fond étaient inoccupées, et dans l'une d'elles se trouvait un grand coffre, avec une clé dans la serrure, que Jon fit tourner avant de soulever le couvercle.

– Ça doit faire vingt ans, maintenant, grogna-t-il.

Le couvercle était étonnamment lourd.

– Il n'est peut-être pas le seul à avoir survécu au crash. Il a simplement un peu trop dévié vers l'est, sinon il serait tombé sur la ferme.

– Mais de qui parlez-vous ?

– L'Allemand, répondit Jon en sortant du coffre une veste d'uniforme allemand déchirée, qu'il tendit dans la lumière.

22

Glacier Vatnajökull.
Samedi 30 janvier au soir.

*Le comte von Mantauffel est parti chercher de l'aide.
Il a emporté deux barres de chocolat et nous l'avons
emmitouflé aussi chaudement que possible. C'est le
plus solide d'entre nous, et il est prêt à tout pour quitter
ce glacier. Nous avons pensé que, s'il marchait vers le
sud-est, il parviendrait peut-être à trouver un passage,
mais ses chances sont bien minces ; il le sait, et nous le
savons. Le froid sera son tombeau.
Le froid sera notre tombeau à tous.*

Ratoff était assis sous sa tente, lisant le journal qu'il
avait trouvé sous le siège du copilote à la faible lueur
de la lampe à gaz. La tempête secouait la tente, et
ses hurlements suraigus rendaient toute conversation
impossible. Deux des tentes du campement avaient
déjà été emportées et flottaient certainement dans
les airs au beau milieu de l'Atlantique. Aveuglés par
le vent et la neige, les hommes n'avaient plus qu'à
attendre que la tempête se calme.

Le pilote portait sur lui des papiers qui l'identifiaient
comme un certain William Miller. Ratoff avait reconnu

aussitôt les traits de son visage : le colonel Miller était l'ancien chef de l'organisation ; le pilote était certainement son frère. Ratoff avait été frappé par le spectacle étrange des corps émergeant de la glace aussi bien préservés, sans aucune trace de décomposition, après toutes ces années. Le pilote donnait l'impression de s'être simplement endormi pendant un demi-siècle. Il pouvait à présent se représenter parfaitement le colonel Miller dans sa jeunesse. Cette pensée l'intriguait.

Le journal était écrit au crayon à papier, ses entrées se succédant de manière sporadique. Elles ne portaient ni date ni heure, comme si leur auteur avait perdu toute notion du temps, et certaines étaient extrêmement succinctes, juste une phrase griffonnée à la hâte, une pensée isolée ou un simple message du pilote à ceux qui finiraient par retrouver l'avion. Ratoff ne put déterminer sur combien de jours s'étendait le journal, mais selon ses calculs, les hommes n'avaient pas dû mettre longtemps à succomber au froid. Il feuilleta le cahier, s'arrêtant çà et là pour en lire un passage, s'efforçant de reconstituer l'ordre des événements. De temps en temps, le pilote s'adressait à un lecteur bien précis – son frère, probablement – comme s'il s'attendait à ce que ce soit lui qui retrouve son journal.

Il fait noir sans arrêt ici. Noir et froid. Nous avons mis Dietrich dehors, sur la glace. Il est mort dans d'atroces souffrances, j'en ai bien peur. Nous ne mettrons plus personne dehors, pour le moment. L'avion s'est retrouvé presque entièrement rempli de neige. Un vent incroyable. Mais rien ne pouvait arrêter von Mantauffel. Il nous a dit qu'il n'avait pas l'intention de mourir ici ; j'ai bien peur qu'il ait raison, personne ne viendra à notre secours. Mais je suis content qu'il soit parti. Sa présence était dérangeante, à jouer les vainqueurs alors qu'il avait perdu la guerre. Les autres sont plus courtois. Nous sommes tous en train de mourir – ça rend les hommes polis. Je ne vois pas comment nous pourrions être sauvés. Vraiment, je ne vois pas.

Ratoff tourna quelques pages.

... prendre de l'altitude mais c'était impossible. Les ailes étaient complètement gelées et il y avait de grosses turbulences, une alternance de courants ascendants et descendants. C'étaient des conditions de vol cauchemardesques : la tempête, la neige et le noir absolu. D'un seul coup, nous avons senti l'avion qui heurtait la glace. Je ne m'y attendais pas du tout ; je ne comprends toujours pas ce qui s'est passé. L'aile gauche a probablement frappé le glacier en premier, mais après, c'était le chaos, un vacarme effroyable. Nous avons rebondi et les hélices se sont prises dans la glace, les ailes se sont arrachées dans une pluie d'étincelles, et le fuselage a continué de labourer la glace, mais il ne s'est pas brisé...

Ratoff poursuivit sa lecture. La toile de sa tente claquait violemment, la lampe à gaz dansant au-dessus des pages du journal.

Avant-hier, j'ai vu Berlin pour la première fois de ma vie. Je crois que c'était avant-hier. Étrange de visiter la capitale allemande au beau milieu d'une guerre. Regarde ce que tu as fait, en me persuadant de traverser l'Atlantique... Dans quoi t'es-tu fourré ? Ils vont négocier avec les nazis ? Ils essaient d'écourter la guerre ? Ils prévoient d'attaquer la Russie ? On entend tellement de rumeurs. Les Allemands refusent d'en parler. Je sais qu'ils font partie d'une sorte d'équipe de négociateurs, mais qu'est-ce qu'ils négocient ?

Notre général a été tué sur le coup. Il s'est levé de son siège juste avant l'impact ; l'un des Allemands aussi. Je ne sais pas ce qui leur a pris. Ils m'ont hurlé de faire quelque chose, mais je ne pouvais rien faire.

Mon Dieu, ce qu'il fait froid. J'ai du mal à tenir le crayon.

La porte de la tente se souleva brusquement, et la toile se gonfla, tendue à rompre ses coutures. Bateman était en ligne, une nouvelle fois, dans la tente radio. Ratoff se leva, rezippa jusqu'en bas la porte de la tente derrière lui, et suivit l'opérateur. Ils eurent du mal à garder l'équilibre dans les bourrasques incessantes, même sur les quelques mètres séparant les deux tentes.

– Dites-moi que vous avez réglé notre petit désagrément, hurla Ratoff pour se faire entendre dans les gémissements du vent.

– Négatif, major, répondit Bateman. Ripley est à l'hôpital, inconscient. La femme s'est enfuie avec son ami. C'est l'un des nôtres…

– Que voulez-vous dire ?

– Un Américain. Je crois qu'ils sont en route vers vous. Un ancien pilote, à la base, s'est renseigné sur les deux fermiers qui habitent au pied du glacier. Il a vite avoué pourquoi il voulait ces informations. Il nous a dit que les deux autres étaient venus lui demander de l'aide. Et qu'ils se dirigeaient vers le glacier.

– Alors, bonne chance à eux. C'est l'enfer, ici, hurla Ratoff. Notre mission est-elle compromise ?

– Ils ne semblent pas avoir parlé à qui que ce soit, à part le pilote. Et pour l'instant, l'ambassade n'a reçu aucune réaction officielle des autorités de Reykjavik. La fille est tellement occupée à nous échapper qu'elle n'a pas vraiment eu l'occasion de prévenir qui que ce soit. De toute façon, je crois que nous avons réussi à lui coller un meurtre sur le dos, ce qui est tout bonus.

Ratoff reposa le combiné et laissa échapper un soupir méprisant. Ils étaient vraiment pitoyables ; ridiculisés, et maintenant envoyés à l'hosto par une femme. Une fonctionnaire, bon Dieu, et islandaise en plus.

23

Les deux inspecteurs qui s'étaient rendus dans l'appartement de Kristin le soir précédent se trouvaient à présent devant le comptoir du pub irlandais. La scène de l'incident avait été bouclée ; une foule de curieux s'était rassemblée dans le noir sur le trottoir d'en face, des projecteurs avaient été installés devant le pub et à l'intérieur de la salle, reporters et photographes arpentaient la rue en quête de déclarations, et les lieux étaient encerclés par des voitures de police, gyrophares allumés. Ripley et l'un des pêcheurs avaient été hospitalisés. Des flocons de neige fragiles, ciselés, tombaient paresseusement, fondant dès qu'ils touchaient le sol. Le plus vieux des deux inspecteurs souleva son chapeau pour se gratter le crâne.

– Comme dans un western spaghetti, soupira-t-il.

– Vous aviez raison pour Kristin. Elle était ici, répondit son cadet. Les descriptions des témoins correspondent à sa photo.

– Je ne suis pas encore sûr d'avoir tout compris. Il y avait au moins quatre personnes avec Kristin, trois hommes et une femme. L'un de ces hommes, dont les pêcheurs disent qu'il était américain, est allongé sur le perron après s'être fait tabasser par nos joyeux marins. L'autre femme se tire en douce. Un autre homme, après avoir tenté d'aider son camarade, descend la rue Tryggvagata au pas de course en tirant au jugé sur Kristin et un troisième homme – le tireur est un Américain lui aussi, à en croire les pêcheurs. Kristin et son compagnon sautent dans une jeep et se sauvent. L'Américain retrouvé sur les marches n'a pas de papiers sur lui. Sa voiture est garée devant et porte des plaques d'immatriculation de la Force de défense, à Keflavik. C'est quoi cette histoire ? Tu as étudié aux États-Unis. Tu connais ces gens-là. Moi, j'ai seulement vu des films.

– Moi non plus, je n'y comprends rien, ça n'a ni queue ni tête. L'ambassade nous fournira peut-être quelques réponses.

– Magnifique ! L'ambassade résoudra notre énigme. Nous n'avons qu'à leur demander et ils clarifieront tout ça, et nous pourrons tranquillement rentrer nous coucher.

– Vous avez encore des problèmes de digestion ?

L'aîné des inspecteurs se tourna vers son collègue. Une étrange tristesse s'était emparée de ses traits, contrastant avec l'éclat moqueur de ses yeux sous les sourcils roux. Ses cheveux aussi étaient roux ; son visage respirait l'intelligence, l'entêtement, la détermination.

– Quoi ? Tu ne me trouves pas assez joyeux ? demanda-t-il d'un ton sarcastique.

– Parce que ça vous arrive ?

À leur arrivée à l'ambassade américaine de la rue Laufasvegur, on les informa que ni l'ambassadeur ni son attaché ne se trouvaient dans le pays. Le responsable du service de presse était souffrant, mais ils seraient reçus par un certain général Wesson, de la base de Keflavik. Il était l'officier le plus haut gradé présent à l'ambassade, en l'absence de l'ambassadeur. La porte finit par s'ouvrir, et ils furent accueillis par un homme d'une cinquantaine d'années, corpulent, le crâne dégarni, le visage large et des dents solides, quelque peu protubérantes. Il les conduisit jusqu'à son bureau et les invita à s'asseoir. Le jeune inspecteur se chargea des questions, car son collègue maîtrisait mal l'anglais.

– Que puis-je faire pour vous, messieurs ? demanda le général. À ses côtés se trouvait un jeune homme maigre qui se présenta sous le nom de Smith et prit position derrière le général, à une distance savamment calculée.

L'inspecteur s'éclaircit la gorge.

– Je ne sais pas si vous êtes au courant, mais une fusillade a eu lieu dans le centre-ville il y a quelques heures, impliquant un véhicule de la Force de défense. Un citoyen américain a été blessé et se trouve à l'hôpital.

– On m'a prévenu de ces événements, inspecteur, et je suis choqué que ces hommes se soient jetés sur lui de la sorte. Avez-vous découvert le motif de cette agression ? J'ai cru comprendre qu'il s'agissait d'une bagarre entre pêcheurs, et que notre homme s'est retrouvé pris dedans. Naturellement, nous allons exiger une enquête approfondie.

– Eh bien, général, les pêcheurs affirment non seulement que c'est lui qui a déclenché la bagarre, mais que son camarade, qui semblait lui aussi être un Américain, est entré dans le pub en agitant un pistolet, et qu'ensuite il s'est mis à tirer dans la rue.

– C'est tout à fait grotesque. Seriez-vous en train d'essayer de mettre tout ça sur le dos de notre homme ?

– Je ne fais que vous rapporter la manière dont les témoins ont décrit l'incident.

– Mais c'est absurde. J'ai entendu dire que ces pêcheurs étaient ivres morts. Auriez-vous l'intention de rendre un citoyen américain responsable de leur comportement barbare ?

– Nous n'écartons aucune hypothèse, général. Mais les premiers témoignages semblent indiquer que le compagnon de votre homme a poursuivi une Islandaise et lui a tiré dessus. Son véhicule porte une plaque d'immatriculation de la Force de défense. Pourriez-vous nous éclairer sur ce qui a pu se passer ?

– J'ai bien peur que non. Je n'ai encore eu aucun contact à ce sujet avec la Force de défense. S'il se confirme que l'homme est venu en aide à son compagnon dans le pub en sortant une arme, cela serait bien sûr répréhensible, mais peut-être compréhensible étant donné les circonstances.

– Demande-lui s'il connaît l'identité de l'homme qui est à l'hôpital, intervint l'inspecteur plus âgé, en islandais.

Il était jusqu'à présent resté assis sans dire un mot, balayant la pièce du regard avec un air de suprême indifférence.

Le général écouta la question mais n'y répondit pas.

– Pourquoi employez-vous cette expression : « notre homme » ?

– Je vous demande pardon ?

– Vous avez dit « notre homme », comme s'il venait de l'ambassade.

– Ce n'est pas ce que j'ai voulu dire.

– Demande-lui s'il est de pratique courante qu'un major-général prenne le contrôle de l'ambassade quand l'ambassadeur est en congé.

Son jeune collègue posa la question. Le général se fendit d'un large sourire, faisant étinceler ses dents parfaites, puis il se pencha en avant.

– Je ne pense pas que la manière dont nous gérons notre ambassade ait quoi que ce soit à voir avec cette affaire.

– Demande-lui s'il sait qui est Kristin.

– Non, je ne sais rien d'elle, répondit le général.

– Demande donc à Requin s'il est possible que le tireur et son compère soient allés à ce pub dans le cadre d'une mission militaire.

Le jeune inspecteur hésita, puis répéta la question en anglais. Smith se pencha à l'oreille du général, dont le sourire se fit encore plus large.

– Je crains que vous n'ayez vu trop de films hollywoodiens. Nous ne tirons pas sur les Islandais. Nous les protégeons et les considérons comme des amis de l'Amérique. Nous leur consacrons en outre des sommes d'argent sans précédent par le biais de contrats plus que généreux. J'ai bien peur de ne pas pouvoir vous aider davantage, messieurs. Si vous étiez venus ici pour insulter une nation amie, je crois que c'est réussi. Bonne journée à vous.

Il se redressa. Smith contourna le bureau et attendit que les deux policiers se lèvent, ce qu'ils firent, avec retard. L'inspecteur au chapeau examina Smith de bas en haut, puis se tourna vers Wesson.

– Smith et Wesson ? demanda-t-il. C'est une blague, ou quoi ?

Smith eut un sourire crispé.

– C'est toi la blague, mon pote, répondit-il dans un islandais impeccable.

Leurs regards se croisèrent.

– Qui êtes-vous, vraiment ? Qu'est-ce que vous cachez ?

– Messieurs, vous allez devoir m'excuser. Smith va se faire une joie de vous raccompagner. Je n'ai plus rien à ajouter.

Tandis que les deux inspecteurs quittaient l'ambassade, le téléphone de leur voiture se mit à sonner. Un appel direct du standard du commissariat général de la police islandaise. L'homme au bout du fil se présenta comme avocat, avant de se lancer dans une longue tirade à propos d'une jeep qu'on lui avait volée.

– J'ai prêté ma jeep à mon ex-petite amie, la femme que vous recherchez, et elle ne me l'a pas rendue.

– Kristin, vous voulez dire, la femme que nous aimerions interroger ? demanda l'aîné des inspecteurs.

– Oui, c'est elle, répondit l'avocat, d'un ton agacé. Dieu merci, vous êtes un peu moins lent à la détente que vos collègues. Votre standardiste n'a pas arrêté de me renvoyer d'un idiot à l'autre.

– Pourquoi voulait-elle votre jeep ?

– Je ne vois pas ce que ça change, s'indigna l'avocat. Tout ce que je vous demande, c'est de retrouver mon véhicule.

– Vous a-t-elle dit où elle allait ?

– Eh bien, si je connaissais sa destination, ou l'endroit où elle se trouve actuellement, je ne perdrais pas mon temps à appeler la police.

– Y a-t-il un téléphone dans la jeep, un téléphone de voiture peut-être ?

La patience de l'inspecteur était quasiment épuisée.

– Évidemment.

– Vous avez essayé de l'appeler, monsieur ?

– Bien sûr que j'ai appelé sur le téléphone, monsieur *l'agent*. Elle ne répond pas, ou alors elle l'a débranché.

L'avocat leur donna le numéro.

– Alors, vous allez la retrouver ? insista-t-il.

– Monsieur, les forces de police de Reykjavik ne connaîtront aucun repos tant que votre chère voiture n'aura pas été retrouvée, répondit l'inspecteur d'une voix pleine de lassitude, avant de raccrocher.

Aussitôt, le téléphone se remit à sonner. Cette fois, c'était l'inspecteur en chef.

– Vous êtes allés insulter nos amis de l'ambassade américaine ? demanda-t-il d'une voix furieuse.

– Pas que je sache, répondit le vieil inspecteur.

Sa voix semblait sincèrement étonnée. Les nouvelles vont vite, songea-t-il.

– Je viens d'avoir le ministre de la Justice au téléphone. Il a reçu un appel d'un type affirmant que vous aviez fait des plaisanteries sur le physique d'un fonctionnaire haut placé de l'ambassade. Et que vous vous étiez moqué de leurs noms, par-dessus le marché. Est-ce exact ?

– Nous enquêtons sur un crime, et ils auraient pu se montrer plus conciliants. Nous avons un cadavre et une fusillade sur les bras. Vous pensez que c'est vraiment le moment de s'occuper d'un homme qui pourrait mâcher des carottes à travers des fils barbelés ?

– Épargnez-moi vos excuses, inspecteur. On m'a dit que vous aviez fait preuve d'arrogance et de grossièreté.

– Ce n'était même pas l'ambassadeur, rien qu'un général qui ressemblait à une morue, et qui s'est montré à peu près aussi coopératif.

Connaissant son subordonné depuis assez longtemps pour savoir qu'il ne servait à rien d'insister, l'inspecteur en chef changea d'angle d'attaque.

– Cette Kristin qui fait l'objet de votre avis de recherche, avez-vous une idée de l'endroit où elle se trouve ?

– Pas la moindre, reconnut l'inspecteur en se grattant le crâne.

24

Sud-est de l'Islande.
Samedi 30 janvier au soir.

Kristin souleva la veste d'uniforme déchirée et passa les mains dessus, épousant le relief des boutons, des poches, des revers. Le tissu était étonnamment doux au toucher; mais c'était étrange de penser que cette veste avait appartenu à un officier allemand qui était mort dedans sur les pentes du glacier. Trois médailles étaient épinglées sur le pan gauche, au niveau du cœur. Kristin tendit la veste à Steve qui l'examina à son tour.

– Je l'ai retrouvé au fond d'une ravine, à cinq kilomètres à peine au-dessus de la ferme, vers l'est, expliqua lentement Jon en les regardant tour à tour. Je l'ai enterré sur place, enfin, ce qui restait de lui. J'ai planté une petite croix. Je me suis tout de suite dit qu'il était l'un d'entre eux. Vous êtes les premières personnes à qui j'en parle. Il ne restait pas grand-chose du pauvre bougre, rien que les os.

– C'était il y a combien de temps, déjà? demanda Kristin.

– Vingt ans, à peu près.

– Attendez un peu, vous êtes en train de nous dire qu'il est resté là, quasiment devant votre porte, pendant plus de trente ans ?

– Pas tout à fait devant ma porte. Non, il était assez loin d'ici, bien caché au milieu des rochers.

– Pourquoi n'avez-vous pas signalé votre découverte ?

– Ça ne regardait personne. C'était dix ans après la grande expédition de recherche et, depuis, les militaires ne sont pratiquement plus venus dans le coin. Comment voulez-vous que quelqu'un comme moi contacte les hauts gradés de l'armée ? Je ne saurais pas comment m'y prendre.

– Mais pourquoi avez-vous pris la veste ? Pourquoi ne l'avez-vous pas enterrée avec le corps ?

– Je ne sais pas trop. Peut-être que je voulais garder un souvenir. Je vous l'ai dit, tout ce qui a à voir avec la guerre me passionne. C'était le hobby de Karl, aussi, jusqu'à sa mort. Je me souviens, quand l'avion est passé au-dessus de la ferme – Karl et moi, on n'arrêtait pas d'en parler, de faire des hypothèses. D'ici, c'est assez facile de grimper jusqu'au glacier ; le chemin n'est pas trop pentu, pour ceux qui le connaissent bien, même s'il faut faire attention aux crevasses. Nous avons ratissé le glacier dans tous les sens, mais sans jamais retrouver l'avion. C'est comme ça, les glaciers. Ils avalent tout ce qui tombe dessus.

– Puis le recrachent cent ans après.

– Oui. Ou plus tard. Ou jamais.

Kristin n'arrivait pas à imaginer ce qu'un avion allemand pouvait bien faire aussi loin vers le nord, mais Jon lui répondit qu'il n'était pas si rare, pendant la guerre, de voir des appareils ennemis survoler le sud-est de l'Islande. Ils décollaient de l'aéroport de

Stavanger, en Norvège, expliqua-t-il. On les avait équipés de réservoirs supplémentaires ; le vol retour, au-dessus de l'Atlantique Nord, durait plus de onze heures, durant lesquelles la température du cockpit pouvait tomber à - 30 °c, voire moins. La plupart de ces avions étaient des Junkers Ju 88. Il s'agissait en général de missions de reconnaissance, mais les Allemands menaient parfois des raids aériens. Jon se souvenait notamment d'un chasseur Heinkel He 111 qui avait mitraillé un campement britannique près du village de Selfoss, en 1941, attaque au cours de laquelle un homme avait été tué. Des appareils allemands avaient également été aperçus au-dessus de Hornafjördur ; ils volaient au ras des montagnes, avant de disparaître derrière le mont Eystrahorn. Et un Focke-Wulf 200 avait même bombardé un jour une station d'observation britannique proche du village de Höfn. Jon n'était donc pas vraiment surpris qu'un avion allemand ait pu s'écraser sur le glacier. Ce qui l'étonnait, en revanche, c'est que cela ait eu lieu à la toute fin de la guerre, car l'avion n'avait pas pu décoller de la Norvège, qui n'était plus occupée. Il ne pouvait venir que d'Allemagne.

Jon raconta en outre à Kristin qu'un appareil militaire américain s'était écrasé sur le glacier Eyjafjallajökull pendant la guerre. Peu d'informations avaient circulé au sujet de cet accident, à cause de la censure en vigueur à l'époque, mais tous les passagers avaient survécu et regagné sains et saufs la civilisation.

– La première fois que Miller a débarqué ici, Karl et moi nous sommes souvenus du crash sur l'Eyjafjallajökull, et nous étions prêts à tout faire pour l'aider. J'imagine que notre sens de la loyauté était peut-être un peu exagéré, mais nous lui avons donné notre parole, et nous l'avons tenue. Nous avons honoré notre promesse. C'est tout.

Steve passa de nouveau sa main sur la veste allemande et examina les trois médailles. Il ne les reconnaissait pas et ignorait quel genre d'actions elles pouvaient bien récompenser, mais elles indiquaient en tout cas que celui qui portait cette veste devait être assez haut placé dans la hiérarchie de l'armée allemande. Il se demanda ce que cet officier allemand avait bien pu faire là-haut, sur ce glacier, un demi-siècle plus tôt.

– Il y avait une boîte à demi enfoncée dans le sol, à côté de l'Allemand, ajouta soudain Jon, comme s'il s'en souvenait après coup. Je l'ai ramenée aussi. On aurait dit qu'elle avait été attachée à son poignet par des menottes. L'Allemand portait encore un des bracelets au poignet. Il a dû traîner la boîte tout le long, sur la glace.

– Une boîte ! s'exclama Kristin.

– Oui, ou un truc dans le genre. Elle doit être là, quelque part.

Jon fouilla dans le coffre. Kristin et Steve se tournèrent vers les chevaux, qui les observaient, oreilles dressées.

– Je ne sais pas si on doit appeler ça une boîte, grommela Jon. C'est un truc en métal. Ah, voilà.

Il sortit du coffre une boîte métallique bosselée et rayée, grande comme une petite mallette, avec une poignée et une serrure qu'on avait visiblement forcée. La rouille avait par endroits rongé tout le métal. Jon ouvrit la boîte.

– J'ai trouvé des papiers dedans. Tout abîmés. Rien d'autre. J'ai tout remis dedans.

Il tendit la boîte à Kristin, qui en examina l'enveloppe pour voir si elle portait des inscriptions, puis regarda à l'intérieur. Les documents avaient été ravagés par les intempéries, des années d'alternance entre gel et chaleur, et tombaient en lambeaux dès que l'on essayait de séparer les feuilles. Mais certains étaient encore suffisamment intacts pour que l'on puisse déchiffrer quelques mots. Ils avaient été tapés à la machine, mais la plupart des lettres étaient à présent illisibles, ou à demi effacées. Kristin put cependant constater que les documents étaient rédigés en allemand. Sur l'un d'eux, on pouvait encore déchiffrer les mots «Opération Napoléon».

– Vous avez une idée de ce que ça signifie ? demanda-t-elle à Jon.

– Je ne comprends pas un mot d'allemand, répondit-il. Mais ça devait être quelque chose d'important, pour qu'il soit prêt à trimballer cette boîte à travers le glacier, en pleine tempête.

– Thompson a parlé d'une bombe, à bord de l'avion, intervint Steve.

– Qu'est-ce qu'il dit ? demanda Jon.

Il avait travaillé à la ferme toute sa vie, et n'avait jamais jugé nécessaire d'apprendre l'anglais, l'allemand ou toute autre langue, d'ailleurs, que son islandais maternel.

– On nous a dit qu'il y avait une bombe nazie à bord, et que les Américains voulaient la ramener aux États-Unis.

– Une bombe ?

– Oui. Une bombe à hydrogène que les Allemands avaient prévu de lâcher sur Londres à la fin de la guerre. Ou sur la Russie. Qui sait ?

– Attendez une minute… Vous ne nous avez pas dit que vous aviez planté une croix sur la tombe de l'Allemand ? demanda Kristin. Elle est encore là ?

– Non, je regrette. Je ne m'y suis pas très bien pris.
À vrai dire, je ne sais même pas pourquoi j'ai fait ça.
C'était juste deux bouts de bois cloués l'un sur l'autre.
Ça fait un moment que je n'y suis pas retourné, mais la
croix s'est cassée il y a des années… Je…

Jon s'interrompit.

– Quoi ? insista Kristin.

– Je n'aime pas en parler. J'ai honte de moi.

– Pourquoi ?

– J'ai écrit quelque chose sur la croix.

– Quelque chose ?

– J'ai gravé un nom dessus.

– Un nom ? Vous voulez dire que vous connaissiez
le nom de cet Allemand ?

– Oh Seigneur, non ! Ce n'était pas le nom d'un
homme.

– Pas le nom d'un homme ? Comment ça ?

– J'avais un vieux chien que j'ai dû abattre, à peu
près au même moment, alors je l'ai enterré avec l'Allemand. Je ne sais pas ce qui m'a pris. C'était un
sacré manque de respect, je sais. Je regrette un peu,
maintenant, mais je me rassure en pensant qu'il ne
méritait sans doute pas mieux. Comme la plupart de
ces gens-là…

– Donc vous avez inscrit le nom de votre chien sur
la croix ?

– Oui, Ogre.

– Ogre ?

Jon baissa les yeux sur ses pieds et eut un sourire
triste en se souvenant de son vieux compagnon galeux
et mal luné.

– Il était pénible, ce chien.

Kristin se tourna vers Steve, qui haussa les épaules.

– Puis-je utiliser votre téléphone ? demanda-t-elle.

250

Jon acquiesça d'un grognement. Ils ressortirent dans le blizzard, Kristin portant la boîte métallique et Steve la veste d'uniforme, et ils suivirent Jon jusqu'à la maison, sans prêter attention à la sonnerie insistante du téléphone de la jeep.

25

Glacier Vatnajökull.
Samedi 30 janvier au soir.

Nous sommes coincés dans cet avion. Je n'entends plus le vent, et il fait moins froid qu'avant. Nous avons deux lampes à pétrole ; je ne sais pas combien de temps elles dureront. Je ne sais pas depuis combien de temps nous sommes ici. Je ne sais même pas où est « ici ». Le glacier Vatnajökull, probablement. Parfois le fuselage grince comme s'il allait se disloquer. Notre seul espoir est le comte von Mantauffel, mais c'est un bien maigre espoir. On ne nous retrouvera sans doute jamais. Il a pris la boîte en métal avec lui, menottée à son poignet, comme s'il n'avait pas la clé lui-même. Et s'il ne l'a pas, qui l'a ? À moins que cette boîte ne contienne quelque chose de si important qu'il n'a pas osé l'abandonner. Je suis assis dans le cockpit, à l'écart des Allemands. Deux d'entre eux sont encore vivants, ils parlent dans leur charabia et me lancent des regards mauvais. Ils me jugent responsable de tout.

Si nous avions la force d'arracher la porte, nous pourrions peut-être nous frayer un chemin dans la neige. Les hublots sont trop petits pour passer à travers. Nous n'avions pas réalisé que nous allions nous retrouver coincés. Avec ce temps atroce, depuis le début, nous n'avons pas pu réfléchir. C'est horrible d'avoir ces cadavres à l'intérieur, salement amochés par le crash. Je n'ai pas vu le glacier avant qu'on s'écrase dessus. Mon Dieu! Je ne voyais rien. Je croyais être au large de la côte sud. Nous étions dans les airs, et l'instant d'après me voilà au ras du glacier. Les deux hommes qui se tenaient debout derrière moi ont été projetés à l'arrière de la cabine. Tués sur le coup. Je leur avais demandé plusieurs fois de retourner s'asseoir.

Nous essayons de nous réchauffer. Nous ne parlons presque pas. Parfois, je les entends prononcer le nom de von Mantauffel. Je ne leur en ai rien dit, mais il y a des chances qu'on nous ait repérés. Je volais si bas que j'ai aperçu des maisons en dessous, à travers le blizzard. C'est à ce moment-là que j'ai compris que nous étions fichus. J'ai essayé de reprendre de l'altitude, mais nous étions trop près du glacier. Il y avait deux hommes devant une maison, qui regardaient l'avion – ils ont dû nous voir. Ils vont forcément le signaler. Il faut qu'ils le signalent.

Berlin a été rasé par les bombardements, comme Londres. L'aéroport était détruit, si bien que nous avons dû décoller d'une autre piste, à l'extérieur de la ville. La délégation avec laquelle j'étais venue est restée sur place. Qui était ce Suédois? Un homme d'une très grande courtoisie. On dirait qu'ils sont tous comtes, là-bas. Je vais essayer d'écrire ce qui s'est passé, au cas où tu nous retrouverais un jour. Et puis, ça fait passer le temps.

Après t'avoir quitté à Copenhague, je suis allé retrouver les deux agents secrets dont tu m'avais parlé. Ils ne m'ont pas donné leurs noms. Ils m'attendaient dans le parc, comme tu me l'avais dit. Ils m'ont conduit à l'extérieur de la ville dans une jeep militaire, ils ont roulé vers le sud jusqu'à la ville de Flensborg, où deux Allemands nous ont accueillis, un lieutenant et un major, ainsi que le comte suédois, un membre de la famille royale, apparemment. De là, nous avons continué vers la ligne de front. La route était pleine de réfugiés et de cratères de bombes – la bataille des Ardennes faisait rage depuis plusieurs jours. Nous sommes passés par la ville de Schleswig-Holstein où on m'a fait enfiler un uniforme allemand. Ensuite, nous avons traversé Hambourg où nous attendaient des bidons d'essence, puis nous avons poursuivi le long de l'Elbe jusqu'à Berlin, que nous avons atteint dans la soirée. Lorsqu'on nous arrêtait, le comte suédois n'avait qu'à montrer ses papiers pour qu'on nous laisse passer.

Ils m'ont rendu mon blouson, puis ont tenu une longue réunion à l'aérodrome. Je n'ai reconnu personne – c'étaient tous des huiles de l'armée nazie, mais le Suédois semblait bien les connaître. Il y avait deux généraux allemands avec lui. Et un type de chez nous, comme tu me l'avais dit – je ne sais pas d'où il venait. Je n'ai pas eu le droit d'assister à la réunion – je suis juste le chauffeur. Des soldats ont chargé deux caisses de lingots d'or à bord de l'avion, et des provisions. Rien d'autre. L'avion porte nos peintures de camouflage. Quel merveilleux engin, ce Junkers – des moteurs puissants, une capacité de charge et une portée extraordinaires.

La réunion a duré plus longtemps que prévu – elle s'est éternisée. C'est pour ça que nous nous retrouvons dans ce foutu pétrin. Car, sinon, nous aurions évité la tempête et le gel, j'en suis persuadé. À un moment, notre homme a quitté la réunion, mais le Suédois l'a convaincu de revenir. *Longtemps après, ils sont ressortis tous les deux et ont discuté au pied de l'avion, ils ont parlé des Russes et des Ardennes, de l'Argentine et Dieu sait quoi encore. Bref, la réunion n'en finissait plus. J'ai essayé de parler avec les soldats allemands, mais ils ne comprenaient pas un seul mot d'anglais. Je leur ai offert des cigarettes. C'étaient encore des gamins, ils n'avaient même pas vingt ans. Ils m'ont souri.*

Dans la ville, comme partout ailleurs, c'était le black-out total, et un étrange silence régnait. Ils savent que tout est terminé. Je ne comprends pas sur quoi ils négocient. La fin de la guerre ? Ils vont mettre fin à la guerre en signant un traité ? Nous savons qu'il n'y en a plus pour très longtemps. Peuvent-ils abréger les choses ? Ça sauverait des milliers de vies. Les Russes seront à Berlin avant nous. C'est ça, le problème ? Pourquoi ces pourparlers secrets ?

Je suis presque certain d'avoir aperçu Guderian à cette réunion – j'avais vu son visage dans les films d'actualités.

Une des lampes s'est éteinte. Je sais que tu m'as choisi parce que tu avais confiance en moi pour garder un secret, et qu'il fallait quelqu'un pour piloter l'avion à travers l'Atlantique. Je ne t'en veux pas, alors ne regrette rien. Ne regrette jamais rien.

Je crois que nous nous enfonçons dans les glaces. Nous sommes en train d'être enterrés vivants.

Ratoff referma le cahier. Le vent commençait à tomber ; ses sifflements se faisaient moins perçants. Ratoff se leva, ouvrit la porte de la tente et jeta un coup d'œil dehors. Il faisait nuit noire mais les bourrasques et la neige s'étaient calmées. L'unique lumière du campement provenait du projecteur au sommet de la tente radio. Ratoff comprit qu'il allait falloir du temps pour remettre les choses en route, car il faudrait probablement creuser à nouveau autour de l'avion. Mais plus les troupes s'attardaient sur le glacier, plus elles risquaient de se faire remarquer. Plus vite l'épave et les agents Delta arriveraient à la base, mieux ce serait. Ratoff songea à faire venir les hélicoptères de la Force de défense. Cela faisait partie du plan de secours, mais l'inconvénient, c'était que les allées et venues de ces hélicos attireraient aussitôt l'attention, non seulement du contrôle aérien islandais, qui se mettrait alors à les inonder de questions, mais également des médias, qui surveillaient le moindre de leurs mouvements. Il devait prendre une décision : la tempête avait provoqué au moins une journée de retard dans leurs opérations, et leur présence sur le glacier avait été découverte. Il y avait une équipe de sauveteurs islandais dans les parages, qui avait perdu deux de ses membres et risquait de débarquer ici d'un instant à l'autre.

Ratoff entra dans la tente radio et demanda qu'on lui passe l'amiral, à Keflavik.

26

Sud-est de l'Islande.
Samedi 30 janvier au soir.

– Il est mort ?

Elle n'entendait que des grésillements.

– Elias est mort ? hurla Kristin dans le téléphone. Il est encore avec vous ?

La liaison était très mauvaise, et l'on ne distinguait qu'un mot sur trois ; la voix de Julius – le responsable de l'équipe de sauvetage – n'arrêtait pas de sauter. Kristin se trouvait dans le vestibule de la maison de Jon, un gros téléphone noir, antique, à la main, le front posé sur son avant-bras, contre le mur. Elle serrait très fort ses paupières, se concentrant pour essayer de comprendre ce que disait Julius. Jon et Steve étaient dans la cuisine. Steve s'était levé.

– Julius ! cria Kristin.

– L'héli… pas enco… rivé, l'entendit-elle répondre… déposer… médecin dans l'équipe. Elias… vivant.

– Il est vivant ? Elias est encore vivant ?

– … s'accroche… hélico… garde-côtes… en chemin. La tempête… pas mal calmée.

– Vous allez chercher les soldats ?

– Oui… trouver des gens…

– J'ai du mal à vous entendre, alors écoutez ce que je vais vous dire, et après je raccrocherai. Les soldats américains se trouvent sans doute à moins de dix ou quinze kilomètres du front du glacier, juste au-dessus de la ferme de Brennigerdi. Ils sont armés, soyez prudents. Ils sont en train de dégager un avion allemand pris dans les glaces. À vous de décider, mais sachez que ces hommes sont extrêmement dangereux. Nous nous trouvons au pied du glacier, et nous allons y accéder par là. J'espère qu'on se retrouvera là-haut.

De nouveau, la ligne redevint un espace vide parcouru de craquements et de sifflements. Kristin raccrocha et rejoignit Jon et Steve dans la cuisine.

– Je crois qu'il est encore vivant, annonça-t-elle dans un soupir.

Ces nouvelles lui avaient redonné une nouvelle étincelle d'espoir, un regain de force pour continuer. Son soulagement était indescriptible ; elle savait que si Elias était mort, elle n'aurait pas pu le supporter. Certes, la communication avait été très mauvaise, mais elle refusait désormais d'avoir le moindre doute ; elle était convaincue que Julius avait réussi à sauver la vie de son frère.

– Je crois qu'ils ont prévu de rendre visite aux soldats. Nous allons essayer de les rejoindre là-bas.

– Bien, répondit Jon. Je peux vous expliquer le chemin. D'ici, ce n'est pas très difficile.

– Kristin, je peux te parler deux minutes ? intervint Steve, qui demanda à Jon de bien vouloir les excuser.

Ils s'isolèrent au salon.

– Tu es vraiment sûre que tu as envie de faire ça ? interrogea Steve. L'équipe des sauveteurs va s'occuper de cette histoire. Ils vont informer Reykjavik de ce qui est en train de se dérouler. Pourquoi ne pas attendre de voir ce qui va se passer ? Monter là-haut nous-mêmes, c'est peut-être courir des risques inutiles. Nous ne pouvons plus rien y faire.

– Je veux les voir de mes propres yeux, Steve. Je veux voir quel genre d'hommes ils sont. Et je veux m'assurer qu'ils ne s'en tireront pas comme ça. Il faut que je sois sur place pour en être certaine.

Steve allait formuler une objection, mais Kristin poursuivit :

– On ne peut pas vous laisser jouer à vos petits jeux de guerre partout où ça vous chante.

– Comment ça, « vous » ?

– Tu as bien vu ces hommes, au pub. Tu sais ce qu'ils ont fait sur le glacier. Quel genre de peuple faut-il être pour s'accommoder d'une telle brutalité ?

– C'est toi qui es venue me chercher, Kristin. Ne l'oublie pas.

– Je suis venue te voir pour obtenir des informations.

– Et de l'aide. C'est bien ça, le problème : tu ne supportes pas cette idée.

– N'importe quoi !

– Non. Je connais cette attitude. Nous sommes les envahisseurs. Nous sommes la puissance militaire. Nous faisons la guerre. Nous sommes les Méchants. Mais dès que les choses tournent mal, on nous appelle à la rescousse. Tout le monde est bien content que nous injections des milliards dans votre république bananière, mais ça ne vous empêche pas de nous considérer comme de vulgaires voyous qu'il faut abso-lument enfermer derrière leur clôture de barbelés. Tout le monde est bien content qu'on intervienne dans des guerres mondiales provoquées par l'Europe, qu'on contrôle les Russes et qu'on contienne les Arabes, mais c'est le scandale total dès que...

– Ta gueule, Steve. Épargne-moi tes leçons de morale. C'est vous qui imaginez toujours des Rouges sous tous les lits, qui avez chassé de votre pays Chaplin et tous les autres.

Steve contempla Kristin, ses vêtements d'emprunt, les cernes d'épuisement et de tension sous ses yeux, son expression implacable. Il comprit qu'il n'arriverait pas à la dissuader de monter sur le glacier, quels que soient ses arguments. Elle était allée trop loin pour faire demi-tour.

– Je vais monter sur ce glacier.

– Tu vas t'attaquer à des soldats en armes, Kristin.

– L'équipe de sauvetage m'aidera. Ils ne vont quand même pas tous nous massacrer. Et puis, de toute façon, Julius a alerté Reykjavik. Ils ne vont plus pouvoir cacher très longtemps ce qu'ils manigancent par ici.

– Tout va bien ? s'inquiéta Jon, dressé sur le seuil du salon.

Le vieil homme n'avait pas dit grand-chose depuis qu'ils étaient revenus des écuries, et Kristin s'était demandé s'il ne s'en voulait pas d'avoir trahi Miller. Peut-être se sentait-il coupable d'avoir aidé les Américains, et ne voulait-il pas l'admettre.

– Très bien, le rassura Kristin. Et vous ? Tout va bien ?

– Qu'est-ce que ça peut faire ? grommela Jon. Je n'en ai plus pour très longtemps.

Il avait prononcé ces mots sans la moindre touche d'amertume, comme s'il s'agissait d'une de ces réalités de la vie dont il s'était fait une raison.

– Mais vous…

Jon l'arrêta ; il ne voulait pas parler de lui.

– Si vous avez l'intention d'aller sur le glacier, vous devriez d'abord vous reposer une heure ou deux, conseilla-t-il. Vous pouvez aller vous allonger dans la chambre de Karl.

Kristin acquiesça du chef, à contrecœur. Elle ne se sentait pas fatiguée, même si elle ne se souvenait plus de la dernière fois qu'elle avait dormi. Mais se reposer un peu n'était sans doute pas une mauvaise idée. Jon les conduisit jusqu'à une chambre donnant sur le palier, à l'étage, avec un grand matelas et un bureau ; le sol était recouvert de linoléum jaune et les murs tapissés de livres. Il faisait frais, comparé à la chaleur accablante du rez-de-chaussée.

Kristin s'allongea sur le lit. Comprenant que Steve avait l'intention de se coucher par terre, elle se décala pour lui faire de la place. Il s'étendit à ses côtés. Kristin n'arrivait pas à se détendre. Quand elle ferma les yeux, elle sentit la fatigue remonter lentement dans ses jambes, comme un puissant anesthésique, et se diffuser dans son corps.

– Merci de ton aide, Steve, murmura-t-elle.

– Ce n'est rien, répondit-il.

Elle rouvrit les yeux et se tourna vers lui.

– Non, ce n'est pas rien. Tu n'étais pas obligé de m'aider. Tu aurais pu m'envoyer promener, tu aurais pu avoir tout oublié. Je ne méritais aucune faveur de ta part.

– Quoi, une damoiselle en détresse ?

Elle rit sans bruit.

– Oui, ce qui fait de toi le chevalier à l'armure étincelante.

– Je ne suis pas un chevalier. Je suis juste un de ces Yankees de la base.

– Ouais, t'es juste un Yankee de la base.

Sa voix avait changé, soudain. Steve la regarda, leurs visages se touchant presque. Malgré tout ce qui lui était arrivé, malgré la poursuite et le danger, son angoisse pour Elias, les craintes pour sa propre vie, sa colère ; malgré tout cela, jamais elle ne s'était sentie aussi vivante, confiante, maîtresse de la situation. C'était comme si ces épreuves lui avaient procuré un second souffle de vie, la débarrassant du brouillard qui l'entourait et l'obligeant à se ressaisir, à reprendre le contrôle de sa vie, à écouter ses sentiments – et à leur trouver un exutoire.

– Tu te souviens, le soir où je me suis enfuie ? demanda-t-elle.

– La militante pacifiste sur le point de se taper un Yankee ? Comment aurais-je pu oublier ? Je comprends un peu mieux à présent, mais...

Il ne termina pas sa phrase. Il ne pouvait s'empêcher de l'admirer pour le courage et la loyauté dont elle avait fait preuve à l'égard de son frère, pour la manière dont elle avait refusé de se laisser intimider par les forces supérieures qui se dressaient devant elle, dont elle était parvenue à échapper à ses assassins et se préparait maintenant à entreprendre un voyage difficile et plein de dangers, dont l'issue demeurait incertaine. Elle semblait avoir découvert un puits de force caché, qui ne demandait qu'à être utilisé. Dès leur première rencontre, il avait senti chez elle ce potentiel, cette force vitale réprimée, et en la contemplant, maintenant qu'il connaissait sa bravoure et ce dont elle était capable, il se sentit encore plus envoûté.

– Pourquoi as-tu laissé les choses aller si loin ? demanda-t-il.

– Je ne doutais pas de toi, jusqu'à cette soirée à la base. C'était peut-être le moment, et l'endroit. J'avais sans doute besoin d'un peu plus de temps pour me faire à cette idée. D'un seul coup, c'était trop pour moi, et

je n'ai pas pu aller plus loin. Ce n'était pas de ta faute.
Absolument pas. C'était à cause de toutes ces conneries
liées à l'armée. C'est vraiment bête, non ? Je n'arrive
pas à croire que j'aie pu être aussi stupide.

Un silence pesant s'installa.

– Eh bien, j'imagine que ces dernières vingt-quatre
heures n'ont pas dû améliorer le regard que tu portes
sur les Américains…

Kristin laissa échapper un soupir.

– Je ne déteste pas les Américains. C'est juste qu'il
y a une armée sur le sol islandais et que je n'accepte
pas sa présence. C'est aussi simple que ça.

Elle avait peur de le froisser. Steve lui était venu en
aide de son plein gré, et elle lui était redevable. Elle
avait pu voir tout ce qu'il y avait de bon en lui au cours
des dernières vingt-quatre heures : son stoïcisme, son
courage, sa capacité infinie à comprendre les choses.

– Changeons de sujet. Nous devrions essayer de
nous reposer, maintenant, déclara-t-il.

– Je suis contente d'être allée te voir, répondit
Kristin. Je ne sais pas comment je m'en serais sortie
sans toi. Merci, Steve.

– C'est bien que tu l'aies fait. J'ai toujours espéré
que nous pourrions… J'aurais abordé les choses diffé-
remment si j'avais su que…

Il se tut.

– Quand tout ça sera terminé, reprit Kristin, quand
tout ça sera réglé, on devrait réessayer et voir ce que ça
donne. Tu serais partant ?

Steve fit oui de la tête, lentement. Elle l'embrassa.

– C'était quoi, ça ? s'étonna-t-il.

– Aucune idée. L'amitié entre nos deux grandes
nations, peut-être ? murmura-t-elle.

Elle l'embrassa à nouveau, sur les lèvres cette fois, tout en s'attaquant aux fermetures éclair de ses habits d'hiver. Les femmes en temps de guerre, lui rappela sa conscience. Mais elle n'écoutait plus.

27

Lac Thingvallavatn.
Samedi 30 janvier, 21 h GMT.

La deuxième rencontre entre le gouvernement islandais et les autorités militaires américaines se déroula à nouveau dans le plus grand secret. Cette fois, elle eut lieu dans la villa d'été du Premier ministre, une maison de quatre chambres sur les rives du lac Thingvallavatn, dotée de tout le confort moderne, incluant sauna et jacuzzi, et offrant une vue panoramique sur le lac. Le ministre de la Justice s'était joint à la délégation islandaise, et de l'autre côté de la table siégeaient l'amiral représentant la Force de défense américaine de Keflavik et Immanuel Wesson, chef par intérim de l'ambassade des États-Unis à Reykjavik.

L'horloge murale indiquait vingt et une heures précises. Au moment du dîner, le Premier ministre avait été averti par la police et les responsables du contrôle aérien qu'une équipe de sauveteurs, présente sur le Vatnajökull, avait fait passer le message que des soldats américains en armes avaient été aperçus sur le glacier. Apparemment, deux membres de cette équipe entrés en contact avec les soldats avaient ensuite été retrouvés – l'un mort, l'autre souffrant de graves blessures auxquelles on ne lui donnait presque aucune chance de survivre.

– Le survivant s'appelle Elias, avait précisé l'un des assistants du Premier ministre en lui tendant un dossier. Il serait le frère de cette Kristin qui s'est enfuie de chez elle, en laissant derrière elle le cadavre d'un certain Runolfur Zophaniasson.

– Ces deux affaires sont-elles liées ? interrogea le Premier ministre.

– Il semble bien que oui, confirma l'assistant. Un avis de recherche concernant la fille a été lancé dans tous les médias nationaux. Cette Kristin serait également impliquée dans une fusillade qui a eu lieu en plein centre-ville cet après-midi.

– Que sait-on sur cette fusillade ?

– Pas grand-chose pour le moment. Au moins deux Américains seraient impliqués dans l'incident. L'un d'eux a été hospitalisé pour des blessures sérieuses, l'autre s'est enfui à pied et nous ne savons pas où il se trouve – pas plus que cette Kristin, d'ailleurs.

Peu après, le Premier ministre avait été prévenu que deux hélicoptères de la Force de défense avaient décollé de Keflavik, en direction de l'est. Aucun plan de vol ni aucune destination n'avaient été communiqués, et aucune permission de traverser l'espace aérien islandais n'avait été demandée aux autorités du contrôle aérien, comme l'exigeait le protocole. Par ailleurs, le Premier ministre avait été informé qu'un hélicoptère des garde-côtes islandais était en route vers le glacier pour évacuer les deux sauveteurs retrouvés au fond d'une crevasse – la Force de défense n'ayant pas répondu, fait sans précédent, à un premier appel de détresse lancé par l'équipe. La violente tempête qui avait fait rage sur le glacier était en train de se calmer, et des membres de l'équipe de sauveteurs étaient partis en direction de la zone où la présence de soldats avait été signalée. La nouvelle des événements sur le Vatnajökull avait commencé à se répandre : le journal du soir, à la radio, les avait évoqués de manière succincte mais précise, promettant aux auditeurs de les tenir informés des prochains développements.

La réaction immédiate du Premier ministre fut de convoquer l'amiral de Keflavik, mais ce dernier le prit de vitesse : il téléphona au Premier ministre pour exiger la tenue immédiate d'une réunion, qui se déroulerait secrètement à l'extérieur de Reykjavik, ajoutant que le ministre de la Défense américain était prêt à y participer par téléphone, si nécessaire. Le Premier ministre ne put cacher son étonnement. Il savait depuis leur précédente rencontre que l'opération qui se déroulait sur le glacier constituait pour les Américains un sujet extrêmement sensible – mais n'était-il pas trop tard, maintenant, pour étouffer l'affaire ?

Le Premier ministre ouvrit la réunion en présentant le ministre de la Justice, précisant qu'il était au courant de la situation, puis il communiqua les informations qu'il avait reçues concernant les derniers événements sur le glacier et à Reykjavik. Les Américains l'écoutèrent en silence.

Peu de civilités d'usage avaient été échangées à l'arrivée des Américains. L'amiral semblait à cran, le général se montrait impassible. Contrairement à l'amiral, il était en uniforme, contrastant avec les jeans et pulls décontractés des Islandais.

– Est-il vrai que des soldats américains en armes se trouvent sur le Vatnajökull ? demanda le Premier ministre, après avoir exposé la situation.

– Vous savez très bien pourquoi nous avons déployé des troupes sur le glacier, répliqua l'amiral. Et je croyais que nous nous étions mis d'accord lors de notre dernière réunion. Il s'agit de ce qu'on appelle, dans notre jargon militaire, un exercice de simulation, qui implique des troupes de l'OTAN venues pour l'occasion des Pays-Bas et de Belgique, et qui a pour thème le crash factice d'un avion. Cent cinquante hommes environ participent à cet exercice. Ils sont équipés de balles à blanc qui ne sont en aucun cas mortelles.

– Pourquoi n'avons-nous pas été informés du fait qu'ils portaient des armes ? interrogea le Premier ministre. Lors de notre dernière réunion, vous avez simplement évoqué la récupération de ce foutu avion sur le glacier, et son rapatriement outre-Atlantique. C'était censé se dérouler sans que personne n'en sache rien. Et maintenant, un homme est mort. Vous nous avez fait croire qu'il s'agissait d'une expédition scientifique, pas de manœuvres militaires. Comment justifiez-vous un tel comportement ? Cette violation grossière de notre traité ? Cette insulte ? Votre conduite indigne nuit gravement aux relations entre nos deux pays. Très gravement.

– Nous ne sommes absolument pas responsables de ce qui est arrivé au membre de l'équipe de sauvetage, répliqua l'amiral. En outre, l'exercice sera terminé avant midi, demain, et nos troupes auront alors quitté le glacier sans laisser aucune trace de leur présence. L'affaire n'est pas si grave. J'ose espérer que nous nous en tiendrons à l'explication sur laquelle nous nous étions mis d'accord : un exercice de deux jours, rien de plus.

– L'équipe de sauvetage nous a signalé que vos hommes étaient armés. De plus, le chef d'expédition pense que les deux Islandais retrouvés au fond de la crevasse vous auraient dérangés dans vos activités. Est-ce possible ? demanda le ministre de la Justice, un homme d'une quarantaine d'années, barbu, avec de petits yeux éternellement anxieux.

– Nous ne disposons d'aucune information allant dans ce sens, rétorqua l'amiral.

Le général n'avait pas prononcé le moindre mot. Il était occupé à contempler la pièce, les peintures islandaises accrochées aux murs, la véranda, dehors, avec son jacuzzi, et l'obscurité impénétrable qui se déployait au-delà sans qu'aucune lumière ne vienne l'atténuer.

– Nous devons faire face à des conditions extrêmement difficiles sur le terrain, poursuivit l'amiral. Mais je peux vous assurer que personne n'a donné l'ordre d'ouvrir le feu sur des Islandais, ni sur personne d'autre d'ailleurs.

– La fusillade qui a eu lieu dans le centre-ville, cet après-midi, a-t-elle un quelconque rapport avec cette affaire ? interrogea le Premier ministre. Vos hommes se seraient-ils mis à tirer sur les citoyens de notre pays ? Tout semble indiquer que les Islandais sont devenus des sortes de cibles dans vos petits jeux militaires.

– Nous avons été informés de cette fusillade, mais je puis vous assurer de manière catégorique qu'elle n'a absolument aucun rapport avec l'opération en cours sur le Vatnajökull, répondit l'amiral. Ces deux affaires n'ont aucun lien entre elles.

– Et les deux hélicoptères qui ont décollé de votre base ?

– Trois de nos hommes ont été victimes d'un accident. Rien de vraiment sérieux, heureusement. Les hélicos sont partis les chercher.

– Nous avons également été informés que vous n'aviez pas répondu à un appel de détresse en provenance du glacier, qui demandait l'intervention d'un hélicoptère de la Force de défense, intervint le ministre des Affaires étrangères. Y a-t-il une part de vérité là-dedans ?

– Je ne suis pas au courant, grommela l'amiral, baissant les yeux sur la table et jouant nerveusement avec ses notes. Je ne crois pas qu'une telle chose ait pu se produire, même si, naturellement, cette allégation donnera lieu à une enquête.

– Nous devons vous demander une dernière faveur, messieurs, déclara le général, ouvrant enfin la bouche.

Tous les regards se posèrent sur lui. Il s'éclaircit la gorge.

– Cette équipe de sauveteurs – nous voulons qu'elle s'en aille.

Il s'était exprimé d'un ton brusque, comme s'il avait mieux à faire que de perdre son temps à participer à ce genre de pourparlers diplomatiques, ou à inventer des excuses comme le faisait l'amiral.

– Que voulez-vous dire ? demanda le Premier ministre, décontenancé.

L'amiral ferma lentement les yeux.

– Ce que j'ai dit : nous voulons que vos sauveteurs s'en aillent. S'ils interfèrent avec notre exercice, ils vont tout faire rater. Nous ne voulons pas d'eux là-bas. Nous voulons en être débarrassés. Ça vous pose un problème ?

Les Islandais se regardèrent, dans une stupéfaction muette.

– Ça vous pose un problème ? répéta Wesson.

– Nous n'avons aucune autorité sur cette équipe de sauvetage, répondit le Premier ministre. Nous ne pouvons pas leur donner l'ordre d'arrêter. De toute façon, il me semble qu'ils se trouvaient déjà sur le glacier au moment de notre dernière réunion. Si vous nous aviez prévenu suffisamment à l'avance de vos intentions, nous aurions pu interdire toute circulation dans le secteur. Mais puisque vous n'avez pas jugé bon de…

— Dans ce cas, nous ne pourrons pas être tenus responsables de leur sécurité, l'interrompit le général. Je suis persuadé qu'ils y réfléchiraient à deux fois s'ils recevaient un coup de fil du Premier ministre.

— Je vous conseille de faire attention à qui vous menacez, général, rétorqua le Premier ministre d'une voix égale. Un homme est mort sur ce glacier, un autre se trouve dans un état critique, alors s'il vous plaît, ne m'insultez pas en prétendant que vous n'y êtes pour rien.

— Dois-je vous rappeler, monsieur le Premier ministre, qu'un pourcentage considérable du Produit national brut de ce pays dépend de nous, directement ou indirectement ?

Le général parlait d'une voix tout aussi égale, dénuée d'émotion, le visage impassible.

— Je crois que cette réunion ne mène nulle part, déclara le Premier ministre en se levant. Nous allons déposer une protestation officielle concernant cette affaire, et exiger une enquête publique, à la fois ici et aux États-Unis, sur l'accident ayant impliqué nos deux sauveteurs. Nous bloquerons toutes les routes entre le glacier et la base tant que nous n'aurons pas eu droit à des explications complètes et précises de ce qui est en train de se passer là-haut. Nous allons informer les médias de la situation, et vous pouvez déjà imaginer la manière dont ils répartiront le blâme. Je m'adresserai personnellement au peuple islandais. Vos histoires de pourcentage, vous pouvez vous les garder. Je vous souhaite une bonne journée.

Rassemblant ses documents étalés sur la table, le Premier ministre les remit dans sa mallette, qu'il referma dans un claquement. Le ministre de la Justice l'imita aussitôt.

– Il y a une bombe sur le glacier, déclara le général, qui était resté de marbre, le regard toujours fixé droit devant lui. Vous feriez mieux de rappeler vos sauveteurs, ne serait-ce que pour leur propre sécurité.

– Une bombe ? Comment ça, une bombe ? Quel genre de bombe ?

– Le genre qui explose. Celle-ci est allemande, et très ancienne. Nous essayons de la récupérer, mais c'est une opération extrêmement délicate. Nous avons des experts sur place, nos meilleurs spécialistes, mais l'équipe de sauveteurs court un réel danger. Vous avez le pouvoir de les arrêter, et d'empêcher ainsi une possible catastrophe.

– Il y a une bombe à bord de cet avion ? Et comment ça, allemande ?

– Les scientifiques allemands l'avaient apportée avec eux. Nous pensons avoir affaire à une bombe H rudimentaire.

Le Premier ministre fut frappé de stupeur ; il n'en croyait pas ses oreilles.

– Il s'agit là de notre première « flèche brisée », ajouta l'amiral. *Broken arrow*, c'est le nom que nous avons donné aux armes nucléaires perdues lors d'un crash aérien, ou d'autres types d'accidents. Il y en a quelques-unes, éparpillées çà et là sur la planète, et vous comprendrez que nous soyons prêts à tout mettre en œuvre pour contrôler les informations portant sur ces bombes. Mais la toute première d'entre elles, monsieur le Premier ministre, se trouve sur le Vatnajökull.

– Cette bombe est encore opérationnelle, ajouta Wesson. Et extrêmement dangereuse.

28

Glacier Vatnajökull.
Samedi 30 janvier, 23 h GMT.

Ils étaient bien équipés, avec de puissantes lampes torches, de bonnes chaussures de montagne et des combinaisons chaudes prêtées par Jon, mais le temps s'était radouci après la tempête, rendant la neige molle, et chaque pas était une lutte. La lune pointait dans les trous des nuages, éclairant d'une lumière blanche le front du glacier. La température recommençait à chuter.

Finalement, ils n'avaient pas réussi à dormir, mais ces quelques heures de repos leur avaient fait du bien. Avant de partir, Kristin avait essayé une nouvelle fois, sans plus de succès, de joindre son père. Puis, rassemblant tout son courage, elle avait appelé la police. On l'avait aussitôt mise en relation avec l'inspecteur chargé de l'enquête sur la fusillade du centre-ville. Il avait écouté avec attention son récit détaillé des événements improbables qui s'étaient déroulés depuis la veille, et les raisons pour lesquelles elle n'avait pas contacté la police plus tôt. Kristin avait conclu en lui confiant qu'elle se trouvait à présent au pied du Vatnajökull.

– Si je comprends bien, remarqua l'inspecteur quand Kristin en eut terminé, l'homme que nous avons retrouvé dans votre appartement – Runolfur – n'avait rien à voir avec tout ça.

Loin de mettre en doute sa version, il fit tout son possible pour lui donner l'impression qu'il prenait au sérieux ce qu'elle venait de lui raconter. Il ne voulait pas prendre le risque de la voir raccrocher. Il était déjà tard, et tout le monde était sur le pont pour élucider ce meurtre et cette fusillade.

– Absolument rien à voir, confirma Kristin.

Elle s'était efforcée de lui fournir un compte rendu des faits aussi clair et objectif que possible.

– À vrai dire, je crois qu'il m'a sauvé la vie.

– Les gens du ministère m'ont dit que vous l'aviez peut-être tué, avant de partir en cavale. Cela leur paraissait plausible. Mais ils m'ont également confié que, dans ce cas, vous auriez agi en état de légitime défense. Ils m'ont raconté que ce Runolfur vous avait clairement menacée.

Sa voix, bienveillante, régulière et pleine de sensibilité, avait un effet apaisant sur Kristin. Elle sentit qu'elle pouvait faire confiance à cet homme et tenta de mettre un visage sur cette voix, mais étrangement elle ne parvenait pas à imaginer à quoi il pouvait ressembler.

– C'est pour cette raison que je ne savais pas à qui m'adresser. Et aussi parce que les hommes qui m'ont attaquée avaient évoqué un complot. Ils ont assassiné un homme chez moi. Je ne savais plus quoi faire, vous comprenez ?

L'inspecteur mit quelques secondes à intégrer ces informations. Le récit de Kristin avait beau être délirant, il n'en correspondait pas moins à ce qu'il avait découvert jusqu'ici, et il n'avait aucune raison de ne pas la croire. Sa volonté de coopérer avec la police ne faisait aucun doute, mais l'inspecteur avait perçu la situation extrêmement délicate dans laquelle elle se trouvait.

– Nous avons interpellé brièvement l'homme du pub irlandais, reprit-il, mais l'ambassade a insisté pour qu'il soit transféré vers l'hôpital militaire américain de la base. Le gouvernement islandais a accédé à leur requête, à condition que l'homme ne quitte pas le pays.

– Mais c'est de la folie ! Il doit déjà voler au-dessus de l'Atlantique, à l'heure qu'il est.

– Je pense aussi. En première classe.

– Et l'autre homme, alors ?

– Nous ne savons rien de lui. Nous nous sommes rendus à l'ambassade qui, comme vous le disiez, grouille de soldats, et nous avons parlé à un général, une sorte de doublure de l'ambassadeur, mais nous n'avons rien pu obtenir de lui. Nous savons qu'ils ont quelque chose à cacher ; nous avons besoin de votre aide pour découvrir quoi.

L'attitude de Kristin était si convaincante qu'il avait décidé de prendre le risque de lui faire confiance – du moins, de lui faire plus confiance qu'aux Américains.

– Je sais de quoi il s'agit, déclara Kristin. Ça a quelque chose à voir avec l'épave d'un avion qui s'est écrasé sur le Vatnajökull, et je me dirige vers cet endroit. J'ai juste entendu un nom, Ratoff. C'est tout. Il s'agit peut-être du chef de cette opération.

– Une épave d'avion ? réagit l'inspecteur. Nous n'en avons pas entendu parler.

– Mon frère l'a vue.

Il y eut une pause, pendant que l'homme réfléchissait à l'autre bout du fil.

– Pourquoi ne pas venir nous voir, et nous essaierons de régler tout ça depuis Reykjavik ?

– Ce serait trop tard. Il vaudrait mieux que vous envoyiez des hommes ici. Et pourquoi ne pas essayer de joindre l'équipe de sauveteurs, sur le glacier ? Leur responsable s'appelle Julius. Il pourra vous confirmer tout ce que je vous ai dit au sujet d'Elias et de Johann.

– Vous savez que l'accès à toute la région du Vatnajökull vient d'être interdit à cause d'une alerte volcanique ? Il y a eu des flashs spéciaux sur toutes les chaînes. L'état d'urgence a été décrété.

– Une alerte volcanique ? C'est des conneries ! À votre avis, est-ce que des soldats américains se balade-raient là-haut s'il y avait vraiment un risque d'éruption ? Ce que vous êtes en train de me dire, c'est que notre gouvernement de mollassons et de lèche-culs s'est encore une fois couché devant les Yankees.

L'inspecteur réprima un rire. Cette fille commençait à lui plaire.

– Je crois que l'expression exacte, c'est : « entretenir de bonnes relations »…

– Je me dirige vers l'avion, répéta Kristin.

– Vous feriez vraiment mieux de venir au commis-sariat pour m'en dire davantage. C'est quoi, cet avion dont vous n'arrêtez pas de parler ?

– Je n'ai pas eu le temps d'approfondir la question, mais l'épave contient quelque chose qu'ils veulent à tout prix cacher. Je ne sais pas ce que c'est. Ça pourrait être n'importe quoi.

– Et c'est ça, le grand secret ?

– Exactement. Faites ce que vous voulez, mais moi, je monte sur le glacier.

Sur ces mots, Kristin mit fin à leur conversation. Une partie d'elle avait envie de faire confiance à cet inspecteur, qui semblait être un type honnête. Mais elle savait que la seule manière pour elle de connaître toute la vérité, c'était d'aller la découvrir elle-même.

Steve marchait quatre mètres derrière elle, et l'écart entre eux allait grandissant. L'air était calme, mais glacial. Leurs combinaisons craquaient, la neige craquait, et Kristin avait l'impression que ses poumons craquaient, eux aussi. Jon leur avait expliqué de manière très détaillée le meilleur chemin pour accéder au glacier, mais elle était quand même surprise de constater à quel point il était facile, malgré tout. La seule chose qui les retardait, c'était leur manque de condition physique. Elle entendait Steve souffler et grogner dans son dos, quand il ne poussait pas des jurons à n'en plus finir. Elle-même avait le souffle court, chacun de ses pas dans la neige lui coûtait un effort.

Kristin ne savait pas ce qui l'attendait sur le glacier. Avec un peu de chance, elle y retrouverait Julius, et peut-être même des hommes envoyés par les garde-côtes. Après avoir contacté la police, elle avait appelé une connaissance travaillant au service des informations de la télévision nationale, pour s'assurer que les médias s'empareraient des rumeurs faisant état de troupes américaines sur le Vatnajökull, et de la possible présence d'un avion allemand de la Seconde Guerre mondiale sur le glacier. Les Yankees n'allaient plus pouvoir étouffer l'histoire très longtemps, et elle était bien décidée à se trouver sur place lorsque cette affaire éclaterait au grand jour.

Elle avait à peine fermé l'œil depuis qu'elle s'était réveillée aux aurores, deux jours plus tôt, angoissée à l'idée d'une nouvelle confrontation avec Runolfur, au ministère, et l'épuisement commençait à la gagner, tandis qu'elle escaladait péniblement la pente raide qui menait au glacier.

– Tu sais ce que j'ai senti chez toi ? lui avait demandé Steve, lorsqu'ils étaient allongés sur le lit à la ferme de Jon.

– Senti chez moi ?

– La première fois que je t'ai vue.

– À cette réception ?

– Tu avais l'air un peu seule, comme si tu ne connaissais pas grand monde.

– Les réceptions, ce n'est pas trop mon truc…

– Personne ne m'avait jamais fait un tel effet.

– Qu'est-ce que tu veux dire ?

– Je ne sais pas trop. C'est difficile à expliquer.

– Quel effet ?

– J'ai senti… J'ai tout de suite su que… J'avais envie de mieux te connaître, de découvrir qui tu étais, de t'entendre parler, de te voir sourire et rire, d'être avec toi, rien que tous les deux.

Kristin sourit.

– Tu n'es pas très doué pour ça, hein ?

– Non, je crois que tu as raison, reconnut Steve, tout sourire. J'essaie simplement de t'expliquer ce que j'ai ressenti la première fois que je t'ai vue.

Les pensées de Kristin délaissèrent Steve pour se concentrer sur Elias. Cette ascension aurait été un jeu d'enfant pour lui, et il l'aurait sans doute chambrée en la traitant de mauviette. Eh bien, il avait finalement réussi à l'entraîner dans la montagne. Le front menaçant du glacier approchait, luisant sous la lune. Un peu plus à l'est, le paysage était strié de profondes rigoles et de ravines, dont celle où Jon avait retrouvé l'Allemand.

Elle imagina son frère entre les mains des soldats, puis gisant, gravement blessé, au fond de la crevasse. Ce n'était pas la première fois qu'elle éprouvait cette sensation d'étouffement à cause d'Elias.

Lorsqu'elle avait dix-huit ans, et Elias huit, elle l'avait envoyé à l'épicerie pour acheter une bouteille de Coca. En revenant du magasin, comme elle l'avait appris plus tard, il avait traversé la route en courant, sans même regarder, et une voiture l'avait renversé. Il avait atterri sur le capot, rebondi sur le pare-brise, qui avait éclaté, puis il était passé par-dessus le toit, avant de retomber lourdement sur la route. Il avait perdu connaissance et une mare de sang s'était formée sous sa tête. Ils n'habitaient pas très loin de l'épicerie, si bien que Kristin avait entendu les hurlements de sirènes accompagnant l'arrivée des policiers et de l'ambulance, et compris instinctivement qu'ils venaient pour Elias. Elle s'était précipitée dans la rue et avait vu des hommes ramasser son corps frêle au milieu de la rue, pour le hisser dans l'ambulance. Kristin ne décelait plus chez lui aucun signe de vie. Le chauffeur qui l'avait renversé était assis au bord du trottoir, il se tenait la tête à deux mains, désespéré, et une foule de badauds s'était rassemblée. Kristin marcha jusqu'à l'ambulance, dans un état second, et on l'autorisa à accompagner Elias jusqu'à l'hôpital.

Elias avait passé huit heures sur la table d'opération. Il s'était fracturé le crâne et souffrait d'une hémorragie cérébrale ; il avait aussi une jambe cassée, et deux côtes, dont l'une lui avait transpercé le poumon droit, et son bras droit était fracturé en deux endroits. Kristin était assise dans la salle d'attente, rongée par la culpabilité. Elle se balançait d'avant en arrière sur sa chaise, le regard perdu dans le vide, laissant échapper des gémissements angoissés venus du tréfonds de son être. Elle avait envoyé son frère acheter une bouteille de Coca, et maintenant il était en train de mourir.

Ses parents avaient écourté leurs vacances aux Canaries et pris le premier vol pour Reykjavik, même si elle avait d'abord dû les convaincre qu'il était gravement blessé. Ils en voulurent à Kristin non seulement de ce qui était arrivé à Elias, mais aussi d'avoir gâché leurs vacances; elle n'aurait pas su dire ce qui les énervait le plus. Elle était censée veiller sur son frère. Ça avait toujours été comme ça. Ses parents lui avaient confié cette lourde responsabilité, et elle avait échoué.

Ce sentiment de culpabilité ne la lâcherait jamais. Même si Elias s'était parfaitement remis de ses blessures, cette culpabilité s'était ancrée tout au fond d'elle, comme une tumeur maligne qu'on ne pouvait pas enlever. Ce qui était plus étrange encore, c'est qu'elle n'avait jamais réussi à se débarrasser de la conviction, aussi absurde soit-elle, que s'il arrivait quoi que ce soit à Elias, à l'avenir, ce serait à cause de l'accident et de sa blessure à la tête. Qu'à cause d'elle, il serait sans doute désormais plus vulnérable en cas de chute ou d'accident de voiture. C'est pour cette raison qu'elle ne supportait pas son goût de l'aventure – le parachutisme, la plongée sous-marine, les expéditions sur les glaciers – et s'efforçait de l'en dissuader. Elle avait souvent l'impression qu'il faisait exprès de la provoquer, mais elle ne lui avait jamais parlé de sa peur, de la culpabilité qui la rongeait de l'intérieur. Elle n'osait pas l'exprimer par des mots. Peut-être avait-elle refoulé tout cela pour le garder en elle, jusqu'au jour où elle en aurait besoin – comme c'était le cas à présent.

– Attends-moi, hurla Steve, et elle se rendit compte qu'elle l'avait semé.

Sur le glacier, les travaux avaient repris leur rythme effréné. La neige avait été déblayée sur l'un des flancs du Junkers, mais l'autre était encore enfoui sous d'épaisses congères. Pourtant, des hommes étaient déjà en train de fixer des sangles autour de la partie avant de l'appareil. Ratoff attendait deux hélicoptères. Dès que les sangles seraient arrimées au fuselage, on remettrait les cadavres à l'intérieur de la cabine, dont l'ouverture serait scellée, pour permettre aux hélicos d'évacuer en une seule fois tous les détritus. Inévitablement, l'utilisation d'hélicoptères allait compromettre la confidentialité de cette opération, mais les hommes déploieraient des bâches autour de l'épave pour tenter de la dissimuler. D'ailleurs, les rumeurs n'étaient pas pour déplaire à Ratoff : plus il y en aurait, et mieux ce serait.

Le responsable des télécommunications pointa son doigt sur l'écran du radar. Une grappe de petits points verts convergeaient vers le bas de l'écran, leurs mouvements si lents qu'ils étaient presque imperceptibles.

– L'équipe de sauveteurs s'est mise en route, major.

– Passez-moi l'ambassade, ordonna Ratoff.

Ratoff contemplait les deux points qui remontaient du sud, escaladant au ralenti l'écran verdâtre du radar, sous la tente radio. Il avait suivi la progression des sauveteurs, qui descendaient du nord. Il s'y attendait, et avait envoyé des soldats à leur rencontre, dans l'espoir de les arrêter ou au moins de les retarder. Mais les deux points isolés dans le Sud demeuraient pour lui un mystère. Pouvait-il s'agir, se demandait-il, de cette emmerdeuse de Reykjavik, la sœur du jeune sauveteur ? Ratoff eut un sourire crispé : elle avait joliment ridiculisé Bateman et Ripley, et même envoyé l'un d'eux à l'hôpital.

Un comité d'accueil venait de partir pour les attendre au bord du glacier. Sur l'écran, il remarqua que les soldats qu'il avait envoyés dans la direction opposée pour intercepter l'équipe de sauveteurs venaient de s'arrêter.

29

Glacier Vatnajökull.
Samedi 30 janvier, 23 h 15 GMT.

Julius vit les soldats approcher, les puissants phares
de leurs motoneiges illuminant la nuit. Ils étaient une
vingtaine, visages dissimulés sous leurs casques et
leurs masques de ski, fusil accroché dans le dos. Au
bout d'une minute, ils s'immobilisèrent à l'unisson
et attendirent l'équipe de sauveteurs, comme s'ils
avaient tracé une ligne invisible qu'ils étaient bien
décidés à défendre. L'équipe de Julius se composait
de quelque soixante-dix hommes et femmes qui progressaient à ski, en motoneige et à bord de deux autoneiges. À l'approche des soldats, Julius leur fit signe
de ralentir, et ils finirent par s'arrêter à dix mètres à
peine de l'escadron. C'était une rencontre improbable
dans cette immensité glacée, obscure : les soldats avec
leurs armes automatiques et leurs revolvers, engoncés
dans leurs tenues de camouflage polaires, uniformes
hivernaux de soldats désirant passer inaperçus, et,
face à eux, les sauveteurs islandais sans armes, dont
les vestes orange fluo rappelaient, par contraste, la
nécessité pour eux d'être visibles pour remplir leur
mission.

Julius, qui voyageait dans l'un des véhicules chenillés, ordonna à son équipe de ne pas bouger pendant qu'il irait parler aux soldats. Il sortit de l'autoneige et marcha vers les hommes qui attendaient, remarquant que l'un d'entre eux descendait de sa motoneige pour venir à sa rencontre. Les autres soldats l'imitèrent aussitôt. Ils se rejoignirent à mi-chemin, et se figèrent à une certaine distance l'un de l'autre. L'officier avait baissé son écharpe pour découvrir sa bouche, mais Julius distinguait à peine son visage sous le masque de ski. Il avait l'air jeune, cependant, bien plus jeune que Julius.

– Vous avez pénétré dans une zone militaire américaine interdite, annonça l'officier dans un anglais au fort accent américain. J'ai reçu l'ordre de vous empêcher d'aller plus loin.

– Comment ça, une zone militaire américaine interdite ? rétorqua Julius. Personne ne nous a parlé d'une quelconque zone interdite.

– Je ne suis pas habilité à vous donner plus de détails. Cette interdiction ne sera pas en vigueur très longtemps, mais nous tenons à la faire respecter. Ce serait plus simple pour tout le monde si vous acceptiez de coopérer.

Julius sentit la colère monter en lui. Il avait vu les corps fracassés de ses deux compagnons gisant au fond de la crevasse, l'un mort, l'autre dans un état critique, et il était convaincu que ces hommes en tenue blanche de camouflage étaient responsables de ce soi-disant accident. Et maintenant, pour couronner le tout, ces soldats étrangers voulaient l'empêcher de se déplacer librement dans son propre pays.

– Coopérer ! Vous êtes vraiment bien placé pour parler de coopération. Qu'est-ce que vous complotez, par ici ? Pourquoi a-t-il fallu que vous tuiez un de mes hommes ? Et c'est quoi, cette histoire d'avion sur le glacier ? Pourquoi tout ce putain de secret ?

– Je vais devoir vous demander de nous remettre tous vos appareils de télécommunication, téléphones portables, talkies-walkies, fusées de détresse si vous en avez, ordonna l'officier, ignorant les questions de Julius.

– Nos appareils de télécommunication ? Vous êtes cinglé, ou quoi ? Nous sommes ici pour répondre à un signal de détresse lancé depuis votre soi-disant zone interdite. Des Islandais sont en danger...

– Vous devez faire erreur. Il n'y a pas d'Islandais dans le secteur, à part vous, l'interrompit l'officier.

Il restait calme et impassible, même si le ton de sa voix trahissait un soupçon d'arrogance et d'impatience. La suffisance de son interlocuteur fit bouillir Julius ; dans n'importe quelle autre circonstance, il se serait fait un plaisir de lui mettre son poing dans la figure. Il n'avait pas peur des autres soldats et de leurs armes ; toute cette situation lui semblait bien plus grotesque et irréelle que dangereuse.

– Et si nous refusons ? L'armée américaine nous tirera dessus ?

– Nous avons reçu des ordres.

– Eh bien, vos ordres, vous pouvez vous les mettre où je pense. Vous n'avez pas le droit de nous arrêter. Il n'y a pas de zone interdite sur ce glacier. Nous avons juste entendu parler d'une alerte volcanique, mais je parie que c'est encore une de vos inventions. Vous n'avez aucun droit de jouer les petits chefs sur le territoire islandais. Et il est hors de question que nous vous donnions quoi que ce soit.

Ils restèrent plantés là, à se défier du regard. Une bise cruelle soufflait du nord, et des cristaux de glace glissaient comme une fumée sur la surface du glacier. Les sauveteurs bénévoles, dressés derrière Julius comme une meute silencieuse, ne montraient aucune peur face aux soldats en armes. Comme leur chef, ils n'avaient aucune intention de se laisser commander par un pouvoir militaire étranger.

– On continue, annonça Julius.

Il pivota sur ses talons et rejoignit son équipe, sans voir le geste que l'officier adressait au plus proche de ses hommes. Le soldat fit basculer son fusil et s'agenouilla, en position de tir. Julius était sur le point d'atteindre la première autoneige quand une salve de détonations déchira la nuit. Dans l'instant, la calandre et le capot du véhicule qui se trouvait juste devant lui se retrouvèrent criblés de trous, et une série de craquements assourdissants brisa le silence, tandis que les balles transperçaient l'acier. Julius se jeta à plat ventre sur la glace. Une flamme jaillit du moteur et une petite explosion projeta le capot dans les airs, avant qu'il ne retombe à grand fracas sur le toit de l'autoneige. Les sauveteurs qui étaient assis à l'intérieur ouvrirent les portières d'un coup de pied, se précipitèrent sur la glace et rampèrent pour se mettre à l'abri. Bientôt, le véhicule s'embrasa tout entier, illuminant la nuit polaire.

La fusillade cessa aussi vite qu'elle avait commencé. Le souffle court, le cœur battant à tout rompre, Julius se releva, abasourdi par ce qui venait de se passer. Calmement, le jeune officier marcha de nouveau jusqu'à lui. Tous les soldats avaient empoigné leurs armes, et tenaient en respect l'ensemble des sauveteurs.

– Vos téléphones portables, radios et fusées de détresse, répéta l'officier du même ton neutre et monotone que tout à l'heure. Julius se tourna vers l'épave en flammes. Il n'avait jamais rien vécu de pareil, n'avait jamais vu des militaires en action, ni été confronté à des armes de guerre, et l'espace d'un instant sa colère céda la place à la peur de ce qui les attendait, lui et ses hommes. Il tenta de percer le masque opaque de l'officier, embrassant du regard la forêt d'armes grises qui se dressait derrière lui, tous ces soldats aux visages invisibles. Puis il se tourna vers ses propres hommes. Certains avaient fui le véhicule incendié, d'autres se tenaient immobiles, frappés de stupeur, à côté de leur motoneige. Il faisait moins quinze sur le glacier, et la chaleur du brasier parvenait jusqu'à lui.

Kristin fut la première à les repérer. Steve et elle avaient abordé le glacier en un point où le rebord n'était pas particulièrement haut ni pentu, si bien qu'ils remarquèrent à peine le changement de terrain, passant des rochers couverts de neige à la glace. Ils avaient déjà parcouru une bonne distance sur le glacier lorsqu'elle aperçut des lumières au loin dans la nuit. Quatre motoneiges. Kristin s'arrêta pour attendre Steve, qui était à la traîne. Le temps qu'il la rattrape, les motoneiges n'étaient plus qu'à quelques mètres d'elle.

Une même pensée leur vint, tandis qu'ils échangeaient un regard. Ils savaient depuis le début que le glacier serait étroitement surveillé, et le fait qu'on leur ait envoyé un comité d'accueil n'était pas une surprise. Mais ils ne s'attendaient pas à être repérés si vite. Ils n'avaient aucune chance de semer les motoneiges – ils n'en avaient d'ailleurs pas l'intention. Tandis qu'un sentiment de peur familier l'inondait à nouveau, Kristin se rappela qu'elle avait informé tous ceux qui devaient l'être. C'était son assurance vie. Allait-elle fonctionner ? Ça, c'était une autre histoire. Steve et elle attendirent sans bouger. Étrangement, vu les circonstances, c'étaient les pieds de Kristin qui la préoccupaient le plus. D'abord douloureusement froids, ils commençaient à s'engourdir, malgré la deuxième paire de chaussettes en laine que Jon lui avait prêtée.

Les quatre hommes en motoneige les encerclèrent. L'un d'eux, dont Kristin conclut qu'il devait être leur chef, éteignit son moteur et mit pied à terre. Comme les trois autres, il portait un masque de ski, une combinaison polaire et des gants épais. Il baissa l'écharpe qui protégeait sa bouche.

– Je vais devoir vous demander de faire demi-tour et de quitter le glacier, déclara-t-il. Vous avez pénétré dans une zone militaire américaine interdite.

– Une zone interdite ? répéta Kristin d'une voix dédaigneuse.

Son intuition lui dit que c'étaient ces soldats que son frère avait vus et qui l'avaient intercepté sur le glacier. Peut-être ceux-là mêmes qui l'avaient précipité au fond d'une crevasse.

– C'est exact. Une zone militaire américaine, dont l'accès est interdit, répondit le soldat. Nous avons reçu la permission de mener des exercices dans ce secteur. L'accès est interdit aux personnes non autorisées. Veuillez faire demi-tour.

Kristin le fixa, peinant à dissimuler ses sentiments. Elle bouillonnait de rage. Après toutes les épreuves qu'elle avait traversées depuis que les deux assassins avaient fait irruption chez elle, elle se retrouvait face à face, enfin, avec la vérité. Ces soldats étaient la preuve que l'armée américaine se livrait sur ce glacier à des activités qui ne toléraient pas la lumière du jour. Ils étaient la preuve que son frère n'avait pas eu un accident, mais qu'il avait vu quelque chose qu'il n'était pas censé voir. Et voilà que cet homme se plantait devant elle et lui donnait des ordres ; un soldat américain qui jouait au petit chef dans son pays à elle, comme s'il y faisait la loi.

– C'est vous qui allez faire demi-tour, gronda-t-elle, en arrachant son masque pour le regarder dans les yeux. Le soldat recula brusquement la tête, et le masque vint s'écraser sur l'arête de son nez. Le froid intensifia la douleur et, perdant son sang-froid, le soldat frappa Kristin au visage avec la crosse de son fusil. Kristin s'écroula sur la glace. Steve bondit sur lui et l'attrapa par les épaules, mais le soldat lui assena un coup de crosse dans le ventre, de toutes ses forces. Steve se plia en deux et tomba à genoux, le souffle coupé. Kristin essaya de se relever, le nez et la bouche en sang, mais l'officier la repoussa d'un coup de botte, et elle retomba à plat sur le dos.

– Faites demi-tour, ordonna-t-il.

– Dites à Ratoff que je veux le voir, grommela Kristin, asphyxiée.

– Que savez-vous de Ratoff ? demanda l'officier, incapable de cacher sa surprise et réalisant, un peu tard, qu'il en avait trop dit.

Kristin sourit, malgré la coupure sur sa lèvre.

– Je sais que c'est un assassin, répondit-elle.

Le soldat la dévisagea, visage fermé, puis se tourna vers Steve, comme s'il se demandait quelles mesures prendre. Après avoir soupesé les différentes options, il sortit un téléphone portable de sa poche poitrine, tapa un numéro qui répondit aussitôt et s'écarta de quelques pas, empêchant Kristin d'entendre ce qu'il disait.

– Un homme et une femme. Affirmatif, major, articula-t-il à voix basse. Elle connaît votre nom. Un instant, major.

Il fit volte-face, se dirigea vers l'endroit où Kristin était allongée dans la neige, et la força à se redresser sur ses coudes.

– Vous vous appelez Kristin ? interrogea-t-il.

Elle soutint son regard, sans répondre.

– Vous avez un frère qui était sur ce glacier, hier ? demanda l'officier.

– Je ne sais pas. À vous de me le dire, siffla Kristin entre ses dents serrées.

– C'est bien elle, major, confirma l'officier dans son téléphone. Compris, ajouta-t-il.

Il raccrocha et se tourna vers ses hommes.

– On les emmène avec nous, annonça-t-il.

30

Glacier Vatnajökull.
Dimanche 31 janvier, 0 h GMT.

Il ne se contrôle plus – je veux parler de Kreutz. On dirait qu'il veut se comporter comme le plus jeune d'entre nous, malgré son grade. D'abord, il parlait calmement à son compagnon, mais il est devenu de plus en plus agité, jusqu'au moment où il s'est mis à lui hurler dessus. Je n'ai pas compris un mot de ce qu'ils disaient. Je ne sais pas ce que c'était, mais quelque chose l'a rendu complètement dingue. Il s'est levé d'un bond et a commencé à faire les cent pas dans la cabine, à marteler la porte, à hurler et à donner des coups de poing dans le fuselage. Dans sa folie, il a fait tomber l'une des lampes à pétrole, que nous n'avons pas réussi à rallumer depuis. L'autre Allemand l'a saisi à bras-le-corps et a fini par le maîtriser après une sacrée bagarre dans cet espace confiné. Je me suis réfugié à l'écart, dans le cockpit. Il n'y a plus assez de lumière pour écrire, à présent, car nous n'avons plus qu'une seule lampe qui fonctionne. Il n'y a presque plus de pétrole. Bientôt, nous serons dans le noir total.

Peut-être se disputaient-ils sur la question de savoir si ce n'était pas une erreur de rester assis là, sans bouger, au lieu de suivre le comte von Mantauffel. La tempête et le froid étaient si terribles quand nous avons atterri là qu'on ne pouvait même pas rester debout à l'extérieur, même si ça n'a pas suffi à arrêter von Mantauffel. Toutes nos tentatives pour arracher la porte de ses gonds ont été vaines. Cet avion sera notre tombeau, et j'imagine que nous commençons tous à nous faire à cette réalité. Nous sommes en train de mourir lentement dans un cercueil d'acier et de glace.

Nous avons perdu toute notion du temps. Il y a peut-être deux ou trois jours que nous nous sommes écrasés sur ce glacier. Peut-être plus. La faim devient de plus en plus pressante. Il n'y a rien à manger et l'air de la cabine est devenu irrespirable ; je suppose que l'oxygène n'est pas suffisamment renouvelé. Les Allemands somnolent. Ils ne font plus attention à moi depuis le crash. Sur le moment, ils étaient furieux après moi, ils m'ont hurlé dessus jusqu'à ce que von Mantauffel leur ordonne de se taire. Dommage que je ne comprenne pas mieux l'allemand. J'aurais aimé connaître le but de cette mission. Je sais qu'elle est cruciale, sinon tu ne m'aurais pas envoyé, mais de quoi s'agit-il au juste ? Pourquoi collaborons-nous ainsi avec les Allemands ? Ne sont-ils plus nos ennemis ?

Ratoff fut interrompu dans sa lecture.

– Carr au téléphone, major, lui annonça un soldat à travers la porte de sa tente. Ratoff parcourut à nouveau les quelques mètres qui le séparaient de la tente radio et empoigna le combiné.

– Les pressions se font de plus en plus fortes sur le gouvernement islandais, au sujet des manœuvres militaires qui se déroulent sur le glacier, déclara Carr, sans préambule. Il appelait de la base de Keflavik où, vingt minutes auparavant, son avion s'était posé avant de redécoller aussitôt, une fois refait le plein de carburant. Carr avait l'intention d'accompagner lui-même le Junkers de l'autre côté de l'Atlantique, à bord du c-17. Il avait eu un bref entretien avec l'amiral, qui l'avait briefé sur la colère croissante des Islandais autour de la présence de l'armée sur le Vatnajökull. La ruse de l'alerte volcanique ne fonctionnerait pas très longtemps. Le temps pressait, et la situation se détériorait au fil des minutes. Carr craignait désormais de se retrouver coincé là avec l'avion allemand, les cadavres et le secret les concernant. L'impatience du gouvernement islandais allait grandissant, et une catastrophe diplomatique se profilait, dont les ondes de choc risquaient de se propager au reste de la planète.

– Nous partons d'ici bientôt, le rassura Ratoff. Nous n'attendons plus que les hélicos.

– Nous ne voulons plus de cadavres, déclara Carr. Nous ne voulons plus de disparitions. Dégagez de ce glacier et disparaissez. Me suis-je bien fait comprendre ?

– Parfaitement, général, répondit Ratoff, évitant soigneusement d'évoquer Kristin ou l'équipe de sauveteurs.

– Bien.

Ratoff rendit le combiné à l'opérateur radio et sortit de la tente. Il entendit au loin le battement des gigantesques rotors des hélicoptères Pave Hawks, qui déboulaient de l'ouest à pleine vitesse, deux pointes lumineuses s'élargissant dans l'obscurité. Ses hommes avaient préparé une aire d'atterrissage sur la glace, délimitée par deux cercles de torches, et lancé quatre puissantes fusées éclairantes qui flottaient dans les airs comme des lanternes chinoises et continuèrent de brûler pendant plusieurs minutes, illuminant la scène d'un éclat jaune orangé. Les Pave Hawks apparurent soudain dans la lumière des fusées et restèrent un instant suspendus au-dessus du campement avant de se poser avec un soin infini sur la glace, tels des insectes démesurés, dans un fracas assourdissant et des tourbillons de neige aveuglants. Les hommes au sol restèrent à l'abri jusqu'à ce que les moteurs se soient tus et que les pales des rotors aient enfin cessé de tourner, leur gémissement se dissipant peu à peu dans l'air glacial. Quand les portes s'ouvrirent et que les membres d'équipage sautèrent sur le glacier, on les dirigea aussitôt vers la tente de Ratoff. Bientôt, tout redevint calme.

Les pilotes découvrirent avec stupéfaction la scène illuminée : la ville de tentes plantées en demi-cercle autour de l'avion pris dans les glaces, les traces de son excavation, la croix gammée sous le cockpit, immédiatement reconnaissable, les peintures de camouflage écaillées qui dévoilaient par endroits le vert-de-gris originel, les agents des forces spéciales qui grouillaient autour d'eux et sur la carcasse de l'avion. Le fuselage avait été coupé en deux, mais les pilotes ne pouvaient distinguer ce qu'il y avait à l'intérieur, car des bâches en plastique avaient été fixées sur la bouche béante de la partie dégagée de l'avion. Ils échangèrent un regard, puis se tournèrent à nouveau vers l'épave. On ne leur avait fourni aucune explication sur cette mission nocturne à destination du Vatnajökull ; ils avaient simplement reçu l'ordre d'évacuer par les airs, sans poser de questions, un objet de plusieurs tonnes qu'il leur faudrait ensuite acheminer jusqu'à l'avion-cargo c-17 qui stationnait depuis trois jours en bout de piste, à l'aéroport de Keflavik.

Ratoff salua les membres d'équipage des deux hélicoptères. Ils étaient quatre en tout, deux par appareil, âgés de vingt-cinq à cinquante ans, et portaient l'uniforme gris-vert de l'US Air Force. Ils avaient déjà enlevé leurs casques et leurs blousons de cuir doublés lorsqu'ils entrèrent dans la tente de Ratoff. Ils ne connaissaient pas le chef de cette opération et n'avaient pas la moindre idée de ce qui se passait sur ce glacier. Ils dévisageaient Ratoff, échangeaient des regards perplexes.

Ratoff étudia les pilotes. À leur expression, il comprit qu'on ne leur avait donné qu'un minimum d'informations sur l'objectif de leur mission. Ils semblaient confus, se balançaient d'un pied sur l'autre avec embarras, mais Ratoff n'avait aucune intention de les mettre à l'aise.

– Nous allons hélitreuiller l'épave d'un vieil avion jusqu'à l'aéroport de Keflavik, annonça-t-il.

– Quel avion, major ? demanda l'un des pilotes.

– Un souvenir, rétorqua Ratoff. Ne vous occupez pas de ça. Nous l'avons coupé en deux, pour que chaque hélicoptère en emporte une moitié. Nous apprécions votre aide, mais cette opération devra se dérouler sans histoire. Je vous recommande de rester tranquillement sous cette tente, car il vaudrait mieux pour tout le monde que vous évitiez de compromettre votre possibilité de nier de façon plausible.

– De compromettre notre quoi ? interrogea l'un des pilotes en se tournant vers ses compagnons pour s'assurer qu'il n'était le seul à être dérouté par les instructions de Ratoff. Puis-je vous demander ce qui se passe ici ?

– C'est précisément ce que je voulais dire, répliqua Ratoff. Moins vous en saurez, et mieux ce sera. Merci, messieurs, conclut-il, pour mettre un terme à cette conversation.

Mais le pilote n'était pas satisfait.

– S'agit-il de l'avion allemand ? demanda-t-il d'un ton hésitant.

Ratoff le fusilla du regard, stupéfait que le pilote ait osé poser cette question. N'avait-il pas été assez clair ?

– Comment ça, « l'avion allemand » ? grommela-t-il.

– L'avion allemand sur le Vatnajökull, répondit le pilote.

Il était jeune, le teint frais, et son absence de malice le rendait difficile à comprendre pour Ratoff.

– J'en ai déjà entendu parler, poursuivit le pilote. Et j'ai vu la croix gammée.

– Et qu'avez-vous entendu, au juste, à propos de cet avion allemand ? interrogea Ratoff en s'approchant de lui.

– Son lien avec les astronautes, major.

– Quels astronautes ?

– Armstrong, major. Neil Armstrong. Il est parti à sa recherche dans les années 60. Du moins, c'est ce qu'on raconte. On dit qu'il y aurait une bombe à bord – une bombe à hydrogène. Si c'est le cas, et si je dois voler avec ce truc accroché à mon hélico, j'aimerais bien être mis au courant. D'un point de vue opérationnel, major, évidemment.

– C'est la rumeur qui court à la base ? marmonna Ratoff, songeur. Les nazis, Neil Armstrong et une bombe H ?

– Alors, il y a une bombe ? Pourrions-nous voir l'intérieur de l'avion ? Le règlement m'oblige à vérifier ce que ce que nous allons transporter, major.

– Je crains que vous ne deviez simplement me faire confiance, lieutenant, si je vous dis qu'il n'y a pas de bombe dans cet avion. C'est un appareil allemand, vous avez pu le constater, et il date de la Seconde Guerre mondiale, mais il ne présente aucun risque. C'est bien la première fois que j'entends parler d'Armstrong qui serait venu le chercher, et la première fois, à coup sûr, que j'entends cette histoire de bombe nazie. Nous n'avons rien trouvé de semblable. Vous voilà rassuré ?

– J'imagine que oui, major, acquiesça le pilote d'un ton incertain.

– Puisqu'il est si inoffensif, major, intervint l'autre pilote, pourquoi ne pouvons-nous pas le voir ? Pourquoi devons-nous rester cloîtrés dans cette tente ?

– Bon Dieu ! s'exclama Ratoff entre ses dents.

Il soupira longuement.

– Comment faut-il vous le dire, messieurs ? Je n'ai pas à vous fournir d'explications.

Il passa la tête par la porte de la tente et fit signe à trois soldats de le rejoindre à l'intérieur.

– Si l'un de ces hommes cherche à sortir, abattez-le, ordonna-t-il.

Les membres d'équipage restèrent figés, blottis les uns contre les autres, piétinant le sol comme un troupeau de bétail effrayé, estomaqués par ce qu'ils venaient d'entendre. On les avait fait venir au milieu de nulle part, dans cet endroit où se déroulaient d'inexplicables travaux d'excavation au sujet desquels ils étaient tenus au secret, et voilà qu'à présent ils se retrouvaient pris en otages par des hommes de leur propre camp. Ils se regardaient sans rien dire, contemplaient leur ravisseur.

– Que signifie tout ceci ? finit par s'indigner leur chef. Comment osez-vous nous traiter de la sorte ? Et qui va piloter les hélicoptères, maintenant ?

– Nous avons des hommes pour ça. Nous n'avons pas besoin de vous, rétorqua Ratoff.

Il se glissa hors de la tente. Un homme l'attendait dehors, qui se joignit à lui pour descendre vers l'avion.

– Le vol s'est bien passé ?

– Comme dans un rêve, répondit Bateman, tout sourire.

31

Glacier Vatnajökull.
Dimanche 31 janvier, 0 h 15 GMT.

Kristin se retrouva face à une scène extraordinaire, totalement irréelle, digne d'un film de science-fiction. C'était peut-être dû à l'épuisement qui avait pris possession de ses membres, telle une drogue douce, mais d'un seul coup elle perdit pied, submergée par un terrible sentiment d'impuissance. Tout ce qui venait de lui arriver fut soudain réduit à un flot d'hallucinations sans queue ni tête, un cauchemar prolongé et intense dans lequel elle s'enfuyait sans jamais être capable de courir assez vite. Se trouvait-elle encore chez elle, allongée sur son canapé ? La vision qui se déployait sous ses yeux l'empêchait de replacer les événements dans un quelconque contexte, de faire une distinction entre cette étrange réalité et les délires de sa propre imagination.

Elle contemplait les hélicoptères Pave Hawk dressés l'un à côté de l'autre, les interminables pales de leurs hélices se déployant dans toutes les directions ; des tentes de toutes tailles, une trentaine au total, disposées en demi-cercle ; des motoneiges, des véhicules à chenilles, des remorques transportant des moteurs diesel et des groupes électrogènes ; des projecteurs, des antennes satellites et un tas d'autres équipements dont elle ignorait le nom. Des dizaines, voire des centaines de soldats s'affairaient sur la glace. Certains, remarquait-elle maintenant, avaient entrepris de démonter les tentes – ils commençaient à nettoyer derrière eux, comprit-elle. Ils en avaient terminé. Il ne resterait bientôt plus aucune trace d'eux : la neige effacerait leurs empreintes. Cette évidence la frappa au plus profond d'elle-même, déclenchant une sirène d'alarme qui lui fit peu à peu reprendre ses esprits : ils quittaient le glacier.

C'est alors seulement qu'elle aperçut l'avion. Il gisait, coupé en deux, au fond d'une légère dépression dans la glace. Deux groupes d'hommes étaient occupés à fixer autour de ses deux moitiés des sangles larges et solides, elles-mêmes fixées à des câbles qui se déployaient en direction des hélicoptères. À l'évidence, les hélicos étaient là pour évacuer l'épave, après quoi il ne faudrait pas très longtemps à ces soldats pour disparaître à leur tour.

L'air était paisible, la température bien en dessous de zéro. La voûte noire du ciel nocturne surplombait les lieux, réfléchissant l'éclat des projecteurs. Le trajet jusqu'ici s'était déroulé sans histoire ; Steve et elle n'avaient eu d'autre choix que de monter sur les motoneiges, derrière leurs ravisseurs, qui étaient restés en contact radio avec le campement pendant tout le voyage. Au bout de quinze ou vingt minutes, ils avaient franchi cette petite crête, et les tentes étaient apparues en contrebas.

Les véhicules se précipitèrent dans la pente et entrèrent en trombe dans le campement, avant de s'immobiliser devant l'une des plus grandes tentes. Deux soldats montaient la garde de part et d'autre de l'entrée. Steve et Kristin furent conduits à l'intérieur.

– Ça va, Kristin ? s'inquiéta Steve, lorsqu'ils se réfugièrent au fond de la tente, aussi loin que possible des deux gardes.

– Oui, et toi ? Tu vas bien ?

En le regardant, elle repensa à ce qui s'était passé entre eux, à la ferme de Jon. L'espace d'un bref instant, elle oublia son environnement présent et s'imagina un avenir avec lui.

– Ça pourrait aller mieux, avoua Steve. Je pourrais être chez moi, à regarder le basket. Il y a un gros match, ce soir, les Lakers de Los Angeles contre les Chicago Bulls.

– Je ne vois pas comment ça pourrait être mieux qu'ici, plaisanta Kristin.

Aucun d'eux ne sourit. Se tournant vers lui, elle vit les traits de Steve refléter sa propre angoisse.

Elle examina leur cellule de toile, gagnée par le désespoir. Sur la table était posée une grande lampe à pétrole qui illuminait la tente et dégageait un semblant de chaleur dans le froid glacial de l'endroit. Il y avait également quatre chaises pliantes et, au fond de la tente, près de là où ils se trouvaient, ils remarquèrent la présence de plusieurs bâches de toile grossière déployées sur la glace. Elle jeta un regard vers la porte de la tente, d'où les soldats au garde-à-vous les observaient.

– Je veux parler à Ratoff, leur lança Kristin, sans aucune réaction de leur part.

– Ton équipe de sauveteurs ne devrait pas déjà être là ? interrogea Steve entre ses dents, une touche d'inquiétude dans la voix. Et les garde-côtes, ou je ne sais quoi ? Et la police, et les journalistes, et les équipes de télévision ? Où est CNN ? Où est la cavalerie ?

– Je sais, soupira Kristin. Il faudrait qu'il se passe quelque chose, et vite. Écoute, réfléchissons quelques

303

instants. Comment sortir d'ici ? Et puis c'est quoi, cette tente ? À quoi peut-elle bien leur servir ?

Elle baissa les yeux sur les bâches.

– Qu'est-ce que c'est que ça ? demanda-t-elle à demi-voix, en reculant tout au fond de la tente. Steve se rapprocha d'elle discrètement. Distraits par l'agitation du dehors, les gardes avaient cessé de s'intéresser à eux pour admirer le spectacle de cette petite armée en train d'effacer toutes ses traces. L'extrémité grise d'une housse mortuaire dépassait d'une des bâches.

– Qu'est-ce qu'ils ont mis là-dedans ? murmura Steve.

Kristin posa le pied sur un coin de la bâche et tira doucement dessus, puis répéta l'opération. Ses jambes étaient raides d'avoir escaladé le glacier, et affaiblies par le manque de sang ; elle dut se concentrer pour contenir les spasmes qui agitaient les muscles de ses cuisses. La bâche se mit à glisser, et Kristin la tira du pied jusqu'à apercevoir ce qu'il y avait dessous. La housse mortuaire était ouverte en haut, la grosse fermeture éclair qui joignait ses deux pans d'un gris satiné baissée d'une dizaine de centimètres. Leurs yeux se posèrent sur une casquette militaire ornée d'un aigle et d'une croix gammée. Kristin tira encore un peu, et un visage apparut sous la casquette. Ils contemplèrent le corps sans rien dire. C'était un homme d'un certain âge, dont la peau, dans sa pâleur cadavérique, était presque aussi translucide qu'un bloc de glace. Kristin ne saisit pas tout de suite ce qu'elle avait sous les yeux ; elle resta figée, muette de stupeur, le regard rivé sur cette nouvelle découverte.

Son cœur faillit s'arrêter lorsqu'une voix rauque résonna derrière eux.

– Charmant, vous ne trouvez pas ? Comme s'il était mort il y a une semaine à peine.

Ratoff entra dans la tente, suivi comme son ombre par Bateman. Kristin reconnut aussitôt l'homme qui avait essayé par deux fois de l'assassiner ; d'instinct, elle sut aussi qu'elle se trouvait enfin face à Ratoff. Elle s'était fait une image de lui qui ne correspondait pas du tout à l'homme qui se trouvait devant elle. Il était si petit qu'elle faillit éclater de rire. Elle s'était imaginé un gaillard d'un bon mètre quatre-vingt-cinq, pas ce gringalet sans la moindre prestance ; malgré sa combinaison de ski rembourrée, elle devinait qu'il n'avait que la peau sur les os. L'espace d'un instant, il lui vint à l'esprit que cet homme souffrait peut-être d'une maladie incurable. Il avait les traits vaguement slaves : un visage anguleux, pommettes et menton saillant sous sa peau tendue, le nez fin et parfaitement droit, de petits yeux vifs, un peu enfoncés. Lorsqu'il se rapprocha, elle remarqua les cercles blancs autour de ses pupilles, qui conféraient à son regard une lueur sinistre. Ses oreilles étaient petites et collées à son crâne, et sa bouche semblait souligner la cruauté de ses yeux, mais ce qui attirait irrésistiblement l'attention de Kristin, c'était la cicatrice sous son œil gauche. Elle n'arrivait plus à la quitter des yeux. La balafre était aussi ronde qu'un soleil miniature, d'où irradiaient de minuscules sillons qui lui creusaient la joue.

– Vous n'êtes pas la première, déclara Ratoff de sa voix étrangement grinçante, en remarquant la direction de son regard. Elle a fait ce qu'elle a pu.

Il frotta du doigt les contours violacés de sa vieille cicatrice.

– J'espère que vous avez eu mal, rétorqua Kristin.

– Simple accident, répondit Ratoff. La balle est entrée par mon visage, et elle est ressortie derrière l'oreille. J'ai perdu une partie de mes capacités vocales, rien de plus.

– Dommage qu'elle ne vous ait pas tué, répliqua Kristin.

– Ce n'est pas passé loin, s'amusa Ratoff. Vous cherchez votre petit frère, Kristin ? J'ai peur qu'il ne soit trop tard pour le sauver.

– N'en soyez pas si sûr : aux dernières nouvelles, il était toujours vivant. Il s'en est fallu de peu, mais si une merde comme vous peut survivre à une balle tirée à bout portant, il a des chances de s'en sortir.

Ratoff soupesa l'argument.

– Ah, ces Islandaises… reprit-il au bout d'un moment, en se tournant vers Steve. J'ai lu pas mal de choses sur elles. Elles adorent coucher avec des étrangers. Pas vous, Kristin ?

– Allez vous faire foutre, gronda Kristin.

La ligne étroite des lèvres de Ratoff se tordit imperceptiblement.

– Peu importe, dit-il. Nous avons terminé. Et le plus fort, dans tout ça, c'est que nous ne sommes jamais venus là.

– Tout le monde est au courant. Nous avons prévenu tous ceux que nous pouvions, nous leur avons parlé de vous et de l'avion sur le Vatnajökull. Ce glacier ne va pas tarder à être envahi par une foule d'observateurs bien informés, et vous ne pourrez pas tous les jeter au fond d'une crevasse.

– C'est pour cette raison que nous devons nous dépêcher. Je regrette de ne pas pouvoir passer un peu plus de temps avec vous. Bateman aurait vraiment aimé.

– Ce connard a donc un nom ! s'écria Kristin.

Bateman ne bougea pas mais Ratoff fonça droit sur Kristin, qui, malgré elle, recula d'un pas. Le visage de Ratoff vint se coller contre le sien. Au fond de ses petits yeux, elle ne lut qu'un dégoût glacial. Elle sentit son haleine aigre, repoussante.

– On dirait que vous avez plus de cran que votre petit frère, siffla-t-il entre ses lèvres étroites. Ce qu'il a pu hurler… Ce qu'il a pu crier et pleurer. D'abord, quand j'ai arraché les yeux de son copain et ensuite, quand je me suis occupé de lui. Il n'arrêtait pas de geindre, de réclamer sa grande sœur. J'ai cru qu'il n'arrêterait jamais. Mais sa sœur ne l'entendait pas. Elle était trop occupée à se taper un Américain. Vous auriez dû l'entendre. Très émouvant, vraiment.

Il ne cilla pas quand le crachat atterrit sur son front et ruissela sur son œil. Il se contenta de poursuivre de la même voix grave et enrouée.

– « Kristin », il gémissait. Mais sa grande sœur n'est pas venue.

Un soldat des forces spéciales se présenta à l'entrée de la tente.

– Les hélicoptères sont prêts, major, annonça-t-il.

Ratoff pivota sur ses talons, essuyant la salive sur son visage. Il jeta un regard à Bateman et hocha la tête.

– Chargez les corps dans l'avion, ordonna-t-il, avant de se diriger vers la porte.

Il avait déjà passé la tête dehors quand Kristin hurla dans son dos :

– Je sais, pour Napoléon !

Ratoff se figea net, puis se retourna.

– J'ai dit : je sais tout sur Napoléon, répéta Kristin.

– Vous ne savez pas de quoi vous parlez, répliqua sèchement Ratoff, en rentrant dans la tente.

– Je connais le dossier Napoléon, poursuivit Kristin, aveuglée par la rage. Ou l'Opération Napoléon, comme on l'avait baptisée.

– Dites-moi, Kristin. Que savez-vous, exactement? Ou bien est-ce juste un nom que vous avez entendu? C'est un atout bien faible que vous me sortez là, rétorqua Ratoff, avec un sourire méprisant.

– Je sais tout, répondit Kristin en se lançant à l'aveuglette. Ce que manigançaient les Allemands. Je sais ce que cache votre cher avion. Un secret au fond d'une mallette. Pas de bombe, pas d'or, pas de virus. Rien que des documents.

– Très bien. Imaginons que vous sachiez tout ça. Qui d'autre est au courant, pour Napoléon?

Ratoff revint se planter devant elle. Ses yeux sans âme scrutaient ceux de Kristin. Il répéta sa question, et Kristin comprit qu'elle avait touché un point sensible. Comment enfoncer le clou? Elle n'en avait aucune idée. Elle avait l'esprit vide. Sous le regard de Ratoff, elle se sentait aussi fine qu'une feuille de papier, transparente, à nu.

– À qui avez-vous parlé de Napoléon? redemanda Ratoff, et Kristin aperçut soudain l'éclat de l'acier dans sa main.

32

Aéroport de Keflavik.
Dimanche 31 janvier, 0 h 15 GMT.

Vytautas Carr se tenait sur le seuil du hangar 11 de l'aéroport de Keflavik et contemplait la nuit, dehors, l'esprit préoccupé, les nerfs à vif. Même s'il ne pouvait voir le C-17 dans cette obscurité, il savait que l'avion-cargo était paré au décollage. Les deux moitiés de l'appareil allemand allaient être évacuées du glacier de manière imminente, et si tout se déroulait comme prévu, ils auraient quitté le sol islandais d'ici trois heures. Alors, tout serait terminé.

Les autorités islandaises se montraient de plus en plus fébriles. Plus inquiétant, elles étaient convaincues que leurs protestations étaient plus que légitimes, et avaient depuis longtemps rejeté toute servilité dans leurs relations avec les représentants des États-Unis. L'ambassade américaine à Reykjavik avait non seulement été mise en cause par les médias dans l'affaire de la fusillade au pub irlandais, mais également dans ce que la presse décrivait à présent comme les opérations militaires en cours sur le Vatnajökull. Comme si cela ne suffisait pas, la police de Reykjavik avait appris l'existence de mouvements de troupes sur le glacier;

quelqu'un au sein des forces de l'ordre connaissait le nom de Ratoff et avait posé des questions aux gens de l'ambassade, mais également aux autorités militaires de Keflavik. Un hélicoptère des garde-côtes islandais avait été envoyé sur place pour récupérer deux hommes qui avaient été victimes d'un accident sur le glacier. Les garde-côtes avaient été prévenus, en outre, que la Force de défense avait refusé de répondre à un appel de détresse des coéquipiers de ces deux hommes. Dans le même temps, les contrôleurs aériens de Reykjavik avaient suivi les mouvements des hélicoptères Pave Hawk. Cette information n'allait pas tarder à fuiter, et certains feraient certainement le lien avec la fausse alerte volcanique qui avait été diffusée un peu plus tôt à la radio ; ils en tireraient leurs propres conclusions. Et alors, il n'y aurait plus moyen d'étouffer cette affaire.

Carr avait longtemps réfléchi aux possibles conséquences d'une divulgation de cette opération et de son objectif ; non seulement le scandale international qui s'ensuivrait, mais également les conséquences pour lui, personnellement. C'était sa responsabilité de faire en sorte que l'histoire de l'avion ne soit jamais révélée ; il était en charge d'une mission qui avait déjà coûté la vie à deux personnes ; c'était lui qui avait déployé en toute illégalité des agents des forces spéciales américaines sur le territoire d'une nation amie, et il était l'instigateur d'un vaste tissu de mensonges, d'inventions et autres manipulations. C'est lui qui trinquerait le premier. Quelques jours plus tôt, il planifiait joyeusement sa retraite ; à présent, il tremblait d'inquiétude en pensant à l'avenir.

La priorité absolue, c'était de sécuriser l'épave et ce qu'elle contenait. Ce qui arriverait ensuite importait peu. Les derniers soldats regagneraient la base et l'amiral inventerait un mensonge à peu près convaincant pour justifier la présence de ses hommes sur le glacier. Ils bombarderaient les Islandais de désinformation jusqu'à ce que toutes les nouvelles concernant l'armée deviennent suspectes. Le processus était déjà engagé. On pouvait s'attendre à des réactions de colère et d'hostilité de la part des Islandais, à des condamnations officielles, mais ce ne serait que de la gesticulation, puisque l'Islande n'avait pas le pouvoir de décider si elle voulait ou non de l'armée américaine sur son territoire. Non, la réaction des Islandais n'empêchait pas Carr de dormir. Les considérations économiques prévaudraient au final. Dans une semaine ou deux, personne n'en aurait plus rien à faire des manœuvres militaires américaines sur le Vatnajökull.

Le seul véritable risque de divulgation venait de cette Islandaise, Kristin, mais qui lui prêterait la moindre attention une fois que l'avion aurait quitté le pays ? Qui accorderait le moindre crédit à ses délires au sujet d'un avion allemand de la Seconde Guerre mondiale enfoui dans les glaces du Vatnajökull depuis un demi-siècle, et qui cachait quelque chose de dangereux, d'incompréhensible et d'invraisemblable ? Carr était convaincu qu'elle ignorait le véritable secret. Comment aurait-elle pu le connaître ? Ils avaient reconstitué ses moindres faits et gestes et savaient à qui elle avait parlé avant de se rendre sur le glacier ; non, aucun élément ne semblait indiquer qu'elle connaissait la réalité, et encore moins qu'elle en saisissait le sens. Rien d'irréparable n'avait été commis. Carr n'arrêtait pas de se le répéter, comme pour s'en persuader.

Ses pensées se reportèrent sur le chef de l'opération, et il se demanda s'il n'avait pas accordé sa confiance à la mauvaise personne en choisissant Ratoff. On pouvait compter sur Ratoff pour remplir une mission mais, avec lui, le coût en vies humaines était toujours très élevé. Au début des années 70, Carr l'avait lui-même recruté comme agent du renseignement militaire ; Ratoff avait maintes fois démontré sa valeur, mais parmi tous ceux qui avaient travaillé à ses côtés, personne ne l'appréciait. C'était un homme que les gens préféraient ne pas connaître et sur les agissements duquel on préférait fermer les yeux. Il avait fini par devenir une sorte d'agent fantôme au sein du service, sur lequel couraient des rumeurs qui n'étaient jamais confirmées, et que la plupart de ses collègues choisissaient d'ignorer.

Carr était sans doute la personne qui connaissait le mieux son parcours avant qu'il ne rejoigne leur organisation, même s'il restait pas mal de trous. Ratoff s'était engagé dans les marines en 1968 et avait combattu au Viêtnam, enchaînant même deux périodes de service consécutives. Lorsqu'il avait rencontré Carr au retour du Viêtnam, il portait déjà sa cicatrice. L'explication qu'en avait donnée Ratoff était simple : un malheureux accident ; son fusil s'était coincé entre la porte de son baraquement et le chambranle, et lui avait tiré une balle en plein visage. Les médecins jugeaient miraculeux que la balle n'ait touché ni une artère, ni son cerveau, ni sa colonne vertébrale, et qu'il s'en soit sorti sans rien de plus grave que des cordes vocales abîmées. Toutefois, Carr avait envoyé un de ses agents vérifier cette histoire, et en interrogeant les hommes du bataillon de Ratoff, l'homme avait recueilli d'autres versions : Ratoff était un sadique sur lequel on pouvait toujours compter pour aller plus loin que quiconque quand il s'agissait d'arracher des informations à l'ennemi, même quand cet ennemi ne disposait d'aucune information ; il avait mutilé et tué sans modération et le bruit courait, sans que cela ait jamais été confirmé, qu'il collectionnait certaines parties du corps de ses victimes comme autant de trophées. Il n'aurait d'ailleurs pas été le seul marine à porter des oreilles humaines en pendentif, mais cette idée révulsait Carr. Ce qui était commun à tous ces témoignages, c'est que la blessure de Ratoff lui avait été infligée par une jeune Vietnamienne qui avait réussi à s'emparer de son arme, l'avait forcé à se mettre à genoux devant elle et lui avait tiré dessus. Aussitôt après, elle avait retourné l'arme contre elle.

Malgré l'horreur des témoignages sur sa conduite, Ratoff s'était révélé très utile aux services de renseignements militaires en Amérique du Sud, au début des années 70. Il avait œuvré au Salvador et au Nicaragua, puis au Chili et au Guatemala, aux côtés des troupes que le gouvernement américain avait envoyées pour soutenir les dictateurs. Quand les protestations virulentes d'une partie du peuple américain avaient contraint les autorités à limiter leur soutien aux dictatures d'extrême droite, Ratoff avait été envoyé au Moyen-Orient. Là-bas, il avait repris ses vieilles habitudes, obtenant des informations en recourant à des moyens dont Carr préférait ne rien savoir. Basé au Liban, il avait travaillé un temps pour le Mossad. Son dossier officiel avait été retiré de la circulation, et Carr était désormais l'un des rares hauts fonctionnaires à connaître son existence. C'était l'une des raisons pour lesquelles on lui avait confié cette mission : personne ne le regretterait.

De violentes bourrasques tourbillonnaient autour du hangar, et Carr se demanda quelle race d'hommes pouvait bien supporter de vivre dans un froid et une obscurité aussi constants. Perdu dans ses pensées, il n'entendit pas le soldat approcher ni s'adresser à lui, et ne remarqua sa présence que lorsque le nouveau venu prit la liberté de poser la main sur son épais pardessus de laine. Carr sursauta.

– Un homme demande à vous parler, annonça le soldat.

Il portait l'uniforme de l'us Air Force. Carr ne le connaissait pas.

– Il est venu des États-Unis pour vous voir, ajouta le soldat.

– Pour me voir ?

– Il a atterri il y a quinze minutes, précisa le soldat. On m'a envoyé vous prévenir.

– Qui est cet homme ? interrogea Carr.

– Un nommé Miller, général. Le colonel Miller. Il est arrivé à l'aéroport de Keflavik, sur un vol civil.

– Miller ? Où est-il ?

– Il était pressé de vous voir, général, alors nous l'avons amené ici, au hangar, répondit le soldat en jetant un regard par-dessus l'épaule de son supérieur.

En se retournant, Carr vit une porte s'ouvrir, et Miller qui entrait. Il portait un gros anorak vert, dont la capuche fourrée dissimulait presque totalement son visage blanc et décharné. Carr le rejoignit d'un pas vif. C'était la dernière chose à laquelle il s'attendait ; les deux hommes n'avaient jamais évoqué l'idée d'une implication de Miller dans la suite des événements, et Carr n'avait plus eu de ses nouvelles depuis leur dernière entrevue, si bien que sa présence soudaine dans ce hangar le prenait complètement au dépourvu.

– Que se passe-t-il ? s'écria-t-il, alors qu'il se trouvait encore à dix mètres de lui. Que signifie tout cela ? Qu'est-ce que vous faites ici ?

– Toujours ce même air pur et frais, remarqua Miller. Je n'ai jamais pu l'oublier.

– Que se passe-t-il ? répéta Carr.

314

Il regarda les hommes qui avaient conduit Miller jusqu'à lui, trois agents des renseignements en civil qui accompagnaient Carr partout où il allait.

– Du calme, Vytautas, soupira Miller. J'ai toujours rêvé de revenir en Islande. De respirer une nouvelle fois cet oxygène pur et glacé.

– Oxygène ? Qu'est-ce que vous racontez ?

– Auriez-vous l'obligeance de vous entretenir un moment avec moi ? demanda Miller. Juste nous deux. Les autres nous attendrons ici.

Carr marcha lentement vers les portes du hangar, structures d'acier aussi vastes que des courts de tennis. Les deux hommes s'arrêtèrent dans un entrebâillement, au-dessus duquel un chauffage suspendu avait du mal à repousser le froid vif du dehors.

– La première fois que je suis venu dans ce pays à la fin de la guerre, il y a une éternité, déclara Miller, c'était pour retrouver mon frère. Je lui avais confié cette mission, et j'avais prévu de le rejoindre lorsqu'il ferait escale à Reykjavik avec les Allemands, pour faire le plein de carburant. J'avais l'intention de rentrer avec eux. C'était le plan. C'est absurde, je sais, mais je me sens coupable de ce qui lui est arrivé. C'était égoïste de ma part, de l'impliquer là-dedans. J'ai voulu l'éloigner du champ de bataille – eh bien, j'ai été puni pour ça. Car à la place il a perdu la vie ici, dans l'Arctique. Il a péri dans le crash, ou bien il est mort de froid par la suite – nous ne l'avons jamais su. Ou du moins je ne l'ai jamais su. Tout ça à cause de cette opération grotesque qui n'aurait jamais dû être lancée.

– Où voulez-vous en venir ? s'impatienta Carr.

– Vous ne m'avez pas donné de nouvelles. Qu'avez-vous trouvé, là-bas ? Y a-t-il des corps, et dans quel état ? Savez-vous ce qui s'est passé ? Dites-moi quelque chose. C'est tout ce que je demande.

Carr dévisagea son ancien chef. Il comprenait les motivations de Miller ; il savait que Miller avait passé la majeure partie de sa vie à attendre que lui soit enfin révélé le sort de cet avion. Il y avait un éclat dans ses yeux, à présent, que Carr n'avait jamais vu, une lueur d'espoir que Miller s'efforçait en vain de dissimuler.

– La plupart d'entre eux sont intacts, déclara-t-il. Y compris votre frère. Ils ont été conservés dans la glace. Apparemment, l'atterrissage n'a pas été si violent. Ils ont certainement dû faire face à un incendie, mais rien de bien méchant. Comme vous le savez, les conditions météo étaient très mauvaises quand ils se sont écrasés, et ils allaient forcément se retrouver très vite enfouis sous la neige et pris au piège dans l'avion. Mais peu importe. Même s'ils avaient réussi à sortir en se frayant un chemin dans la neige ils n'auraient jamais pu survivre par ce froid. Il n'y a aucune trace de violence. Comme s'ils étaient morts simplement, les uns après les autres. Ils portaient tous des passeports, et il semblerait qu'un seul d'entre eux manque à l'appel : von Mantauffel ne se trouvait pas à bord ni aux environs de l'avion.

– Ce qui signifie ?

– Ce qui signifie qu'il a tenté d'aller chercher du secours. De rejoindre la civilisation.

– Mais il n'y est pas arrivé.

– Non. Je ne crois pas qu'il faille s'en inquiéter.

– Mon Dieu. Il a dû mourir de froid.

– Certainement.

– A-t-on retrouvé des documents personnels à bord ?

– Ratoff ne m'a rien signalé. Un message de votre frère, vous voulez dire ?

– Pendant la guerre, nous nous échangions des lettres chaque semaine. Nous étions proches. C'était une habitude que nous avions prise – une manière, je suppose, de nous expliquer à nous-mêmes ce dont nous étions témoins. Je pensais qu'il aurait peut-être écrit des choses, quelques mots ou pensées, s'il avait survécu au crash. Ses regrets.

– J'ai bien peur que non.

– Et les documents ?

– Ratoff les a récupérés.

Ils restèrent silencieux.

– Vous compliquez les choses, reprit Carr. Vous le savez.

Miller fit volte-face et s'éloigna d'un pas tranquille.

– Je ne veux pas le perdre à nouveau, répondit-il par-dessus son épaule.

33

Glacier Vatnajökull.
Dimanche 31 janvier, 0 h 30 GMT.

Kristin était pétrifiée par Ratoff, tel un serpent devant son charmeur. Il avait approché son visage du sien et s'amusa à faire glisser le poinçon sur sa gorge, son menton puis sa joue, jusqu'à l'œil. Elle n'avait pas la moindre idée de ce qu'il fallait lui répondre au sujet de Napoléon, mais il fallait qu'elle dise quelque chose – n'importe quoi – pour gagner du temps ; un truc qu'il avait envie d'entendre. Elle eut soudain l'intuition qu'elle se trouvait à présent dans la même situation que son frère auparavant, et elle comprenait maintenant ce qu'il avait dû ressentir, la terreur qu'avait dû lui inspirer cet homme, sa peur de mourir. Elle comprenait ce que l'on ressentait aussi près d'un maniaque. Y avait-il si peu de temps que cela s'était passé ? Hier soir ? Avant-hier ?

Que fallait-il lui dire ?

– Kristin, vos efforts pour nous retarder sont vraiment délectables, souffla Ratoff. Mais inutiles.

Kristin s'était réfugiée derrière un poteau, au fond de la tente. Les deux gardes retenaient Steve, et le pistolet de Bateman était braqué sur lui.

– Vous croyez que les secours vont bientôt envahir les lieux, poursuivit Ratoff. Que vous serez sauvée et que le monde entier découvrira ce qui se passe sur ce glacier. Eh bien, j'ai le regret de vous dire qu'ici, nous sommes dans le monde réel. Nous sommes intouchables. Nous avons le gouvernement dans la poche et l'équipe des sauveteurs a été interceptée. Qu'allez-vous faire, Kristin ? Nous allons quitter le glacier et, après, personne ne saura jamais rien. Pourquoi vous croyez-vous obligée de sauver le monde ? Vous ne voyez pas comme vous êtes ridicule ? Et maintenant, racontez-moi depuis le début…

– Les hélicos vont décoller, cria un soldat à travers la porte de la tente.

– … comment vous avez entendu parler de Napoléon.

Ils entendirent les moteurs des hélicoptères gronder puis rugir au dehors, et le gémissement croissant des hélices prenant de la vitesse.

– C'est un ancien pilote de la base qui nous a parlé de Napoléon, hurla Steve. Et ce n'est pas elle qui sait ce qu'il y a derrière ce nom, mais moi !

– Il ment, intervint Kristin.

– Comme c'est touchant, murmura Ratoff.

Kristin ne comprit pas tout de suite qu'il l'avait poignardée – on aurait plutôt dit un pincement. D'un geste fulgurant, il lui avait planté le poinçon dans le flanc, juste sous les côtes, à travers sa combinaison et ses vêtements, plusieurs centimètres d'acier s'enfonçant dans sa chair. Kristin sentit comme une brûlure, et le sang qui coulait sous ses vêtements. Ratoff maintenait le poinçon dans la plaie.

Kristin cria de douleur et tenta de lui cracher dessus, mais elle avait la bouche sèche. Ratoff remua le poinçon et les yeux de Kristin s'écarquillèrent, tandis qu'un spasme de douleur secouait tout son corps, lui arrachant un hurlement. Du coin de l'œil, elle aperçut Steve qui vociférait et se débattait entre les mains des gardes.

– Qui d'autre est au courant, pour Napoléon ? répéta Ratoff, observant les réactions de Kristin à la souffrance avec un détachement tout scientifique.

Kristin se dressa sur la pointe des pieds, et se pencha sur lui.

– Tout le monde, grogna-t-elle.

– Qui ça, tout le monde ?

– Le gouvernement, la police, les médias. Tout le monde.

– J'ai l'impression que vous me mentez, pas vrai ?

– Non, répondit-elle en islandais. Non.

– Dans ce cas, dites-moi ce qu'est Napoléon.

Il fit tourner le poinçon dans la plaie.

Kristin ne répondit rien. La douleur était insoutenable. La plaie devait être profonde d'au moins dix centimètres. Elle avait l'impression qu'elle allait s'évanouir ; son esprit s'obscurcissait et elle avait du mal à se concentrer, à trouver la réponse qui permettrait de prolonger ce petit jeu, de gagner encore du temps.

– C'est quoi, Napoléon ? insista Ratoff.

Kristin resta muette.

– Vous vous êtes déjà demandé ce qu'ils ont fait de Napoléon ? reprit Ratoff.

– Souvent, répondit-elle.

– Et que pouvez-vous me dire à ce sujet ?

– Plein de choses.

– Alors c'est quoi, Napoléon ?

– Vous savez bien ce qui l'a rendu célèbre, gronda-t-elle.

– C'était un grand empereur, répondit Ratoff. Un grand général.

– Non, non, pas ça.

– Quoi, alors ?

– Il était petit, répliqua Kristin. Un nain, comme vous.

Elle se prépara à une nouvelle vague de douleur. Qui ne vint pas. D'un coup sec, Ratoff retira le poinçon de la blessure, et l'outil disparut aussi mystérieusement qu'il était apparu.

– Tant pis, grommela-t-il, en dégainant un revolver.

Kristin eut juste le temps de remarquer combien il était petit, ses lignes épurées, le genre d'arme conçue, se dit-elle, pour un sac à main.

– Je vais vous laisser un beau souvenir de moi. Ça aurait pu se passer autrement. Vous auriez pu lui sauver la vie. Pensez-y quand vous serez seule la nuit et qu'il fera froid. C'est votre faute.

Sans prévenir, il se tourna à moitié et tira une seule balle dans le visage de Steve. Un petit trou plissé se dessina sous l'œil droit de Steve, tandis que son crâne explosait et qu'une affreuse éclaboussure maculait la toile de la tente. Steve s'effondra aussitôt sur le sol, les yeux grand ouverts, les traits figés dans une expression effarée. Kristin avait assisté à la scène, à moitié sonnée. La détonation lui avait brisé les tympans ; pendant un moment, le temps sembla tourner au ralenti ; elle n'arrivait pas à saisir ce qui était en train de se passer. Ratoff se tenait immobile, il l'observait ; l'attention des autres hommes présents dans la tente était concentrée sur Steve quand la balle le frappa. Kristin le vit s'écrouler sur la glace, sa tête heurtant le sol gelé dans un craquement sourd, ses yeux sans vie fixés sur elle. Elle vit la tache rouge obscène sur la toile de la tente, le sang qui imbibait la glace sous son crâne.

Un flot de bile lui inonda la bouche. Elle tomba à genoux, prise d'un haut-le-cœur, le corps parcouru de violents tremblements. Puis elle perdit connaissance.

La dernière chose qu'elle vit, ce fut le regard absent de Steve. Mais la dernière voix qu'elle entendit fut celle de Ratoff.

– C'est votre faute, Kristin.

34

Glacier Vatnajökull.
Samedi 30 janvier, 23 h 30 GMT.

Les membres de l'équipe s'étaient réfugiés dans les deux autoneiges et autour d'elles, attendant de voir ce qui allait se passer. Pas un n'osait défier les soldats ni leur offrir le moindre prétexte pour se servir à nouveau de leurs armes. Après avoir stoppé l'équipe des sauveteurs, les soldats avaient confisqué leurs appareils de télécommunication et fouillé soigneusement hommes et véhicules pour vérifier qu'ils avaient bien récupéré tous les portables, radios et autres fusées de détresse, avant de regagner leur position. Ils semblaient se satisfaire d'avoir bloqué la progression de l'équipe, et se contentèrent de rester plantés à côté de leurs motoneiges, contrôlant la situation pour s'assurer que les Islandais n'avanceraient pas davantage.

Julius était monté à l'arrière du second véhicule, prenant soin de s'asseoir près d'une portière. Après avoir attendu pendant un certain temps, il ouvrit doucement la portière et se glissa dehors. La confrontation s'était un peu apaisée, et il sentait que l'attitude de leurs gardes s'était relâchée. Il resta allongé sous le véhicule un long moment, sans bouger le moindre muscle. Le froid remonta peu à peu le long de ses jambes, malgré son épaisse combinaison de ski ; ses orteils gelés le faisaient souffrir, ses mains devenaient dangereusement engourdies. Il lui faudrait bientôt bouger, ne serait-ce que pour générer un peu de chaleur.

Il entendait les soldats discuter, sans pouvoir distinguer ce qu'ils se disaient. Au bout d'environ dix minutes, il s'éloigna du véhicule en rampant, se glissa entre deux motoneiges et disparut dans la nuit. Lorsqu'il s'estima assez loin, il se redressa sur ses genoux, jeta un regard derrière lui et vit que personne n'avait remarqué son départ. Il se leva et se remit en route, faisant un large détour pour contourner les soldats, en prenant soin de rester assez loin pour rester invisible dans l'obscurité.

Il tremblait de rage ; il n'allait certainement pas laisser ces foutus Yankees de la base le menacer, le fouiller et le dévaliser, insulter et agresser ses amis, et encore moins l'empêcher de se déplacer librement dans son propre pays. Et puis, Kristin comptait sur lui. S'il pouvait confirmer son histoire de manœuvres militaires sur le glacier, il aurait déjà accompli quelque chose. La honte et la culpabilité d'avoir quasiment perdu Elias lui brûlaient la poitrine ; l'idée que Kristin puisse à son tour se trouver en danger de mort était insupportable. Il avait beau s'efforcer de chasser ces pensées de son esprit, la perspective qu'il puisse arriver quelque chose au frère et à la sœur, dont lui-même serait responsable, le tourmentait.

Il laissa bientôt les soldats derrière lui et, mû par un mélange de colère et de désarroi, il se mit à courir sur la glace en direction de la lueur qui illuminait l'horizon à trois kilomètres de là. Il savait que les Américains devaient surveiller de près le glacier et qu'il pouvait s'attendre à voir des soldats surgir des ténèbres à n'importe quel moment pour l'arrêter – ou même l'abattre.

Athlète accompli, Julius parcourut rapidement la distance, l'air glacial lui brûlant les poumons, ce qui eut pour effet de le revigorer. Soudain, le flot de lumière devant lui se fit plus éclatant et il entendit un grondement qui approchait. Arrivant derrière lui, deux hélicoptères fondirent sur la zone éclairée et se posèrent en plein milieu. Le bourdonnement des rotors s'estompa peu à peu, et tout redevint calme. Accélérant le rythme, Julius atteignit l'orée du périmètre illuminé. Alors, il ralentit et se laissa tomber, haletant, sur la glace, avant de ramper jusqu'au sommet d'une petite bosse qui offrait une bonne vue sur les lieux.

Il ne savait pas à quoi s'attendre, mais ce qu'il vit le stupéfia. Les deux hélicoptères Pave Hawks, une vieille épave d'avion coupée en deux moitiés qu'on était en train de recouvrir de bâches. Des soldats partout. Des tentes. Du matériel. Cela défiait l'entendement. Julius aperçut les pilotes des hélicoptères, que des hommes escortaient vers l'une des tentes et, aussitôt après, une femme que l'on conduisait dans une autre tente. Il n'avait jamais vu Kristin, et encore moins l'homme que l'on amenait de force derrière elle, mais il était clair que ces deux-là étaient prisonniers des soldats.

Tout à coup, il entendit la neige craquer derrière lui et, en se retournant, il se retrouva nez à nez avec une paire de bottes d'un noir étincelant. En les remontant du regard, il découvrit trois hommes dont les fusils étaient braqués sur lui. Comme les soldats qui avaient intercepté l'équipe de sauveteurs, ils portaient des tenues blanches de camouflage, des masques de ski dissimulant une partie de leurs visages, et des écharpes remontées sur leurs bouches pour les protéger du froid.

Julius se releva prudemment et, ne sachant que faire d'autre, leva les mains en l'air. Les soldats semblèrent satisfaits de ce geste de soumission et, sans un mot, agitèrent leurs fusils pour indiquer le campement. Ils avaient suivi Julius depuis qu'il était apparu sur leurs écrans-radars, minuscule point vert s'approchant par degrés infinitésimaux de la zone interdite.

Tout au long du trajet, Julius s'efforça de mémoriser ce qu'il voyait. Il remarqua que les soldats avaient commencé à démonter leurs tentes et à rassembler outils et matériel, comme si leurs travaux sur le glacier, quelle qu'en soit la nature, étaient sur le point de s'achever.

En arrivant dans ce campement de fortune en plein remue-ménage, on le conduisit devant un autre homme. Celui-ci était à l'évidence une sorte d'officier. Il n'y avait personne d'autre dans la tente. L'homme étudia l'Islandais comme s'il venait d'une autre planète, et Julius se fit la réflexion que cela n'était peut-être pas si éloigné de la vérité. Quand l'officier le questionna, il lui raconta comment il avait discrètement faussé compagnie aux autres membres de son équipe et avait couru jusqu'ici à la faveur de l'obscurité. Il prit soin d'affirmer que d'autres Islandais se trouvaient à proximité, prétendant que ses hommes, avant que les soldats ne leur confisquent les radios, avaient reçu un message de Reykjavik annonçant que d'autres équipes de sauveteurs, ainsi que des policiers et un détachement de garde-côtes, se dirigeaient actuellement vers le glacier.

L'officier l'écouta en hochant la tête, puis reprit son questionnement monotone :

– D'autres que vous ont-ils échappé aux gardes ?

– Non, répondit Julius. C'est un interrogatoire ?

– Vous êtes bien sûr ?

– Pourquoi vous me demandez ça ?

– Répondez à ma question.

– Je proteste énergiquement contre la manière dont vous avez traité une équipe de sauveteurs islandais. Vous vous prenez pour qui, bon Dieu ? Qui êtes-vous ?

– Vous êtes seul ? insista l'officier, sans prêter attention à l'indignation de Julius.

– Ne croyez surtout pas que vous allez vous en tirer comme ça. J'ai hâte de raconter à la presse ce qui se passe ici ; comment vous jouez aux petits soldats sur le territoire islandais, en mettant en danger des vies islandaises.

Un gémissement se fit entendre, qui allait crescendo – l'un des hélicoptères venait de démarrer.

– Ne bougez pas, ordonna l'officier. Il marcha jusqu'à la porte de la tente, d'où il vit le dos de Ratoff s'engouffrer dans l'hélicoptère. Dans un fracas redoublé, l'appareil s'éleva lentement puis resta suspendu à dix ou douze mètres au-dessus de la glace. Le bruit était assourdissant et l'hélicoptère brassait de telles quantités de neige qu'on ne le voyait presque plus. Sous l'appareil, les épais câbles d'acier se tendirent et bientôt, le fuselage de l'avion commença à se détacher de la glace, centimètre par centimètre, oscillant dans l'éclat aveuglant des projecteurs. Quand l'épave eut pris de la hauteur, l'hélicoptère pivota vers l'ouest avant de s'éloigner, disparaissant peu à peu dans les ténèbres. L'autre engin le suivrait quelques minutes plus tard.

Lorsque l'officier se retourna vers la tente, ses yeux ne rencontrèrent qu'une déchirure haute comme un homme dans la toile. Il se rua à travers, mais Julius avait disparu.

Julius croyait se souvenir de la tente où Kristin avait été conduite sous ses yeux, et se précipita dans cette direction. Sans hésiter un seul instant, il lacéra la toile de haut en bas et se glissa dans l'ouverture. Une scène atroce l'attendait à l'intérieur. Un homme gisait à plat ventre au milieu de la tente. L'un des murs de toile était éclaboussé de sang et Julius aperçut un trou béant à l'arrière du crâne de l'homme. Non loin de lui, une jeune femme était allongée sur la glace, face contre terre, manifestement inconsciente. Le cœur de Julius cessa de battre. Il ne pouvait s'agir que de Kristin et Steve.

Julius se pencha sur le corps inerte de Kristin et lui assena plusieurs claques sur la joue. La peau de Kristin était teintée de bleu, froide au toucher. À la grande surprise de Julius, elle ouvrit les yeux au bout de quelques secondes et le dévisagea. Julius s'empressa de poser sa main sur la bouche de Kristin et approcha ses lèvres de l'oreille de la jeune femme.

– C'est Julius, murmura-t-il. Je suis tout seul.

35

Glacier Vatnajökull.
Dimanche 31 janvier.

Il s'en fallut de peu : l'hélicoptère parvint tout juste à soulever l'épave et, l'espace d'un instant, celle-ci menaça de retomber sur le glacier. Cette partie de l'avion allemand ne semblait pas suffisamment dégagée de la glace et l'attention de tous les soldats assemblés alentour se concentra sur la bataille qui s'était engagée entre l'hélicoptère et elle.

Ratoff s'était trouvé un siège dans la soute du Pave Hawks et se pencha sur un étroit hublot, tendu à l'extrême, tentant d'apercevoir les câbles d'acier et leur charge. L'hélicoptère s'éleva avec une infinie lenteur et s'immobilisa un bref instant, tressaillant, quand tout le poids du fuselage du Junkers porta sur les câbles. Peu à peu, l'épave se détacha de son tombeau glacé et, finalement, s'en libéra. Puis l'hélicoptère prit de la vitesse et Ratoff vit le campement, étrangement flou, reculer sur un rythme régulier dans la nuit arctique.

Un vacarme abrutissant régnait dans la soute, mais Ratoff portait un casque radio qui lui permettait de communiquer avec les deux pilotes, là-bas, dans le cockpit. Ils progressaient au ralenti, à une altitude de cinq mille pieds, la charge se balançant au bout des trois câbles d'acier ; c'était la moitié avant de l'appareil allemand. Le deuxième hélicoptère ne tarderait pas à emporter l'arrière de l'avion, où se trouvaient les corps. Les deux moitiés avaient été dégagées de la glace sans que personne n'ait touché à leur contenu, et toutes leurs ouvertures avaient été scellées à l'aide de solides bâches en plastique. Ratoff laissa échapper un soupir de soulagement ; la mission touchait à sa fin et, pour l'essentiel, c'était un succès, malgré les désagréments causés par Kristin et l'équipe de sauveteurs. L'avion avait été récupéré sans dommage, et Ratoff rentrait au pays. Tout serait bientôt terminé, du moins cet épisode.

Ratoff était le seul passager. Il s'efforçait de se préparer mentalement à ce qui l'attendait maintenant, tout en écoutant les échanges radio entre les pilotes et les contrôleurs aériens de l'aéroport de Keflavik. L'arrivée à Keflavik était prévue dans guère plus de trente-cinq minutes. Les conditions de vol étaient idéales – froides, mais sans vent – et le voyage se déroulait sans incident. L'hélicoptère emporterait sa charge jusqu'au C-17 et la déposerait sur une palette spécialement conçue à cet effet, qui serait ensuite chargée à bord de l'avion-cargo. L'armée de l'air avait rebaptisé celui-ci «l'avion de Keiko», en hommage à l'orque qui avait récemment été rapatriée à son bord depuis Newport, dans l'Oregon, jusqu'en Islande, sous le regard de tous les amoureux des bêtes. Afin de gagner du temps et de minimiser le stress infligé à son passager insolite, le C-17 avait été ravitaillé en vol – il en serait de même pour sa nouvelle mission. D'ici peu, le C-17 décollerait et la phase islandaise de cette opération serait terminée. Le vol qui s'ensuivrait représenterait l'équivalent d'un demi-tour du monde.

Mais l'autre moitié de l'esprit de Ratoff était ailleurs. Ratoff partait de l'hypothèse qu'ils le laisseraient tranquille jusqu'à ce qu'ils aient atteint leur destination finale, mais il ne pouvait guère compter là-dessus. Il se demanda pourquoi Carr l'avait choisi pour cette mission. C'était Carr, au départ, qui l'avait recruté dans l'organisation, mais au fil des années le général s'était montré de plus en plus distant, au point que désormais il semblait même ne plus vouloir reconnaître l'existence de son agent. Ratoff s'était fait à cette idée. S'il n'était pas son propre maître, loin de là, il pouvait prendre des décisions seul sur le terrain, et jouissait d'une certaine liberté au sein du service, même s'il savait que ses collègues ne l'aimaient pas. Il troublait leurs consciences, cela ne faisait aucun doute. Mais après tout, Ratoff faisait le sale travail pour eux ; il recueillait des informations. Comment il les obtenait, ça, c'était son affaire. Moins le service en savait là-dessus, moins Carr en savait, mieux c'était.

Alors qu'il se trouvait encore sur le glacier, Ratoff était parvenu à la conclusion que la raison pour laquelle Carr l'avait choisi pour diriger cette mission était finalement assez simple : il considérait qu'on pouvait aisément le sacrifier. Il serait assez simple de le faire disparaître. Il était une source d'embarras, le vestige d'une époque que tout le monde voulait oublier. Ratoff en était convaincu : Carr savait exactement ce que cet avion contenait, de même, sans aucun doute, qu'une poignée d'autres hauts gradés des renseignements militaires. Ce qu'il ignorait, en revanche, c'est si quelqu'un d'autre connaissait ce secret. Il n'était même pas sûr que qui que ce soit, en dehors de l'armée, sache ce qui était en train de se passer. Pour la première fois depuis des années, Ratoff se sentait menacé, et cette sensation avait réveillé son instinct animal.

Où cette foutue fille avait-elle pu entendre parler de Napoléon? Le pauvre crétin qui l'accompagnait avait évoqué un pilote de la base, mais Ratoff savait qu'il ne s'agissait que d'un subterfuge désespéré. Il serait parvenu à obtenir d'elle cette information, s'il avait eu le temps. Tant pis: Bateman poursuivrait l'interrogatoire, à l'issue duquel Kristin et son ami disparaîtraient à tout jamais.

Ratoff se rappela soudain ce qu'il avait lu sur l'un des documents officiels retrouvés dans l'avion, simple feuille de papier jauni tapée à la machine, qui portait l'en-tête du Cabinet de guerre britannique.

... depuis la rencontre de Yalta que Staline aurait un pouvoir excessif en Europe de l'Est et ne respecterait certainement pas les termes des traités. En conséquence de quoi, le Cabinet de guerre britannique a élaboré un plan d'attaque contre le gouvernement de Staline à Moscou, qui aboutirait à l'élimination de la Russie. Ce plan a reçu le nom de code d'«Opération Impensable». Nous mettrons un terme à la guerre sur le sol européen par le biais d'un traité avec les Allemands, dont les termes stipuleront qu'environ cent mille soldats allemands devront se joindre aux forces alliées dans cette attaque contre Staline, pour être déployés sur la ligne de front lors de la première vague de l'invasion. Il semble préférable de lancer une première attaque vers l'est depuis le nord de l'Allemagne, aux abords de Dresde. Une seconde offensive, qui partirait de la Baltique, n'est pas à exclure. Nous pensons que les Russes répondront à cette attaque en envahissant la Turquie, la Grèce, et même la Norvège, par le nord. Il est également probable qu'ils tenteront de s'emparer des réserves de pétrole en Irak et en Iran.

Cette idée n'est pas nouvelle, mais a déjà été débattue dans les cercles les plus confidentiels, où elle s'est d'abord heurtée à une forte opposition. Ses opposants les plus farouches considèrent que toute négociation avec les Allemands reviendrait à faire alliance avec les nazis, lesquels ont provoqué la guerre qui a dévasté l'Europe entière. De récentes découvertes en Europe de l'Est sont en outre venues confirmer les soupçons sur l'existence d'une extermination planifiée des Juifs. Autre argument crédible contre Impensable, l'idée que les Russes, plus que toute autre nation, auraient changé le cours de la guerre et assuré la victoire des Alliés au prix de pertes considérables.

Néanmoins, certains estiment qu'on pourrait abréger la guerre de plusieurs mois, et minimiser ainsi les futures pertes en vies humaines. Ils sont tournés vers l'avenir, et craignent l'aspect que prendra le monde si Impensable n'est pas mise en œuvre. Il existe une inquiétude légitime sur ce qu'il adviendra après la fin de la guerre, alors que les accords de Yalta autorisent Staline à contrôler plus de la moitié de l'Europe, ainsi que les pays baltes. Il apparaît déjà qu'on ne peut pas faire confiance à Staline pour respecter les termes du traité. Selon les partisans de l'Opération Impensable, la politique expansionniste du Kremlin menacera inévitablement cette paix chèrement gagnée dans les années à venir. En privé, le Premier ministre a ainsi évoqué un « Rideau de fer »...

Ratoff repensa aussitôt à ce qu'il avait lu dans le journal du pilote. L'écriture était presque illisible à la fin du cahier, au point qu'on ne pouvait en déchiffrer que quelques fragments, une poignée de phrases dont Ratoff n'avait pas pu tirer grand-chose. Quelques bribes éparses concernant ses parents, son frère, la mort. Ratoff se rappelait une phrase en particulier : *Je suis presque certain d'avoir aperçu Guderian à cette réunion*. Guderian, le chef d'état-major d'Hitler à la fin de la guerre.

Ratoff fut brusquement tiré de sa rêverie. Les pilotes essayaient depuis un moment d'attirer son attention, et l'un d'eux s'était finalement décidé à hurler son nom dans la radio.

– Un message du glacier, major, d'un certain Bateman, annonça-t-il, quand Ratoff lui demanda ce qui se passait.

– Quel message ?

– Il dit qu'elle a disparu, major.

– Qui ça ?

– Une femme. Il refuse d'en dire davantage à la radio. Il ne nous fait pas confiance. Le message dit simplement : elle a disparu du campement.

Ratoff leur donna l'ordre de lui passer le glacier ; ses écouteurs s'emplirent de parasites et de distorsion, tandis que les pilotes cherchaient le bon canal, puis la voix de Bateman résonna dans le casque :

– C'est incompréhensible, major, totalement incompréhensible.

– Partez à sa recherche ! hurla Ratoff. Elle doit être en train de s'éloigner du campement. Elle devrait apparaître sur les écrans-radars.

– Non, on ne voit rien. C'est comme si elle s'était envolée. Le système de surveillance n'a rien signalé à proximité du campement, et nous avons tout retourné, ici, mais impossible de la retrouver. Volatilisée. Et nous sommes en train de démonter le système, donc nous n'allons plus pouvoir l'utiliser.

Un frisson d'inquiétude parcourut l'échine de Ratoff. Il ne pouvait plus se permettre la moindre erreur supplémentaire. Ils s'étaient lancés tête baissée dans cette opération, l'avaient menée tant bien que mal, et ils étaient sur le point de s'en tirer intacts, et voilà que ce diable de femme mettait de nouveau son succès en péril.

– Et il y a encore autre chose, major, ajouta Bateman. Nous avons trouvé un homme dans la tente, à sa place. Il prétend qu'il est le chef de l'équipe de sauveteurs. Il s'appelle Julius. Il a échappé à nos gardes et, à l'évidence, il a dû aider la fille à s'enfuir. Que doit-on faire de lui ?

– Pourquoi ne m'a-t-on pas parlé de cet homme plus tôt ? gronda Ratoff.

– Nous n'avons pas eu le temps, major, bredouilla Bateman.

Ratoff contempla le néant obscur qui s'étendait de l'autre côté du hublot.

– Il sait où elle se trouve. Arrachez-lui l'info.

– Nous n'avons plus le temps. Nous sommes presque prêts à partir. Le premier groupe se mettra en route d'ici quelques minutes.

Les pilotes de l'hélicoptère écoutaient la conversation avec intérêt.

– Prenez-le avec vous, ordonna Ratoff. Prenez-le avec vous et cette fois, bon Dieu, faites en sorte qu'il ne s'échappe pas.

Il s'occuperait de lui plus tard.

36

Aéroport de Keflavik.
Dimanche 31 janvier.

Les hélicoptères avaient décollé à dix minutes d'intervalle, mais le second avait progressé plus rapidement, et, à leur arrivée à l'aéroport de Keflavik, l'écart s'était réduit. Ils se dirigèrent vers le c-17, au bout de la piste 7, où les deux moitiés de l'appareil allemand furent déposées sur les palettes, lesquelles furent ensuite transportées à bord de l'avion-cargo. Il n'y aurait pas d'autre cargaison. Il fallut à peine une demi-heure pour charger le vieux Junkers, qui fut avalé par la bouche immense de la soute.

Ratoff remontait la piste à grandes enjambées, en direction du c-17. Il savait que Carr l'attendait à bord, mais aucun autre passager ne traverserait l'Atlantique avec eux. Tous les agents de la Delta Force regagneraient la base au cours des quinze heures suivantes, rapportant leurs véhicules et tout le matériel. Le c-17 reviendrait les chercher.

Quand Ratoff atteignit le c-17, le chargement de l'arrière du Junkers était en cours. Ratoff grimpa derrière lui la rampe et pénétra dans une soute aussi vaste qu'un demi-terrain de football, éclairée par de puissants néons. La partie avant de l'épave se trouvait déjà à bord, minuscule dans le ventre de cet énorme engin. Ratoff s'arrêta pour observer la manœuvre, dans les relents de métal chaud, d'huile et de kérosène.

– J'espère que tout s'est passé comme prévu, dit une voix derrière lui. En se retournant, il se retrouva face à face avec Carr. Le général avait vieilli depuis la dernière fois qu'ils s'étaient vus, son visage blême s'était flétri et son uniforme pendait autour de sa carcasse, un peu lâche désormais, malgré sa taille imposante. Son regard semblait las et terne derrière ses lunettes, et ses épaules s'étaient affaissées.

– Pour l'essentiel, répondit Ratoff.

– Pour l'essentiel ? s'inquiéta Carr.

– Cette fille est incroyable. Nous l'avions capturée mais elle a réussi à s'échapper du campement. Mais peu importe, maintenant. Elle ne pourra plus dévoiler ceci.

D'un geste du menton, Ratoff désigna le Junkers.

– Vous savez si elle découvert quoi que ce soit ? demanda Carr.

Ratoff réfléchit quelques instants.

– Elle est tombée sur le nom Napoléon, finit-il par répondre. Mais je ne crois pas qu'elle en connaisse la signification.

– Mais vous, oui ?

– Effectivement, général.

Ratoff ne baissa pas les yeux.

– Vous avez lu les documents.

– C'était inévitable, comme vous l'aviez d'ailleurs prévu, général, si je ne me trompe.

Carr ne releva pas.

– Mais où diable a-t-elle pu entendre le nom de code lié à cet avion ?

– Quelqu'un de la base lui a peut-être fait part de ses soupçons. Je n'ai pas eu le temps de l'interroger vraiment, mais j'ai cru comprendre qu'elle et son compagnon, un certain Steve, avaient rendu visite à un pilote à la retraite, qui leur a rapporté une rumeur un peu bancale. Quand elle a mentionné Napoléon, c'était sa dernière tentative pour gagner du temps. Je ne crois pas qu'elle sache ce que ce nom, sur les documents, signifie.

– Elle a eu de la chance de s'en être sortie vivante, après être passée entre vos mains. C'est plutôt rare.

– Vous saviez ce que vous faisiez en me confiant cette mission, général.

– Et vous, que pensez-vous de l'Opération Napoléon ?

– Je n'ai pas encore eu le temps de me faire une opinion, mais j'ai toutes les informations…

Ratoff brandit la mallette.

– Et j'espère que nous pourrons trouver un accord.

– Un accord ?

– Oui, général. Un accord.

– J'ai bien peur qu'aucun accord ne soit envisageable, Ratoff. Je croyais que vous l'aviez compris.

Trois hommes surgirent tout à coup de l'ombre et formèrent un cercle autour de Ratoff. Ce dernier n'eut aucune réaction. En les observant, il remarqua que les autres soldats avaient décampé et qu'il ne restait plus qu'eux dans la soute. La seule chose qui l'avait pris par surprise, c'était la vitesse avec laquelle Carr avait agi. Le général tendit la main vers la mallette, que Ratoff lui remit sans opposer de résistance.

Carr ouvrit la mallette, en sortit quelques documents et les examina. Toutes les pages étaient vierges. Carr jeta un coup d'œil au fond de la mallette. Rien.

– Comme je vous le disais, j'espère que nous pourrons trouver un accord, répéta Ratoff.

– Fouillez-le, ordonna Carr.

Deux des hommes empoignèrent Ratoff tandis que le troisième le palpait de la tête aux pieds. Il ne trouva rien.

– J'ai préféré souscrire une police d'assurance, déclara Ratoff. J'ignore si l'opération mentionnée dans les dossiers a effectivement été menée à bien – je n'en sais absolument rien, mais je connais l'existence de ce projet, et j'ai cru deviner que ce savoir était dangereux – vous venez de me le confirmer. Tout ce branle-bas : images satellites, expéditions sur le glacier… Ces rumeurs de lingots d'or, de virus, de bombe, de scientifiques allemands. Tous ces efforts pour tromper les gens, à cause de quelques vieux papiers… Vous saviez forcément que je les lirais, Carr. Dès que j'ai ouvert ces dossiers, j'ai compris que j'étais en danger, alors j'ai pris mes précautions pour me prémunir de ce que vous me réserviez.

– Que voulez-vous ? demanda Carr.

– Eh bien, m'en sortir vivant, évidemment, répondit Ratoff, dans un rire sec. Et si possible un peu plus riche.

– De l'argent ? Vous voulez de l'argent ?

– Pourquoi ne pas nous mettre à l'aise et en discuter calmement ? répliqua Ratoff, passant en revue les hommes qui l'encerclaient. Cela fait un moment que je cherche un moyen de prendre ma retraite, et je crois l'avoir trouvé.

Carr fit une dernière tentative.

– Que comptez-vous faire de ces papiers ? Comme vous l'avez dit, cette opération n'a jamais eu lieu. Ce n'était qu'une idée. Une idée folle parmi tant d'autres formulées à la toute fin de la guerre. Elle n'a plus aucune importance aujourd'hui. Absolument aucune. Qui cela pourrait-il bien intéresser ? Il nous sera facile de nier toute cette histoire, en la présentant comme un tissu de rumeurs et de théories du complot dignes de l'asile psychiatrique.

– Les documents mentionnent cette île, rétorqua Ratoff. Imaginez un peu une émission en direct depuis l'Islande.

– Même si nous vous donnons de l'argent, déclara Carr, et que nous vous laissons en paix, quelle garantie aurons-nous que vous en resterez là ? Que vous ne cachez pas des copies de ces documents ?

– Quelle garantie aurai-je que vous ne me traquerez pas et que vous ne rendrez pas visite un de ces jours ? répliqua Ratoff. Et comment aurais-je pu faire des copies ? Nous n'avions pas emporté de photocopieuses sur le glacier, et je n'ai pas d'appareil photo.

Carr avait l'air encore plus las. Il avait prévu ce scénario. Après avoir passé en revue les alternatives qu'il n'avait pas vraiment, il fit un geste de la tête à l'intention de ses trois hommes. Il n'avait pas le temps de jouer à ce petit jeu, et aucune intention de négocier. En outre, il n'avait jamais pu supporter l'insubordination, et encore moins ce genre de subterfuge et de trahison. La conduite de Ratoff, alors que cette mission était si proche d'être remplie, lui semblait assez pitoyable.

– Vous avez raison, acquiesça Carr, d'une voix qui trahissait l'épuisement de sa patience. Puis il s'adressa aux soldats : Emmenez-le, et trouvez-moi ce qu'il a fait des documents.

Pour la première fois, Ratoff perdit momentanément son aplomb. Le spectre de ce qui ressemblait à de la peur traversa son visage ingrat.

– Si je n'appelle pas quelqu'un avant une heure donnée, pour confirmer que je suis en sécurité, les documents seront immédiatement publiés, déclara-t-il précipitamment.

– Alors mettez-vous tout de suite au travail, ordonna Carr aux trois hommes, avant de pivoter sur ses talons.

Il n'entendit pas les protestations surprises et affolées de Ratoff, car la rampe du c-17 était en train de se fermer, scellant l'ouverture de la soute.

37

Avion-cargo C-17, au-dessus de l'Atlantique.
Dimanche 31 janvier, 5 h GMT.

À exactement trois heures du matin, le C-17 décolla
et après une heure de vol plein ouest au-dessus de
l'Atlantique, changea de cap, obliquant lentement vers
le sud. Volant à une altitude de 35 000 pieds, il progressait régulièrement dans des conditions idéales, le vrombissement assourdissant de ses réacteurs emplissant
l'immense soute aux trois quarts vide, qui ne contenait
que l'épave de l'avion allemand.

Une lourde porte d'acier reliait la soute au cockpit.
Au bout d'environ deux heures de vol, la porte s'ouvrit et Miller apparut. Il entra dans la soute, refermant
soigneusement la porte derrière lui. De l'endroit où
il se trouvait, il vit que le plancher de la soute était
constitué de dizaines de rangées de rouleaux d'acier qui
formaient comme un vaste tapis roulant sur lequel on
pouvait déplacer sans peine matériel et armes militaires.
Il savait que la soute était truffée de caméras permettant
de surveiller la cargaison depuis le cockpit, mais il allait
devoir courir ce risque.

La température dans la soute était négative, et de
petits néons dissipaient à peine la pénombre. Miller

se glissa prudemment jusqu'à l'appareil allemand, son souffle provoquant un nuage de vapeur, et entreprit de dégager la bâche recouvrant l'une des deux sections de l'épave, du côté où, pensait-il, le fuselage devait être ouvert. Il trancha les cordes mais, incapable de soulever la lourde bâche, il dut se résoudre à la lacérer, jusqu'à ce que le trou soit assez grand pour qu'il puisse s'y faufiler. Se frayant un chemin à tâtons, à l'aide de la puissante lampe torche qu'il pouvait à présent allumer, Miller constata qu'il se trouvait dans la partie avant de l'appareil. Il ignorait dans quelle section on avait entreposé les corps. Le plafond était beaucoup moins haut qu'il ne l'avait imaginé, la cabine étonnamment étroite. Atteignant le cockpit, il en balaya les recoins avec le faisceau de sa torche, découvrant les hublots brisés, le vieux tableau de bord avec ses interrupteurs et ses cadrans fissurés, le manche à balai et les manettes avec lesquels le pilote avait jadis dirigé cet appareil. Il pensa soudain au jeune homme qui, le dernier, avait pris place dans ce cockpit, et imagina à nouveau, comme il l'avait fait tant de fois, l'instant où l'avion avait percuté le glacier. Il s'attarda encore quelques instants avant de faire demi-tour et de revenir sur ses pas.

Il s'attaqua alors aux cordes et à la bâche plastique de l'autre moitié de l'épave, sans se soucier que son intrusion puisse être découverte. Sa présence ici n'était pas souhaitée, et cela lui donnait une témérité qui lui procurait une étrange satisfaction. L'attente de toute une vie touchait maintenant à sa fin. Il ne pouvait se résoudre à patienter jusqu'à ce qu'ils aient atteint leur destination finale ; après tout, il n'avait aucune garantie que Carr tiendrait sa promesse – ou qu'on le laisserait tenir cette promesse.

Carr avait d'abord eu l'intention de le renvoyer illico aux États-Unis, mais Miller était parvenu à le faire changer d'avis. Miller connaissait Carr depuis longtemps : il l'avait lui-même choisi pour prendre sa succession. C'était un homme d'une audace extraordinaire, plein de ressources, dépourvu de toute sentimentalité. Carr l'avait dévisagé un long moment, tandis que les deux hommes se tenaient là-bas, face à face, dans ce hangar ouvert aux quatre vents, avant d'accepter finalement que Miller soit du voyage. Miller n'avait aucun droit d'être là, même en tant qu'ancien chef de l'organisation, aucun droit d'interférer, aucun droit d'exiger quoi que ce soit, et il le savait pertinemment. Mais il savait également, et Carr le savait aussi, que les circonstances étaient tout à fait exceptionnelles ; elles échappaient au protocole.

Le vacarme incessant des réacteurs du c-17 avait fini par étourdir Miller, et lorsqu'il réussit enfin à percer un trou dans la bâche recouvrant l'arrière de l'épave et à se glisser à l'intérieur, la tête lui tournait. Il alluma de nouveau sa torche, en fit courir le faisceau à travers la queue de l'appareil, et repéra immédiatement dans la pénombre les contours aisément reconnaissables des housses mortuaires. Il y en avait plusieurs. Elles mesuraient chacune deux mètres et demi, leur largeur correspondait à celle des épaules d'un homme, et une fermeture éclair courait sur toute leur longueur. On les avait posées sur le plancher de la cabine. Elles n'étaient pas identifiées, si bien que Miller s'agenouilla devant la première housse et entreprit d'ouvrir, tant bien que mal, la fermeture éclair.

Il se retrouva nez à nez avec le visage bleuté d'un homme assez âgé, en uniforme allemand. Les yeux du cadavre étaient fermés, ses lèvres noircies par les gerçures, son nez droit et anguleux, son crâne recouvert d'une chevelure épaisse. Miller s'attendait presque à voir ce corps revenir à la vie, et la perspective de découvrir bientôt son frère décupla son appréhension. L'idée de revoir ce visage autrefois familier, sans vie, congelé, vidé de son sang, le remplissait d'effroi.

D'un geste hésitant, il ouvrit la deuxième housse, mais il s'agissait encore d'un étranger. En se penchant sur le troisième sac, il commençait à avoir des doutes – peut-être n'avait-on pas retrouvé le corps de son frère, peut-être était-il encore perdu dans l'immensité du glacier, où il resterait enfoui à tout jamais ? Il posa sa torche en équilibre, afin d'illuminer la housse puis, rassemblant son courage, tenta de défaire la fermeture éclair. Rien à faire : elle était coincée. Mais il se rendit compte qu'elle n'était pas fermée jusqu'en haut. L'ouverture n'était pas assez large pour voir à l'intérieur, mais suffisamment pour qu'il puisse y glisser ses mains et empoigner les deux côtés de la housse. Tirant de toutes ses forces, Miller parvint à remonter la fermeture éclair, mais quand il essaya de la faire redescendre, elle se bloqua à nouveau. Redoublant d'efforts, il finit par la faire céder.

Miller se retrouva face à un visage si différent des deux premiers que son cœur faillit s'arrêter. Dans l'éclat indistinct de la torche, l'esprit inondé par un torrent de souvenirs, il crut d'abord qu'il contemplait son frère tel qu'il lui était apparu pour la dernière fois, un demi-siècle auparavant. Ses lèvres étaient brillantes, ses joues rouges, sa peau rose pâle. Miller s'accrocha à cette illusion troublante pendant quelques instants. Puis il se rendit compte que son frère avait dû se laisser pousser les cheveux depuis leur ultime rencontre. Cette bouche, ce nez, les contours de ce visage – rien ne lui était familier. En fait, ces traits n'avaient absolument rien à voir avec ses souvenirs.

Miller recula brusquement, perdant l'équilibre, quand le cadavre ouvrit les yeux et lui lança un regard furibond. Miller s'effondra sur le métal gelé de la soute.

– Vous êtes qui, putain ? gronda Kristin, en bondissant hors de la housse.

38

Avion-cargo c-17, au-dessus de l'Atlantique.
Dimanche 31 janvier, 5 h 15 GMT.

Depuis qu'elle s'était retrouvée seule, Kristin se battait en vain avec la fermeture éclair. De temps à autre, elle repensait au bruit écœurant d'une crosse de fusil s'écrasant sur le visage de Julius, suivi du choc sourd de son corps retombant sur la glace. D'autres soldats s'étaient précipités dans la tente, et elle avait senti qu'on la soulevait pour l'emmener dehors.

Elle avait entendu Ratoff ordonner à Bateman de placer les housses mortuaires dans l'épave de l'avion allemand, afin de les évacuer avec les hélicos. Pendant un bref instant, au moment où le premier hélicoptère avait démarré, personne n'avait plus surveillé l'intérieur de la tente. Julius avait tenté de l'arracher au cadavre de Steve, mais il n'en avait pas la force. Il avait crié dans son oreille, mais Kristin semblait ne pas remarquer sa présence. Alors, Julius s'était penché sur elle pour lui assener un grand coup au visage, et Kristin avait enfin cessé de hurler. Julius avait dégagé de ses bras le corps de Steve, et l'avait déposé doucement sur la neige. Kristin avait repris ses esprits et, cherchant frénétiquement des yeux un moyen de s'échapper, elle avait repéré des housses mortuaires vides dans le coin de la tente où les cadavres étaient entreposés. Julius ne comprit pas ce qu'elle voulait lui dire, lorsque Kristin lui indiqua les housses ; il essaya à nouveau de la traîner hors de la tente. Résistant de toutes ses forces, Kristin pointa le doigt vers son propre visage puis vers les housses, approcha les lèvres de l'oreille de Julius et vociféra.

– Aidez-moi à me glisser dans l'un de ces sacs.

Il la contempla, interdit, puis secoua la tête.

– Pas question ! hurla-t-il en retour.

Kristin se dégagea, courut jusqu'aux housses et entreprit d'ouvrir la première qui lui tomba sous la main. Julius savait que le temps pressait. Son seul désir était de sauver Kristin. Il se précipita vers elle, l'aida à défaire la fermeture éclair et à se glisser dans la housse, puis referma celle-ci, en ne laissant qu'une petite ouverture. Il posa la housse contre la paroi de la tente, près des autres corps, juste avant que les soldats ne reviennent.

La housse était très spacieuse, avec des poignées de chaque côté. Quatre soldats la soulevèrent sans peine. Allongée sur le dos, Kristin s'efforça de rester immobile et de se faire aussi rigide et tendue que possible, quoi qu'il puisse arriver. Un minuscule filet de lumière lui parvenait à travers l'ouverture qu'avait laissée Julius. Kristin aperçut le ciel étoilé.

Les soldats lâchèrent sans ménagement la housse sur le plancher de l'avion, et la lumière ne tarda pas à disparaître. Kristin entendit de nouveau le bruit d'un hélico, cette fois juste au-dessus d'elle. Il y eut une secousse brutale lorsque l'épave se détacha du sol glacé, puis se balança dans les airs sous l'hélicoptère, qui s'élança vers l'ouest.

Kristin essaya d'ouvrir la fermeture éclair mais parvint tout juste à la faire descendre de quelques centimètres avant qu'elle ne se bloque. Malgré tous ses efforts, Kristin ne put aller plus loin. Elle avait assez d'oxygène pour pouvoir respirer, mais était plongée dans une obscurité totale.

Elle ressentit à peine un choc quand l'hélicoptère posa délicatement l'arrière de l'avion sur la palette de transport du c-17, à l'aéroport de Keflavik, avant que celle-ci ne soit chargée dans la soute béante du cargo. Elle essaya de se représenter ce qui était en train de se passer, mais elle ne devina qu'elle se trouvait à bord d'un avion que lorsque le c-17 décolla et qu'elle ressentit ce creux à l'estomac qu'elle éprouvait chaque fois qu'elle voyageait par les airs. Ses tympans claquèrent et le grondement sourd des réacteurs lui fit comprendre qu'elle venait de s'embarquer dans un périple autrement plus long qu'elle ne l'avait imaginé. Elle portait encore son épaisse combinaison de ski qui, même si c'était mieux que rien, ne suffisait pas à la protéger du froid intense qui pénétrait peu à peu à l'intérieur de la housse.

Cette foutue fermeture éclair était vraiment coincée, et Kristin commençait à se demander si elle sortirait jamais de ce sac. Vu la tournure que prenaient les choses, songeait-elle avec inquiétude, elle allait bel et bien atterrir au fond d'une morgue, déjà emballée. Ses doigts étaient en sang à force de lutter et elle s'était presque résignée à mourir de froid lorsqu'elle entendit un bruissement à l'intérieur de l'avion allemand. Il y avait quelqu'un, tout près. Elle aperçut un petit rayon de lumière à travers l'ouverture de la housse. Pouvait-il s'agir de Ratoff ?

Elle distingua alors des sifflements et des grogne-
ments asthmatiques, comme si quelqu'un se battait
avec quelque chose, juste à côté, puis, tout à coup, des
mains tâtonnèrent sur sa housse. Elles s'attaquèrent
maladroitement à la fermeture éclair. Quand celle-ci
finit par céder, Kristin ferma les yeux et retint son
souffle, jusqu'au moment où ses poumons menacèrent
d'exploser. Lorsqu'elle ouvrit les yeux, ce fut pour
découvrir Miller penché au-dessus d'elle, le visage
frappé de stupeur.

— Mon Dieu ! s'écria-t-il en reculant brusquement,
le regard fixé sur Kristin, tandis qu'elle se faufilait hors
de la housse. Un cadavre qui reprenait vie – il y avait
de quoi tuer un homme.

— Vous êtes qui, putain ? demanda Kristin, avant qu'il
ne parvienne à reprendre ses esprits. Où suis-je ? Où
emmenez-vous cet avion ?

— Et vous, qui êtes-vous ? interrogea Miller, abasourdi. Et qu'est-ce que vous faites là ?

Kristin s'était extirpée de la housse et se tenait
debout, surplombant le vieil homme effondré sur son
dos.

— Vos hommes ont tué mon ami, sur le glacier,
gronda Kristin d'un ton accusateur. Mon frère ne va
sans doute pas s'en tirer. J'aimerais savoir ce qui se
passe, au juste.

Elle éleva le ton.

— Qu'est-ce ce qui se passe, bon Dieu ? Qu'a-t-il de si
important, cet avion, pour que vous soyez prêt à tuer des
gens ?

Dans son désarroi, elle faillit donner un coup de pied
au vieillard, la jambe déjà tendue en arrière, mais elle
se ravisa et renonça à ce coup libérateur au tout dernier
moment. Recroquevillé sur le plancher, vulnérable,

Miller n'osait bouger le moindre muscle. Kristin l'enveloppait d'un regard assassin, comme prise de démence, et de longues secondes s'écoulèrent avant qu'elle ne se ressaisisse. Ses traits se relâchèrent, et une partie de sa tension se dissipa.

Miller s'était un peu remis de son choc et s'assit sur l'une des deux caisses d'or embarquées à bord de l'avion. Kristin aperçut les contours d'une croix gammée sur la caisse.

– Dites-moi pourquoi cet avion est si important pour vous, bon Dieu, supplia-t-elle.

Puis, soudain, son humeur sembla basculer vers l'inquiétude.

– Qui êtes-vous ? Où sommes-nous ?

– Nous nous trouvons à bord d'un avion-cargo c-17 de l'armée américaine qui survole l'Atlantique, répondit Miller d'un ton égal, apaisant. Vous n'avez rien à craindre de moi. Essayez de vous calmer.

– Ne me dites pas de me calmer. Qui êtes-vous ?

– Je m'appelle Miller.

– Miller ? répéta Kristin.

Un souvenir lui revint.

– Vous êtes l'homme dont Jon m'a parlé ?

– Jon ?

– Jon, le fermier. Les frères qui ont une ferme au pied du glacier.

– Bien sûr. Oui, je suis ce Miller-là. Vous avez rencontré Jon ?

– Il nous a parlé de vous. À Steve et à moi.

Sa voix commença à trembler mais elle se mordit la lèvre, expulsant de son esprit l'image atroce de Steve étalé sur la glace, et poursuivit :

– Vous faisiez partie de la première expédition. Vous aviez un frère à bord de cet avion. N'est-ce pas ?

– J'étais en train de le chercher quand vous…
– Vous cherchez votre frère ?

Miller ne répondit rien.

Il avait beau chercher, il ne voyait pas qui pouvait bien être cette passagère clandestine débraillée. Mais à en juger par son apparence et le trouble de son esprit, Miller comprit qu'il fallait se montrer direct et poli avec elle, et tout faire pour la rassurer. Il ne savait pas qui elle était ni les terribles épreuves qu'elle avait traversées – la manière dont elle avait échappé à des tueurs à gages, sa quête effrénée de réponses. Mais, peu à peu, il parvint à lui soutirer son histoire.

Ce vieil homme fatigué avait quelque chose de rassurant, et Kristin y était sensible. Il semblait digne de confiance. Il lui avait dit qu'il cherchait son frère, exactement comme elle – ils avaient donc un point commun –, et Kristin sentit qu'il avait sincèrement envie d'entendre son histoire, de savoir qui elle était et comment diable elle s'était retrouvée cachée dans une housse mortuaire, au fond de cet avion allemand. Il l'écouta patiemment raconter cette succession d'événements à peine croyable, culminant dans la description de la manière dont Ratoff avait assassiné Steve sous ses yeux. Elle était responsable de la mort de Steve. Steve était mort à cause d'elle – de son impulsivité, de l'entêtement égoïste dont elle avait fait preuve. Cette atroce vérité commençait seulement à lui apparaître. Son récit achevé, elle baissa la tête, en proie au désespoir le plus profond.

Miller se redressa pour l'étudier. Il la croyait. Cette jeune femme avait traversé des épreuves indescriptibles, et il n'avait aucune raison de mettre en doute la véracité de son récit. À l'évidence, elle était au bout du rouleau, mais elle semblait plus calme, à présent, et s'était assise en face de lui sur l'autre caisse. Miller secoua la tête devant l'absurdité de leur situation.

– Le Steve dont vous parliez, il travaillait à la base ?

– Oui.

– Et ils l'ont tué quand même ?

– Oui, à cause de moi. C'était une sorte de vengeance. Ça n'avait aucun sens. Ratoff a dit qu'il allait me laisser un souvenir de lui. Et alors, il a tiré sur Steve. Il n'était pas obligé. Il l'a tué pour me faire souffrir. Steve ne lui avait rien fait. Je vous en prie, dites-moi ce qui se passe. J'ai besoin de réponses. Et où est passé Ratoff ? Il est ici ?

Elle promena un regard vague sur les recoins obscurs du fuselage.

– Vous n'avez plus à vous inquiéter de Ratoff, répondit Miller. Après une pause, il ajouta : Quant au reste, il vaut mieux que vous ne sachiez pas. Je vous assure, ça ne vous avancerait à rien.

– Ça, c'est à moi d'en juger. Je n'ai pas fait tout ça pour abandonner maintenant. Savez-vous seulement de quoi il s'agit ?

– En partie. Mon frère a perdu la vie à cause d'une opération lancée durant la Seconde Guerre mondiale, une opération dont on a même toujours nié l'existence. À vrai dire, il est impératif que personne ne soit au courant. Personne n'a besoin de savoir. Ni vous, ni personne d'autre.

– Comment pouvez-vous en être si sûr ?

– Croyez-moi. Je veillerai personnellement à ce qu'on vous renvoie chez vous, en Islande. Je veillerai à ce qu'il ne vous arrive rien, mais il vaudrait mieux pour tout le monde, et pour vous en particulier, que vous cessiez de chercher des réponses. Essayez d'oublier ce que vous avez vécu. Je sais que c'est beaucoup demander, mais vous devez me faire confiance.

– Et faire confiance à Ratoff, aussi ? Vous l'oubliez ?

– Ratoff est une exception. Des hommes comme lui sont parfois nécessaires, mais on ne peut jamais les contrôler totalement.

Kristin soupesa les paroles de Miller. Elle ne pourrait jamais oublier tout ce qu'elle avait subi ; il était inconcevable pour elle d'abandonner ses recherches maintenant, après être allée si loin. Elle devait continuer, pour Elias ; pour Steve, elle devait découvrir la vérité une bonne fois pour toutes. Elle ne renoncerait pas, sa conscience le lui interdirait.

– Quand vous avez dit tout à l'heure que vous le cherchiez lorsque vous êtes tombé sur moi, vous parliez de votre frère ? Il se trouve dans l'une de ces housses ?

– Il pilotait l'avion, répondit Miller, comme s'il se parlait à lui-même. Nous l'avons envoyé en Allemagne, jusqu'à Berlin, pour piloter ce foutu appareil. C'est moi-même qui l'ai envoyé là-bas. Nous devions nous retrouver à Reykjavik pour traverser l'Atlantique ensemble, jusqu'en Argentine. L'or qui se trouve dans ces caisses était censé faciliter les négociations. Ils devaient en recevoir plus, par la suite. De l'or volé aux Juifs. Pour soudoyer le gouvernement de Buenos Aires.

Kristin l'observa pendant un moment ; elle ne distingua rien d'inquiétant en lui. Ce n'était qu'un vieil homme en quête de réponses, tout comme elle. Après cette courte pause, elle continua à tâter le terrain.

– C'était quoi, Napoléon ? demanda-t-elle d'un ton incertain. Ou *qui* ? Et en quoi consistait cette Opération Napoléon ?

– Où avez-vous entendu parler de Napoléon ? interrogea Miller, incapable de dissimuler sa surprise.

– J'ai aperçu des documents que Ratoff avait en sa possession, sur le glacier, mentit-elle. C'est là que j'ai vu ce nom. Je me suis dit qu'ils devaient provenir de l'avion. Qu'ils avaient appartenu aux Allemands.

– Je ne connais pas toute l'histoire, marmonna Miller.

Son attitude était un indéchiffrable mélange de flou délibéré et de ce que Kristin interpréta comme une sincère distraction, comme si Miller se souciait peu des mystérieux complots formant le cœur de cette imbrication complexe de mensonges et de faux-semblants qui s'étendait sur plus d'un demi-siècle.

– Cherchons donc votre frère, suggéra Kristin, au prix d'un violent effort pour se contrôler. Elle mourait d'envie d'empoigner Miller et de le secouer ; de le forcer à lui dire ce qu'il savait sur cet avion, sur les Allemands et sur Napoléon. Mais il allait falloir le manipuler avec délicatesse, extraire cette histoire pièce par pièce. Elle était trop près de la vérité, à présent, pour tout compromettre par précipitation ; un goût amer lui remplit la bouche en songeant à tout ce que son impatience lui avait déjà coûté. Mais le temps était compté. Ratoff ne devait pas être loin, et d'autres soldats avec lui ; elle était prise au piège dans un avion, quelque part au-dessus de l'Atlantique, sans aucun moyen de s'échapper. Le vieil homme détenait la clé de l'énigme, là, sous son nez. Même si elle lui accordait peu de crédit lorsqu'il lui affirmait qu'il pourrait la protéger, Miller avait quelque chose d'une pièce rapportée dans cette histoire, comme elle, d'une personne dont l'intervention dans ce montage était suspecte et peut-être non désirée, et Kristin en tirait comme un maigre espoir.

Miller acquiesça du chef, et ils se courbèrent tous les deux pour examiner les housses mortuaires. Miller trouva son frère dans la dernière. Kristin baissa la fermeture, dévoilant le visage d'un homme qui devait avoir une vingtaine d'années au moment de sa mort. Elle se poussa de côté pour laisser passer Miller, et lui tendit la torche. Miller se pencha sur le corps de son frère, examina soigneusement son visage.

– Enfin... murmura Miller.

Kristin étudia les deux frères, le vieillard qui respirait à côté d'elle et le jeune homme silencieux et immobile dans la housse, et elle s'émerveilla de la manière dont le cadavre avait été préservé par le froid. Le glacier l'avait traité avec délicatesse ; pas une égratignure n'était visible. Le visage était dénué de toute couleur, sa peau blanche et tendue semblable à une feuille de papier fin. Le jeune homme avait des traits marqués : le front large, des sourcils finement dessinés et les pommettes saillantes. Ses yeux étaient fermés et son visage, même si Kristin aurait voulu trouver une autre manière d'exprimer cela, semblait en paix. Il lui rappelait ce livre qu'elle avait chez elle, et qui contenait des photographies d'enfants morts. Ils ressemblaient à des poupées de porcelaine : immaculés, figés, froids. Ce visage-là ressemblait lui aussi à un morceau de porcelaine.

Une larme tomba, qui alla s'écraser sur la coquille durcie de la joue. Kristin regarda le visage du jeune homme, puis celui du vieillard.

– Il n'a que vingt-trois ans, soupira Miller.

39

Avion-cargo C-17, au-dessus de l'Atlantique.
Dimanche 31 janvier, 5 h 45 GMT.

Kristin écoutait, sans rien dire. Elle ne sentait plus le froid ; son esprit était trop préoccupé pour cela. Son flanc lui faisait mal, à l'endroit où Ratoff l'avait poignardée, mais apparemment, la blessure n'était pas trop grave. La plaie avait d'abord saigné abondamment, mais le trou était étroit, bien que profond, et le saignement s'était peu à peu tari, jusqu'à cesser complètement.

Miller était perdu dans ses souvenirs. Son frère et lui s'étaient engagés ensemble dans l'armée en décembre 1941, juste après Pearl Harbor, mais ils n'avaient pas eu le choix de leur affectation. Miller avait été envoyé au quartier général des renseignements militaires, à Washington, tandis que son frère, affecté dans l'US Air Force, était parti pour l'Europe, et notamment pour Reykjavik. Durant son séjour là-bas, il avait survolé l'Islande et le Groenland, avant d'effectuer des missions depuis des bases situées en Grande-Bretagne et en Italie.

Ils étaient restés en contact, du moins autant que les circonstances le permettaient. Son frère avait pris part à bien plus de combats qu'il n'en verrait jamais, et Miller se rongeait d'inquiétude pour lui. Ils se croisèrent deux fois seulement durant la guerre, d'abord à Londres puis à Paris, où Miller confia cette fameuse mission à son frère. Mais ils s'écrivaient régulièrement, restant informés des mouvements de l'autre, et avaient hâte que la guerre s'achève pour être enfin réunis.

La mission nécessitait un pilote des forces alliées qui connaisse bien l'itinéraire, et qui soit capable d'effectuer les communications obligatoires avec les centres de contrôle aérien des Alliés. Il s'agissait de voler jusqu'en Islande, puis de traverser l'Atlantique. Son frère était désormais capable d'emprunter cet itinéraire les yeux fermés, si bien que Miller avait proposé son nom. La guerre touchait à sa fin, et il croyait sincèrement agir dans l'intérêt de son frère ; ils se retrouveraient à Reykjavik et continueraient ensemble vers l'Amérique du Sud, loin des avions ennemis et des batteries anti-aériennes, où ils pourraient enfin profiter de quelques jours de permission. C'était une mission simple et sans histoire, un moyen sûr de grappiller encore un peu de temps volé avant que la guerre n'arrive à son terme inéluctable.

Miller n'avait pas été informé de l'endroit où cette idée avait vu le jour, ni de l'identité de ceux qui étaient chargés de la mettre en œuvre. Il ne savait même pas quelle division de l'armée l'avait formulée. Les personnes impliquées n'avaient toutes reçu que des informations partielles, et seule une poignée d'officiers supérieurs avait connaissance du but ultime de cette opération. Miller ne faisait qu'obéir aux ordres, effectuant sa part de la mission aussi efficacement que possible. Il n'en connaissait pas tous les détails, ignorait la teneur des pourparlers entre Alliés et Allemands, et même l'identité des hommes participant à la réunion organisée à Paris. Tout cela ne fut révélé que plus tard. Le plan prévoyait d'abord que les Allemands fourniraient un avion allié qu'ils avaient en leur possession, mais cette idée fut abandonnée et ils décidèrent à la place de repeindre un Junkers Ju 52 aux couleurs des Alliés.

Miller était arrivé en Islande avec deux autres agents des renseignements militaires deux jours avant la date où son frère était censé décoller de Berlin avec la délégation allemande. Les agents s'installèrent à l'hôtel Borg. Reykjavik grouillait de soldats américains, mais ils firent profil bas et restèrent à l'écart, inspectant les installations de l'aérodrome que les Britanniques avaient construit à l'intérieur de la ville, à Vatnsmyri. L'avion ferait une escale de trois heures à Reykjavik pour embarquer des vivres et faire le plein de carburant avant de poursuivre son périple vers l'ouest. Les prévisions météorologiques étaient bonnes pour les deux jours à venir ; ensuite, les perspectives étaient moins claires, mais un certain degré d'incertitude était inévitable sous ces latitudes, à cette époque de l'année.

La réunion à Berlin s'était éternisée. Miller en ignorait les raisons. Tous les participants s'étaient vu remettre un emploi du temps draconien dont ils ne devaient s'écarter sous aucun prétexte, mais ça n'avait servi à rien. Quand son frère avait fini par décoller, une immense dépression s'était formée au sud de l'Islande et se dirigeait lentement vers le nord-est de l'île, le baromètre chutant de manière inquiétante. Chutes de neige et faible visibilité étaient à présent annoncées. Les contrôleurs aériens de Prestwick, en Écosse, avaient été les derniers à entrer en contact avec l'avion, quatre heures après son départ de Berlin. L'appareil se trouvait alors au nord des côtes écossaises, mais volait encore dans l'espace aérien du pays. Ensuite, que sa radio de bord ait cessé de fonctionner ou non, ils étaient restés sans nouvelles de l'avion, jusqu'à ce que les deux frères se présentent au village de Höfn pour annoncer qu'ils avaient vu un appareil volant si bas qu'il s'était certainement écrasé sur le glacier.

Dès qu'il était devenu clair que le contact avec l'avion avait été perdu, Miller en avait été informé ; il avait aussitôt compris, instinctivement, que l'appareil s'était crashé. Il le sentait. Il attendit dans l'un des hangars de l'aérodrome, espérant vainement des nouvelles de son frère. Les jours passaient, et la tempête qui avait fait rage dans le sud-est du pays soufflait à présent au-dessus de Reykjavik, piégeant les habitants chez eux pendant près d'une semaine. Miller croyait que l'avion s'était abîmé en mer, ou que son frère avait rebroussé chemin vers l'Écosse quand les conditions s'étaient détériorées, et qu'il s'était posé en catastrophe. Il se raccrochait au mince espoir que son frère avait pu survivre au crash et qu'il finirait par réapparaître d'un pas chancelant, après avoir traversé des étendues sauvages et désolées, dans quelque avant-poste de la civilisation. Mais ce ne fut pas le cas.

Lorsque la nouvelle qu'un avion avait été aperçu aux abords du Vatnajökull parvint aux autorités de l'armée d'occupation, à Reykjavik, Miller fut chargé de diriger la mission de sauvetage. Depuis que le contact avec l'avion avait été perdu, il avait passé tout son temps à errer entre l'hôtel Borg et l'aérodrome de Vatnsmyri, trop occupé à imaginer tous les scénarios et les explications possibles permettant d'expliquer cette disparition pour faire quoi que ce soit d'autre. Les agents des renseignements militaires étaient censés repartir bientôt pour Washington, mais la perspective de ne jamais savoir ce qui était arrivé à son frère lui était insupportable. Quand le message de Höfn leur parvint, la nouvelle lui fit l'effet d'une décharge électrique. Il comprit qu'on avait localisé son frère. Peut-être était-il encore vivant, même si nul ne saisissait mieux que Miller combien cette chance était mince. Mais dans le pire des cas, il pourrait au moins ramener son corps avec lui, au pays.

Ce qu'il ignorait, en revanche, c'étaient les difficultés particulières liées aux conditions hivernales dans lesquelles il se trouvait. Il était impossible de voyager par avion dans une tempête pareille et, à sa grande consternation, Miller apprit que les larges fleuves qui s'écoulaient de la calotte glaciaire jusqu'à la mer à travers de vastes plaines fluvio-glaciaires, et au-dessus desquels aucun pont ne pouvait être bâti, empêchaient de rejoindre Höfn par voie terrestre le long de la côte sud. Malgré les redoutables défis qu'il présentait, le contournement par le nord était la seule alternative. Le général de division Cortlandt Parker, commandant en chef de l'armée d'occupation américaine en Islande, lui prêta deux cents de ses meilleurs hommes, dont certains avaient participé à des manœuvres d'entraînement sur le glacier Eiriksjökull au début de l'hiver. Mais peu d'entre eux avaient la moindre expérience de ce genre de recherches dans la neige. Traversant les pistes enneigées de l'île, ils furent parfois obligés de dégager à la pelle les véhicules du convoi, pris dans des congères aussi hautes qu'un homme. Les journées perdues sur ce contournement nord mirent Miller au supplice.

Mais la chance finit par tourner. Ils eurent droit à un temps plus clément et à des conditions plus praticables dans leur route vers le sud à travers les fjords de la côte est, et finirent par atteindre Höfn après quatre jours de voyage. Miller se rendit aussitôt au pied du glacier pour rencontrer les deux frères qui avaient été les derniers à apercevoir l'avion ; ils s'empressèrent de lui offrir leur aide. Ils lui parlèrent du glacier, et le mirent en garde contre tout excès d'optimisme. Miller fut surpris par la facilité avec laquelle on pouvait gagner le glacier depuis la ferme des deux frères, malgré les fortes chutes de neige des jours précédents. Indiquant à Miller et à ses hommes la direction qu'avait selon eux prise l'avion, les frères l'accompagnèrent sur le glacier, lui prêtèrent des chevaux et lui apportèrent toute l'aide qu'ils pouvaient. Ils ne tardèrent pas à se lier d'amitié.

Mais tous ces efforts demeurèrent vains. Miller l'avait lu sur les visages des deux frères dès le premier jour, lorsqu'il leur avait expliqué la nature de sa mission. Il avait vu les regards échangés entre les deux Islandais. Les soldats passèrent au peigne fin le glacier, méthodiquement découpé en sections, formant de longues rangées pour sonder la neige avec de fines perches longues de trois mètres. Sans succès. Ils ne purent retrouver que la roue avant de l'avion. Le glacier avait englouti tous les autres fragments, jusqu'à la dernière trace de l'appareil.

Le jour où Miller donna l'ordre d'abandonner la traque, il s'était aventuré encore plus loin sur le glacier, bien au-delà des limites de leurs précédentes recherches, scrutant les environs pendant des heures et des heures avant de rejoindre ses troupes à la base et de s'avouer vaincu. Le temps était désormais au beau fixe, et la tempête n'était plus qu'un lointain souvenir. Le soleil brillait bien haut dans un ciel bleu clair, et l'on n'apercevait aucun nuage dans le calme parfait de l'air. Le glacier s'étendait à perte de vue, d'un blanc immaculé. Miller fut frappé malgré lui par la désolation magnifique de ce désert glacé, et par la suite, lorsqu'il se souviendrait de l'Islande, il repenserait souvent à ce moment de solitude.

Mais sous la conscience soudaine de la beauté du paysage bouillonnait la sensation atroce qu'en cet instant précis, quelque part sous ses pieds, dans la glace, son frère, prisonnier de l'avion, était en train de mourir de froid et de faim.

40

Avion-cargo C-17, au-dessus de l'Atlantique.
Dimanche 31 janvier, 6 h GMT.

Kristin observait les deux frères, réunis après toutes ces années, l'un si jeune encore, l'autre marqué par l'âge et les conflits.

– Vous cherchiez donc autant votre frère que Napoléon, déclara-t-elle après un long silence, se lançant à l'aveugle pour encourager Miller à poursuivre son récit. Chacun de ses mots était à présent calculé pour lui faire croire qu'elle en savait davantage qu'il ne l'avait d'abord pensé. Miller détacha les yeux de son frère et contempla Kristin. Enfin, il parut se décider.

– Napoléon ne se trouvait pas à bord de cet avion, déclara-t-il d'une voix toujours aussi calme.

Kristin ne put cacher son excitation.

– Mais alors, où se trouvait-il ? demanda-t-elle.

– Je ne sais pas, répondit Miller, dont les yeux se baissèrent à nouveau sur son frère. Et j'ignore où il se trouve à présent. Je ne suis même pas sûr que quelqu'un le sache.

Il se tut, et Kristin attendit.

– Il faut que vous compreniez que seul un nombre étroitement contrôlé de personnes au sein de l'armée avaient eu vent de l'Opération Napoléon, reprit-il au bout d'un long moment. Même moi, je n'en ai jamais connu toutes les implications ni la nature exacte de ces documents. Je n'en connaissais le contenu qu'indirectement, par ouï-dire. Je n'étais qu'un pion, un simple intermédiaire chargé de résoudre un problème spécifique. Mon frère aussi.

Il s'interrompit à nouveau.

– Je crois que cette opération a été conçue et planifiée par une poignée de généraux basés en Europe – des généraux américains. Je ne sais pas d'où est venue l'idée ni qui a pris cette initiative, mais quelle que soit leur origine, des pourparlers ont été engagés avec les Allemands. Depuis le moment où il était devenu évident que les Allemands allaient perdre la guerre, un débat s'était engagé sur la manière dont l'Europe serait divisée entre des territoires occupés par les Alliés et ceux que les Russes allaient accaparer. La fin de la guerre approchant, et les Russes envahissant l'Europe de l'Est, certains commencèrent à évoquer sérieusement la nécessité de prendre d'assaut la Russie et d'achever ce que les Allemands n'avaient pas réussi à mener à bien ; de signer un armistice avec les Allemands, avant d'attaquer l'Armée rouge. Le seul à lancer ouvertement cette idée fut le général Patton, mais personne ne le prit au sérieux. Les gens en avaient assez de la guerre. Ils voulaient la paix. On peut les comprendre.

– Mais où voulez-vous en venir ? interrogea Kristin, d'une voix impatiente. Tout le monde sait ça. Même moi, j'en ai entendu parler. Il y a eu un article dans les journaux britanniques, récemment, affirmant que Churchill avait élaboré des plans pour envahir la Russie dès que l'Allemagne aurait capitulé.

– Il avait appelé cela l'Opération Impensable, précisa Miller.

– Exactement. J'imagine que ce n'est donc pas pour ce secret-là que vous et vos semblables êtes prêts à torturer et à assassiner des gens. C'est de l'histoire ancienne.

– À vrai dire, c'est une vraie question, au vu de l'histoire, répliqua Miller. La division de l'Europe. La guerre froide. La menace nucléaire. La guerre du Viêtnam. Aurions-nous pu éviter tout cela ? Nous avons vaincu le Japon, et aujourd'hui c'est une superpuissance économique. La même chose aurait-elle pu se passer en Russie ?

Il ne fait que perdre du temps, songea Kristin. Ne voit-il pas que nous n'en avons plus ? Il me faut des réponses, maintenant.

Vytautas Carr était assis dans la cabine de pilotage. Les hurlements de Ratoff ne couvrant plus le vacarme des réacteurs, il en conclut que l'homme avait dû craquer. Ils craquaient tous à la fin, même ceux de son espèce. Ce n'était qu'une question de temps. Carr ignorait ce qu'ils lui avaient fait, il ne voulait pas le savoir ; ces détails sordides ne le concernaient pas. Le temps manquait, et Ratoff n'avait eu droit à aucune clémence. Il était vain de résister à l'étau progressif des drogues et des horreurs physiques ; Ratoff était bien placé pour le savoir.

Carr se tourna vers le hublot pour contempler la nuit. Une fois que toute cette histoire serait terminée, il prendrait sa retraite. C'était sa dernière mission, et il avait l'impression d'avoir passé toute sa vie à attendre de pouvoir clore ce chapitre-là. De pouvoir tirer un trait sur ce dernier petit vestige des années de guerre, que le monde avait oublié et dont plus personne ne se souciait.

L'un des hommes de Carr apparut derrière lui et se pencha à son oreille.

– Nous avons obtenu l'information, général.

– Il est encore vivant ? demanda Carr.

– À peine, général, répondit l'homme.

– Vous avez pris les dispositions nécessaires pour récupérer les documents ?

– Cela ne posera aucun problème, général. Ils sont déjà en route vers la base de Keflavik. Nous avons pris des mesures pour que le convoi soit intercepté et les documents détruits. Comme vous l'aviez demandé.

– Parfait.

– Que faut-il faire de Ratoff, général ?

– Nous n'avons plus besoin de lui. Faites le nécessaire. Et ne me dites rien là-dessus.

– Compris. C'est tout, général.

– Encore une chose : les sacs. Vous avez vérifié les housses mortuaires depuis que nous avons décollé ?

– Non, général.

– C'est sans doute inutile. La température là-dedans doit être assez basse pour préserver les corps. Ce n'est plus très important, d'ailleurs. Sauf peut-être pour Miller.

Carr marqua une pause.

– Où est Miller ? interrogea-t-il.

– Aucune idée, général. Je croyais qu'il était avec vous.

– Il était encore ici, il n'y a pas très longtemps. Trouvez-le et ramenez-le-moi.

– Oui, général. J'y pense : j'ai vérifié les housses mortuaires quand les deux parties de l'avion ont été chargées à bord, il y en avait bien sept.

Carr resta silencieux. Il se tourna de nouveau vers les ténèbres, de l'autre côté du hublot. L'homme s'éloignait déjà.

– Sept ? Six, vous voulez dire, corrigea Carr.

– Non, général. Il y a sept corps.

– C'est impossible. Il n'y en avait que six sur le glacier. Il aurait dû y en avoir sept, mais il en manquait un. Il y a six housses à bord.

– Non, général, il y en a sept.

– Ne soyez pas ridicule. Pourquoi sept ? Vous vous trompez forcément.

– Désolé de vous contredire, général. Mais je suis absolument certain d'en avoir compté sept.

– C'était la deuxième série de pourparlers avec les nazis, poursuivit Miller, les yeux rivés au visage de son frère. Nous voulions tester l'itinéraire de vol et l'avion, tout en transportant l'or et une partie des nazis appartenant au comité de négociation. Ces deux caisses étaient censées leur donner un avant-goût. Ils devaient encore se mettre d'accord sur une destination précise, en Argentine.

– Qui ça, ils ?

– Les nazis.

– Ils prenaient la fuite ?

– Bien sûr. Ils voulaient tous s'enfuir. De foutus lâches, tous autant qu'ils étaient.

– Bon nombre d'entre eux ont disparu en Amérique du Sud, remarqua Kristin, désireuse d'entendre la suite.

Le vieil homme ne semblant pas représenter une menace pour elle, elle avait temporairement oublié la situation périlleuse dans laquelle elle se trouvait. Pour le moment, elle était obnubilée par la conviction qu'il lui fallait absolument pêcher d'autres informations, que tout ce qu'elle parviendrait à glaner, jusqu'au détail le plus insignifiant, pourrait se révéler crucial. La partie touchait à sa fin, maintenant, et si elle s'attendait vaguement à une confrontation finale, elle savait qu'elle aurait besoin de tout ce qu'elle pourrait trouver pour échapper au piège qui était en train de se refermer sur elle.

– Adolf Eichmann, reprit-elle. Il a été capturé en Argentine.

– Je crois que nous les avons laissés attraper Eichmann, répondit Miller.

– Que voulez-vous dire ?

– Nous les avons conduits jusqu'à Eichmann.

– Vous avez fait quoi ?

– Les gens du Mossad ne sont pas seulement impitoyables, ils sont infatigables. Comme des chiens de chasse. On ne peut rien leur cacher indéfiniment. Quand les Israéliens ont commencé à flairer de trop près cette histoire, nous nous sommes arrangés pour qu'ils croient que cette piste menait à Eichmann. Ça les a satisfaits, et ils ont mordu à l'hameçon. Mais ils ne l'auraient jamais retrouvé sans nos services de renseignements.

Kristin avait la sensation de tomber en chute libre. Son esprit était à fois totalement vide et complètement submergé par tout ce qu'impliquait la révélation de Miller. Les mots qu'ils prononçaient résonnaient à ses oreilles comme des sons indistincts, mais le sens de ce qu'il disait semblait se dessiner peu à peu, de manière vague, dans son esprit. Le visage de Kristin ne trahissait aucune émotion, aucun signe de stupeur, tandis que Miller poursuivait son discours. Miller aurait pu avoir l'impression qu'elle était entrée en état d'hibernation.

– Les Allemands n'étaient pas en situation de poser des conditions préalables à un cessez-le-feu. Ils avaient perdu la guerre ; ce n'était plus qu'une question de temps. Ils étaient si terrifiés à l'idée que les Russes puissent atteindre Berlin les premiers qu'une grande partie d'entre eux étaient prêts à se rallier à nous, au cours des derniers mois de la guerre, s'ils avaient l'assurance que nous nous retournerions contre l'Armée rouge.

– La piste d'Eichmann ? interrogea Kristin, comme se parlant à elle-même. Mais qui recherchaient-ils, alors ?

– Un comte suédois nous avait servi d'intermédiaire avec les nazis, poursuivit Miller, ignorant sa question. C'était peut-être lui qui avait eu l'idée et l'avait soumise à quelques responsables. À moins que les nazis eux-mêmes ne l'aient évoquée les premiers. Himmler voulait conclure un accord avec les Alliés pour combattre les communistes ; il comptait devenir le nouveau chef du gouvernement. De son côté, Churchill avait échafaudé un plan pour attaquer la Russie avec le soutien des Allemands, et je crois que c'est de là qu'est vraiment née l'idée. Les nazis n'étaient pas en mesure de dicter leurs conditions, mais ils pouvaient quand même faire ce genre de requête. Je ne crois pas que les généraux américains aient été à l'origine de ce plan, mais après l'avoir examiné, l'idée ne leur a pas semblé si absurde. Après tout, il existait un précédent historique – Napoléon…

– Que vient faire Napoléon là-dedans ? Pourquoi Napoléon ?

Mais au grand désarroi de Kristin, Miller parut soudain se ressaisir, émerger du flot de souvenirs et de confessions dans lequel il s'était laissé emporter, et retrouver un peu ses esprits.

– Je ne peux rien vous dire d'autre. J'en ai déjà bien trop dit.

– Vous ne m'avez rien dit.

– C'est parce que je ne suis sûr de rien. Je n'ai jamais vu ces documents.

– Quels documents ?

– Ceux de l'Opération Napoléon. Je ne les ai jamais vus. Je n'ai pas eu connaissance de la version finale du plan.

– Qui a conçu ce plan ?

– Je ne peux pas vous en dire plus. Et cela vaut mieux pour vous. Croyez-moi. Il vaut mieux que vous ne sachiez rien. Que personne n'en sache rien. Ça n'a plus aucune importance. Cette histoire n'a aucun intérêt. Elle est morte et enterrée, oubliée.

– Comment ça ?

Miller baissa les yeux sur son frère, sans répondre, et Kristin vit des larmes se former. Elle ne comprenait pas ce qu'il voulait insinuer, et le caractère évasif de ses propos lui tapait sur les nerfs ; prostré devant elle, Miller se tenait au bord du précipice, sur le point de lui révéler le précieux secret qu'il gardait jalousement depuis tout ce temps. Elle résista à l'envie de le secouer pour obtenir de lui les dernières bribes d'informations.

– Demandez-vous ce qu'est devenu Napoléon, déclara brusquement Miller.

– Ce qu'il est devenu ? Il est mort en exil, à Sainte-Hélène. Tout le monde sait ça.

– Eh bien, ils ont fait la même chose.

Kristin dévisagea le vieil homme, oubliant de respirer.

– C'est pour cela qu'ils ont donné son nom à cette opération.

– Et Napoléon, alors ?

– Il a eu le droit d'emmener son chien avec lui. Un berger allemand qui s'appelait Blondi. Rien d'autre.

J'ai passé ma vie à m'interroger là-dessus, mais je n'ai jamais eu aucune confirmation. Je ne sais pas si l'idée d'épargner sa vie s'est imposée dans le cadre des pourparlers avec le cabinet de guerre allemand, si on l'a remis aux Alliés pour faciliter ces négociations, ou si les Britanniques et les Américains voulaient absolument mettre la main sur lui avant les Russes. Peut-être y avait-il une autre raison, plus obscure. Le dernier espoir des Allemands consistait à monter les Alliés les uns contre les autres, à encourager les dissensions. Après tout, ils savaient que Churchill n'avait aucune sympathie pour les Russes.

Miller marqua une pause.

– Mon frère était censé le prendre à son bord, ajouta-t-il au bout d'un moment.

– Votre frère ? s'étrangla Kristin.

Ses yeux se posèrent sur la housse mortuaire.

– Il ne le savait pas. Il ignorait le véritable but de ce voyage. J'avais prévu de le lui dire quand nous nous retrouverions à Reykjavik, mais je n'en ai pas eu l'occasion.

– Mais c'est complètement absurde ! s'emporta Kristin.

– Oui, absurde, acquiesça Miller. C'est le mot qui convient. Vous imaginez ce qui se serait passé si on avait appris que les Américains l'avaient aidé à s'échapper et le gardaient prisonnier ?

– Mais les Russes l'ont eu les premiers.

– Non. Aux abords du bunker, dans le chaos et les ruines de Berlin, les Russes ont retrouvé le cadavre calciné d'un homme qui aurait pu être n'importe qui. Cela les arrangeait, et nous aussi, et tout le monde d'ailleurs, d'émettre des hypothèses et de tirer des conclusions. De toute façon, par la suite, ils ont égaré le corps. Ce qui a rendu impossible son identification, et libéré un espace dans lequel ont fleuri ce qu'on a toujours dénoncé comme des théories du complot complètement farfelues.

– Mais alors, où se trouve-t-il ?

– Je n'ai pas lu les documents. Je ne sais pas grand-chose, vraiment. Il ne s'agissait que d'un plan.

– Vous voulez dire qu'ils ne l'ont jamais appliqué ?

– Je n'en ai pas la moindre idée. J'ignore s'ils l'ont mené à bien. Je ne crois pas qu'il y avait une seule personne en charge de toute l'opération. Les personnes impliquées n'étaient informées que de ce qu'elles devaient savoir.

– Mais vous avez parlé d'Eichmann. Vous avez dit que les Américains avaient redirigé les Israéliens vers Eichmann lorsqu'ils sont tombés sur cette piste.

– Je ne fais qu'extrapoler, rétorqua Miller.

Kristin voyait bien que Miller essayait, un peu tard, de faire machine arrière, regrettant d'en avoir trop dit. Il semblait fatigué, à présent, soucieux de ne pas se compromettre davantage. Il avait l'air vaguement honteux d'un gamin pris en faute. Le mal était fait, mais sa vieille habitude de discrétion livrait vainement bataille à ce goût nouveau pour les confessions.

– Où est Napoléon ?

– Je ne sais pas. C'est la vérité. Je ne sais pas.

– Ils l'ont enfermé sur une île ?

Mais Miller n'irait pas plus loin. Ses épaules s'affaissèrent, sa tête s'effondra, il avait soudain l'air plus petit, plus fragile, la coquille vide d'un homme cédant finalement sous le poids du chagrin et de la dissimulation.

– Quelle île ?

Silence.

– Après toutes ces années, de quoi avez-vous peur ? Vous ne voyez pas que tout est terminé ?

Avant qu'il ait pu répondre, si toutefois il en avait l'intention, la lumière pâle et vacillante de sa torche s'éteignit et ils se retrouvèrent plongés dans l'obscurité.

41

Avion-cargo C-17, au-dessus de l'Atlantique.
Dimanche 31 janvier, 6 h 15 GMT.

À la soudaine pression sur leurs tympans, ils sentirent
que l'avion perdait de l'altitude. Mais n'était-il pas bien
trop tôt pour qu'ils entament leur descente ? Ils attendirent, l'oreille aux aguets. Au bout d'un moment, un
nouveau bruit émergea du vrombissement des réacteurs,
mais aucun d'eux ne put l'identifier. Kristin traversa en
rampant, prudemment, l'épave du Junkers, jusqu'au
trou que Miller avait découpé dans la bâche. Centimètre
par centimètre, le cœur battant à tout rompre, elle passa
la tête au dehors et vit l'immense rampe qui servait
de porte à la soute de l'avion se baisser lentement. La
lune illuminait le ciel nocturne, et dans son éclat bleuté
Kristin aperçut des silhouettes d'hommes, debout près
de l'ouverture. Pendant quelques secondes, elle craignit
d'être aspirée dans ce vide obscur, avant de réaliser que
la soute du cargo n'était pas pressurisée.

Elle se glissa à travers le trou et se réceptionna sur le
plancher métallique de la soute, avant de se faufiler le
long du fuselage en direction des hommes. Ils étaient
trois, mais elle ne put entendre ce qu'ils se disaient ;
un vent glacial s'engouffrait en violentes rafales dans

la soute, et le bruit de l'avion devenait de plus en plus assourdissant au fur et à mesure que la bande de ciel étoilé s'élargissait. Le dos collé aux entretoises du fuselage, Kristin progressait discrètement le long de la paroi, tapie dans l'ombre. Elle n'était plus qu'à deux ou trois mètres des hommes. Maintenant qu'elle pouvait distinguer leurs traits, elle constata qu'elle ne les avait jamais vus. Ni Bateman ni Ratoff ne se trouvaient parmi eux, elle en était certaine. Elle prit soin de garder ses distances et s'apprêtait à rejoindre Miller lorsqu'une palette émergea soudain des entrailles obscures de l'avion.

Lorsqu'elle se fit plus distincte, Kristin s'aperçut qu'un homme était posé dessus. Il était allongé sur le dos, ligoté, bras écartés et jambes serrées l'une contre l'autre, tel un crucifié. Ses yeux étaient fixés sur l'ouverture qui, lentement mais inexorablement, se rapprochait. C'était Ratoff. Kristin vit qu'il était torse nu, la poitrine ensanglantée, la peau du visage lacérée. Il progressait vers le vide au rythme d'un escargot, luttant de toutes ses forces pour se libérer, tirant sur ses liens, tentant en vain de se redresser. Mais ses cris de terreur étaient noyés par le bourdonnement toni-truant des réacteurs et les turbulences bouillonnantes du vent, si bien que les soubresauts et les hurlements qui ponctuaient sa progression faisaient l'effet d'une pantomime fascinante.

Les trois hommes l'ignoraient totalement, ne lui prêtant guère plus d'attention que s'il s'était agi d'une vulgaire marchandise. Lorsque la porte de la soute eut achevé son bâillement au ralenti, Kristin les vit se réfugier un peu en arrière. Elle ne pouvait détacher son regard de Ratoff, qui roulait peu à peu vers le rebord des cylindres mécaniques, et ce faisant elle savourait la haine qui montait en elle. Elle sentit de nouveau la douleur dans son flanc, à l'endroit où la pointe s'était enfoncée dans sa chair, revit Elias implorant la pitié de son bourreau, et Steve qui s'écroulait avec une balle dans la tête.

Tandis que Ratoff se rapprochait, elle se redressa, oubliant le danger au point de sortir de sa cachette pour se diriger vers la palette. Elle ne pouvait détacher les yeux du monstre qui avait abattu Steve sans la moindre provocation ; elle était attirée vers lui comme par un aimant.

Une violente bourrasque la glaça jusqu'aux os, dans cet air raréfié et brûlant de froid, mais elle marcha sans hésiter vers Ratoff et le contempla d'en haut tandis qu'il se tortillait péniblement pour se libérer de ses liens. Avec une fascination horrifiée, elle étudia la cruelle ingéniosité avec laquelle on l'avait torturé : la chair sanglante au bout des doigts, là où les ongles avaient été arrachés, les deux pouces manquants, son nez brisé et les trous noirs aux endroits où plusieurs de ses dents avaient été enfoncées à coups de pied, les lambeaux de peau qui pendaient sur sa poitrine. Elle n'éprouvait pas la moindre trace de compassion. Les rouleaux crissaient inexorablement, poussant la palette vers le gouffre béant.

Ratoff contemplait le vide avec une terreur sans nom quand Kristin se porta à sa hauteur. Sentant sa présence, il détacha malgré lui les yeux de la rampe. Son visage se tordit en un étrange rictus. On lisait dans ses yeux un mélange d'incrédulité, de confusion et de désespoir. Il grimaça soudain, tandis que son corps se tendait dans un spasme de douleur, puis il sembla sur le point d'éclater de rire, avant d'être pris d'une quinte de toux violente qui le secoua tout entier et le laissa pantelant.

– Ne contrariez jamais Carr, murmura-t-il quand Kristin se pencha sur lui. Des bulles de sang se formaient entre ses lèvres déchirées. Croyez-moi. Suis-je assez convaincant ? Ne contrariez jamais Carr.

Kristin ne répondit rien. La palette poursuivait sa marche lente vers le vide.

– Je dois… Kristin, c'est bien ça ? Je dois dire que vous…

Kristin n'entendit pas la fin de la phrase. Le vacarme était étourdissant, à présent, et Ratoff se tortilla dans un nouvel effort, tout aussi vain, pour se libérer.

– Aidez-moi ! la supplia-t-il d'une voix rauque. Détachez-moi, au nom du ciel !

Elle le dévisagea, le suivit des yeux quelques instants, puis se détourna. Elle n'éprouvait plus ni colère ni haine envers lui. Elle ne ressentait rien. Elle était vidée de toute émotion. La palette poursuivit sa progression mesurée, comme un cercueil traversant le rideau, et Kristin la vit se pencher, s'arrêter un instant, puis basculer, emportant Ratoff dans sa chute. La porte de la soute commença à se refermer et Kristin resta plantée là, comme enracinée. Ses dernières forces l'avaient quittée, elle était sur le point de s'écrouler, écrasée soudain par le poids de toutes ces nuits sans sommeil, de toutes les horreurs auxquelles elle avait assisté. Plus rien ne lui importait, désormais, et l'idée la traversa de profiter de l'occasion pour avancer dans les ténèbres éternelles et, tout simplement, disparaître. Il aurait été si facile de se laisser tomber, de mettre un terme à ce supplice, à la douleur, à l'épuisement, à la culpabilité d'avoir provoqué la mort de Steve, de faire taire les voix accusatrices qui résonnaient sous son crâne et lui répétaient encore et encore que c'était de sa faute.

Cette sensation se dissipa.

La porte se referma et une grande immobilité, un calme souverain reprirent possession de la soute. Se demandant s'il fallait raconter toute cette scène à Miller, Kristin fit demi-tour et se retrouva nez à nez avec un homme âgé, à la carrure imposante, qui portait l'uniforme d'un général de l'us Army. Trois hommes se dressaient derrière lui, ceux que Kristin avaient vus conduire Ratoff jusqu'à sa chute. Miller se tenait également derrière le colosse, qui tendait à présent sa main vers elle.

– Vous devez être Kristin… déclara Carr.

Avion-cargo c-17, au-dessus de l'Atlantique.
Dimanche 31 janvier, 6 h 30 GMT.

Carr alla s'asseoir avec Kristin et Miller dans le cockpit exigu du c-17. Kristin se demandait où étaient passés les autres hommes, et combien de passagers se trouvaient à bord de l'avion. Personne n'avait été présenté, personne n'avait de nom ; elle avait l'impression d'avoir pénétré dans un monde peuplé d'ombres anonymes.

On lui tendit une tasse de café. Elle ne se rappelait plus quand elle avait mangé pour la dernière fois – peut-être à la ferme de Jon, mais elle ne s'en souvenait pas. Elle ne savait plus quel jour on était, quelle semaine ou quel mois, ni depuis combien de temps elle n'avait pas dormi. Tout ce qu'elle savait, c'est qu'elle se trouvait dans un avion, quelque part au-dessus de l'Atlantique. Et que Steve était mort.

– Le colonel Miller a essayé de me convaincre que vous ne saviez rien sur le contenu sensible de cet avion allemand que nous avons récupéré au prix de gros efforts, déclara Carr. Il dit qu'il n'y a pas assez d'Islandais sur cette planète.

– Qui êtes-vous ? demanda Kristin.

Elle était trop épuisée et bouleversée pour en saisir davantage sur cet homme. Il venait simplement s'ajouter à la longue série des silhouettes indécises qui avaient croisé son chemin au cours des dernières quarante-huit heures.

– Ça n'a aucune importance.

Ne contrariez jamais Carr, songea Kristin. L'image de Ratoff ligoté sur la palette se dessina fugacement devant elle.

– Êtes-vous Carr ? interrogea-t-elle.

– En ce qui nous concerne, cette mission est terminée. Nous n'avons plus que quelques détails à régler, et…

Un homme ouvrit la porte, entra dans le cockpit et se pencha pour murmurer quelques mots à l'oreille de Carr. Carr hocha la tête et l'homme ressortit aussitôt.

– Espèce de merde, gronda Kristin à demi-voix.

– Pardon ? répondit Carr.

– Espèce de putain d'Américain de merde.

Les yeux gris de Carr la jaugèrent froidement à travers ses lunettes. Elle ne lut rien dans ce regard – ni amusement ni irritation.

– Je peux comprendre ce que vous ressentez, dit-il.

– Comprendre ?

Kristin éclata de rire.

– Comment pourriez-vous comprendre quoi que ce soit ?

L'indignation de Kristin allait grandissant, et elle vit l'inquiétude s'emparer des traits de Miller. Il voulut la mettre en garde, mais Carr lui fit signe de se taire.

– Vous êtes des assassins, reprit Kristin. Vous avez violé toutes les lois, les principes moraux les plus élémentaires. Vous me dégoûtez – alors ne venez pas me dire que vous comprenez ce que je ressens.

Carr attendit patiemment qu'elle en ait terminé.

– Je sais que ça ne vous consolera pas, mais je regrette ce qu'on a fait à votre frère et à son ami, déclara-t-il. Cela n'aurait jamais dû arriver.

Kristin se montra plus rapide que Carr ne l'avait imaginé, mais cela ne dura que quelques secondes : elle bondit de sa chaise et le frappa au visage, si fort que sa tête bascula en arrière. Miller lui hurla quelque chose – quoi, elle n'en avait aucune idée – puis deux hommes apparurent aussitôt derrière elle et la forcèrent à se rasseoir. Carr se frottait la joue, dont la peau virait déjà au rouge marbré.

– Vous avez vu ce qui est arrivé à Ratoff, je crois, dit-il d'une voix calme.

– C'est censé m'apaiser ? De voir ce sadique balancé d'un avion ?

– Il a surestimé son utilité, et il a été puni. Je ne vous ai pas vue tenter de l'aider.

– Espèce de salopard !

– Arrêtez, Kristin, intervint Miller. Ça suffit.

– Nous nous arrangerons pour que vous rentriez chez vous, déclara Carr. Nous vous renverrons en Islande. Bien sûr, nous devrons attendre que tous nos hommes soient repartis avec leur matériel, mais après, vous serez débarrassée de nous et nous serons débarrassés de vous. Vous pourrez dire tout ce qu'il vous plaira : vous pourrez parler aux autorités et à la presse, à vos proches et à vos amis, mais je doute que quelqu'un vous croie. Nous avons déjà commencé à répandre de fausses informations sur la nature de cette mission. Au bout du compte, personne ne sait quoi que ce soit, et c'est mieux comme ça. J'y pense : en ce moment même, un homme est en route pour Keflavik, avec nos troupes. Il s'appelle Julius. Un ami à vous, je crois. Le chef des sauveteurs islandais

389

qui se promenaient sur le glacier. Il est sain et sauf, et sera déposé devant les grilles de la base. Il sera en mesure de corroborer votre histoire. Ainsi que votre frère – Elias, c'est bien ça ? J'ai appris qu'il s'en était tiré, au fait, et qu'on l'avait envoyé à l'hôpital de Reykjavik.

– Vous voulez dire qu'il est… vivant ? s'étrangla Kristin.

– Oui, confirma Carr. À ma connaissance.

– Vous n'êtes pas en train de jouer avec moi ?

– Pas du tout.

Un sentiment de soulagement la submergea. Peu importait que cette nouvelle lui ait été annoncée par un étranger, un homme qui, selon toute vraisemblance, était le principal responsable de tout qui lui était arrivé. Elle avait été incapable d'envisager que, malgré tous ses efforts, Elias puisse mourir. Elle avait maintenant la confirmation qu'elle avait réussi à le sauver, mais la première chose qui lui vint à l'esprit fut que Steve, lui, l'avait payé de sa vie. Elle serra les dents, gagnée par la colère.

– Nous aurons toujours la possibilité d'envoyer des hommes pour s'occuper de vous. Il vous appartient d'en avertir les deux autres. Et je vous demande de me prendre au sérieux, Kristin. Libre à vous d'aller raconter cette histoire à n'importe qui, mais si Julius venait à disparaître un jour, vous saurez pourquoi.

– Tout ça pour… commença Kristin.

– Un vieil avion, l'interrompit Miller. Tout ça pour un vieil avion.

– Je veux seulement savoir ce qui se passe. C'est quoi la vérité ?

– Kristin, Kristin, vous posez trop de questions, répliqua Carr. La vérité et le mensonge ne sont que des moyens d'arriver à une fin. Je ne fais aucune distinction entre les deux. On pourrait dire que nous sommes des historiens qui essaient de corriger certaines des erreurs commises durant ce siècle finissant. Ça n'a rien à voir avec une quelconque vérité, et puis, de toute manière, ce qui appartient au passé n'a plus d'importance aujourd'hui. Nous réinventons l'histoire en fonction de nos intérêts. L'astronaute Neil Armstrong est venu un jour en Islande – cela, nous le savons. Mais qui peut dire avec certitude qu'il a posé le pied sur la Lune ? Qui le sait ? Nous avons vu les images, mais quelle preuve avons-nous qu'elles n'ont pas été filmées dans un hangar de l'US Air Force ? Est-ce cela, la vérité ? Qui a tué Kennedy ? Pourquoi avons-nous fait la guerre au Viêtnam ? Staline a-t-il vraiment tué quarante millions de personnes ? Qui connaît la vérité ?

Carr s'interrompit.

– Ce que vous appelez la vérité, Kristin, n'existe plus, poursuivit-il. Si tant est qu'une telle chose ait jamais existé. Nul ne connaît plus les réponses, et rares sont les personnes qui s'en soucient assez pour poser des questions.

Ce furent les derniers mots que Kristin entendit.

Elle sentit un pincement sur sa nuque. Elle n'avait pas senti l'homme s'approcher derrière elle, ni vu l'aiguille de la seringue. D'un seul coup ses jambes cédèrent sous elle, une sensation d'absolue tranquillité se répandit dans son corps, et tout devint noir.

43

Rue Tomasarhagi, Reykjavik.

Qui était donc Ratoff ? Un nom, dans sa tête.

Elle était allongée sur le canapé de son salon, chez elle, rue Tomasarhagi. Elle se sentait incapable de bouger, comme brisée en mille morceaux. Lentement, progressivement, elle remonta des profondeurs de l'inconscience. Elle était vaguement préoccupée par la pensée que l'épicerie avait peut-être fermé, mais elle était encore sous l'emprise du sommeil. Elle avait dû dormir trop longtemps. Elle avait l'habitude de boire son café avec du lait chaud, mais elle avait oublié d'en acheter en rentrant du travail. Le nom n'arrêtait pas de refaire surface dans son esprit, comme un bouchon malmené par le courant. Il lui faisait étrangement peur. Elle considéra la chose, mais ne parvenait toujours pas à rassembler la moindre parcelle d'énergie. Tout ce qu'elle voulait, c'était se rendormir. Elle s'était levée bien trop tôt ce matin-là.

Mais il fallait qu'elle aille acheter du lait, il ne fallait pas qu'elle oublie. C'était la première chose dont elle s'était souvenue.

Ça, et Ratoff.

Lentement, elle ouvrit les yeux. Ses paupières étaient lourdes comme du plomb. Il faisait nuit noire dans l'appartement. Elle avait juste envie de rester allongée là, à laisser la fatigue s'écouler de son corps. Un flot de pensées chaotiques bouillonnait dans son esprit, mais elle ne fit aucun effort pour leur donner un semblant d'ordre. Sa sensation de bien-être était trop parfaite ; elle ne voulait pas la gâcher. Cela faisait des lustres qu'elle ne s'était pas sentie aussi bien. Bon Dieu, ce qu'elle était fatiguée.

Pour la première fois depuis une éternité, elle pensa à ses parents, à son ex-petit ami l'avocat, et à Steve – elle s'en était toujours voulu de l'avoir jeté comme elle l'avait fait. Un jour ou l'autre, elle allait devoir y faire quelque chose. Elle aurait aimé le revoir. À vrai dire, elle éprouvait un irrépressible désir de lui parler. Ses pensées dérivèrent vers ce cinglé de Runolfur et ses collègues de travail, et elle se demanda vaguement s'il n'était pas temps de chercher un nouveau boulot. D'ouvrir, peut-être, son propre cabinet avec une amie. Elles en avaient déjà discuté. Elle n'appréciait pas particulièrement son travail au ministère, et maintenant que des gens se mettaient à la menacer, il lui semblait encore moins attrayant. Les pensées voletaient librement sous son crâne, sans qu'elle puisse s'arrêter sur aucune d'entre elles, elles flottaient et disparaissaient dans l'instant, mordillant son inconscient.

Elle était allongée sur le canapé depuis une demi-heure quand elle essaya enfin de bouger et c'est alors, seulement, qu'elle prit conscience de la douleur lancinante qui lui déchirait le flanc. Elle laissa échapper un cri de surprise tandis que la douleur la transperçait de part en part, et elle se laissa retomber sur le sofa, attendant que le spasme cesse. Sa combinaison de ski était sale, mais elle ne prit même pas la peine de se demander pourquoi elle portait une tenue de plein air. Tirant sur la fermeture éclair, elle remonta son pull et découvrit un pansement sous ses côtes flottantes. Elle contempla d'un air ahuri les bandes de sparadrap et la compresse, puis fit doucement redescendre le pull sur le pansement. Quand s'était-elle blessée ? Elle ne se rappelait pas être allée à l'hôpital pour se faire soigner, pas plus qu'elle ne savait comment elle avait pu se faire cette blessure, mais à l'évidence, elle avait dû se rendre aux urgences.

Elle essaya à nouveau de se redresser et, cette fois, elle y parvint, malgré cette douleur atroce. Elle n'avait pas la moindre idée de l'heure qu'il pouvait être, mais tous les magasins étaient certainement fermés, à présent. Elle parcourut du regard l'appartement, ou le peu qu'elle pouvait en voir, et tout semblait normal. Pourtant, elle aurait juré avoir laissé la lumière de la cuisine allumée avant de venir s'allonger. Et d'où venait cette blessure ? Elle devait être assez sérieuse, à en juger par la taille du pansement et l'ecchymose bleu foncé qui recouvrait tout son flanc.

Se levant tant bien que mal, elle se traîna jusqu'à la cuisine, alluma la lumière, se dirigea vers le frigo et en sortit une canette de Coca. Elle mourait de soif. Elle vida la canette d'un trait, sur place, devant le frigo ouvert, puis elle boitilla jusqu'à l'évier, laissa couler l'eau froide pendant quelques instants avant de boire avidement, directement au robinet. Il faisait une chaleur suffocante dans l'appartement. Elle marcha vers la grande fenêtre de la cuisine et l'ouvrit, respirant l'air froid de l'hiver.

Sa mallette était à sa place, et les documents qu'elle avait rapportés du travail étaient posés, intacts, sur la table de la cuisine. Elle leva les yeux sur l'horloge ; il était tout juste sept heures. Elle avait dormi bien trop longtemps – une heure entière – et il était trop tard pour l'épicerie. Elle poussa un juron entre ses dents. Sonnée, dénuée d'énergie, elle se laissa tomber sur une chaise et contempla le vide. Quelque chose était arrivé, quelque chose de terrible, mais dont tous les détails étaient noyés dans la brume impénétrable qui lui obscurcissait l'esprit.

Ratoff ?

Kristin sursauta quand le téléphone se mit à sonner, ses hurlements soudains déchirant le silence. Elle le regarda, médusée, comme si elle n'avait pas la moindre idée de ce qu'il fallait faire avec cet objet. Le téléphone continua de sonner. Sa première réaction fut de ne pas répondre. Et s'il s'agissait de Runolfur ? Puis elle se rappela qu'Elias avait promis de l'appeler depuis le glacier. Mais pourquoi n'avait-il pas encore appelé ? N'était-il pas aussi arrivé quelque chose à Elias ?

Elle se leva, marcha lentement jusqu'au téléphone et décrocha le combiné. La voix était étrangère, les mots anglais, celui qui les prononçait très certainement américain. Pouvait-il s'agir de Steve ? Mais non, cet homme-là avait l'air plus vieux.

— Ne contrariez jamais Carr, déclara la voix au téléphone, avant de raccrocher. Le combiné n'avait pas été reposé violemment, mais avec une grande délicatesse, comme si ce correspondant avait eu tout son temps.

— Allô ? interrogea Kristin, mais seuls les bips de la tonalité lui répondirent. Elle reposa le combiné. *Ne contrariez jamais Carr.* Ça ne voulait rien dire. Certainement un faux numéro.

Bon Dieu, ce qu'elle se sentait amorphe, comme si elle couvait quelque chose – la grippe, peut-être. Il y avait toujours une épidémie à cette époque de l'année. Elle regagna le séjour, la phrase prononcée dans le téléphone résonnant encore sous son crâne.

Ne contrariez jamais Carr. Ne contrariez jamais Carr. Ne contrariez jamais Carr.

Qu'est-ce que ça pouvait bien vouloir dire ? Elle resta plantée au milieu du séjour, seule dans la pénombre, dans sa combinaison crasseuse, obsédée par cette phrase. Puis quelque chose d'étrange lui revint ; un incident absurde – elle l'avait certainement rêvé. Se tenant le flanc, elle tourna les yeux vers l'entrée. Elle resta un moment immobile avant de marcher vers la porte. La scène semblait si nette, si réelle, comme si elle l'avait vécue pour de vrai. Elle s'arrêta devant la porte, hésitante, avant de l'ouvrir et de jeter un regard prudent dans la pénombre du vestibule. Puis elle alluma la lumière et étudia la porte.

Ses yeux se posèrent sur un petit trou noir, aux contours clairement dessinés, qui ne pouvait être qu'un impact de balle. Elle approcha son doigt pour le toucher délicatement, et les larmes lui montèrent aux yeux. D'un coup, la vérité lui apparut – non, elle n'avait pas rêvé, et ce jour n'était pas celui où elle pensait s'être réveillée. Il était bien plus tard, bien trop tard. Tout était terminé.

Elle se souvint de Ratoff. De Steve. Comprit la voix au téléphone.

Ne contrariez jamais Carr.

Kristin referma la porte. Un miroir était accroché sur le mur du couloir, et quand son regard se posa dessus, en regagnant le séjour, elle ne reconnut pas la personne qui s'y reflétait : une étrangère aux traits creusés, avec des cernes sombres sous les yeux et des cheveux sales dont les touffes s'emmêlaient autour de son oreille rougie de sang, à l'endroit où la plaie s'était rouverte. Elle portait l'épaisse combinaison de ski qui était encore maculée du sang de Steve. Kristin ne connaissait pas cette femme. Ne savait pas d'où elle sortait. Elle la fixait des yeux, sans comprendre, en secouant la tête.

Steve. Elle revoyait Steve.

Alors elle vit la femme dans le miroir se décomposer, tandis qu'elle éclatait en sanglots, anéantie par le chagrin.

44

Rue Tomasarhagi, Reykjavik.

Cette première demi-heure au cours de laquelle elle reprit ses esprits fut un véritable blizzard de souvenirs. Elle ne comprenait que trop bien cet appel téléphonique, à présent. Elle se souvint des mots prononcés par Ratoff dans l'avion, et de tout ce que Miller lui avait raconté. Se rappela les housses mortuaires, et Steve, et Jon, le vieux fermier qui vivait au pied du glacier, la fusillade devant le pub, la traque à l'intérieur de la base américaine. Les témoins de Jéhovah, et Elias l'appelant du glacier. Oh mon Dieu, Elias !

Il y avait deux grands hôpitaux à Reykjavik, le National et le Municipal. Elle appela l'Hôpital national, le plus grand des deux, tomba sur l'accueil et leur donna le nom de son frère. Après une brève attente, on lui répondit qu'il n'y avait personne de ce nom-là parmi les patients. Elle appela alors l'Hôpital municipal, leur posa la même question et attendit, en retenant son souffle, que la secrétaire vérifie la liste des admissions aux urgences de l'établissement.

– Oui, confirma-t-elle enfin, au bout d'un long moment. Il est ici.

Kristin apprit qu'Elias se trouvait en soins intensifs, mais que son état n'était plus jugé critique et qu'il allait bientôt être transféré dans un service de médecine générale. Elle pouvait lui rendre visite dès qu'elle le souhaiterait.

– Même s'il est assez inhabituel que des visiteurs viennent si tôt, remarqua l'infirmière.

– Si tôt ? interrogea Kristin.

– Si tôt le matin.

– Excusez-moi, mais quel jour sommes-nous ?

– Mardi, madame.

Kristin raccrocha. Quand les témoins de Jéhovah avaient tenté de l'assassiner, c'était un vendredi. Quatre jours à peine s'étaient écoulés depuis. Toute une vie condensée en quatre malheureuses journées. Enfilant un manteau, elle sortit de chez elle en courant, puis elle se ravisa et appela un taxi.

– À l'Hôpital municipal, dit-elle au chauffeur, une fois installée sur la banquette arrière.

La ville reprenait vie. Les gens se levaient, s'occupaient de leurs enfants, partaient au travail. De gros flocons de neige tombaient paresseusement du ciel en tournoyant. Elle se sentait étrangement déconnectée, détachée d'elle-même, comme si elle se voyait de l'extérieur ; comme s'il ne s'agissait pas de son monde et de sa vie à elle, qui continuait de se dérouler paisiblement dans une dimension parallèle. Au moment de régler la course, elle eut l'intuition impérieuse qu'elle ne devait pas utiliser sa carte de crédit. Pourquoi, elle n'en savait rien.

L'infirmière qui la conduisit jusqu'à Elias portait un masque et lui fit enfiler une blouse en papier et des housses en plastique sur ses chaussures. Elles remontèrent un long couloir violemment éclairé et entrèrent dans une chambre obscure où un homme était allongé, inerte, relié à un enchevêtrement de tuyaux eux-mêmes connectés à un tas de machines qui bourdonnaient ou sonnaient à intervalle régulier. Son visage était dissimulé sous un masque à oxygène, mais Kristin sut qu'il s'agissait d'Elias. Elle s'immobilisa à son chevet et posa enfin les yeux sur lui, incapable de contenir ses larmes. Seule la tête d'Elias émergeait des couvertures, et Kristin remarqua que l'un de ses yeux était recouvert d'un pansement.

– Elias, murmura-t-elle doucement. Elias ? répéta-t-elle un peu plus fort.

Mais il ne réagissait pas.

Elle mourait d'envie de le prendre dans ses bras mais elle se retint, intimidée par tous ces tuyaux. Les larmes débordèrent et coulèrent le long de ses joues, tout son corps se mit à trembler. Elias était vivant. Il allait s'en tirer. Il se remettrait de ses blessures et, bientôt, il pourrait rentrer chez lui. Elle se rappela s'être trouvée dans la même situation lorsqu'il avait été renversé par une voiture, tant d'années auparavant : mais, cette fois, elle ne se sentait plus coupable. Ce sentiment-là, au moins, avait disparu. Elle savait qu'elle ne pourrait plus être tenue pour responsable de la vie d'Elias – ni de personne d'autre, d'ailleurs. Il ne lui appartenait pas de décider de la vie ou de la mort.

– Vous êtes Kristin ? interrogea une voix fatiguée.

Kristin tressaillit, et se retourna à demi. Un homme était entré sans se faire remarquer et l'observait tranquillement. Il était grand, fin, avec une épaisse chevelure noire peignée en arrière au-dessus de son large front. Il portait un bandage autour de la tête.

– Vous êtes Kristin ? insista l'inconnu, en détachant bien les syllabes.

– Qui êtes-vous ? demanda-t-elle.

– C'est vrai que vous ne pouviez pas me reconnaître avec ce turban, déclara l'homme, en levant les yeux vers son bandage. Mais nous nous sommes déjà rencontrés. Je m'appelle Julius.

– Julius ! répéta Kristin, à voix basse, comme pour elle-même. Mon Dieu, c'est bien vous ?

Traversant la chambre, elle le prit dans ses bras et le serra très fort. Elle s'accrocha à lui comme s'il était le seul point fixe de son existence. Au bout d'un moment, Julius l'empoigna par les épaules et desserra son étreinte.

– Ils m'ont relâché hier, et je suis venu directement à l'hôpital, expliqua-t-il. Elias va s'en sortir. Ils m'ont dit qu'ils avaient réussi à sauver son œil.

– Son œil ?

– L'un de ses yeux a été salement amoché, mais ils ont réussi à le sauver.

Kristin se tourna vers Elias. Il respirait paisiblement, les machines battant et vibrant de manière rassurante.

– Que vous est-il arrivé ? interrogea Kristin.

– C'est surtout à vous qu'il faut poser la question… remarqua Julius.

– Je ne sais pas. Enfin, je veux dire, je ne sais pas comment ils ont fait. Je crois qu'ils ont dû me droguer – j'ai une marque sur la nuque, là – et me ramener chez moi. Je me suis réveillée il y a à peu près une heure, dans mon appartement. Des choses ont commencé à me revenir, de plus en plus clairement, mais je crois qu'il y a encore pas mal de trous. Et vous, alors ?

– Eh bien, ils m'ont fait prisonnier sur le glacier et m'ont forcé à les accompagner quand ils ont levé le camp. L'homme qui m'a fracturé le crâne n'arrêtait pas de me demander où vous étiez passée. Il ne comprenait pas comment vous aviez pu disparaître ainsi, mais j'ai fait semblant de ne rien savoir. Quand nous sommes redescendus du glacier, des camions nous attendaient pour emporter tout le matériel, et on m'a fait monter dedans. Je ne sais pas combien de temps ça a duré, mais ce type est resté en permanence en face de moi, à me menacer. Il a même sorti un couteau.

– Ça devait être Bateman.

– Si vous le dites. Je ne sais pas comment il s'appelait, mais le plus étrange, c'est que le camion s'est arrêté d'un seul coup et des soldats se sont rués à l'intérieur, visiblement pour l'arrêter. Ils l'ont traîné dehors, l'ont fouillé et lui ont confisqué des documents qu'il portait sur lui. Je ne l'ai plus revu après.

Les rouages de la mémoire embrouillée de Kristín se mirent lentement à tourner.

– Confisqué des documents ?

– Oui. Il les avait planqués au fond d'une poche.

– Et ces documents, que sont-ils devenus ?

– Quelqu'un les a brûlés sous son nez, sans même prendre la peine de les lire. Le vent a emporté les cendres. Après ça, ils m'ont laissé tranquille.

– Où vous ont-ils relâché ?

– Devant les grilles de la base américaine. J'ai regardé le convoi disparaître à l'intérieur. Il faisait nuit quand nous avons quitté le glacier, et encore nuit quand nous sommes arrivés à Keflavik, et je n'ai aucune idée du temps qu'a duré le voyage. J'ai réussi à regagner la ville, et j'ai appelé l'équipe sur le glacier. Les Américains nous ont empêchés de venir vous rejoindre. Ils nous ont même tiré dessus.

Julius lui tendit un journal, en pointant du doigt la manchette : UNE ÉQUIPE DE SAUVETEURS ATTAQUÉE PAR DES MILITAIRES. L'article s'accompagnait de photos du

403

véhicule des sauveteurs, criblé de balles. Julius lui montra un autre quotidien : DES SOLDATS TIRENT SUR DES SAUVETEURS DE REYKJAVIK.

– Nous avons contacté les médias dès qu'ils nous ont laissés partir, poursuivit Julius. Les Américains ont publié un communiqué pour présenter leurs excuses. Les porte-paroles de l'armée ont défilé à la radio et à la télévision, pour réciter une histoire de manœuvres hivernales de routine impliquant des troupes belges et hollandaises de l'OTAN, en collaboration avec l'armée américaine, et affirmer qu'ils n'avaient jamais eu l'intention de nous bloquer le passage. Ils regrettent profondément que certains de leurs soldats aient réagi avec précipitation à ce qu'ils avaient perçu comme une menace, et qu'ils nous aient tiré dessus. Ils ont promis qu'une enquête serait menée, et que des dommages et intérêts nous seraient versés. Mais ils démentent catégoriquement avoir eu connaissance de ce qui est arrivé à Elias et Johann. Ils nient toute responsabilité dans cette affaire, et prétendent aussi ne pas vous connaître.

– Et que disent les Yankees, au sujet de l'avion ?

– Ils n'ont jamais entendu parler d'un avion allemand sur ce glacier. À la radio, les journalistes ont rapporté que les soldats recherchaient une balise satellite perdue il y a plusieurs années par un avion, au-dessus du glacier. Mais les journaux télévisés ont raconté que les soldats étaient venus répéter une opération de sauvetage impliquant un faux crash aérien, en utilisant une vieille épave de DC-8. Et le journal du soir parle de réserves d'or perdues, qu'ils voulaient récupérer. Vous voyez à qui nous avons affaire. Ils ont vraiment tout bien organisé.

Kristin avala une grande bouffée d'air, et pensa à ce que Julius lui avait dit.

– Et Steve ?

Pour la première fois depuis son arrivée, Julius sembla mal à l'aise, son autorité naturelle l'avait abandonné.

– Ils disent qu'il a disparu, Kristin. Ils prétendent qu'ils sont en train d'essayer de retrouver sa trace, mais que cela prendra sans doute beaucoup de temps.

– Je vois.

Julius scruta son visage en quête d'une réaction, mais les traits de Kristin étaient impénétrables.

– Et le gouvernement islandais, alors, ils l'ont jouée comment ? demanda-t-elle.

– En disant qu'ils avaient autorisé ces manœuvres.

– Et rien sur l'avion ni sur Steve ?

– Je leur ai parlé de l'avion et du meurtre de Steve, je leur ai dit que vous aviez disparu et que les Américains vous retenaient probablement contre votre volonté. Tout cela figure dans la presse, mais les militaires refusent d'en entendre parler. Ils parlent de « rumeurs infondées ». Mais vous êtes revenue, maintenant, et bientôt Elias aura récupéré, et alors nous serons trois. Les gens finiront forcément par nous croire, n'est-ce pas ? Si nous sommes trois à dire la même chose ?

Les yeux de Kristin se posèrent sur Elias, puis à nouveau sur Julius.

– Ils m'ont menacée, Julius, déclara-t-elle d'une voix neutre. Et j'ai peur. Je suis fatiguée. Ils ont menacé de s'en prendre à Elias, et à vous aussi. J'ai envie que tout ça s'arrête, je n'en peux plus.

Elle n'avait pas la force d'expliquer ce qu'elle ressentait après toutes les épreuves qu'elle venait de traverser, ni l'effet qu'elles avaient eu sur elle. Elle avait l'impression d'être seule au monde, sans personne vers qui se tourner. Peut-être raconterait-elle à Julius tout ce qui s'était passé, une fois qu'elle se serait reposée et qu'elle aurait récupéré un peu, mais pour le moment, elle avait juste envie qu'on la laisse en paix.

– Mais vous ne pouvez pas abandonner maintenant, protesta Julius. Où étiez-vous passée ? Et que contenait cet avion, sur le glacier ? Nous devons bien ça aux autres…

– J'ai vu ce qu'ils ont fait à l'homme qui a blessé Elias et tué Steve. Je crois qu'ils voulaient que je le voie. Comme une démonstration. Comme si on avait réuni une cour martiale, qu'on l'avait jugé et condamné, et que je devais me satisfaire de ça. Si je poursuis, ils sauront où me trouver. C'est le message que j'ai reçu.

Julius ne savait que répondre.

– Venez, reprit Kristin, retrouvant son aplomb. Allons dans la salle d'attente parler de tout ça.

Ils laissèrent Elias et remontèrent le couloir jusqu'à une salle d'attente avec trois chaises, une table, une poignée de vieux magazines empilés sur une étagère. Ils s'assirent et Kristin raconta tout ce qui lui était arrivé depuis qu'ils s'étaient quittés. Elle répéta ce que Miller lui avait dit au sujet de l'Opération Napoléon, et les menaces de l'homme, Carr très certainement, qui semblait avoir organisé toute cette mission. Elle ne se souvenait plus de rien entre le moment où ils avaient discuté ensemble à bord de l'avion-cargo, et celui où elle s'était réveillée ce matin-là sur le canapé de son salon.

Julius mit du temps à assimiler toute la portée de ces révélations.

– C'est incroyable, impensable ! Qui diable aurait pu inventer une idée pareille ? Vous y croyez vraiment ? À Napoléon, je veux dire. Vous croyez qu'ils l'ont évacué de Berlin ?

– Je crois qu'ils ont agi exactement comme s'ils voulaient que personne ne connaisse cette histoire. Si l'avion avait effectivement contenu des informations aussi sensibles, les militaires auraient forcément eu envie de savoir ce qu'il était devenu, d'établir avec certitude s'il était ressorti des glaces, et de faire en sorte que personne ne découvre ses secrets, que le plan détaillé sur ces documents ait ou non été mis en œuvre. Ils auraient envoyé des soldats sur le glacier pour récupérer l'avion et ce qu'il contenait, en évitant dans la mesure du possible d'attirer l'attention des médias. Vous imaginez ce qui se passerait si on venait à découvrir que cette histoire est vraie.

– Et si nous racontons cette histoire de complot à la presse…

– On nous rira au nez, Julius. C'est tout.

Ils restèrent tous deux silencieux. Assis dans l'environnement terne et impersonnel de cette salle d'attente d'hôpital égayée de fleurs synthétiques, ils méditaient en silence sur leurs sorts respectifs.

45

Reykjavik.
Mois d'août.

Les jours passèrent, puis les semaines, les mois, et le scandale médiatique engendré par cette histoire de soldats américains ouvrant le feu sur une équipe de sauveteurs islandais se tassa peu à peu. Kristin passait le plus clair de son temps à l'hôpital avec Elias, qui reprit bientôt connaissance et fut en mesure de lui raconter sa rencontre avec Ratoff. Sa convalescence fut lente mais régulière. Leur père rentra de l'étranger et découvrit qu'Elias avait eu un accident, mais il ne semblait pas vraiment vouloir en connaître les détails.

– Putain, cette manie de faire l'idiot sur des moto-neiges ! s'emporta-t-il. Il est temps que tu grandisses un peu.

Quatre jours plus tard, il repartait en voyage.

Kristin apprit à Elias la mort de son ami Johann. À sa grande surprise, les parents de Johann se satisfaisaient de l'explication selon laquelle les deux hommes étaient tombés dans une crevasse. Kristin et Elias se demandèrent s'il fallait leur dire la vérité, et finirent par décider que oui. Une fois qu'Elias eut suffisamment récupéré, ils demandèrent aux parents de Johann de venir à l'hôpital et leur racontèrent les véritables circonstances de la mort de leur fils, et le sort de son assassin. Ils avaient choisi de ne rien leur dire au sujet de l'avion allemand. Bien qu'Elias ait été témoin des faits, remarqua Kristin, il était évident que l'armée ne reconnaîtrait jamais aucune forme de violence, sans parler d'un meurtre, et que personne ne sortirait jamais du rang pour venir témoigner en leur faveur.

Mais les parents de Johann, un couple de riches quinquagénaires, étaient bien décidés à rétablir la vérité. Ils convoquèrent comme témoins Elias, Kristin et Julius, mais, comme Kristin s'y attendait, les accusations qu'ils soumirent au bureau du procureur et l'enquête qui suivit ne donnèrent rien, et leur dossier ne fut pas jugé suffisamment solide pour engager des poursuites. Les porte-paroles de l'armée se déclarèrent stupéfaits qu'on puisse les accuser de cacher un meurtrier dans leurs rangs ; ils déclarèrent n'avoir jamais eu connaissance de la présence d'agents de la Delta Force ou d'un avion-cargo c-17 sur le territoire islandais. La procédure judiciaire traîna en longueur, les médias se déchaînèrent de plus belle, mais finirent à nouveau par se désintéresser de l'affaire.

Le meurtre de Runolfur demeura un mystère. Kristin fut convoquée à plusieurs reprises par les policiers pour être interrogée, mais elle s'entêta à clamer son innocence. Après une enquête approfondie, la police parvint à la conclusion qu'il n'y avait pas matière à engager des poursuites. Cette décision fut prise sur la recommandation des deux inspecteurs en charge de l'affaire, dont l'homme compatissant que Kristin avait eu au téléphone depuis la ferme de Jon. L'affaire déboucha sur une impasse, coincée entre la police islandaise et les autorités de la Force de défense de Keflavik.

Les autorités militaires annoncèrent que Steve avait été retrouvé mort non loin du cinéma Andrews, dans la base, tué d'une balle dans la tête par un tireur non identifié, et son corps fut rapatrié aux États-Unis pour y être enterré.

Lors des procédures judiciaires successives dans lesquelles elle fut impliquée au cours des années suivantes, Kristin n'évoqua jamais le secret de l'avion, mais à ses heures perdues elle se documentait sur l'histoire de l'Allemagne nazie et la chute du Troisième Reich. À sa grande surprise, elle découvrit qu'au fil des années, de nombreuses théories avaient vu le jour concernant le sort d'Adolf Hitler. Elle savait qu'Hitler avait laissé des instructions pour que ses restes soient brûlés quand les Russes prendraient la ville. Après la guerre, cependant, plusieurs voix s'élevèrent pour mettre en doute cette version. Kristin découvrit que le rapport du médecin qui avait étudié ce corps calciné, publié par les Russes quelque temps après sa mort, le 30 avril 1945, concluait qu'il s'agissait bien de celui d'Hitler; ils affirmèrent également, juste après la fin de la guerre, qu'ils avaient comparé le crâne au dossier dentaire du führer, et que ces analyses avaient confirmé qu'il s'agissait bien d'Hitler. Pourtant, des rumeurs ne tardèrent pas à se répandre, selon lesquelles il était retenu prisonnier dans le secteur de Berlin occupé par les Britanniques, tandis qu'à l'occasion de la conférence de Postdam, en juillet 1945, Staline avait annoncé que les Russes ignoraient ce qu'il était advenu de lui; ils n'avaient pas retrouvé son corps, et Staline laissa même entendre qu'il se cachait peut-être en Espagne ou en Amérique du Sud. Ce qui donna naissance à un flot d'hypothèses, souvent farfelues, selon lesquelles il se terrait dans un monastère espagnol, ou un ranch sud-américain. Kristin tomba sur une tout autre théorie, affirmant que les Britanniques l'avaient embarqué à bord d'un sous-marin pour l'emmener sur une île lointaine. De fait, à la fin de la guerre, Staline soupçonnait les Britanniques d'avoir engagé des pourparlers secrets avec les Allemands.

Kristin lut en outre qu'Hitler avait déclaré qu'au final, il n'avait eu que deux amis : Eva Braun et son chien Blondi.

Un soir d'été, six mois environ après ces événements tragiques, Kristin était assise dans sa cuisine après un dîner frugal, en train de repenser, comme elle le faisait si souvent, à ce qui s'était passé là-bas, sur le glacier, quand elle se rappela soudain le morceau de papier qu'elle avait retrouvé dans la poche de sa combinaison. Avant de mettre à la poubelle ses habits tachés de sang, elle avait vidé les poches et mis tout ce qu'elle y avait récupéré dans un tiroir de la cuisine, qu'elle n'avait jamais plus ouvert depuis. Elle se leva pour traverser la cuisine, ouvrit le tiroir et plongea la main dedans, en retournant le contenu jusqu'à ce qu'elle trouve le morceau de papier plié. En l'ouvrant, elle lut à nouveau les mots OPÉRATION NAPOLÉON. C'était un fragment du document que Jon avait retrouvé sur le cadavre gelé de l'officier allemand. Elle le tendit sous une lampe et entreprit de déchiffrer la suite de ce texte dactylographié.

Seuls quelques mots étaient encore lisibles, qu'elle nota sur une feuille, ainsi que les lettres éparses des autres qu'on parvenait encore à deviner. Ayant recopié tout ce qu'elle pouvait, elle apporta ses notes à l'un de ses amis, au ministère, qui avait été diplomate en Allemagne. Elle lui demanda de traduire ce texte en islandais et, dans la mesure du possible, d'en combler les vides. Elle ne voulut pas lui dire de quoi parlait ce texte, ni où elle l'avait trouvé, ni dans quel cadre il avait été écrit. Elle se pencha par-dessus son épaule, tandis qu'il faisait de son mieux pour traduire et donner un semblant de sens à ces mots, même s'il n'avait aucune idée de ce qu'ils signifiaient :

... débarqué sur une île isolée, au large de la pointe sud de l'Argentine. Il existe un petit archipel désert qui pourrait convenir parfaitement. Bien qu'ayant été peuplées il y a de cela plusieurs siècles, ces îles ont été abandonnées depuis longtemps en raison de leur climat difficile et de leur aridité. L'île à laquelle nous pensons est baptisée Borne dans la langue indigène. Les deux autres destinations proposées dans le cadre de l'OPÉRATION NAPOLÉON...

L'extrait s'arrêtait là. Kristin rentra chez elle avec ses notes et la traduction de son ami. Elle ne parla à personne de sa découverte, pas même à Elias ni à Julius, et essaya simplement de ne plus y penser. Mais c'était peine perdue : elle commençait à peine à se remettre quand elle était retombée sur ce document, mais à présent elle était de nouveau hantée par les souvenirs du glacier, de Steve, de l'histoire que Miller lui avait racontée. Mais elle avait beau réfléchir, elle n'arrivait pas à savoir ce qu'il fallait faire. Elle glissa donc le morceau de papier au fond d'un tiroir, et le ferma à clé.

2005

Le jour de son départ, elle se réveilla aux aurores, comme tous les jours depuis qu'elle s'était échappée du glacier, froide et vide, comme si quelque chose en elle était mort.

Elle n'avait plus entendu parler de Carr ni de ses hommes de main depuis sa conversation avec lui à bord de l'avion, au cours de la dernière année du précédent millénaire, mais elle était parfois assaillie par la certitude qu'on la suivait, que quelqu'un était entré dans son appartement ou avait fouillé ses dossiers au bureau. Qu'elle n'était pas seule. Elle n'avait pas la moindre idée de qui étaient Carr et Miller ni de l'organisation à laquelle ils appartenaient, et n'avait d'ailleurs pas essayé d'en savoir davantage. Elle prenait soin de ne rien faire qui risquerait d'établir un lien entre elle et l'avion du glacier.

Elle était en proie à une intense paranoïa, désormais convaincue qu'il y avait eu un rapport de causalité entre le fait qu'elle allume la lumière de son appartement, le matin où elle s'était réveillée sur le canapé, et l'appel téléphonique qu'elle avait aussitôt reçu et qui lui avait rappelé de ne jamais contrarier Carr. Quelqu'un, ou plusieurs personnes, avait surveillé ses fenêtres et constaté qu'elle s'était réveillée en voyant la lumière. Parfois, en rentrant chez elle, elle sentait comme une présence qui la plongeait dans un profond malaise. Mais elle n'avait pourtant jamais reçu d'autre appel de ce genre.

Elle avait adopté un nouveau style de vie. Elle ne quittait jamais la ville et avait abandonné les voyages à l'étranger. Ses rencontres n'étaient que de courtes durées, et jamais elle n'avait eu l'intention d'aller plus loin. Elle n'avait pas d'enfants. Elle n'avait jamais confié à personne, pas même à ses rares amis, ce qui s'était vraiment passé sur le glacier. Peu après l'avènement du nouveau millénaire, son père était mort sans avoir eu la moindre idée des épreuves que ses enfants avaient traversées. Comme elle l'avait envisagé, elle quitta le ministère pour ouvrir son propre cabinet et mena une existence tranquille et solitaire, même si Elias et elle étaient restés très proches, et que Julius lui rendait fréquemment visite. Ils passaient des heures à parler de ce qu'ils avaient vécu sur le Vatnajökull, mais leurs conversations n'allaient pas plus loin.

Il ne se passait quasiment pas une journée sans qu'elle repense au campement, à l'avion, à la croix gammée, aux cadavres sous la tente, à Ratoff, ou au lourd secret qu'elle portait. Les années passaient, mais elle ne parvenait pas à oublier cette île baptisée Borne, au sud de l'Argentine. Elle essayait d'effacer ce souvenir, de se convaincre que tout cela appartenait au passé et qu'elle n'avait rien à voir là-dedans, mais cette histoire ne la lâchait plus et avait pris, au fil du temps, un tour obsessionnel. Comme si l'affaire était, en quelque sorte, inachevée.

Ce qui finit par la convaincre, c'était l'idée que Steve était mort à cause de cette découverte. Il occupait son esprit chaque jour, et elle revivait sa mort encore et encore, durant ses heures d'éveil ou dans ses rêves. Il avait laissé un vide dans sa vie qui ne se comblerait jamais, quoi qu'elle fasse. Mais si les choses en restaient là, Steve aurait perdu la vie pour rien. Et elle trouvait cela insupportable.

C'était un capitaine de la marine marchande qui, pour la première fois, lui avait fait envisager sérieusement cette possibilité. Il l'avait engagée pour régler son divorce, et une sorte d'amitié était née entre eux. Il commandait un cargo et avait confié un jour à Kristin qu'il avait aidé une jeune Islandaise à fuir son mari avec ses deux enfants, en l'emmenant clandestinement jusqu'au Portugal. Kristin aurait pu choisir une voie plus facile, et voler jusqu'en Argentine via l'Espagne ou l'Italie, mais elle avait peur. Elle n'osait pas courir le risque des caméras de surveillance, des listes de passagers, des contrôles de passeport.

Même une fois sa décision prise, elle ne fit pas les choses de manière précipitée. Elle s'efforça dans la mesure du possible de payer en argent liquide, d'éviter les transactions par carte de crédit ou de débit, les endroits équipés de caméras de surveillance, dont certaines rues du centre-ville où la police en avait installé, et de ne jamais consulter Internet à la maison. Elle se tenait à l'écart de tous les aspects de cette société de la surveillance.

Elle fit comme si elle organisait de longues vacances. L'île existait bel et bien ; elle l'avait localisée avec l'aide de la British Royal Geographical Society, dont elle avait consulté le site Internet à la Bibliothèque nationale. Leurs informations sur l'île concernaient essentiellement la géographie, même s'il y avait également un bref résumé de son histoire et ses coordonnées exactes. Kristin envisagea un temps de se rendre en Amérique du Sud par avion, via l'Europe, ou d'emprunter des itinéraires détournés, mais aucun d'eux n'offrait la même garantie d'invisibilité.

Quand son ami le capitaine lui annonça un jour qu'il allait bientôt partir pour le Mexique afin d'aller livrer un chalutier islandais à son nouveau propriétaire, Kristin décida de faire appel à ses services. Il refusa d'abord, car elle ne voulait pas lui expliquer pour quelle raison elle avait besoin de voyager clandestinement à bord de son bateau et de débarquer incognito au Mexique. Le fait d'embarquer des passagers n'avait rien d'inhabituel pour lui – il y avait toujours des gens qui avaient peur de prendre l'avion et préféraient voyager sur des navires de commerce – mais il refusait catégoriquement de faire quoi que ce soit d'illégal.

Elle ne sut jamais ce qui l'avait fait changer d'avis, mais il revint la voir et accepta de l'aider, puisque tel était son désir. Elle le lui avait demandé comme une faveur amicale, expliqua-t-il. Comment pouvait-il lui refuser cela ?

Elle hésita jusqu'au tout dernier moment. Mais au bout du compte, elle se dit qu'elle approchait de la quarantaine et que, si elle ne faisait pas ce voyage maintenant, elle ne le ferait jamais. Son frère Elias fut la seule personne qu'elle jugea bon de prévenir. Elle ne voulait pas impliquer Julius dans cette histoire, comme elle l'avait fait avec Steve. Son frère, elle pouvait le gérer. Julius, c'était une autre affaire.

Le bateau quitta le port au petit matin. Kristin se tenait debout sur le pont, regardant la terre s'enfoncer lentement à l'horizon. C'était l'été et le soleil, levé depuis des heures déjà, lui réchauffait le visage. Le voyage se déroula sans encombre et quand le chalutier accosta dans un petit port de la côte est du Mexique, elle réussit à se glisser à terre sans passer par les douanes ou l'immigration. Elle avait apprécié ses longues conversations avec le capitaine durant la traversée, et ils se quittèrent en bons termes.

Elle choisit une voiture fiable, l'acheta en liquide, et traversa le Mexique en direction du sud comme une simple touriste, dormant dans des motels, visitant les sites historiques, s'attardant çà et là pour profiter du paysage, savourer la cuisine locale et l'hospitalité mexicaine. Durant ce voyage, elle se sentit plus détendue qu'elle ne s'était autorisée à l'être depuis des années. C'était si bon de se retrouver à l'étranger.

Au bout de plusieurs jours, elle atteignit Buenos Aires. Quand elle entra dans la capitale argentine, la nuit était déjà tombée. Elle se trouva une chambre dans un hôtel bon marché et acheta une carte routière détaillée sur laquelle elle traça son itinéraire vers le sud. Elle était certaine de ne pas avoir été suivie, d'avoir réussi à gagner l'Argentine sans se faire repérer.

Deux jours plus tard, elle quittait Buenos Aires. Elle revendit la voiture et effectua la première partie du voyage en avion, atterrissant l'après-midi même à Comodoro Rivadavia, au fin fond de la Patagonie. Là, elle acheta un billet de bus et calcula que son périple jusqu'à la pointe sud du pays allait lui prendre encore trois jours. Pour l'essentiel, la route courait le long des côtes. Elle passa la première nuit à Caleta Olivia, traversa le jour suivant les colonies agricoles de Fitzroy et Jaramillo, d'où elle repartit vers le sud en franchissant le Rio Chico puis, en bac, le détroit de Magellan, jusqu'au bourg de Puerto Harberton, juste au nord de la frontière chilienne.

Elle arriva en fin d'après-midi et prit une chambre dans un petit hôtel. Le lendemain, elle marcha jusqu'au ponton du port et trouva un marin qui parlait quelques mots d'anglais. La cinquantaine barbue et édentée, il lui rappelait agréablement les pêcheurs islandais. Elle lui parla de l'île et il acquiesça, décrivant avec son bras un grand arc de cercle. C'était très loin, comprit Kristin. Ils tombèrent d'accord sur un prix et se donnèrent rendez-vous le lendemain matin.

Elle passa la journée à se promener dans le village, visitant les rares boutiques, les étals d'un petit marché. Remarquant la présence d'autres touristes, elle fit de son mieux pour se fondre dans la masse. Même si la pleine saison était passée, elle avait croisé d'innombrables voyageurs pendant sa traversée du pays ; même dans les trous les plus paumés, on les voyait examiner la camelote des magasins, se prélasser dans les cafés.

Le pêcheur l'attendait à l'entrée du ponton, le lendemain matin, et ils se mirent en route sur son petit bateau. La journée était parfaitement calme, l'air chaud contre sa peau. Elle avait payé la moitié de la somme à l'avance ; il toucherait le reste à leur retour, comme convenu. Elle essaya de l'interroger sur l'histoire de Borne, mais ses questions ne semblaient pas l'intéresser. Il répondit sèchement qu'il ne savait rien de cette île, et qu'il n'y avait rien à savoir.

Ils naviguaient depuis cinq heures dans le teuf-teuf régulier du moteur, à une allure raisonnable, longeant des récifs, des îlots et des archipels, quand le marin la poussa du coude en désignant un point, droit devant. Kristin vit l'île émerger de l'océan, entourée de quelques îlots rocheux, plus petits. Elle lui rappelait l'île déchiquetée de Drangey, en Islande, qui n'était pas si haute mais trois fois plus vaste, au bas mot. Ce rocher inhospitalier abritait quelques traces de végétation, mais pas le moindre oiseau. L'endroit était enveloppé de silence. Ils firent le tour de l'île jusqu'à ce que le pêcheur repère un endroit d'où, pensait-il, Kristin pourrait escalader la falaise. Pour sa part, il l'attendrait ici, dans le bateau.

L'ascension se révéla facile ; une piste de gravier montait de la plage jusqu'à la falaise, et la pente jusqu'en haut était assez clémente. Arrivée au sommet, Kristin aperçut des ruines au centre de l'île et marcha dans leur direction. En s'approchant, elle distingua des murs de bois effondrés, un sol de terre battue, et ce qui avait dû être le seuil d'une porte. Elle relia ces éléments entre eux et s'en fit une image, remarqua un endroit noirci qui lui rappela l'âtre des cuisines d'autrefois. L'île avait bien été habitée dans un lointain passé.

Elle marcha au milieu des ruines, guettant le moindre indice qui confirmerait ses soupçons. Mais en vain ; il n'y avait vraiment rien ici. Elle remarqua, à sa grande surprise, que ce constat ne provoquait en elle aucune déception, alors qu'elle avait traversé la moitié de la planète. Elle traversa l'île dans sa longueur jusqu'au rebord du précipice, et regarda les vagues se briser au pied des falaises, le visage caressé par la brise océane. Pour la première fois depuis des années, elle sentit l'étau qui lui comprimait la poitrine se desserrer.

Faisant volte-face, elle revint sur ses pas et traversa les ruines dans l'autre sens. Un peu plus loin, sur le chemin du bateau qui l'attendait en bas, elle trébucha sur une grosse pierre enfouie sous les herbes hautes. Elle baissa les yeux et allait repartir – le pêcheur avait sans doute hâte de rentrer, maintenant – lorsque la forme de la pierre attira son attention. Ce n'était pas une simple pierre. Elle était fine, cinquante centimètres de long, rectangulaire en bas et arrondie en haut. Kristin la contempla avec stupéfaction, puis elle s'agenouilla et tenta de la retourner. La pierre était lourde, mais elle parvint à la hisser sur sa tranche, et la dalle retomba de l'autre côté.

Examinant la surface et grattant du bout de l'index la terre accumulée, Kristin déchiffra une inscription, grossièrement gravée dans la pierre :

BLONDI
1947